RENÉE CARLINO

Wenn du bei mir bist

Weitere Titel der Autorin:

Dieser eine Augenblick
Nur einen Herzschlag entfernt

Renée Carlino

WENN DU BEI MIR BIST

Roman

Übersetzung aus dem amerikanischen Englisch von
Frauke Meier

LÜBBE

Dieser Titel ist auch als E-Book erschienen

MIX
Papier aus verantwortungsvollen Quellen
FSC® C014496

Titel der amerikanischen Originalausgabe:
»Nowhere but here«

Für die deutschsprachige Ausgabe:
Copyright © 2020 by Bastei Lübbe AG, Köln
Textredaktion: Anne Pias, Köln
Umschlaggestaltung: ZERO Werbeagentur, München
Umschlagmotiv: © Chinnapong / shutterstock.com;
© Anawat Sangkran / EyeEm / GettyImages;
© Kan Taengnuanjan / EyeEm / GettyImages
Satz: hanseatenSatz-bremen, Bremen
Gesetzt aus der Minion Pro und Myriad Pro
Druck und Einband: GGP Media GmbH, Pößneck

Printed in Germany
ISBN 978-3-7857-2716-4

2 4 5 3 1

Sie finden uns im Internet unter
www.luebbe.de
Bitte beachten Sie auch: www.lesejury.de

Für meine Schwester Rachel

1. Neue Spielregeln

Eines Morgens im Oktober erwachte ich um sieben Uhr früh in meiner kleinen Wohnung in Lincoln Park. Ich machte mich fertig, aß eine trockene Waffel, wickelte mich in vier Lagen Kleidung, marschierte zur L-Station an der Fullerton und stieg etwa um Viertel nach acht in den Zug. Nichts an diesem Morgen war ungewöhnlich, und doch war dies der Tag, der die Spielregeln ändern sollte – ich wusste es nur noch nicht.

Ich durchquerte drei Waggons, ehe ich ihn fand. Ich setzte mich hinter zwei meiner Gemeindemitglieder und bereitete mich auf die Messe vor. Dies war an jedem Morgen unsere Kirche, und unser Pastor war Bob, zumindest war er das für mich. Als ich ihm das erste Mal begegnet war, hatte ich ihn nach seinem Namen gefragt, und er sagte: »Bob.« Ich wartete darauf, dass er weitersprach, und da sagte er: »Einfach Bob«, also nannte ich ihn nun auch so.

Mein Selbsterhaltungstrieb hätte in meinem sechsundzwanzigjährigen Kopf Alarm schlagen müssen, als vor sieben Monaten Bob in einem Hochbahnwaggon voller unschuldiger Menschen zu predigen begonnen hatte, aber gleich als ich ihn das erste Mal sprechen hörte, war ich hin und weg. Nie redete er von der Bibel oder von Religion oder Feuer und Schwefel. Und das Erste, was er an jenem Tag sagte, war: »Ihr seid alles, was ihr habt!«

Er war ein alter, müde aussehender Mann, mindestens siebzig Jahre alt. Fünf graue Haare sprossen auf seinem runden, kahlen Kopf, und er trug an jedem einzelnen Tag die gleiche Dockers-Hose, das gleiche Pendleton-Hemd. Seine Kleidung war sauber, zumindest sah sie sauber aus, aber er verströmte einen sehr ausgeprägten Geruch. Er roch nach alten Büchern, so eindringlich wie die hinterste Ecke der ältesten Bibliothek auf Erden.

Ich stellte mir vor, dass er in einer süßen kleinen Wohnung lebte, die bis unter die Decke mit alten gebundenen Büchern vollgestopft war. Er konnte kaum stehen, umso weniger gehen, also war es ein wahres Wunder, dass er es mit der Präzision eines Uhrwerks an jedem Tag in den Zug schaffte, um zu seinen treuen Anhängern zu sprechen. Wir waren vielleicht zehn. Ich kannte die anderen gar nicht – im Grunde blieb doch jeder für sich –, aber die Gesichter waren mir in den vergangenen sieben Monaten vertraut geworden.

Chicago hat seinen Anteil an seltsamen Leuten, die gern mit der L fahren und laut vor sich hin reden. Ich weiß es, schließlich bin ich mein ganzes Leben lang mit dieser Bahn gefahren, aber Bob war anders. Er hatte eine Botschaft zu vermitteln, eine Botschaft, die ich einfach hören musste. Jeden Tag ging es um ein anderes Thema. Manchmal eiferte er Suze Orman nach und sprach über persönliche Finanzen; an anderen Tagen ging es um Pestizide und Konservierungsmittel in unserer Nahrung und darum, dass er der Ansicht war, diese Substanzen würden die Menschen größer machen.

An jenem Tag lieferte er, dessen bin ich ziemlich sicher, eine Vorstellung von Gandhi mit Chicagoer Akzent. Er sagte, man selbst solle die Veränderungen herbeiführen, die man sich wünsche. Er sagte: »Visualisiere, um zu realisieren, das ist es, was ich euch heute sage, liebe Leute. Ihr müsst es sehen, ehe es geschehen kann. Ihr müsst euer eigenes Wunder sein. Ihr müsst visualisieren, um den Traum zu realisieren!«

Die Bahn näherte sich meiner Haltestelle. Ich stand auf und ging zur Tür. Bob saß wie so oft vorn in der Nähe des Ausstiegs, während er seine Predigt hielt. Als ich vorbeigehen wollte, erhob er sich auf seinen wackeligen Beinen und legte mir eine Hand auf die Schulter. Das war höchst ungewöhnlich.

»Kate«, sagte er – mir war bis dahin nicht bewusst gewesen, dass er meinen Namen kannte. »Dies ist ein Tag, an dem sich die Spielregeln für dich ändern können. Visualisiere, um das zu realisieren.« Und dann, wie stets am Ende seiner Ansprachen: »Und nicht vergessen …« Bob zog die Brauen hoch und wartete darauf, dass ich den Satz zu Ende brachte.

»Ich bin alles, was ich habe«, sagte ich.

»Exakt.«

Rückblickend betrachtet, war das irgendwie unheimlich, aber es war auch genau das, was ich zu diesem Zeitpunkt brauchte. Er ließ meine Schulter los, und ich trat an der State Street hinaus in den eiskalten Chicagoer Wind, erfüllt von dem sonderbaren Gefühl, mein Leben würde nie mehr das gleiche sein.

Nicht dass eine kleine Veränderung mir wehgetan hätte. Nach meiner ersten zufälligen Begegnung mit Bob hatte ich angefangen, an jedem Morgen in der Braunen Linie nach ihm zu suchen, obwohl ich bei dieser Route zu spät zur Arbeit kam. Es fing genau eine Woche nach Roses Tod an, zu einer Zeit, in der ich mich erstmals vollkommen allein fühlte.

Rose war seit ihrer Kindheit mit meiner Mutter befreundet gewesen und hatte mich aufgezogen, nachdem meine Mutter an Brustkrebs verstorben war, als ich gerade acht Jahre alt war. Meine Mutter bekam mich erst mit vierzig. Den größten Teil ihres Lebens hatte sie geglaubt, sie könne nicht schwanger werden – bis sie meinen Vater kennenlernte. Leider war er nicht bei ihr geblieben. Ich hatte nicht einmal Gelegenheit gehabt, ihn kennenzulernen.

Meine Mutter war ein wunderbarer Mensch. In ihren Augen war ich ein Wunder, entsprechend vernarrt war sie in mich. Sie versuchte, mir alles zu geben, was ich brauchte, lehrte mich aber zugleich, eigenständig zu denken. Sie war die Art Mensch, die immer wie aus dem Ei gepellt aussieht, bis sie schließlich krank geworden war, und dennoch weiß ich noch, wie sie mir sagte: *Du bist ein hübsches Mädchen, Kate, aber verlass dich nie auf dein Aussehen.* Dann pflegte sie mir mit dem Zeigefinger an die Schläfe zu tippen und hinzuzufügen: *Was du damit machst, darauf kommt es an.*

Ich erinnere mich, sie war liebevoll, aber auch knallhart, als wollte sie mich auf die Herausforderungen des Lebens vorbereiten. Irgendwie hatte ich immer das Gefühl, sie würde nicht allzu lange bei mir sein, und das war sie auch nicht, doch ich hatte wenigstens Rose … bis auch sie nicht mehr da war. Sie starb an einer Infektion infolge einer Routineoperation zur Entfernung eines Gallensteins. Ich konnte nicht verstehen, welche Art von Gott mir jeden Menschen nahm, dem etwas an mir lag. Und dann begriff ich. *Niemand wird sich um mich kümmern, ganz gleich, wie viele Leute um mich herum sind. Ich bin alles, was ich habe*. Diese Worte wurden zu meinem Mantra.

Ich sang sie vor mich hin, als ich die Lobby des *Chicago Crier* betrat, ein Medienunternehmen, das eine bekannte Chicagoer Zeitung verlegte, einen Blog betrieb und seit fünf Jahren mein Arbeitgeber war. Ich hatte Artikel für das Special-Interest-Ressort verfasst, die sich um Themen wie die Gefahren von Transfetten, Yoga versus Pilates, die Vorzüge von rotem Lippenstift und Tipps zu Anbietern teurer Qualitätsweine drehten. Eine ernsthafte Aufgabe war mir nie übertragen worden.

Jerry, der Herausgeber, liebte mich, aber seit Rose verstorben war, hatte ich mit null Begeisterung unterdurchschnittliche Artikel produziert. Ich hatte keinerlei Hoffnung, in der Redaktion aufzusteigen, weil ich unmotiviert war und weil ich es offen gestanden auch nicht verdiente. Aber irgendwie hatte ich, als ich an diesem Tag zur Tür hineinging, eine Vision. Ich konnte es nicht ganz greifen, aber ich hatte ein Bild von mir im Kopf, wie ich am Rechner sitze und mit Leidenschaft schreibe – etwas, was ich seit acht langen Monaten nicht mehr getan hatte.

Als ich in meiner Etage ankam, sah ich Beth in der Nähe meines Arbeitsplatzes stehen. Sie war eine große, einschüchternd wirkende Frau mit mattbraunem Haar, besaß aber ein großes Herz und ein echtes Talent zum Schreiben. Sie kleidete sich wie ein männlicher Teenager, Baseballshorts, T-Shirts und Sneakers, und zwar an jedem einzelnen Tag, aber das war nicht weiter wichtig, denn sie war – mit Fug und Recht – die Chefredakteurin der Zeitung. Sämtliche wichtigen Aufträge landeten bei ihr, denn sie steckte all ihr Herzblut in jedes einzelne Wort, das sie schrieb. Ich verehrte sie geradezu.

»Hey, Kleines.«

»Hi, Beth, wie war dein Wochenende?«

»Toll. Hab zehntausend Wörter geschrieben.«

Was sonst? Warum konnte ich nicht etwas mehr so sein wie sie?

»Was ist das?« Ich deutete auf einen Stapel Papier auf meinem Schreibtisch. Das Deckblatt war leer, abgesehen von dem fett gedruckten Schriftzug: R. J. LAWSON.

»Jerry gibt dir diese Story«, sagte sie.

Zunächst hatte ich keine Ahnung, was das zu bedeuten hatte, aber dann erinnerte ich mich, dass ich Jerry über R. J. Lawson schimpfen gehört hatte. Jerry war besessen davon, ein Interview mit ihm zu bekommen. Ich persönlich wusste rein gar nichts über ihn.

»Mir? Warum um alles in der Welt sollte er die gerade mir geben?«

Beth lächelte nur. »Ich weiß es nicht, aber er wird in einer Sekunde hier sein, um mit dir darüber zu reden. Ich wollte diese Story unbedingt, Kate. Niemand hat es bisher geschafft, ein Interview mit ihm zu kriegen, seit er sich aus der Öffentlichkeit zurückgezogen hat. Aber ich bin trotzdem froh, dass du sie bekommen hast – du brauchst so was.«

Einige Augenblicke lang starrte ich sie nur an. »Ja«, murmelte ich dann, »ich weiß … das könnte wirklich was für mich ändern.«

»Du hast es erfasst.« Dann beförderte sie ein zusammengeknülltes Stück Papier mit einem Sprungwurf in hohem Bogen zielsicher in den Papierkorb hinter mir. »Sauber versenkt.«

Als sie sich abwandte und davonspazierte, starrte ich auf die ordentlich aufgestapelten Papiere und lachte in mich hinein, während ich insgeheim dachte, dass Jerry nun endgültig den Verstand verloren hatte, wenn er mir einen ernst zu nehmenden Auftrag erteilte. Kaum blickte ich auf, sah ich ihn über die Trennwand gucken.

»Gefällt's dir? Ist eine Exklusivstory«, sagte er und zog die Brauen hoch.

»Warum ich?«

»Kate, was weißt du über diesen Typ?«

»Nichts, außer dass du seinen Leuten wegen eines Interviews auf die Nerven gegangen bist, und ich kann dir außerdem noch verraten, dass Beth alles getan hätte, nur um diesen Auftrag zu bekommen.«

Er nickte langsam und starrte dann zur Decke hinauf, als würde er angestrengt nachdenken.

Das riesige Großraumbüro war durch etwa hundert Arbeitsplatztrennwände unterteilt worden. Unentwegt brummte der ganze Raum regelrecht von den Geräuschen, die von den sich unterhaltenden Redakteuren und dem hektischen Tippen an den Computern verursacht wurden. Jerry spielte zudem immer Musik über die Deckenlautsprecher, um eine kreative Atmosphäre zu schaffen, doch ich hatte schon lange keine Kreativität mehr verspürt, und das war allein meine eigene Schuld. In diesem Moment hallte eine traurige Version von »Heartbeats« von José González durch den Raum. Ich musterte Jerry, der immer noch grüblerisch in die Luft stierte.

Er war vierzig Jahre alt und sah exakt so aus wie Richard Dreyfuss zur Zeit von *Unheimliche Begegnung der dritten Art*. Seine Bifokalbrille saß auf dem letzten Millimeter seiner Nase, was ihn – wie sehr er sich auch einbildete, es würde ihm Glaubwürdigkeit verleihen – doch nur älter erscheinen ließ. Er liebte seine Frau und seine Kinder, ein echter Familienmensch, hatte aber keinerlei Taktgefühl und sprach einfach ungefiltert aus, was ihm gerade in den Sinn kam, weshalb es mich nicht im Mindesten überraschte, als er endlich den Blick von der Decke löste und sagte: »Du bist eine gute Journalistin, Kate. Du kannst was, und außerdem siehst du gut aus.«

»Jerry! Was hat das damit zu tun? Ich will nicht, dass du mir einen wichtigen Auftrag gibst, weil ich gut aussehe.«

»Jaja, so war's ja nicht gemeint. Ich sagte, du kannst was. Und R. J. ist ein dreißigjähriger Junggeselle. So auszusehen wie du kann nicht schaden.«

»Na toll, vielen Dank«, sagte ich sarkastisch.

»Willst du den Job nicht?« Er griff nach dem Papierstapel.

»Doch, ich will ihn. Ich kann nur nicht fassen ...«

»Das war ein Kompliment, Kate.«

»Okay, schön.« Er meinte es nicht böse. Wie ich schon sagte, absolut kein Taktgefühl. Er war der loyalste Mensch auf Erden, und er wollte mich bestimmt nicht instrumentalisieren. Vermutlich dachte Jerry, dass Beths aggressive Vorgehensweise bei dem Auftrag vielleicht nicht ganz so geeignet wäre. Das Einzige, was ich über R. J. wusste, war nämlich, dass er in dem Ruf stand, Interviewfragen nicht zu beantworten – und das auch nur, weil Beth es mir erzählt hatte.

»In Ordnung?«

»Ich würde mich sehr über diese Chance freuen, Jerry, danke. Ehrlich gesagt bin ich neugierig. Warum um alles in der Welt hat er zugestimmt, uns ein Interview zu geben – noch dazu exklusiv? Wir sind nicht gerade eine überregional bedeutsame Zeitung.«

»Ich habe ihn mit meiner Bettelei weichgekriegt«, prahlte er. »Ich habe immer wieder neue Anfragen geschickt, bis er endlich geantwortet hat. Er sagte, ich hätte ihn mit meiner Hartnäckigkeit beeindruckt und er habe das Gefühl, unsere Zeitung sei integrer als andere. Vermutlich hat er sich über uns erkundigt. Er scheint ganz wild darauf zu sein, dass sich die Nachhaltigkeit und die umweltfreundliche Arbeitsweise des Weinguts herumsprechen, und die scheint in dieser Hinsicht auch wirklich spitze zu sein. Das einzige Problem ist, dass er in seiner E-Mail betont, wie wichtig ihm seine Privatsphäre sei und dass er es zu schätzen wüsste, wenn sich der Artikel vorzugsweise mit dem Wein beschäftigen würde, nicht mit seinem Privatleben. Aber, Kate, eine Story wie die könnte den *Crier* in eine ganz neue Liga katapultieren, besonders wenn du irgendwelche Skandale ausgraben kannst, die unsere Leser mögen. Das bedeutet, dass du alles herausfinden musst, was es über R. J. Lawson zu wissen gibt.«

Ich wirbelte samt Stuhl zu ihm herum, schlug die Beine übereinander und lehnte mich zurück. Ich war mehr als interessiert. »Sag mir, was du über ihn weißt.«

»Halt dich fest, dieser Kerl ist ein echtes Rätsel. 1998 hat Ryan Lawson das MIT abgeschlossen, ein junges Wunderkind der Computertechnik und Mitbegründer eines der größten Technologieunternehmen in Silicon Valley. Er hatte das Potenzial, Steve Jobs und Steve Wozniak in einer Person zu werden – ein gerissener Geschäftsmann und ein Technikgenie.«

»Wow.«

»Ja, er hat irgendeinen Computerserver entwickelt, der in beinahe jeder Behörde, jeder Bank und jedem Großunternehmen eingesetzt wird und nicht gehackt werden kann.«

»Du erwartest also von mir, dass ich einen Technikmogul interviewe, obwohl ich bisher Artikel über Lippenstift und Wein geschrieben habe?«

»Jetzt kommt's, Kate. Neunundneunzig hat er seinen Anteil an J-Com Technologies verkauft und ist vom Radar verschwunden. Niemand wusste, wo er hin ist oder was er mit den drei Milliarden Dollar machen will. Dann tauchten Gerüchte auf, er hätte das Geld nach Afrika gebracht und würde überall auf dem Kontinent eigenhändig Schulen erbauen, aber die wurden nie bestätigt.«

»Und woher wusstest du, wie du ihn finden kannst … und was er jetzt macht?«

»Ich habe vor drei Jahren zum ersten Mal etwas über ihn gehört, als jemand einer kalifornischen Zeitung gesteckt hat, dass er ein marodes Dreihundertsechzig-Hektar-Weingut und eine vorgestrige Frühstückspension in Napa Valley gekauft habe. Trotzdem ist nichts weiter rausgesickert, jedenfalls bis zu diesem Jahr, und dann haben seine Weine angefangen, jeden bekannten Preis abzuräumen.«

Langsam rückten die Puzzlestücke an den richtigen Platz. »R. J. Lawson«, sagte ich. »Ja, dieser Pinot ist fantastisch.«

»Nicht wahr? Es ist, als würde alles, was der Mann anfasst, zu Gold werden.«

»Und warum um alles in der Welt ist Beth scharf auf ein Interview mit einem Winzer?«

»Weil er sich seit über einem Jahrzehnt geweigert hat, Interviews zu geben oder sich fotografieren zu lassen. Stell dir vor, Bill Gates oder Steve Jobs wären auf dem Höhepunkt ihres Erfolgs einfach verschwunden. Das ist eine Riesenstory.«

»Ich kann immer noch nicht fassen, dass du mir diese Story gibst.«

»Na ja, ich werde dich nicht belügen, Kate. In letzter Zeit hast du nur noch Mist produziert. Habe ich nicht sogar gehört, du hättest einen Vorschlag eingereicht, einen Sonderbeitrag über den Mythos zu verfassen, dass Fruchtgummis frischen Atem verleihen?«

»Aber es ist ein Mythos. Von Fruchtgummis bekommst du nicht nur keinen guten Atem, du bekommst sogar einen ekligen Atem, und das sollten die Leute wissen. Jetzt komm schon, genau darum geht es doch bei Special Interests.«

»Das Schlüsselwort ist *Interest*. Unsere Leser interessiert nicht, wie wertlos Fruchtgummis sind. Die wollen spannende Geschichten – Geschichten, die Gefühle wecken. Wenn du nur eine Geschichte über Wein schreibst, berührst du nicht das Herz des Lesers. Alles, was du schreibst, muss einen menschlichen Faktor enthalten.«

»Ich weiß, was du sagen willst. Ich war einfach unmotiviert, seit … Rose gestorben ist.«

Für eine Millisekunde sah er mich mitfühlend an. Ich bekam den Eindruck, dass diese Entschuldigung nicht mehr so recht zog. »Du musst morgen nach Kalifornien abreisen. Er hat zugestimmt, dir das Interview in zwei Teilen zu liefern. Dienstag und Donnerstag sind die einzigen Tage, an denen er abkömmlich ist, also wirst du in der Frühstückspension absteigen. Da hast du deine Ruhe und kannst vermutlich den halben Artikel schon schreiben, während du dort bist. Geh nach Hause, rede mit deinem Freund darüber, und gib mir Bescheid.«

Den wird das nicht interessieren.

»Ich bin dabei, Jerry. Ich muss nicht erst mit Stephen darüber reden. Wie lange soll ich bleiben?«

Wieder musterte er mich mit diesem hintergründigen Ausdruck in den Augen, ehe er mit leiser Stimme sagte: »Du hast dein Feuer verloren, Kate. Komm nicht nach Hause, ehe du es wiedergefunden hast. Bring mir eine tolle Story.«

2. Einsam, aber nicht allein

Mein Freund Stephen und ich lebten im selben Apartmentgebäude. Zum ersten Mal waren wir uns an einem Montag vor zwei Jahren im Waschkeller begegnet, und seither hatten wir jede Woche zusammen gewaschen. Eigentlich konnte ich Stephen kaum meinen Freund nennen, denn abgesehen von den Wäschesitzungen und einem gelegentlichen Abendessen am Freitag sahen wir einander kaum. Er war ein Workaholic und kletterte erfolgreich die Karriereleiter in einem angesehenen Marketingunternehmen hinauf. Er nannte seine Firma eine Kreativagentur, aber im Grunde waren sie lediglich eine Profitagentur. Er verbrachte viel zu viel Zeit damit, sich Möglichkeiten auszudenken, um seine Klienten zu überzeugen, ihre Bestände abzustoßen und das Aussehen ihrer Produkte zu ändern, damit alle mehr Geld damit machen konnten. Der Mann war engagiert und voller Tatendrang, aber sein Arbeitsprogramm ließ ihm wenig Zeit für eine Freundin. Wir hatten mehr Sex in diesem Waschkeller über eine Waschmaschine gebeugt als in einem Bett.

An dem Tag verließ ich den *Chicago Crier*, um für meine Reise zu packen. Stephen erwartete mich zu unserer üblichen Zeit, sechs Uhr, im Keller. Wir besorgten abwechselnd etwas zu essen – in dieser Woche hatte er sich für Thai entschieden.

»Hey, wie war dein Tag?«, fragte ich, als ich mich vorbeugte, um ihn zu küssen. Stephen war nur ein paar Zentimeter größer als ich, ungefähr eins dreiundsiebzig, aber er hatte eine erheblich größere Präsenz, die er seinem Selbstvertrauen verdankte, das manche Leute allerdings als Arroganz einstuften.

»Hi, Süße. Mein Tag war stressig. Momentan wollen alle mit dem Kopf durch die Wand wegen der Copley-Sache. Ich muss auch in ein paar Minuten an einer Telefonkonferenz teilnehmen«, sagte er, als er mir einen Essenskarton reichte. »Gelbes Curry, richtig?«

»Oh, ja.« Mich fragte er nie, wie mein Tag gelaufen ist. Ich öffnete den Karton und klappte ihn sofort wieder zu. »Ist das Huhn?«

»Ja, das ist doch das, was du gern isst.« Das war keine Frage.

»Ich bin Vegetarierin, Stephen. Das bin ich schon seit zehn Jahren.«

»Ja, aber ich dachte, Geflügel würdest du essen.«

»Normalerweise nennen sich Leute nicht Vegetarier, wenn sie Geflügel essen.«

»Gott, tut mir leid. Ich hätte schwören können, dass ich dich schon Gelbes Curry habe essen sehen.«

»Mit Tofu.«

»Tja, ich würde dir ja meins anbieten, aber da ist auch Huhn drin«, sagte er und zog sein brummendes Telefon aus der Tasche.

»Ich werde einfach nur den Reis essen.«

Er hielt einen Finger an die Lippen, um mich um Ruhe zu bitten, ehe er den Anruf entgegennahm. »Stephen Brooks. Ja, nehme ich an. Hey, was ist los, Mann? Ach, du machst doch Witze, oder? Zwei Millionen. Das war das, was ich ihr gesagt habe.«

Während Stephen sein Gespräch fortsetzte, vertilgte ich den Reis und fing an, Wäsche zu sortieren. Als ich mich vorbeugte, trat er hinter mich und drängte sich an mich. Ich drehte mich um und sah ihn grinsen.

Du bist so verdorben, formte ich mit den Lippen.

Du bist so scharf, antwortete er in gleicher Weise.

Stephen war attraktiv, auf die Art eines adretten Geschäftsmanns. Er war immer glatt rasiert, hatte dunkles, langsam zurückweichendes Haar und dunkelbraune Augen, die beinahe schwarz aussahen, und er trug nur Anzüge oder seine Sportklamotten. Nie war er zwanglos gekleidet. Ich hingegen steckte in einer zerrissenen Jeans und einem Sweatshirt der University of Illinois.

Wir passten in mehr als nur einer Hinsicht absolut nicht zusammen, und auch wenn es da diese gegenseitige körperliche Anziehung gab, hatte ich nie das Gefühl gehabt, unsere Beziehung könnte über das, was sie derzeit war, hinauswachsen. Er hatte mich nie seiner Familie vorgestellt. An Feiertagen besuchte er seine Eltern in der Vorstadt, und ich ging zu Rose. Wir verbrachten kaum Zeit in der Wohnung des jeweils anderen.

Als Rose starb, isolierte ich mich sogar noch mehr, überzeugt, ich müsse lernen, allein zu sein, folglich hatte ich die Sache mit Stephen auch nie vorangetrieben. Auch er hatte nie auf mehr gedrungen. Ich blieb mit Stephen zusammen, weil das behaglich war. Und ich blieb mit Stephen zusammen, weil er nett war und ich glaubte, er wäre alles, was ich hatte. Aber auch nach zwei Jahren brachte er mir noch Gelbes Curry mit Huhn mit.

Ich setzte mich auf die Waschmaschine. Als Stephen sein Gespräch beendet hatte, kam er zu mir, steckte aber das Telefon nicht weg; er hielt den Kopf gesenkt und starrte auf das Display. Ich spreizte die Beine, damit er näher an mich herankonnte.

Ohne aufzublicken, reckte er einen Finger hoch. »Warte, ich muss nur noch diese Nachricht abschicken.«

Es war erstaunlich, wie einsam ich mich fühlen konnte, wenn ich nicht einmal allein war. Manchmal, wenn ich mit Stephen zusammen war, kam mir meine Situation noch schlimmer vor als sonst. Ich hatte mich damit abgefunden, dass unsere Beziehung vorwiegend körperlicher Natur war. Stephen hatte nie auch nur einen Artikel gelesen, den ich geschrieben hatte. Seine Ausrede lautete, dass er lieber Wirtschaftszeitungen und Sportmagazine las. Nicht einmal mir zuliebe machte er eine Ausnahme.

»Ich reise morgen wegen einer Story nach Kalifornien. Das ist eine große Sache, die Jerry schon seit Monaten an Land zu ziehen versucht.« Er nickte, starrte aber weiter auf sein Telefon. »Hast du mich gehört? Ich verlasse morgen die Stadt.«

Nun blickte er auf, beugte sich vor und drückte mir einen gesitteten Kuss auf die Lippen. »Gute Reise. Ich muss diesen Anruf annehmen, Kate. Tut mir leid. Bringst du mir mein Zeug rauf, wenn es fertig ist? Das ist wirklich ein wichtiges Gespräch, es geht um einen Millionen-Etat.« Er küsste mich erneut, und ich nickte und rang mir ein Lächeln ab. »Danke, Süße«, sagte er, machte kehrt und ging samt seinem Essen zur Tür.

Wie ich schon sagte, ihn interessiert das nicht.

Später ging ich zu Stephens Wohnung, um seine Wäsche abzuliefern. Als er die Tür öffnete, hatte er noch dieselben Klamotten an. Die Krawatte hatte er abgelegt und die Hemdsärmel hochgekrempelt, aber das Telefon hielt er nach wie vor an sein Ohr.

Danke, ich schreibe dir eine Nachricht, formte er tonlos mit den Lippen.

Ich reichte ihm den Korb mit seinen Sachen und sagte sehr leise: »Gern geschehen.«

Er schrieb gern Nachrichten. Er hielt es für erotisch, schmutzige Texte hin- und herzuschicken, aber je weniger wir im echten Leben miteinander verbunden waren, desto bedeutungsloser wurden diese Nachrichten.

Doch tatsächlich, zwei Stunden später, ich war schon im Bett, erhielt ich eine Nachricht von ihm.

Stephen: Du siehst heute Abend toll aus.

Normalerweise hätte ich etwas in der Art geantwortet wie *Du bist auch nicht übel*, denn Stephen bemühte sich wenigstens, und ich glaubte, er meinte es gut, aber an diesem Abend wurde mir etwas überaus klar. Ich fing an, eine Beziehung zu visualisieren, in der ich mich wertgeschätzt fühlte. Es gelang mir nicht, mir das Gesicht der Person vorzustellen, die mir dieses Gefühl geben würde, aber irgendwie wusste ich, es war nicht Stephen.

Mehrere Minuten lang antwortete ich ihm nicht. Stattdessen rief ich Google auf und tippte R. J. Lawson in das Suchfeld. Ich streifte unzählige langweilige Artikel über seine frühen Erfolge und den Beitrag, den seine Erfindungen für den technologischen Fortschritt in Bezug auf Kommunikation und Sicherheit geleistet hatten. Es gab wenig, eigentlich gar nichts über sein Privatleben.

In einem Artikel wurde – zusammen mit einem Foto von ihm und dem Gerät – der Prototyp eines Servers vorgestellt, den er bei einer Wissenschaftsausstellung präsentiert hatte. Da konnte er nicht älter als zwölf gewesen sein, präpubertär, den Mund voller Brackets. Ich suchte und suchte in der Hoffnung, weitere Bilder zu finden, aber jedes Mal, wenn sein Name mit einem Foto verlinkt war, waren darauf entweder Computerkram oder das Weingut oder das Logo einer Wohltätigkeitsorganisation, die er gegründet hatte, zu sehen. Wenn ich zu diesem Interview ging, würde ich in Hinblick auf R. J. Lawsons Erfolge und sein philanthropisches Wirken eine Menge wissen und sehr wenig über den Mann selbst.

Nach einem Blick auf die Uhr kam ich zu dem Schluss, dass ich Stephen lange genug mit Schweigen bestraft hatte.

Kate: Wenn ich heute Abend so toll ausgesehen habe, warum bist du dann jetzt nicht in meinem Bett?

Stephen: Besprechung früh am Morgen. Gute Reise. Wir sehen uns, wenn du zurück bist.

Ich antwortete nicht. Ich schlief einfach ein mit dem Gedanken: *Ich bin alles, was ich habe.*

3. Journalistischer »Führerschein«

Am nächsten Tag landete ich um zwei Uhr nachmittags auf dem San Francisco International Airport. Mein erstes Interview mit R. J. Lawson war für fünf Uhr nachmittags vorgesehen, und ich musste erst noch über die stark befahrene Golden Gate Bridge raus aus der Stadt und rauf nach Napa Valley. Ich hoffte, dass am Flughafen Taxis bereitstanden, denn mir blieb nicht viel Zeit zum Vertrödeln. Zudem hatte ich das Flugzeugessen verschmäht, also hatte ich großen Hunger und bekam Kopfschmerzen.

Während ich am Gepäckkarussell wartete, zog ich den Reiseplan hervor, den mir die Assistentin beim *Chicago Crier* zusammengestellt hatte. Bei den Details zum Hinflug fand ich eine Reservierungsnummer für Avis Car Rental. Sofort rief ich Jerry an.

»Warum ist da eine Mietwagenreservierung auf meinem Reiseplan?«

»Dir auch einen schönen Tag. Wir haben dir einen Mietwagen organisiert, weil Napa ziemlich weitflächig ist. Ich dachte, du willst dich vielleicht ein bisschen umsehen, während du dort bist. Außerdem … die Kosten für ein Taxi wären schon für den Hinweg höher ausgefallen.«

»Ich kann doch gar nicht Auto fahren, Jerry!«

»In deiner Akte ist ein Führerschein vermerkt.«

»Ja, ich habe den Führerschein gemacht, nachdem mir mein Freund auf der Highschool auf einem kleinen Parkplatz Fahrunterricht gegeben hat. Aber seitdem bin ich nicht mehr gefahren.«

»Du trittst aufs Gas, um loszufahren, und auf die Bremse, um anzuhalten, und du steuerst mit dem großen Rad direkt vor dir. Wie schwer kann das sein?«

»Schön. Ich hoffe nur, die Zeitung ist gut versichert. Das wird ein absoluter Albtraum werden.« Ich legte auf und griff nach meinem Koffer, der natürlich als letzter auf dem Transportband aufgetaucht war.

Bei Avis führte mich eine junge Frau zu meinem Wagen. »Ich muss rasch eine Sichtkontrolle durchführen, um bestehende Schäden zu protokollieren. Ich beeile mich.«

»Alles klar.« Ich warf meine Taschen in den Kofferraum und schlüpfte auf den Fahrersitz. Der Wagen war eine kleine Limousine von Toyota, nicht besonders schick, sah aber sehr neu aus. Ich tastete nach dem Zündschloss, als mir auffiel, dass die Frau mir den Schlüssel noch gar nicht gegeben hatte.

Sie hüpfte um den Wagen herum und stand dann vor meiner Tür. Dort bückte sie sich, um mich durch die Seitenscheibe anzusehen, lächelte süß und verkündete: »Keinerlei Schäden, Sie sind startklar, aber ich denke, das werden Sie brauchen.«

Sie hielt ein kleines schwarzes Kästchen hoch. Ich öffnete die Tür. »Was ist das?«

»Ihr Schlüssel.«

»Das soll ein Schlüssel sein?«

Sie stützte die Hand auf die Hüfte und neigte den Kopf zur Seite. »Haben Sie etwa noch nie ein Auto mit Startknopf gefahren?«

»Nein.« Offensichtlich hatten sich Autos in den letzten zehn Jahren ein bisschen verändert.

Die Frau unterzog mich einem Schnellkurs, nachdem ich ihr erzählt hatte, dass ich sehr lange nicht gefahren war. Ich glaube, ich tat ihr leid.

»Das ist genau wie Radfahren, wissen Sie?«

»Ja, danke, das ist ein wirklich guter Hinweis.«

Ich tippte die Adresse des Weinguts in das Navigationsgerät und fuhr zur Ausfahrt der Mietwagenfirma. Alle eineinhalb Meter trat ich kreischend auf die Bremse, bis ich endlich die Straße erreicht hatte. Ich musste wohl noch etwas üben. Die Dame des Navis brachte mich erfolgreich über die Golden Gate Bridge, aber ich genoss nicht eine Minute der Fahrt. Ich hatte Angst, ich würde einen Fußgänger oder einen Radfahrer erwischen oder selbst von der Brücke stürzen, und konnte gleichzeitig den Blick nicht von dem Wagen vor mir wenden. Dann, als ich endlich raus aus der Stadt war, entdeckte ich einen *Wendy's* und verließ den Highway. Die Dame des Navis geriet ein wenig außer sich.

»Neuberechnung. Fahren Sie zwei Kilometer nach Norden auf der DuPont.«

Ich bog noch mal ab, um auf die andere Seite des Highways und zu einem verlockenden Chocolate Frosty zu kommen.

»Neuberechnung.«

Hektisch drückte ich auf den Knöpfen herum, bis es mir endlich gelang, sie zum Schweigen zu bringen. Ich bog rechts ab, und dann bog ich gleich noch einmal ab, direkt auf den Parkplatz von *Wendy's* und in die dort beginnende Drive-in-Spur.

Rasch warf ich einen Blick auf die Uhr. Zwanzig vor vier, ich hatte noch genug Zeit. Ich fuhr vor dem Lautsprecher vor und rief: »Ich nehme eine mittlere Pommes und einen großen Chocolate Frosty.«

In diesem Moment hörte ich das kurze Aufheulen einer Sirene. *Whoop.*

Ich sah in den Rückspiegel und entdeckte den Ursprung des Geräusches. Es war ein Motorradpolizist. *Was tut der da?* Ich saß da und wartete darauf, dass der Lautsprecher meine Bestellung bestätigte, da hörte ich es wieder. *Whoop.*

»Ma'am, bitte verlassen Sie die Drive-in-Spur, und fahren Sie zur Seite.«

Rasch ließ ich die Seitenscheibe runter, steckte den Kopf hinaus und sah mich um, bis der Polizist in meinem Blickfeld war. »Reden Sie mit mir?«

Zu meinem absoluten Entsetzen benutzte er erneut seinen Lautsprecher. »Ja, Ma'am, ich rede mit Ihnen. Bitte verlassen Sie die Drive-in-Spur.«

»Entschuldigen Sie. Hallo? Die letzte Bestellung müssen Sie wohl streichen.«

Ein paar Sekunden später ertönte die Stimme eines jungen Mannes aus dem Lautsprecher. »Ja, das dachten wir uns schon«, sagte er und brach in Gelächter aus, ehe er den Lautsprecher abschaltete.

Der Polizist war sehr freundlich und schien die Situation auch ein wenig belustigend zu finden. Offenbar war ich unerlaubterweise an einer roten Ampel rechts abgebogen, unmittelbar bevor ich auf den Parkplatz gefahren war. Nach diesem peinlichen Zwischenfall entließ er mich, was durchaus erfreulich war, aber ich hatte immer noch keinen Frosty.

Ich nahm mein altes Chicago-Cubs-Cap aus der Tasche und beschloss, dass ich unbedingt meinen geliebten Frosty haben musste. Solchermaßen inkognito trat ich über die Schwelle, doch das Baseballcap war anscheinend unzureichend, denn der Typ hinter dem Tresen, der aussah wie Justin Timberlake, konnte nicht an sich halten.

»Hi«, sagte ich.

»Hi, was kann ich Ihnen bringen?«, fragte er, nur um im nächsten Moment die Hand vor den Mund zu schlagen, darum bemüht, nicht in Gelächter auszubrechen, ein Unterfangen, das mit Würgelauten aus tiefster Kehle einherging.

»Kann ich bitte einen extragroßen Chocolate Frosty haben?«

»Wollen Sie immer noch Pommes dazu?« Wieder lachte er, und dann hörte ich auch Gelächter aus dem Hintergrund.

»Nein, danke.« Ich zahlte, schnappte mir den Becher und flitzte davon.

Napa war im Oktober wunderschön. Die Sonne ging bereits unter und schickte ihre letzten Strahlen durch die großen Eukalyptusbäume, die die Straße zum Weingut säumten. Verglichen mit Chicago war es zu dieser Jahreszeit warm in Napa.

Ich fuhr rechts ran, schoss ein paar Fotos und legte einige Lagen Kleidung ab. Nun trug ich eine sehr knittrige schwarze Stoffhose und einen Blazer und versuchte reichlich erfolglos, wie eine erfahrene Journalistin auszusehen.

Mir blieben nur noch wenige Minuten bis zum Interview, also ging ich kurz meine Fragen noch einmal durch, ehe ich wieder in den Wagen sprang und zum Anwesen von R. J. Lawson fuhr.

Die Navi-Dame informierte mich, dass ich mich in der Nähe meines Ziels befand. Als ich an die Stelle kam, an der ich links zum Weingut abbiegen musste, hielt ich an und wartete, um einen Wagen passieren zu lassen, der aus der Gegenrichtung kam. Dieser Wagen war kaum vorbeigefahren, da tauchte in der Ferne der nächste auf. Und dann noch einer.

Irgendwann riskierte ich es und bog schnell ab. Ich schlug das Lenkrad zu weit ein, korrigierte zu sehr und knallte gegen einen Truck, der gerade aus der Einfahrt des Weinguts kam. Der Airbag wurde ausgelöst und schlug mir recht grob ins Gesicht, genau in dem Moment, in dem ich das metallische Krachen hörte und die Wucht des Zusammenpralls spürte. Verzweifelt drückte ich den bereits wieder kleiner werdenden Airbag von mir weg. Plötzlich fiel mir eine Gestalt vor dem Beifahrerfenster auf.

»Alles in Ordnung?«, schrie der Mann.

Ich nickte, und wenige Sekunden später öffnete er meine Tür.

Hastig stieg ich aus und rannte zum Kühlergrill, ehe ich zu dem Wagen blickte. Ich hatte ihn frontal gerammt, einen alten Ford Pick-up, der, so schien es, keinen Kratzer davongetragen hatte, doch die Vorderseite meines Mietwagens war komplett hinüber. Was für ein Tag. In diesem Moment wollte ich Jerry anrufen und ihm sagen, die einzige Möglichkeit für mich, mein »Feuer« wiederzufinden, bestünde darin, mich selbst in Brand zu stecken.

»Ist das Ihr Auto?«, fragte ich und zeigte darauf. Ich war immer noch mehr als aufgewühlt und ziemlich verwirrt.

Ich sah den Mann an, der nun langsam auf mich zukam. Er

war groß, hatte längeres sonnengebleichtes Haar. Besorgnis spiegelte sich in seinen tiefgrünen Augen, und mir fiel auf, dass er ein schwarzes T-Shirt mit dem Logo von R. J. Lawson trug.

»Sind Sie sicher, dass es Ihnen gut geht? Sie sehen aus, als hätten Sie einen ziemlichen Schock erlitten«, sagte er.

Ich fing an zu schwanken, und er hielt mich aufrecht, indem er mit beiden Händen meine Oberarme packte.

»Arbeiten Sie hier?«

»Ja, ich bin Jamie.«

Sein Kinn sah unter den Bartstoppeln kantig aus, und obwohl er dünn war, hatte er etwas Wildes, Starkes an sich. Zu dem T-Shirt trug er eine dunkle Levi's und schwarze Arbeitsstiefel. Seine Gesichtshaut war absolut makellos, aber dunkler, als ich es von den Männern in Chicago gewohnt war. Als ich seine Hände betrachtete, erkannte ich, dass er sie zum Arbeiten benutzte. Sie sahen stark und schwielig aus.

»Ich brauche Ihre Kontaktdaten, Jamie.«

Sein hübscher Mund verzog sich zu einem trägen Lächeln. »Ich glaube, Sie sind mir reingefahren, also brauche ich *Ihre* Kontaktdaten.«

Gott, er sah wirklich gut aus, und ich wurde von Sekunde zu Sekunde verlegener.

»Gut.« Ich stand neben der Tür und zog einen Zettel aus meiner Tasche. Hastig notierte ich die nötigen Daten und streckte die Hand nach hinten, dorthin, wo Jamie stand. Er nahm mir den Zettel aus der Hand. Ich drehte mich nicht um, aber ich vernahm ein leises Glucksen.

Ich wurde ziemlich ärgerlich, als mir klar wurde, dass mein Wagen nicht mehr fahrbar war und mir nur noch fünf Minuten bis zum Interview blieben. *Verdammt.* Als ich mich schließlich doch zu Jamie umdrehte, ließ er ein dämliches, süffisantes Grinsen aufblitzen.

»Was?«, fragte ich ihn und sah ihn dabei so vielsagend an, wie ich nur konnte.

»Sie sind Jerry Evans?«

»Ja, und?«

»Nun, als wir heute Morgen telefoniert haben, hat Ihre Stimme deutlich tiefer geklungen.«

»Das sind alle Daten, die Sie brauchen, auch wenn es nicht so aussieht, als müsste Ihr Truck repariert werden. Tut mir leid, dass ich Ihnen reingefahren bin, okay? Ich fahre einfach nicht so oft, und ich bin sehr spät dran für mein Interview mit R. J. Lawson.«

»Oh, dann sind Sie die Reporterin?«

»Ich bin Journalistin, ja.«

»Tja, dann beeilen Sie sich besser. R. J. wird echt sauer, wenn Leute zu spät kommen.«

Schnaubend zerrte ich meinen Koffer aus dem Wagen. Jamie stand immer noch albern grinsend an Ort und Stelle und rührte sich nicht.

»Hey, Jerry, brauchen Sie eine Mitfahrgelegenheit? Ich glaube, mit Ihrem Auto kommen Sie nicht weit.«

Ich beugte mich zur Seite, schaute an seinem Truck vorbei und erblickte einen sehr langen, von Bäumen gesäumten Weg hinauf zu den Kellereigebäuden. Das war mindestens ein Zwanzig-Minuten-Marsch.

»Mein Name ist Kate …« Ich suchte nach Worten, bis ich schließlich mit zitternder Stimme sagte: »Und … ja.«

»Ja, was, Katy?« Er neigte den Kopf zur Seite und zog die Brauen hoch. »Möchten Sie, dass ich Sie die Auffahrt rauffahre? Ist das Ihre Art, höflich zu bitten?«

»Noch einmal, mein Name ist Kate, nicht Katy, und ja, bitte, wenn Sie so nett wären, mich mitzunehmen, wüsste ich das sehr zu schätzen.«

Er schwieg, musterte mich vom Scheitel bis zur Sohle, blickte anschließend zum Himmel hinauf und kratzte sich am Kinn, als müsste er eine lebenswichtige Entscheidung treffen.

»Hmm … okay, Katy, ich glaube, ich mache es. Es wäre mir sogar ein Vergnügen, Sie die Auffahrt hinaufzufahren, obwohl Sie mich beinahe umgebracht hätten.«

Endlich gab ich den Widerstand auf und musste selbst über die Situation lachen.

Jamie schaffte meinen Mietwagen von der Straße, und ich beobachtete, wie sich beim Schieben seine Armmuskulatur anspannte. Sein rechter Arm war vollständig mit Tribal-Tattoos bedeckt. Nicht die übliche Art, die man an den Wänden jedes Tattoostudios zu sehen bekam, sondern einzigartige Motive, einige davon in orangeroter Farbe. Er war sehr attraktiv und wirkte stark und durchtrainiert. Ich fragte mich, was er auf dem Weingut machte, aber mein Gedankengang wurde unterbrochen, denn als ich in seinen Truck steigen wollte, fiel mir ein schokoladenbrauner Labrador auf, der perfekt aufrecht und angegurtet auf dem Beifahrersitz saß.

»Das ist Chelsea. Sie werden hier einsteigen und sich in die Mitte setzen müssen, denn das da ist ihr Platz.«

Ich ging um den Truck herum zur Fahrerseite und schenkte ihm ein Lächeln, ehe ich hineinkletterte. »Und sie trägt einen Sicherheitsgurt?«, bemerkte ich lachend.

»Ja, und das ist auch gut so, denn anderenfalls wäre sie geradewegs durchs Fenster geflogen, als Sie uns mit Ihrem Wagen gerammt haben.«

»Ich sagte doch schon, es tut mir leid.« Ich klang ein wenig weinerlich.

Er glitt auf den Fahrersitz, startete den Truck und tätschelte mein Bein. »Ich ziehe Sie nur auf.«

Ich konnte mich nicht erinnern, wann zum letzten Mal jemand mein Bein so angefasst hatte. Normalerweise würde ich mich dabei extrem unbehaglich fühlen. Ich saß schon direkt an ihm dran, an einem Mann, der mir völlig fremd war und dem ich gerade reingefahren war, aber irgendetwas an seinem Auftreten wirkte beruhigend auf mich, wenn ich von dem Umstand absah, dass er heftig nach Alkohol roch. Überhaupt lag ein überwältigender Weingeruch in der Luft. »Haben Sie getrunken?«

Er griff nach seinem Shirt, hob es an die Nase und schnüffelte daran.

»Neugierige Katy, die Reporterin, die immer als Erste vor Ort ist.« Er unterbrach sich und bedachte mich mit einem selbstzufriedenen Grinsen. »Ich arbeite auf einem Weingut, Süße. Ich habe heute Fässer gereinigt.« Er deutete mit dem Daumen zur Heckscheibe.

Ich drehte mich um und sah drei hölzerne Weinfässer, die auf der Ladefläche festgeschnallt waren.

Kopfschüttelnd verdrehte ich die Augen über mich selbst. *Wirklich, kann ich mich heute überhaupt in eine noch peinlichere Lage manövrieren?* Ich war R. J. Lawson noch gar nicht begegnet, und trotzdem war ich schon jetzt bereit, das Handtuch zu werfen.

»Wo wollten Sie hin, als ich Ihnen reingefahren bin?«

»Nur schnell in die Stadt, ein paar Sachen erledigen.«

»Ich dachte, die Leute in Kalifornien wären so umweltbewusst. Sind diese alten Trucks nicht irre Spritfresser und Dreckschleudern?«

Den Blick stur nach vorn gerichtet, lächelte er. »Ich habe den Motor umgebaut. Er läuft mit Biokraftstoff.«

»Was ist das für ein Kraftstoff?«

»Donut-Fett. Null Schadstoffemission, und ich bekomme meinen Kraftstoff kostenlos von einer örtlichen Bäckerei.«

»Soll das ein Witz sein?«

Er schüttelte nur den Kopf.

Chelsea starrte zur Windschutzscheibe hinaus. Als ich mich umdrehte, um sie anzuschauen, drehte sie sich ebenfalls um und sah mir direkt in die Augen. »Hey«, sagte ich und rechnete fest mit einer Reaktion, aber sie wandte sich nur ganz lässig wieder ab und blickte erneut zum Fenster hinaus.

»Sie ist wie ein Mensch.«

»Jep, sie ist mein Mädchen.«

Ich schenkte ihm ein Lächeln, und da zwickte er mich in den Oberschenkel.

»Hey!«

»Selber hey. Wir haben's geschafft. Hier setze ich Sie ab.« Er zeigte zum Fenster hinaus auf ein Gebäude. »Da ist R. J.s Büro. Und lassen Sie sich bloß nicht von ihm verunsichern, der Typ verhält sich jedem gegenüber wie ein Idiot.«

Ich lachte. »Danke.«

Er half mir aus dem Truck und holte meinen Koffer von der Ladefläche. Als ich danach greifen wollte, hielt er weiter den Griff fest, und meine Hand landete auf seiner. Doch statt den Koffer wegzuziehen, verharrte ich aus irgendeinem Grund so, ließ meine Finger über seine schwielige Haut gleiten, ehe ich zu ihm aufblickte.

Er starrte mich unverwandt an, die Augen ein wenig zusammengekniffen, als versuchte er, meine Mimik zu entschlüsseln. Er kam näher, beugte sich zu mir, ein schwaches, ehrliches Lächeln auf den Lippen. Ich spürte die Hitze, die von unseren Körpern ausging, als die Lücke zwischen uns kleiner wurde und er sich meinem Gesicht näherte. Ich glaubte, er würde mich küssen – und dann tat er es, einfach so, auch wenn es nur ein kleines Wangenküsschen war. Seine Fingerspitzen lagen auf meiner anderen Wange, und seine Lippen verweilten ein paar Sekunden, und dann hörte ich ihn tief einatmen. Schließlich rückte er ein paar Zentimeter von mir ab und lächelte wieder. Seine Augen wirkten hellwach, erfüllt von Neugier und noch etwas anderem. Verlangen, möglicherweise.

»Ich sagte ja, Sie müssen nicht ängstlich sein. Das wird schon.« Seine Stimme klang sanft.

Ich war vollständig erstarrt. Ich hätte mich nicht abwenden können, selbst wenn ich gewollt hätte. Meine Hände kribbelten, und ich zitterte am ganzen Leib, während wir dort standen und uns einige Momente lang intensiv anstarrten.

Irgendwann räusperte ich mich, dennoch kam meine Stimme

kaum über ein Flüstern hinaus, als ich sagte: »Es tut mir leid, dass ich Ihnen reingefahren bin.«

Er schüttelte den Kopf, drehte ihn ganz langsam hin und her, ohne mich dabei aus den Augen zu lassen. »Machen Sie sich darüber keine Gedanken. Wie lange werden Sie bleiben?«

»Oh.« Mein Herz fing an zu hämmern, als könnte es jeden Moment versagen. *Ob er mich um ein Date bitten will?* »Äh … ich werde mindestens bis Freitag hier sein, aber … ich habe einen Freund.«

»Ich wollte Ihnen nur anbieten, Sie auf dem Gut herumzuführen, falls R. J. keine Zeit dazu hat.«

»Oh.« *Ein weiterer peinlicher Augenblick an diesem so oder so schon apokalyptischen Tag.* »Dann, ja, gern, das wäre toll.«

Sein Lächeln brachte auch seine Augen zum Strahlen. »Okay, Katy, Reporterin mit Freund, dann werde ich Sie herumführen.« Er machte kehrt, um zu seinem Truck zu gehen.

»Ich heiße Kate, und ich bin Journalistin.«

Als er davonfuhr, lehnte er sich aus dem Fenster und winkte. »Viel Glück, schöne Frau. Sie machen das schon.«

Ich stützte mich auf das Geländer vor dem Gebäude. Meine Nerven waren bis zum Zerreißen gespannt, aber nicht wegen meines Interviews mit Lawson. Ich empfand etwas, das ich noch nie zuvor gefühlt hatte. Und ich empfand es für einen Typen, den ich gerade erst kennengelernt hatte.

4. Hyperbel

Ich nahm mir einen Moment, um mich zu sammeln und mir einen Eindruck von meiner Umgebung zu verschaffen. Alle Gebäude des Weinguts drängten sich um das Ende der langen, von Bäumen gesäumten Einfahrt, und alle sahen aus, als wären sie erst kürzlich renoviert worden. Durch die Craftsman-Architektur erinnerten die Häuser an rustikale Jagdhütten.

Links war die Pension, ein dreistöckiger Bau mit kunstvollen Buntglasfenstern und einer schweren Eichentür, die mit einem aufwendigen Muster in Form miteinander verflochtener Weinreben verziert war. Auf einem Schild an der Fassade stand: *Gemeinsam schaffen wir Wärme.*

Selbst jetzt, am Nachmittag, da die Sonne nicht mehr weit über dem Horizont stand, konnte ich die orangerote Glut der an den Wänden angebrachten Außenlampen und der glimmenden Wegbeleuchtung wahrnehmen, die eine behagliche Freundlichkeit verströmten.

Gleich rechts von der Pension stand ein kleineres, ähnlich gestaltetes Gebäude mit einem Schild, das verriet, dass dort Verkostungsraum und Restaurant zu finden waren. Weiter entfernt, hinter dem Restaurant, konnte ich etwas sehen, das an ein großes Lagerhaus erinnerte, und ich nahm an, dass das der Ort war, an dem der Wein hergestellt wurde. Gleich daneben befand sich eine rote Scheune, die aussah, als stammte sie direkt von einer Rinderfarm in Wyoming.

Ich stand derzeit vor einer Reihe von vier kleinen Bungalows. Einer davon beherbergte, wie ich annahm, R. J.s Büro, die anderen waren vermutlich weitere Büro- oder Personalgebäude.

Ich konnte erkennen, dass der Besitz sich weiter ausdehnte, als ich sehen konnte. Weinstöcke umgaben die Gebäude in allen Richtungen und zogen sich bis zum Horizont. Es war mir unmöglich zu erkennen, wo die Weinreben endeten; sie schienen sich einfach endlos auszubreiten. Die Häuser um mich herum hoben sich wie kleine Inseln von der Gleichförmigkeit der Reben ab.

Mein Telefon klingelte einmal. Ich tippte auf das iMessage-Symbol und las:

> *Stephen:* Ich habe heute noch eine späte Besprechung. Ich rufe dich morgen früh an, Süße.

Ich antwortete nicht. Er hatte mich nicht gefragt, wie meine Reise bisher verlaufen war, wie es in Napa war oder ob ich überhaupt noch am Leben war. Das war nur wieder eine von Stephens Phrasen, die obligatorische Nachricht, das obligatorische »Süße«. Das waren nur Worte – und es gab nie irgendwelche Gefühle oder Erfahrungen, die ihnen entsprechen würden. Ich schloss die Nachrichten-App und stellte fest, dass es schon zehn nach fünf war. Ich würde zu spät kommen. Da legte sich plötzlich eine Hand auf meine Schulter. Ich zuckte zusammen und wirbelte herum.

»Tut mir leid, dass ich Sie erschreckt habe. Ich bin Susan, die Geschäftsführerin. Sie sind sicher Kate?«

Dem Aussehen nach musste sie in den Fünfzigern sein. Sie war eher mollig und hatte einen perfekt gepflegten und vollständig grauen Bubikopf. Zu ihrem schwarzen Kostüm trug sie eine weiße Hemdbluse und eine schmale Brille mit schwarz gerahmten Gläsern.

»Ja, ich bin wegen des Interviews mit R. J. hier. Tut mir leid, dass ich so spät bin. Ich hatte Probleme mit meinem Wagen. Jamie musste mich hier raufbringen.«

Sie drückte Rücken und Schultern durch. »Ach, tatsächlich?«

»Ist das ein Problem?«

»Nun, ich hatte Jamie einen Auftrag erteilt, und ich fürchte, es ist typisch für ihn, dass er sich ablenken lässt.« Langsam musterte sie mich von Kopf bis Fuß.

Was soll das heißen?

»Ach so.«

»Ist schon in Ordnung.«

»Um ehrlich zu sein, ich bin mit meinem Wagen in Jamies Truck gefahren.« Plötzlich sah sie sehr besorgt aus. »Ihm ist nichts passiert, und er tut, was Sie ihm aufgetragen haben, ich möchte nur nicht, dass er Ärger bekommt, wenn er später als erwartet zurückkommt.«

Ein warmer Ausdruck trat in ihre Züge, und dann lachte sie. »Jamie wird keinen Ärger bekommen, Liebes.« Sie legte einen Arm um meine Schultern und zog mich zur Tür. Meinen Koffer ließen wir draußen auf der Veranda. Susan neigte sich zu mir herüber und raunte leise: »Dann kommen Sie mal mit, ich stelle Sie dem großen Meister vor.«

Wir betraten einen kleinen Raum mit einem Schreibtisch und gingen weiter zu einer offenen Tür, hinter der ich R. J. erblickte. Er saß zurückgelehnt auf seinem Stuhl und war jetzt schon dabei, mich zu taxieren.

»R. J., das ist Kate Corbin. Kate, das ist R. J.«

Sofort verließ Susan den Raum, und ich näherte mich ihm mit ausgestreckter Hand, doch er stand nicht auf. Stattdessen beugte er sich über den Schreibtisch, schüttelte mir die Hand und lehnte sich hastig wieder zurück.

Ich bemühte mich um einen selbstsicheren Ton. »Ich freue mich, Sie kennenzulernen.«

»Ich hatte mit einer Blondine gerechnet«, sagte er grinsend.

Ich war fassungslos und stand wie erstarrt vor ihm. »Ach, ja? Wieso das?«

»Weil ich mit dem Namen Kate immer Blondinen assoziiert habe.«

Es bestand nur eine sehr vage Ähnlichkeit zwischen diesem R. J. und dem zwölfjährigen Jungen, den ich am Vorabend auf dem

Foto gesehen hatte: weiß, männlich, braunes Haar, helle Augen. Der erwachsene R. J. hatte absolut nichts Besonderes an sich. Die Zahnspange war verschwunden, sein Lächeln aber auch, was vermutlich die Antwort auf die Frage war, warum er so ein Einsiedlerleben führte – seine Sozialkompetenz war offensichtlich dürftig.

Er trug einen langweiligen blauen Anzug mit Nadelstreifenhemd und Krawatte. Seine große Nerdy-Chic-Brille und die modischen Missgriffe passten perfekt zu einem Computergenie, das vermutlich mehr Zeit allein mit seinen Spielzeugen verbrachte als unter anderen lebenden und atmenden Menschen.

»Ich schätze, Sie haben noch nie von Kate Middleton oder Katie Holmes gehört?«

»Oh, Sie sind schlagfertig.«

»Und Sie unhöflich.«

Abrupt stand er auf, klatschte in die Hände und verkündete: »Gut, ich denke, das war es dann, Kate.«

»Nein, es tut mir leid.« Ich ließ mich auf einen Stuhl ihm gegenüber fallen. Ich musste das wieder in Ordnung bringen. »Sie haben mich nur ein wenig überrumpelt. Ich hatte nicht mit Kommentaren über meine Haarfarbe gerechnet.«

Er setzte sich ebenfalls, musterte mich aber weiterhin forschend. »Dann lassen Sie uns weitermachen. Sie sind zu spät gekommen. Ich habe nur eine Stunde, und ich muss Sie noch in den Verkostungsraum führen.«

Ich zog ein Diktiergerät hervor.

Sofort sprang er wieder auf. »Nein. Keine Aufnahmen, keine Fotos. Nur Notizen. Man sagte mir, Jerry wüsste das.«

»Es tut mir leid, ich möchte nur sicherstellen, dass ich Sie nicht falsch zitiere.«

»Dann seien Sie eben sorgfältig mit Ihren Notizen.«

Oha, eben noch taktlos, jetzt von oben herab. Respekt.

Susan kam herein und meldete: »Der Verkostungsraum ist bereit für Sie.«

»Ich habe noch keine einzige Frage beantwortet«, informierte er sie mit einem blasierten Grinsen.

Sie schüttelte nur den Kopf und ging wieder hinaus. Ich war nicht sicher, ob diese Geste mir oder R. J. gelten sollte, aber wenn ich raten sollte, würde ich auf ihn tippen.

»Also, fangen wir an?«

Er beugte sich vor und stützte das Kinn auf die Hände. »Schießen Sie los, Kate. Wir haben nicht die ganze Nacht Zeit, es sei denn, Sie wollen das Interview in meinem Privatzimmer führen.«

»Nein, danke.« *Was hat der Kerl für ein Problem?* »Also, ich hörte, Sie haben einige Zeit damit zugebracht, Schulen in Afrika zu bauen. Können Sie mir etwas darüber erzählen?«

»Man sagte mir, Sie würden mir nur Fragen zu dem Weingut stellen, aber wenn Sie es unbedingt wissen müssen, ja, das ist richtig. Ich habe eine Organisation aufgebaut, die Schulen in Afrika baut.«

Ich betrachtete seine feingliedrigen, gepflegten Hände und die perfekt manikürten Fingernägel.

»Dann haben Sie also nicht mit eigenen Händen Schulen erbaut?«

»Kommen wir doch zu den Fragen über das Weingut, Kate.« Er lächelte mit hochgezogenen Brauen.

»Richtig. Erzählen Sie mir von dem Weingut. Ich wüsste gern, wie Sie die Kellerei gerettet und von den Produktionsmethoden erfahren haben, die Sie anwenden.«

»Nun, ich habe ein nettes Sümmchen in dieses Anwesen investiert, das kann ich Ihnen verraten. Ich glaube, viel hängt auch davon ab, wie man mit seinen Mitarbeitern umgeht, ihnen zeigt, wer der Boss ist, verstehen Sie?«

Gegen meinen Willen musste ich lachen.

»Sind Sie anderer Meinung?«

»Nein … ich meine, das überrascht mich nicht. Und die Produktionsmethode?«

»Darüber weiß ich nicht viel. Das überlasse ich Guillermo. Aber ich glaube, die ist nicht besonders außergewöhnlich. Immerhin hat er schon seit den Achtzigern für die früheren Eigentümer gearbeitet.«

»Also ist Susan Geschäftsführerin, und Guillermo leitet Weinproduktion und Vertrieb?«

»Das ist richtig.«

»Was macht Jamie?«

Er neigte den Kopf zur Seite. »Sie haben also Jamie kennengelernt?«

»Ja.«

»Was hat er gemacht, als sie ihn gesehen haben?«

»Er wollte Besorgungen machen, und er hat ein paar Fässer, die er gereinigt hatte, auf der Ladefläche seines Trucks gehabt.«

»Jamie legt eigentlich überall Hand an. Er arbeitet im Weinberg, aber er macht auch Instandhaltungsarbeiten. Manchmal, wenn Not am Mann ist, hilft er auch in der Pension und im Laden aus.«

Interessant. Ein Mann, der weiß, wie er seine Hände zu benutzen hat.

»Wodurch hebt sich R. J. Lawson als Weinhotelier und Weinproduzent von der Masse ab?«

Er warf einen Blick auf eine Karteikarte und fing an, Fakten herunterzurattern. »Unser Weingut ist zu fast hundert Prozent autark. Unser oberstes Ziel lautet, herausragende Weine und einen herausragenden Aufenthalt in einer uneingeschränkt nachhaltigen und zukunftsfähigen Umgebung zu bieten. Wir haben einen zwölftausend Quadratmeter großen Garten, der teilweise hydroponisch angelegt ist und teilweise naturnah, und eine kleine Ranch zur Versorgung unseres Restaurants. Unsere Tiere werden hormonfrei unter besten Bedingungen mit dem besten verfügbaren Futter aufgezogen. Wir haben neunhundertfünfzig Sonnenkollektoren an verschiedene Stellen des Anwesens verteilt. Den ganzen Strom, den wir brauchen, produzieren wir ausschließlich mit der sauberen Energie der Sonne. All unsere Fahrzeuge werden entweder mit sauberen Energieträgern betrieben oder sind besonders kraftstoffsparend – sogar die Traktoren und die Maschinen, die wir im Weinberg und auf der Ranch benötigen. Wir setzen in Weinbergen und Gärten ausschließlich selbst produzierte organische Pestizide ein. Die Tradition der Weinherstellung auf diesem Grund und Boden besteht schon seit vielen Jahren – wir haben sie nur modernisiert. Wir haben ein altes Verfahren um zusätzliche Qualitätskontrollen und fortschrittliche, umweltfreundliche Methoden bereichert. Wir gehen die ganze Sache praktisch und zupackend an, und ich glaube, das macht die Schönheit dieses Handwerks aus.« Endlich blickte er mit einem leicht nervösen Gesichtsausdruck auf und sah mich an.

Allmählich bekam ich den Eindruck, dass dieser Mann nur bequem hinter seinem Schreibtisch saß und seinem Personal gegenüber mit seiner riesigen Brieftasche wedelte und sein ebenso riesiges Maul aufriss. Warum irgendein Mitarbeiter R. J. Lawson gegenüber loyal sein sollte, überstieg meine Vorstellungskraft.

»Das ist bemerkenswert. Ich bin wirklich beeindruckt, aber bedeutet das, dass *Sie* persönlich auch zupacken?« Wieder fiel mein Blick auf seine makellosen Hände.

Er stand auf, beugte sich über den Tisch und maß mich mit einem finsteren Blick. »Was treiben Sie hier für ein Spielchen?«

»Ich treibe kein Spielchen, ich versuche nur zu verstehen, wer dieser schwer fassbare R. J. Lawson ist.«

»Gehen wir in den Verkostungsraum, es sei denn natürlich, Sie wollen diesen Teil auslassen und gleich mit mir in meine Privaträume gehen, um ein paar persönliche Dinge über R. J. Lawson in Erfahrung zu bringen.«

»Sie haben in den letzten zwanzig Minuten drei Annäherungsversuche gestartet. Ihnen ist aber doch bewusst, dass ich einen Artikel über Sie schreibe, der weltweit veröffentlicht wird?«

»Ich habe keine Annäherungsversuche gestartet. Bilden Sie

sich nur nicht zu viel auf sich ein – für mich sind Sie viel zu verkrampft. Übrigens, warum sind Sie nicht bei Ihren Artikeln über Lippenstift und Yoga geblieben? Ist das nicht das Gebiet, auf dem ihr Journalistinnen wirklich gut seid?«

»Was soll mich daran hindern, darüber zu berichten, was für ein frauenfeindlicher Schwachkopf Sie sind?«

»Was soll mich daran hindern, Ihren Scheißartikel nicht zur Veröffentlichung freizugeben?«

Vollkommen verwirrt starrte ich ihn an und neigte den Kopf zur Seite. »Wovon sprechen Sie überhaupt?«

»Oh, ich nehme an, Sie wurden nicht über diese Klausel in der Vereinbarung, die ich mit Jerry getroffen habe, informiert?«

»Nein. Wie wäre es, wenn Sie mich aufklären?«

Er grinste äußerst zufrieden. »Jerry hat zugestimmt, dass ich den ganzen Artikel freigeben muss, ehe er publiziert werden darf. Wenn er mir nicht gefällt, erscheint er nicht. Also, neugierige kleine Kate, halten Sie mich jetzt immer noch für einen Schwachkopf?«

Mein Herz raste. Abrupt sprang ich auf und lehnte mich ebenfalls über den Schreibtisch, bis mein Gesicht nur noch Zentimeter von seinem entfernt war. Ich ballte die Fäuste und bemühte mich, den Zorn unter Kontrolle zu halten, der sich in meiner Brust aufbaute. Ich atmete tief durch, sammelte mich und konterte: »Austin Powers hat angerufen. Er will seine Brille wiederhaben.«

Schnaubend schüttelte R. J. den Kopf. »Zeit, rüberzugehen. Ich bringe Sie hin, aber ich kann nicht versprechen, dass ich lange bleibe. Irgendwie ist mir die Lust, mit Ihnen einen Wein zu trinken, schon in der Sekunde vergangen, in der Sie hereingekommen sind, und übrigens, Sie haben eine Mäusenase.«

Idiot.

Was war nur über mich gekommen? Ich konnte nicht fassen, dass ich den wichtigsten Auftrag, den ich je erhalten hatte, damit ruinierte, mit diesem Typen kindische Beleidigungen auszutauschen. Er benahm sich unmöglich, ich aber auch, und ich fragte mich, ob ich je einen Artikel zustande bekäme, der dem Weingut, der Zeitung oder mir in irgendeiner Weise gerecht werden würde.

Wir machten uns auf den Weg, und er hielt mir zu meiner großen Verwunderung tatsächlich die Tür auf. Susan stand von ihrem Schreibtisch im Vorzimmer auf und gesellte sich zu uns, als wir hinausgingen. Draußen sah ich mich um und stellte fest, dass mein Koffer verschwunden war und Chelsea an seinem Platz saß. Statuengleich starrte sie die Sonne an, die langsam am Horizont versank.

»Hi, Chelsea. Was hast du mit meinem Koffer angestellt?« Stoisch und mit wahrlich königlicher Miene saß sie da, drehte sich gemächlich zu mir um und sah mich kurz an, nur um sich gleich wieder abzuwenden, als wäre ich überhaupt nicht da.

Susan lachte. »Jamie hat Ihren Koffer schon aufs Zimmer gebracht. Ich kann Sie hinbringen, wenn Sie im Verkostungsraum fertig sind.« Sie schenkte mir ein warmes Lächeln und legte ihren Arm um meine Schultern. »Chelsea ist etwa so einfach zu erobern wie R. J. Keine Panik wegen des Interviews. Schreiben Sie einfach den Artikel über das Weingut, und vergessen Sie ihn.«

»Haben Sie zugehört?«

»Ein wenig.« Sie lachte wieder, und nun stimmte auch ich mit ein. R. J. ging weit genug voraus, dass er unserer Unterhaltung nicht folgen konnte.

»Ist er immer so?«

Sie blieb stehen, legte mir die Hände auf die Schultern und drehte mich zu sich. Sie war ungefähr acht Zentimeter kleiner als ich, eine nicht gerade große Frau, die dennoch eine machtvolle Präsenz hatte. Kummerfalten umgaben ihre Lippen, und sie hatte von Natur aus ein so ernstes Gesicht, dass sie beinahe herablassend wirkte, wenn sie lächelte. »Dieses Weingut ist wirklich wunderschön und hervorragend bewirtschaftet. Die Leute, die hier arbeiten, haben Blut, Schweiß und Tränen investiert, um es zu dem zu machen, was es heute ist.«

»Sie haben meine Frage nicht beantwortet.«

»Vergessen Sie R. J. Sie werden gleich unsere phänomenalen Weine kennenlernen, und wir haben nur die besten für Sie ausgewählt.«

»Danke.« Nach wie vor fiel es mir schwer, die Reserviertheit zu verstehen, mit der Susan R. J. begegnete, oder die offene Verachtung, die Jamie ihm entgegenbrachte. Dennoch bedachte ich sie mit einem Lächeln und ging durch die große Doppeltür aus Mahagoni. Der Verkostungsraum raubte mir den Atem. Er war groß und mit einer hohen Holzbalkendecke versehen. Überall standen Sofas im Missions-Stil und Arts-and-Crafts-Möbel. Obwohl die Decke an die zwanzig Meter hoch sein musste, fühlte es sich an wie in einer behaglichen Jagdhütte.

An einem Ende des Raums befand sich eine große, mit kunstvollen Schnitzereien verzierte Kamineinfassung aus Holz, die eine riesige Feuerstelle umrahmte. Der Abzug war bis hinauf zur Decke mit Flussgestein ummauert. Der Raum hätte einschüchternd wirken können, wäre da nicht die himmlische Musik von Miles Davis gewesen, die aus den Lautsprechern erscholl, und die Wärme des Feuers, die ihn so einladend erscheinen ließen. Ein paar Gäste hatten es sich auf Stühlen und Sofas in der Nähe des Kamins bequem gemacht, aber die meisten Leute hatten sich rund um die große, viereckige Bar in der Mitte des Raums versammelt, an der die Weinprobe stattfand.

Ich ging in Richtung Tresen, blieb aber vor einem hölzernen Regal stehen, in dem neben einigen Flaschen auch Tapenaden, Konfitüren, Olivenöle und andere Muster kulinarischer Handwerkskunst ausgestellt waren. Susan sah mir geduldig zu, während ich den Anblick auf mich wirken ließ. R. J. ging derweil einfach direkt zur Theke.

Ich blickte auf und starrte einigen Moment lang zur Decke empor, betrachtete dann die Kunstwerke an der Wand, bestaunte den historischen Charme. Große Schwarz-Weiß-Fotos der Weinberge, die offensichtlich schon vor Jahrzehnten aufgenommen worden waren, hingen an den Wänden. Es war, als wäre ich durch die Zeit zurück zu einem besseren Ort gereist, einem, an dem man dem modernen Trubel entkommen, ein Glas Wein trinken, einer Jazzlegende lauschen und ganz einfach entspannen konnte.

Endlich folgte ich Susan zur Bar, und gerade als ich das Miles-Davis-Stück erkannte, drehte Jamie sich auf der anderen Seite der Theke um und kam auf uns zu. Der Titel des Stücks lautete: »Someday My Prince Will Come«, und während Miles Davis' Trompete den Prinzen beschwor, der da kommen sollte, ließ Jamie mich nicht aus den Augen.

Er breitete die Arme weit aus und strahlte von einem Ohr zum anderen. »Katy, Sie haben es geschafft!«

»Allerdings.«

»Schön, Sie wiederzusehen.«

Er reichte R. J. die Hand. »R. J.«

»Jamie. Wie läuft es bei Ihnen?«

»Gut, R. J. Gut.«

Der Austausch wirkte sonderbar, beinahe gezwungen. Ich bekam zunehmend das Gefühl, dass Jamie nicht unbedingt der fügsamste Mitarbeiter und R. J. offensichtlich nicht der beste Chef war.

Ich setzte mich auf einen Barhocker neben R. J. Als Jamie zwei Weingläser vor uns abgestellt hatte, ging Susan hinter die Theke, und Jamie folgte ihr auf die andere Seite und beugte sich zu ihr hinab. Mit seinen guten eins achtzig musste er sich ziemlich tief bücken, und ich sah, wie er ihr etwas ins Ohr flüsterte. Bedächtig blickte er sie an, und dann streichelte sie ihm über den Rücken, und er beugte sich erneut herab und küsste sie auf die Wange. Sie tätschelte noch einmal seinen Rücken, ehe sie davonging und mir unterwegs noch einmal zuwinkte. Ihr Verhalten gegenüber Jamie hatte etwas Mütterliches.

Als er sich nun wieder umdrehte und zu uns kam, musterte ich ihn aufmerksamer als zuvor. Seit unserer Begegnung auf der Straße hatte er sich offenbar zurechtgemacht. Er trug jetzt ein schwarzes Poloshirt mit dem Logo von R. J. Lawson und eine umgeschlagene dunkle Levi's-Jeans über einem Paar neu aussehender Converse Chucks. Das Haar hatte er glatt zurückgekämmt, und mir fiel auf, dass es lang genug war, um sich hinter den Ohren leicht zu kräuseln, was meinen Blick auf diesen Teil seines Halses lenkte. Erst als er den ersten Wein ins Glas goss, löste ich mich von dem Anblick und erkannte, dass sein Blick auf mir ruhte.

Er bedachte mich mit einem schiefen Grinsen. »Sehen Sie etwas, das Ihnen gefällt?«

Nervös schüttelte ich den Kopf.

R. J.s Telefon klingelte. »Stecken Sie doch das Ding weg«, sagte Jamie stirnrunzelnd zu R. J.

Oh mein Gott.

»Ich muss da drangehen«, verkündete R. J., stand auf und ging zur Tür.

»Wow, nicht zu fassen, dass Sie so mit ihm reden.«

»Irgendwie kann ich ihn zurzeit kaum ertragen. Gab schon eine ganze Weile keine Gehaltserhöhung mehr.« Lächelnd neigte er den Kopf in Richtung des Weins, den er eingeschenkt hatte. Die kurzen Bartstoppeln in seinem Gesicht konnten die zarten Grübchen nicht verbergen, die sein Grinsen begleiteten. Mit seinem kantigen Kinn war er unbestreitbar attraktiv, aber er hatte auch etwas besonders Liebenswertes an sich. Und irgendwo in dem markant guten Aussehen schimmerte immer noch ein Hauch eines Kindergesichts durch.

Ich griff nach dem Glas.

»Das ist unser Zweitausendneuner Estate Pinot Noir, der große Abräumer bei den Auszeichnungen.« Er sah zu, wie ich an dem Glas nippte. Als sein Blick zu meinem Mund wanderte, fiel mir ein Lächeln auf, das seine Lippen umspielte. »Was denken Sie?«

»Er ist bemerkenswert, absolut opulent und kraftvoll.« Er fing an zu nicken, offenbar erfreut über meine Zufriedenheit. »Die

Säure ist perfekt ausbalanciert, und er ist voll und erdig im Abgang. Wirklich fantastisch.« Wieder musterte er meinen Mund.

»Ich dachte mir, dass er Ihnen gefallen würde«, sagte er leise.

Dieser kurze Augenblick war intensiv. Es kam mir vor, als würde es sich absolut normal anfühlen, würde ich mich nun vorbeugen und ihn küssen, um mich für den Wein zu bedanken. Ich musste etwas tun, und zwar schnell.

»R. J. hat mich während des Interviews bestimmt zwanzigmal angebaggert. Ich wünschte, ich würde ihn etwas mehr mögen, denn dieser Ort ist wundervoll und der Wein absolut göttlich.« Damit hatte ich den Moment bestimmt zerstört.

Jamie riss die Augen weit auf, und seine Kiefermuskeln spannten sich. »Er hat Sie angebaggert?«

»Und wie.«

»Sie machen Witze.«

»Nope.«

»Gott, was für ein Arsch.«

»Allerdings.«

»Haben Sie es Susan gesagt?«

»Ich glaube, sie hat ihn gehört, aber wie auch immer, was würde das bringen?«

»Na ja, sie könnte imstande sein, ihn in seine Schranken zu weisen.« Auf seinen Lippen lag ein vage reumütiges Lächeln, das ich mir nicht erklären konnte. »Es tut mir wirklich leid, dass er sich Ihnen gegenüber so aufgeführt hat.«

»Machen Sie sich keine Gedanken. Das ist ja nicht Ihre Schuld.«

Er nickte langsam, schien aber nicht überzeugt zu sein. »Worüber haben Sie sonst noch gesprochen bei dem Interview?« Jamies Augenbrauen waren dichter zusammengerückt, die Lippen zu einer geraden Linie verzogen.

Ich wusste nicht recht, was ich sagen sollte.

»Hat er erwähnt, wie hart wir hier arbeiten, um diesen Ort nachhaltig zu machen?«

»Ja, das hat er«, antwortete ich sofort und lächelte.

Er nickte. »Das ist gut.«

»Er hat mir nur nicht viel über sein Privatleben erzählt. Ich habe versucht, etwas über die Organisation in Afrika in Erfahrung zu bringen.«

»Die Organisation ist toll. Sie ist in den letzten acht Jahren enorm gewachsen und tut in ganz Afrika viel Gutes, besonders für Kinder.«

»Vielleicht ist R. J. doch kein so schlechter Kerl.« Ich griff nach meinem Glas und nahm einen letzten Schluck Wein.

»Machen wir weiter. Was kann ich Ihnen als Nächstes anbieten – etwas Schwereres mit mehr Körper?«

Irgendwie vergaß ich, dass Jamie über Wein sprach. Er hatte sich vorgebeugt und die Unterarme auf die Theke gelegt, und er blickte mir so intensiv in die Augen, dass es sich anfühlte, als würde er direkt in mich hineinsehen.

»Bitte?« Nun musterte ich seinen Mund, und er schmunzelte wieder ein wenig.

»Was würden Sie gern als Nächstes probieren, Katy?«

»Äh, was?« Meine Stimme klang furchtbar hoch.

»Der Wein, Katy. Der Wein«, sagte er mit einem leisen Lachen.

»Ach, ja, richtig. Äh, eigentlich sterbe ich vor Hunger. Ich glaube, ich sollte unbedingt erst in mein Zimmer gehen und auspacken, und ich sollte dringend etwas essen, ehe ich noch mehr Wein probiere, sonst werden Sie mich hier raustragen müssen.«

»Das würde mir nichts ausmachen«, sagte er.

Inzwischen war R. J. zurückgekehrt, hatte sich stillschweigend an die Theke gesetzt und trank sein Glas aus.

»Soll ich Sie zu Ihrem Zimmer führen? Aber vielleicht können Sie ja auch Ihre investigativen Reporterfähigkeiten nutzen, um es allein zu finden?« Er war wirklich blasiert.

Ehe ich etwas sagen konnte, ging Jamie dazwischen. »Susan hat gesagt, sie würde sie raufbringen.«

»Na gut, ich muss los, Kate. Wir müssen wohl einen neuen Versuch wagen, wenn ich am Donnerstag wieder zurück bin, auch wenn ich nicht glaube, dass einer von uns darüber besonders begeistert ist.« Er machte kehrt, ohne noch ein Wort an Jamie zu richten, und marschierte in Richtung Tür.

Ich konnte mich nicht zurückhalten. Kaum war er außer Hörweite, stieß ich den Seufzer hervor, den ich mir bis dahin verkniffen hatte. »Was für ein Idiot.«

Jamie nickte und ergriff meine Hände. »Hören Sie, vergessen Sie ihn einfach – schreiben Sie über das Weingut. Wir alle lieben es. Er *hat* sich verhalten wie ein Idiot, aber das spiegelt nicht das wider, was wir tun. Susan und Guillermo und ich werden Ihnen alles zeigen, was wir hier machen.« Er sprach mit einer gewissen Eindringlichkeit. »Passen Sie auf, Katy, gehen Sie hoch in Ihr Zimmer, entspannen Sie sich, und ich sorge dafür, dass der Koch Ihnen was Besonderes raufschickt. Die Sache mit R. J. tut mir wirklich leid.«

»Sind Sie mit Susan verwandt?«, fragte ich.

Irritiert zog er den Kopf zurück.

»Na ja, mir ist die Art aufgefallen, wie Sie mit ihr sprechen, und es sah aus, als würde sie Sie trösten.«

»Ach, wirklich? Tja, man könnte sagen, dass Susan so etwas wie eine Mom für mich gewesen ist. Sie hat mir diesen Job verschafft.«

»Aha, interessant.« Langsam erhob ich mich von dem Barhocker. »Ich habe eine Menge Fragen«, sagte ich leise, beinahe wie im Selbstgespräch, aber ich wusste, dass Jamie mich gehört hatte.

»Lassen Sie uns dieses Gespräch später fortsetzen. Haben Sie irgendwelche Nahrungsmittelallergien, oder gibt es etwas, das Sie nicht essen?«

»Ich bin Vegetarierin.«

»Okay.« Er schenkte mir ein warmes Lächeln. Stille trat ein, als wir einander anschauten, und die Verbindung zwischen uns war beinahe greifbar. »Exquisites Trüffel-Pilz-Risotto?«

Ich war wie benebelt, starrte ihm immer noch in die Augen und er mir. Es fühlte sich an, als würde er sich tief in meine Seele graben. Er bezauberte, verzauberte mich mit extravaganten Bezeichnungen für Reisgerichte. Ich musste sehr hungrig gewesen sein.

»Ist das Übertreibung?«

»Nein.« Er lachte. »Das ist die Spezialität von Maître Mark.«

»Hört sich toll an.«

Er schwieg einen Moment. Dann flüsterte er: »Sie sind wunderschön.«

»Ich habe einen Freund«, antwortete ich ebenfalls flüsternd.

»Das hatten Sie bereits erwähnt.«

Genau in diesem Moment gaben meine Knie nach, aber glücklicherweise war Susan plötzlich neben mir, schlang den Arm um meine Taille und hielt mich aufrecht.

»Sie müssen was essen, junge Dame. Wir wollen doch nicht, dass Sie uns zusammenklappen.«

Ich blickte zu Jamie auf, der mit den Schultern zuckte. »Sie hat recht. Ab in Ihr Zimmer, junge Dame.«

Susan zog mich in Richtung Tür.

Ich drehte mich noch einmal um und sagte über meine Schulter: »Bye, Jamie. Sehen wir uns morgen?«

»Spätestens«, entgegnete er lächelnd.

Auf dem Weg zum Gästehaus ergriff ich die Gelegenheit beim Schopf und horchte Susan aus.

»Fährt Jamie Motorrad?«

»Nein.«

»Ist er in einer Band?«

»Nicht dass ich wüsste.«

»Was ist mit Rodeo? Nimmt er an Rodeos teil?«

Sie lachte. »Jamie macht viele verschiedene Dinge auf R. J. Lawsons Anwesen. Er ist unser Mädchen für alles – das werden Sie in den nächsten Tagen selbst feststellen. Und auch wenn Sie, wie mir nicht entgangen ist, ein paar seiner Ungezogenheiten aufgeschnappt haben, ist er eigentlich nur ein süßer, guter Junge.« Plötzlich erstarb ihr Lächeln, und sie baute sich mit ihrem kleinen Körper vor mir auf und sah mir direkt in die Augen. »Sie sollten wissen, dass er wie ein Sohn für mich ist. Er hat schwere Verluste erdulden müssen und ist von den Menschen verraten worden, die ihn eigentlich lieben sollten. Er hat hier ein Zuhause und eine Familie gefunden. Ich hoffe, Sie haben nicht vor, da irgendeine Geschichte auszugraben. Oder sind Sie womöglich auf eine Affäre aus? Falls dem so ist, sind Sie am falschen Ort«, verkündete sie mit einem oberflächlichen Lächeln.

»Susan. Ich hatte den Eindruck, Jamie kann ganz gut auf sich selbst aufpassen«, antwortete ich.

Sie zuckte mit den Schultern.

»Wie dem auch sei, ich war nur neugierig. Und übrigens habe ich einen Freund.«

»Wen müssen Sie daran erinnern?«

Mir stiegen die Tränen in die Augen. Sie brachte mich in Verlegenheit, und sie verwirrte mich, aber ich hielt die Tränen zurück.

»Ich will nur ein paar Infos für meinen Artikel haben, das ist alles. Ich soll etwas über R. J. Lawson schreiben, und, na ja ... Sie wissen ja, wie das Interview gelaufen ist.« Bei den letzten Worten verspürte ich einen dicken Kloß im Hals.

»Das tut mir leid, Kate. Er hat sich wirklich sehr unangemessen verhalten. Das ist nicht unsere Art hier, und ich habe ihn gebeten, das Interview per E-Mail fortzusetzen, damit Sie das am Donnerstag nicht noch einmal durchstehen müssen.«

»Was? Nein! Der einzige Grund, warum ich hier bin, ist, ein persönliches Interview mit ihm zu führen. Ich werde die Antworten, die ich brauche, nicht bekommen, wenn er sich in aller Ruhe überlegen kann, was er mir per E-Mail antworten will.«

Sie neigte den Kopf zur Seite und schnaubte leise. »Dieser Mann spielt bei den Abläufen auf dem Weingut nur eine sehr kleine Rolle.«

»Ich wusste es! Es ist nur seine fette Brieftasche, richtig? Alle denken, er wäre ein Genie, aber wahrscheinlich wirft er mit Geld nur so um sich.«

Sie holte tief Luft. »Ich weiß, worauf Sie hinauswollen, Kate. Passen Sie auf, das Personal wird sie herumführen und Ihnen Einblicke darin gewähren, wie wir das Weingut, das Restaurant und das Gästehaus führen. Es bleibt Ihnen überlassen, was Sie davon in Ihren Artikel aufnehmen, aber ich weiß inzwischen, dass Sie über R. J.s Vetorecht informiert wurden, also hoffe ich, Sie überlegen sich genau, wie Sie Ihren Artikel formulieren.«

Wir betraten die große, dreistöckige Pension und gingen eine schmale Treppe hinauf in die erste Etage. Ich hielt mich an dem edlen, polierten Holzgeländer fest, bis wir den Treppenabsatz erreicht hatten.

Dort reichte sie mir einen Schlüssel. »Das ist Ihr Zimmer. Ihr Abendessen dürfte bald hier sein. Ich hoffe, wir können morgen früh noch mal neu anfangen?«

»Ja, ich freue mich schon darauf«, sagte ich aufrichtig. *Ich kriege meine Story, komme, was wolle.*

Sie lächelte, lief die Stufen wieder hinab und rief: »Wir schieben Ihnen morgen früh ein Programm unter der Tür durch.«

Ein Programm? Der Laden war eindeutig gut durchorganisiert.

Ich schloss die Tür, lehnte mich dagegen und betrachtete das Zimmer, ehe ich es langsam durchschritt. Es war erlesen dekoriert und im gleichen Arts-and-Crafts-Stil gehalten wie die Lobby. *Wirklich geschmackvoll.* Ein Himmelbett im Missions-Stil stand gleich neben einer Doppeltür, die hinaus auf einen kleinen Balkon mit zwei Kapitänsstühlen führte. Das Badezimmer schmückte sich mit einer wunderschönen Klauenfußwanne, goldenen Armaturen und Ornamentfliesen an den Wänden, die ein Standwaschbecken aus Porzellan einrahmten. Ich sank auf das Bett, die weichen Kissen und die Tagesdecke mit Lochstickerei und tippte eine Nachricht an Stephen.

Kate: Mir geht es gut, nicht dass dich das interessieren würde.

Stephen: Ist dir klar, wie spät es hier ist?

Ich hatte einen wahnsinnig anstrengenden Tag hinter mir, aber ich war angriffslustig und beschloss, es darauf ankommen zu lassen.

Kate: Liebst du mich?

Sofort klingelte mein Telefon.

»Was ist los, Süße?«

»Liebst du mich?«

»Natürlich.«

»Weißt du, wo ich bin und was ich tue?«

»Du bist unterwegs wegen eines Artikels.«

»Ich bin nicht beim Secret Service, Stephen. Ich habe dir erzählt, wo ich hinfahre, aber du hast natürlich nicht zugehört.«

»Du warst so distanziert.«

»Ich?«, fragte ich schockiert.

Er seufzte. »Seit Rose gestorben ist und du mit diesem Traum angefangen hast, Kate, – diesem merkwürdigen Traum – und damit, diesem Obdachlosen im Zug nachzulaufen, als würdest du ihn anbeten. Ich kapiere nicht, was mit dir los ist. Ich würde es dir nicht vorwerfen, wenn du für kurze Zeit nicht ganz bei dir wärest, aber das läuft jetzt schon seit Monaten.«

»Ich …«

»Nein, hör zu. Wir sind verschieden, Kate, das waren wir immer. Und die Sache fühlt sich schon seit langer Zeit nicht mehr richtig an.«

»Moment mal. Willst du mir etwa zuvorkommen? Versuchst du, zuerst Schluss zu machen?«

»Hör mal …«

»Nein, du hörst mir zu, Stephen. Wie kannst du nur so herzlos sein? Das ist nicht irgendein Traum über Rose, es ist ein Albtraum, und manchmal wache ich mittendrin auf und stelle fest, dass der Albtraum Wirklichkeit ist. Sie ist weg, genau wie meine Mutter. Sie kommt nie mehr zurück, aber ihr trauriges, einsames Leben verfolgt mich immer noch. Ich war alles, was sie hatte, und dann, als sie gestorben ist, war es, als hätte sie nie existiert. Ich habe Angst, genauso zu enden, aber zumindest hatte ich dich, auch wenn ich im Moment nicht so sicher bin, dass das je so war … Aber jetzt ist das auch nicht mehr wichtig.« Ich bemühte mich, mich zu beruhigen, während Stephen weiter schwieg. »Es ist nicht mehr wichtig, weil ich dich nicht will. Ich werde dir sagen, warum ich Bob im Zug zuhöre. Weil er recht hat. Ich bin alles, was ich habe.«

Ich fing an zu weinen, versuchte aber, es vor Stephen zu verbergen.

Dann sagte er schließlich in absolut ruhigem Ton: »Tja, ich denke, das war es dann, Kate.« Jede einzelne Silbe verströmte Gleichgültigkeit.

Ich schluckte. »Sag mir die Wahrheit. Glaubst du wirklich, du liebst mich?«

»Ich weiß es nicht.«

»Ich denke, inzwischen solltest du das wissen.« Meine Stimme brach.

»Tut mir leid«, sagte er leise.

»Das ist deine Antwort?«

Ohne eine Reaktion abzuwarten, legte ich auf.

Ich fühlte mich weniger traurig als vor den Kopf gestoßen. Die Tränen waren versiegt. Und ich war schockiert – nicht darüber, dass ich Stephen verlor, sondern darüber, dass ich zwei Jahre meines Lebens mit jemandem vergeudet hatte, der mich nicht liebte. Ich nahm allerdings an, meine Reaktion zeigte nur, dass ich ihn auch nicht liebte.

Wie betäubt starrte ich einige Momente lang einen winzigen Riss in der Wand an, bis ich es dreimal an die Tür klopfen hörte.

Ein Schauder erfasste mich, ehe ich aus dem Bett sprang, zur Tür lief und sie mit theatralischem Schwung aufriss.

Vor mir stand ein älterer Mann mit einem Tablett. Wäre es Jamie gewesen, ich wäre ihm womöglich in die Arme gesprungen. »Ihr Abendessen, Ma'am.« Ich trat zur Seite, damit er das Tablett auf dem kleinen Esstisch in der Ecke abstellen konnte. »Trüffel-Pilz-Risotto und eine Flasche von unserem Zweitausendneuner Pinot Noir mit Empfehlung von unserem Maître Mark Struthers und R. J. Lawson.«

»Ach, ja.« Ich lachte wie eine Irre. Der Tag hatte mich wirklich geschafft.

Der Mann bedachte mich mit einem erschrockenen Blick, während er die Weinflasche öffnete und mir ein Glas einschenkte.

»Zum Wohl, Ma'am«, sagte er und hastete zur Tür hinaus.

Kaum war er weg, ließ ich mich wieder aufs Bett fallen, und die Tränen begannen erneut zu fließen. Ich dachte über Stephen nach und versuchte, mir eine wirklich glückliche Erinnerung mit ihm ins Gedächtnis zu rufen, abgesehen davon, dass wir auf der Waschmaschine im Keller Sex hatten – was man aber wohl kaum als Glück bezeichnen konnte. Rückblickend war unsere gemeinsame Zeit bestenfalls mittelmäßig gewesen.

Rose hatte ihn nie gemocht; sie hatte gesagt, er sei so kalt wie ein Fisch. Ich dachte an den Traum, auf den Stephen sich bei unserer Auseinandersetzung bezogen hatte. Kurz nachdem Rose gestorben war, hatte ich mein gesamtes Leben infrage gestellt. Keine Familie zu haben oder nicht zu wissen, woher man kommt, kann einem das Gefühl geben, gar nicht wirklich da zu sein.

Damals hatte ich manchmal in den Spiegel geschaut und mich nicht wiedererkannt. Immer wieder fragte ich: »Wer bin ich?«, und das Gefühl, diese Angst, dass ich die Antwort nicht kennen könnte, versetzte mich in Panik. Ich wünschte, ich hätte jede Frage, die mir nur in den Sinn gekommen wäre, gestellt, ehe sie gestorben war, aber das hatte ich nicht.

Ich hatte nur ein paar Bilder und extrem bruchstückhafte Informationen über meine Eltern und Großeltern, aber nicht annähernd genug, um mir ihr Leben vorzustellen. Ich dachte, wenn sie nicht existierten, dann tat ich es auch nicht, und irgendwann glaubte ich das wirklich, und da fingen die Träume an, dieses leise Flüstern, das mich vollkommen aus dem Gleichgewicht brachte.

Rose war in einem geschlossenen Sarg bestattet worden, aber in meinem Traum war er offen, und Rose lag da, aber sie sah nicht aus wie Rose. In meinem Traum trug sie Weiß, eine Farbe, die sie nie getragen hatte, und ein Kleid, dass sie nicht besessen hatte und in dem ich sie ganz bestimmt nicht beerdigt hatte. Es sah aus wie ein Hochzeitskleid mit Spitzenärmeln und einem Satinoberteil, aber Rose hatte nie geheiratet – wie meine Mutter hatte sie ein einsames Leben geführt.

Ich ging zu ihr und konnte die Präsenz von jemand anderem neben mir spüren, aber ich wusste nicht, wer das war. Ich beugte mich über den Sarg, starrte Rose an, die leblos dalag und viel jünger aussah, als sie zum Zeitpunkt ihres Todes gewesen war. Sie hatte lange bräunlich rote Locken, die ihr auf absolut engelhafte Art über die in Spitze gehüllten Schultern fielen. Obwohl sie aussah, als wäre sie ungefähr zwanzig – viel jünger, als ich sie je gekannt hatte –, fühlte ich deutlich, dass diese Leiche, die dort lag, meine Rose war.

Als ich mich umdrehen wollte, um die Gestalt neben mir anzusehen, hielt mich etwas auf, eine unsichtbare Macht. Es war einer dieser traumtypischen Momente, in denen man sich alle Mühe gibt, etwas zu tun, aber der Körper macht einfach nicht mit. Ich fühlte mich wie gelähmt. Alles, was ich wusste, war, dass diese Gestalt auf mich wie eine friedvolle, besänftigende Präsenz wirkte, und ich fragte mich, ob sie vielleicht meine Mutter war oder mein Vater oder Gott. Als ich dann wieder in den Sarg blickte, bemerkte ich eine kaum wahrnehmbare Bewegung, dann noch eine deutlichere.

Ich ging näher heran. Roses Lippen bewegten sich, aber ich konnte sehen, dass es ihr schwerfiel. Ich wusste, ihr Mund war mit

Draht verschlossen, so wie ein Leichnam eben traditionell für die Bestattung vorbereitet wird. Nun riss sie die Augen so weit auf, wie es nur ging, bewegte ihre Lippen mit aller Gewalt, versuchte, den Mund zu öffnen; es war schrecklich. *Sie lebt! Helft ihr!*, brüllte ich unentwegt und brachte doch keinen Laut hervor. Endlich öffnete sich ihr Mund ein wenig. Mit eindringlicher Miene versuchte sie, mir etwas mitzuteilen, aber ich konnte nicht hören, was sie sagte. Alles, was ich hörte, war das Geräusch von Herzschlägen, und das war der Moment, in dem ich immer wach wurde.

Jedes Mal, wenn ich aus diesem Traum erwachte, wünschte ich, ich hätte nur eine Sekunde mehr. Immer und immer wieder ging ich diese Szene durch, getrieben von der verzweifelten Hoffnung, ich könnte irgendwie entschlüsseln, was sie mir zu sagen versuchte. Dieses Bild von ihrem Leichnam, der in seinem Sarg liegt und zu mir zu sprechen versucht, war absolut grauenhaft, und trotzdem wünschte ich, ich könnte näher heran, einfach nur, um sie zu hören, denn ich wusste, da war ein Flüstern. Und so entsetzt ich auch war, ich wusste auch, dieses Flüstern würde mein Leben für immer verändern, wenn ich verstehen könnte, welche Botschaft es mir übermitteln sollte.

Vielleicht wollte sie mich vor Stephen warnen. Vielleicht war das ihre letzte Bitte an mich, ihn in die Wüste zu schicken. Und vielleicht, nur vielleicht, hatte sie mir Bob geschickt, um mich daran zu erinnern, dass ich alles bin, was ich habe.

Ich sammelte mich, holte tief Luft, ging zum Tisch, setzte mich, legte mir die Serviette über den Schoß und fing an zu essen. Ein Tisch für eine Person, damit konnte ich leben. Ich würde mich auf meine Arbeit konzentrieren, den Artikel schreiben, hoffentlich alle bei der Zeitung beeindrucken und mein Leben weiterleben.

Ein Glas von diesem edlen Pinot war nicht genug; ich trank zwei, dann drei. Das Risotto war göttlich. Ich aß jedes einzelne Reiskorn und dachte: *Siehst du, das ist das wahre Leben. Niemand interessiert sich für mich, und das ist völlig in Ordnung, denn ich interessiere mich für mich.*

Draußen auf dem Balkon war es dunkel, und ich konnte jeden Stern am Himmel klar und deutlich sehen, als ich dort mein Weinglas leerte. Der Anblick gab mir das Gefühl, so bedeutungslos für die Welt zu sein, wie ich tatsächlich war. Ich ging wieder hinein, rief beim Empfang an und gab Bescheid, dass mein Tablett abgeholt werden könne. Ich hatte die Flasche zu drei Vierteln geleert und fühlte mich ein wenig benommen, als es erneut dreimal klopfte. Mein Plan sah vor, mich bei dem armen Mann für mein merkwürdiges Verhalten von vorhin zu entschuldigen, doch als ich die Tür öffnete, stand nicht er davor; stattdessen sah ich Jamie in all seiner Pracht vor mir. Er hatte eine kleine Schachtel in einer Hand und hielt die andere Hand hinter dem Rücken versteckt. Ich trat einen Schritt zurück, um ihn hereinzulassen.

»Hi.«

»Hi. Gehen Sie nie nach Hause?«

Einer seiner Mundwinkel wanderte aufwärts und brachte das Grübchen zum Vorschein.

Mir ging auf, dass meine Bemerkung unhöflich geklungen haben musste. »Ich meine, arbeiten Sie vierundzwanzig Stunden am Tag?«

»Ich lebe auf dem Anwesen.«

»Hier?« Ich erfasste den Raum mit einer ausholenden Geste.

»Nein, ich lebe in …« Er lachte kurz, ehe er seinen Satz zu Ende brachte. »Ich lebe in der Scheune.«

»Sie leben in der Scheune?« Ich bekam große Augen.

»Das ist eine wirklich hübsche Scheune«, sagte er leise.

Etwas an der Art, wie er es sagte, brachte meine Finger zum Kribbeln, als hätte er mir ein Versprechen ausgesprochen – oder eine Einladung.

Für einige Augenblicke schwiegen wir schüchtern. Ich hatte eine Menge Wein getrunken.

»Wie war das Risotto?« Er betrachtete meinen Mund.

»Köstlich.«

»Mir gefällt, wie Sie das sagen. Es klingt, als wäre es Ihnen wirklich ernst.«

»Das ist es«, konstatierte ich und musterte ihn schamlos vom Scheitel bis zur Sohle.

»Ich habe Ihnen etwas mitgebracht.« Er hielt mir die kleine Schachtel hin und stellte sie dann zusammen mit einer weiteren Flasche Pinot auf dem langen Beistelltisch ab. »Falls Sie Nachschub brauchen. Und das ist nur ein kleiner Leckerbissen«, fügte er hinzu und zeigte auf die Schachtel.

»Ich bezweifle, dass ich noch mehr Wein trinken sollte.«

Er zuckte mit den Schultern. »Na ja, für alle Fälle.« Er wandte sich zum Gehen. An der Tür sah er sich noch einmal zu mir um. »Es war nett, Sie kennenzulernen, Kate. Ich hoffe, Sie schlafen gut.«

»Warten Sie einen Moment.«

Sofort drehte er sich um, und ich sah etwas Hoffnungsvolles in seiner Mimik. »Ja?«

»Na ja, ich möchte mir ansehen, was Sie mir gebracht haben, damit ich mich persönlich angemessen bedanken kann.« Ich ergriff die kleine Schachtel, öffnete sie und fand darin zwei exquisit aussehende gesalzene Schoko-Karamellstücke auf zwei winzigen Zierdeckchen. »Oh, die mag ich am liebsten. Woher wussten Sie das?«

»Gut geraten.« Die Hände in den Taschen vergraben, lehnte er sich neben der Tür an die Wand.

»Und danke für den Wein, aber ich sollte keinen mehr trinken.«

»Wir können ihn uns teilen, wenn Sie möchten.«

Ich lächelte, nahm eine der Pralinen aus der Schachtel und biss hinein. Die Karamellmasse zog sich über meine Finger. Ich ging ein paar Schritte auf ihn zu, reckte die Hand hoch und hielt ihm die Leckerei vor den Mund. »Wir können teilen.« Ich war betrunken, aber das war mir egal.

Er legte die Hand um meinen Unterarm und zog mich noch näher heran. Die ganze Zeit, während er langsam das Konfekt mit dem Mund schnappte und anschließend die Karamellmasse von meinem

Zeigefinger leckte, sah er mich unverwandt an. Dann beugte er sich zu meinem Ohr und sagte leise: »Teilt Ihr Freund auch gern?«

Ich lief von Kopf bis Fuß rot an, stand wie erstarrt da und brachte keinen Ton heraus.

Er wich zurück und lachte leise. »Ich ziehe Sie nur auf, Katy.« Forschend sah er mir ins Gesicht. »Ich werde mich anständig verhalten, versprochen.«

Spielerisch boxte ich ihm gegen die Brust. »Also gut, dann machen Sie den Wein auf.«

»Ist das Ihre Art, höflich zu bitten?«

»Treiben Sie es nicht zu weit.« Wir lachten beide. »Okay, bitte, lassen Sie uns einen Wein zusammen trinken.«

Er schnappte sich Flasche, Flaschenöffner und zwei Gläser und sagte: »Gehen wir ein bisschen spazieren. In so einer herrlichen Nacht sollten wir rausgehen. Ich zeige Ihnen den Pool.«

Ohne irgendetwas anderes mitzunehmen als meinen Zimmerschlüssel, folgte ich ihm zur Tür. Auf dem Weg warf ich einen Blick in den Spiegel. Ich trug immer noch meine sittsame Arbeitskleidung und die matronenhaften Schuhe. Das Haar hatte ich mir zu einem unordentlichen Knoten hochgesteckt, und unter meinen Augen waren schwache schwarze Mascaraspuren vom Weinen zurückgeblieben. Ich war für ein Date mit irgendeinem Mann furchtbar gekleidet. *Das ist kein Date*, rief ich mir in Erinnerung, doch zugleich wurde mir allmählich klar, dass Jamie eben nicht nur irgendein Mann war. Ihn schien das nicht mal abzuschrecken.

Und mir fiel es schwer, ihn nicht anzustarren. Da lag etwas Süßes in der vor natürlichem Selbstvertrauen strotzenden Haltung. Als wir am Fuß der Treppe angekommen waren, nickte er dem Mann am Empfang kurz zu.

»Wir gehen zum Pool, George.«

»Okay. Ich lasse euch Handtücher rüberbringen.«

Ich wollte Einwände erheben. Wozu um alles in der Welt brauchten wir Handtücher?

Jamie winkelte einen Ellbogen an, damit ich mich bei ihm unterhaken konnte, und schüttelte den Kopf.

»Keine Sorge, die Handtücher sind nur dazu da, dass wir uns draufsetzen können.«

»Aha«, sagte ich einigermaßen beruhigt.

Wir gingen durch den großen Raum hinaus auf eine riesige Veranda und einige schmale Steinstufen hinunter zu einem Tor. Dort am Zaun hing ein Schild, das verkündete, der Pool schließe um zehn.

»Es muss doch schon nach zehn sein.«

»Ich reinige diesen Pool. Ich kann schwimmen gehen, wann immer ich will.«

»Ich dachte, wir würden nicht schwimmen? Moment mal, Sie reinigen auch den Pool? Was tun Sie hier eigentlich nicht?«

»Ich habe in jedem Job auf diesem Gut mindestens einen Tag lang gearbeitet. Ich war sogar eine ganze Woche lang für die Hauswirtschaft zuständig.«

»Warum?«

»Neugier. Ich wollte einfach wissen, wie die einzelnen Jobs sind, und Susan liebt mich wirklich, also hat sie es mir erlaubt. Manchmal springe ich auch einfach nur für andere Leute ein, weil ich sowieso immer hier bin.«

»Ist R. J. auch immer hier?«

»Zumindest sehr häufig.«

Der Pool sah wunderschön aus. Es gab sogar einen aus Steinen aufgeschichteten Wasserfall gegenüber dem Tisch, neben dem wir standen. Während Jamie die Weinflasche öffnete, zog ich einen Stuhl unter dem Tisch hervor.

»Hängen wir doch die Füße rein«, schlug er vor und sah mich mit einem Ausdruck freudiger Erwartung an. »Einverstanden?«

»Ist das denn nicht ziemlich kalt?«

»Der Pool ist beheizt.«

»Okay.«

Ich trat mir die Schuhe von den Füßen und krempelte die Stoffhose hoch, ehe ich ihm zum Rand des Pools folgte, wo er gerade zwei Handtücher auf den Boden legte. Er krempelte seine Jeans hoch, setzte sich geschmeidig und hielt die Füße ins Wasser. Meine Finger zuckten vor Verlangen, ihm das zerzauste Haar aus dem Gesicht zu streichen, und ich sah ihm aufmerksam zu, als er mit der Hand durch seinen Schopf fuhr und mir dabei die kräftigen Muskeln in seinem Arm zeigte. Ich konnte einfach den Blick nicht von ihm wenden. Als er mir meinen Wein reichte, merkte er, dass ich ihn anstarrte.

»Was?«, fragte er.

»Nichts. Ich möchte nur für eine Weile alles vergessen.«

»Ernsthaft?« Er sah regelrecht begeistert aus.

Ich nickte.

»Dann habe ich eine tolle Idee.«

Ich tauchte die Füße ins Wasser. Es war wirklich warm, beinahe wie Badewasser, und das Gefühl wirkte sofort beruhigend auf meine Nerven.

»Was für eine Idee?«

»Tja, neugierige Katy, das werde ich dir zeigen.«

Er sprang auf, rannte zum Tor, fummelte irgendwo herum, und dann gingen sämtliche Lichter aus – die Poolbeleuchtung, die Terrassenbeleuchtung, sogar die des Wasserfalls. Und es war still. Ich konnte immer noch den Sprühregen ausmachen, der am Wasserfall von der Oberfläche aufstob. Eine Million Sterne waren am Himmel erkennbar. Ich nippte an meinem Wein, und dann hörte ich Will Ryans gefühlvolle Stimme leise durch die Außenlautsprecher hallen, und Jamie tauchte neben mir auf.

»Ich liebe diesen Mann. Seine Musik ist so toll«, sagte ich.

»Ja, er ist klasse. Er und seine Frau spielen am Samstag in einer kleinen Bar hier in der Nähe, falls du Lust hast, mit mir hinzugehen.«

»Sehr gern, falls ich immer noch hier bin.«

Endlich blickte ich auf und erkannte, dass der hinreißende

Jamie kein Hemd mehr trug und gerade dabei war, seine Gürtelschnalle zu öffnen. Sogar im Dunkeln konnte ich die sehnigen Muskeln seiner Arme ausmachen, das definierte Sixpack und die kraftvolle Brust. Er lächelte mich an.

»Was tust du da?«, flüsterte ich gut vernehmlich.

»Wir werden dich mit einem kleinen Bad auf andere Gedanken bringen.«

»*Ich* nehme kein Bad.«

»Okay, wie du willst.« Er riss sich die Jeans herunter und sprang mit nichts als dunkelblau-grau karierten Boxershorts in den Pool.

Als er wieder auftauchte, hielt er die Boxershorts mit einem Finger über seinen Kopf und wirbelte sie herum, als würde er einen Striptease aufführen. Schließlich warf er sie in meine Richtung, und sie landete direkt links von mir.

»Oh mein Gott! Das glaube ich jetzt nicht.«

»Was? Du kannst mich doch sowieso nicht sehen. Außerdem bist du im Handumdrehen selbst hier drin. Du wirkst nämlich ein klein bisschen verrückt.«

»Woher willst du das wissen?«

»Die Hübschen sind immer ein bisschen verrückt.«

»Du hältst dich wohl für besonders schlau, was?«

»Du hast ja keine Ahnung«, sagte er ohne eine Spur von Humor. »Komm einfach rein, Katy. Ich verspreche auch, ich werd nicht gucken.«

Man kann wohl mit Fug und Recht behaupten, dass ich zu diesem Zeitpunkt vollkommen betrunken war, und Jamies Gegenwart wirkte alles andere als ernüchternd auf mich. Sein nasses Haar hinterließ schimmernde Tröpfchen auf seinen Schultern.

Ich kicherte. »Dreh dich weg, und guck bloß nicht!«

»Versprochen.« Er watete zur anderen Seite des Pools und kehrte mir den Rücken zu.

Ich zog mich bis auf den schwarzen BH und die Unterhose aus und blickte an mir herab. Eigentlich, dachte ich, könnte meine Unterwäsche auch problemlos als Bikini durchgehen, wäre sie nicht aus Seide.

So leise ich konnte, glitt ich gegenüber von Jamies Position in den Pool. Zwischen uns lagen um die dreißig Meter. Das Wasser fühlte sich toll an. Ich entspannte mich für einen Moment, bis mir aufging, dass ich mit einem nackten Mann, den ich gerade erst kennengelernt hatte, in einem Pool war. Einem sehr attraktiven nackten Mann.

»Okay, ich bin drin, Jamie, aber bleib in sicherer Entfernung.«

Von einem Ohr zum anderen grinsend drehte er sich zu mir um und war im nächsten Moment unter Wasser verschwunden.

Was tut er nur?

Plötzlich war ich sehr nervös. Ein kleiner Teil von mir ängstigte sich sogar. Wären da nicht Will Ryans süße Worte gewesen, die durch die Lautsprecher zu mir drangen, dann wäre ich wohl völlig panisch geworden. Nun aber erschreckten mich nicht einmal Jamies Hände auf meinen Hüften. Ich hatte außerdem gespürt, dass er sich näherte. Er erhob sich aus dem Wasser, und seine warmen Hände umfassten meine Taille. Mit ernster Miene studierte er meine Augen.

Ich schaute mich rasch um, doch mein Blick kehrte gleich wieder zurück zu ihm, als er mich losließ, um sich mit beiden Händen das Haar zurückzustreichen. Fasziniert verfolgte ich das Spiel seiner Schulter- und Brustmuskeln. Ich konnte sehen, wie sich seine Halsmuskulatur spannte. Es fehlte nicht mehr viel, und ich hätte ihm die Wassertropfen von den Armen geleckt. Ich schloss die Augen, als er mir noch näher kam, und fühlte, wie seine Lippen über meinen Hals und dann weiter zu meinem Ohr wanderten.

»Mach die Augen auf.«

»Ich …«

»Ich weiß, du hast einen Freund.« Einer seiner Mundwinkel zuckte aufwärts, und er wich ein paar Zentimeter zurück. »Aber wir können doch trotzdem Freunde sein, nicht wahr?«

»Ja«, seufzte ich.

»Du hast heute Abend geweint. Warum?«

Ich schüttelte den Kopf.

»Bitte, sag mir, dass es nicht daran gelegen hat, wie R. J. dich behandelt hat.«

»Nein.«

»Woran dann?«

»Ich möchte einfach nur alles vergessen.«

Er nickte und wandte für eine Sekunde den Blick ab. »Bist du kitzlig?«

»Wag es nicht.«

Er lachte. »Na ja, eines weiß ich jedenfalls ...«

»Und das wäre?«

Er legte mir erneut die Hände auf die Hüften, und ich ließ es zu, obwohl ich wusste, dass er damit eine Grenze übertrat. Aber es fühlte sich so gut an, als wäre ich von Wärme und Sicherheit umfangen.

Ein wissendes Lächeln schlich sich auf seine Lippen, und dann sagte er beinahe wehmütig: »Nur Freunde sein wird schwer werden, aber ich werd's versuchen. Es ist nur, weil ... ich mag dich. Du bist humorvoll und süß, und du bist zufällig auch die schönste Frau, die mir je begegnet ist.« Erschrocken schnappte ich nach Luft. Er hielt kurz inne, trunken vor Begierde, ehe er den Mund öffnete, um noch etwas zu sagen.

»Nicht«, murmelte ich.

»Das ist keine Übertreibung, Katy. Ich schwöre es.«

Nervös kichernd ließ ich mich langsam ins Wasser sinken und dachte mir, dass Jamie nicht ganz bei sich sein konnte. Ich hätte mich nie so beschrieben, wie er es gerade getan hatte.

Andererseits hatte ich auch zugelassen, dass Stephen mir das Gefühl gab, ich wäre eine Frau, die es kaum wert ist, zu ihr nach Hause zu kommen.

5. Allegorie

Während ich mir die Klamotten über die nasse Unterwäsche zog, wandte ich mich von Jamie ab, der sich gerade aus dem Wasser stemmte. Er schlüpfte ebenfalls in seine Sachen, und als ich mich wieder umdrehte, sammelte er gerade seine nassen Boxershorts vom Boden auf und wickelte sie in ein Handtuch. *Keine Hemmungen, auf Unterwäsche zu verzichten. Gefällt mir.*

»Ich bringe dich zurück.«

»Danke. Ich bin todmüde.« Nach seinem poetischen und süßen Geständnis fühlte ich mich sehr verlegen.

Wir gingen zurück Richtung Gästehaus.

»Ich muss noch für eine Sekunde zu meinem Truck. Es macht dir doch nichts aus?«, fragte er.

»Überhaupt nicht.«

Er öffnete die Fahrertür und verstellte mir dann die Sicht. Ich hörte, wie ein Reißverschluss geöffnet wurde, und dann raschelte etwas. Er brauchte länger als eine Sekunde.

»Was suchst du?«, fragte ich.

»Nur noch eine Minute, okay?«

Neugierig, wie ich war, stellte ich mich auf die Zehenspitzen und beugte mich vor, um zu sehen, was er da tat. In dem Moment drehte er sich plötzlich um und versteckte etwas hinter seinem Rücken.

»Was ist das?«

»Nichts Wichtiges«, erwiderte er nervös.

»Zeig her.«

Es dauerte mindestens zehn volle Sekunden, ehe er endlich die Hand ausstreckte und mir eine Art Spritze zeigte.

Mir klappte der Unterkiefer herunter. »Bist du … nimmst du Drogen?«

»Nein. Na ja, gewissermaßen schon, aber nicht so, wie du jetzt denkst.«

»Wie dann?« Wir waren beide spürbar gehemmt.

»Das ist Insulin.«

Ein hörbarer Atemzug entkam meinen Lippen. »Du hast Diabetes?«

»Ja. Typ eins.«

»Tut mir leid.«

Er schüttelte den Kopf. »Muss es nicht. Ich habe das schon lange.«

»War es dir peinlich, mir davon zu erzählen?«, fragte ich sanft.

»Nein, ich wollte dich nur nicht damit belasten, und ich muss mir jetzt die Spritze setzen. Ich wusste einfach nicht, wie empfindlich du bist.«

Ich bekam feuchte Augen. »Das belastet mich nicht, aber danke, dass du so umsichtig bist.« Als ich acht gewesen war, hatte ich für meine Mutter die Aufgaben einer Krankenschwester übernehmen müssen, während sie vom Krebs gezeichnet im Sterben lag. Mit fünfundzwanzig hatte ich zusehen müssen, wie Rose, die einzige andere Person, die ich je geliebt hatte, bei lebendigem Leib von aggressiven Bakterien aufgefressen wurde, die sie sich im Krankenhaus nach einer einfachen Gallensteinoperation eingefangen hatte. Es gab nicht mehr viele Dinge, die mir Übelkeit bereiteten.

Er hielt immer noch die Spritze in der Hand und sah mir in die Augen. »Ich mache das jetzt, okay?« Und dann lächelte er süß, und ich nickte.

Mit den Zähnen zog er die Schutzkappe ab und behielt sie im Mund, während er sein Shirt auf der linken Seite hochzog.

Mein Blick wurde wie magisch von der gürtellosen Jeans angezogen, die ihm nun tief auf den Hüften hing. Sein Bauch war auf eine Weise definiert, die die Augen verleitete, weiter nach unten zu schauen.

Als ich schließlich wieder aufblickte, fiel mir auf, dass er sich immer noch auf die stiftförmige Spritze konzentrierte. Er drückte am unteren Ende herum, und ein winziger Tropfen Insulin blubberte aus der Spitze hervor. Plötzlich lag ein intensiver Medizingeruch in der Luft.

Und dann, so als hätte er das schon eine Million Mal getan, zog er eine Hautfalte gleich über der Hüfte hervor und stach die Nadel hinein. Er drückte auf den Knopf am unteren Ende, zog sie dann schnell wieder heraus und setzte mit Hilfe seines Mundes die Schutzkappe wieder auf. Dabei hielt er immer noch sein Shirt hoch.

»Mist«, murmelte er.

»Was?«

»Hab ein Blutgefäß getroffen.«

»Oh mein Gott, was bedeutet das?«, fragte ich und war plötzlich ganz außer mir.

Er gluckste. »Nichts, es blutet nur ein bisschen.« Suchend sah er sich um, und ich schaute hinab und erkannte, dass er aus der Einstichstelle blutete. Da war ein dünnes Rinnsal Blut, das auf seine Jeans zuströmte. Mein Blick fiel auf die nassen Handtücher, die auf der Motorhaube lagen. Rasch schnappte ich mir eins und bückte mich, um vorsichtig das Blut abzuwischen.

»Was machst du da, Kate?« Ein Hauch von Amüsement lag in seiner Stimme.

»Ich wische das Blut weg.«

»Das hätte ich auch tun können.«

»Oh«, machte ich und starrte ihn einige Sekunden lang beschämt an, während ich versuchte, seine Mimik zu entschlüsseln. »Tut mir leid.«

Er lächelte, aber ich glaube, er war auch ein bisschen erschrocken.

»Nein, was ich meinte, war, dass ich nicht möchte, dass irgendjemand das Gefühl hat, er müsste so etwas tun.«

»Ich weiß. Aber ich sagte ja schon, ich bin nicht empfindlich. Ich wollte nur helfen.«

»Danke.« Er hielt sich das Handtuch noch einen Moment an den Körper und ließ dann sein Shirt fallen. »Ich sollte dich allmählich zurück in dein Zimmer bringen. Du musst erschöpft sein.«

»Ja, das war ein langer und sonderbarer Tag.«

»Aber nicht nur schlecht, hoffe ich«, sagte er leise, als wir die Stufen hinaufgingen.

»Was?«

»Du hast gesagt, es wäre ein langer und sonderbarer Tag gewesen, aber ich hoffe, es war nicht alles schlecht.«

»Definitiv nicht.« An meiner Tür drehte ich mich zu ihm um, ehe ich aufschloss. »Eigentlich muss ich dir danken. Du hast einen ziemlich miesen Tag für mich wieder besser gemacht, und das, obwohl ich dir reingefahren bin.«

Er nickte. »Tja, ich danke *dir*, dass du mein Blut aufgewischt hast.«

»Kein Problem.«

»Meine Liste wird länger.«

Ich zog eine Braue hoch. »Ach ja? Was für eine Liste ist das?«

»Die Liste mit all den Gründen, warum das schwer werden wird.« Ich neigte den Kopf zur Seite, wollte ihn ermutigen weiterzureden. Er grinste. »Du hast der Liste gerade die Punkte mitfühlend und liebevoll hinzugefügt.« Er beugte sich vor und küsste mich auf die Wange. »Nacht, Katy, wir sehen uns morgen früh.«

Ach ja, diese Liste.

Und ich fing an, meine eigene Liste zusammenzustellen, und bei der Aussicht, ihn morgen wiederzusehen, hüpfte das Herz in meiner Brust.

Wer war noch mal Stephen?, dachte ich lächelnd.

Genau wie versprochen wurde mir am Morgen ein Tagesprogramm unter der Tür durchgeschoben. Ganz oben, unter dem fett geschriebenen Wort MITTWOCH, befand sich eine Liste mit Frühstücksspeisen und der Durchwahl, über die ich meine Bestellung aufgeben konnte. In den Zwischenraum hatte jemand gekritzelt: *Ich empfehle die pochierten Eier mit Artischocke, Pilzen und Parmesan in Béchamelsoße (natürlich ohne Schinken).*

Wow, das ist ja toll, dachte ich. *Persönliche Empfehlungen – und sie wissen sogar, dass ich Vegetarierin bin.*

Unter der Frühstückskarte folgte ein detaillierter Tagesplan.

10:00 a. m.: Informative Privatführung durch das Weingut mit Guillermo. Treffpunkt ist die Lobby.

Über »Guillermo« war ein kleiner, handgezeichneter Pfeil in Karottenform nebst den recht nachlässig geschriebenen Worten *und Jamie* zu sehen. Nun gut, jetzt wusste ich, wer für die Kommentare verantwortlich war, und ich konnte gar nicht wieder aufhören zu grinsen, als ich den Plan weiter durchging.

12:00 p. m.: Private Verkostung feiner Gaumenfreuden mit passenden Weinen mit Küchenchef Mark.

Und wieder fand ich die handschriftlichen Worte *und Jamie.*

2:00 p. m.: Führung durch die Produktionsanlagen mit Susan. Statt *und Jamie* stand hier *da muss ich arbeiten, junge Dame Jamie :).*

Dann folgte ein großer unbeschrifteter Abschnitt und danach wieder Jamies Handschrift.

Aber wenn du einverstanden bist, würde dich das Personal von R. J. Lawson gern zu einer Sonnenuntergangs-Segeltour in die San Francisco Bay einladen. Wir treffen uns um 4 p. m. in der Lobby.

Die geben ja wirklich alles … oder vielleicht gibt Jamie wirklich alles.

Nachdem ich die besten pochierten Eier auf Artischockenherzen verspeist hatte, die ich je hatte kosten dürfen, suchte ich in meinem Koffer nach etwas Passendem zum Anziehen. Ich hatte jede Menge seriöse Arbeitsklamotten eingepackt, weil ich nicht sicher war, welches Wetter mich erwarten würde, aber nichts davon war geeignet für den Umgang mit beeindruckend attraktiven Männern, die auf einem Weingut arbeiteten. Den schwarzen Blazer aufzupeppen wäre eine Herausforderung, aber dann fiel mir ein, dass ich ein weinrotes Oberteil eingepackt hatte, etwas, das ich gewöhnlich unter einer Bluse tragen würde. Damit war die Entscheidung gefallen – mein sexy Seidenshirt, die engste Jeans, die ich besaß, hohe Schuhe und der schwarze Blazer, um die Form zu wahren.

Ich beschloss, Jamie, sobald ich ihn sah, zu erzählen, dass ich mich von meinem Freund getrennt hatte, aber Susans Warnung machte mir Angst, und ich fragte mich, ob ich mich wirklich auf eine Affäre mit einem Mann einlassen wollte, der zweitausend Meilen von mir entfernt wohnte. *Ja, mit diesem schon, auf jeden Fall.* Diesen Gedanken bekam ich nicht mehr aus dem Kopf.

Obwohl ich mit meiner Story keine Fortschritte gemacht hatte, war es Zeit, Jerry auf den neuesten Stand zu bringen. Ich wählte seine Nummer, und es klingelte nicht mal. »Jerry hier.«

»Ich habe ein Problem.«

»Schön, dir auch einen guten Tag.«

»Ich meine es ernst.«

»Herzlichen Glückwunsch. Dir war es schon seit langer Zeit mit nichts mehr ernst.«

Dieses alberne Hin und Her, bei dem Jerry mich absichtlich verspottete oder sonst wie ärgerte, weil er sich einbildete, das würde sich inspirierend auf meine Schreiberei auswirken, war nicht ungewöhnlich. Ich war außerdem zu neunundneunzig Prozent sicher, dass Jerry unter einem nicht diagnostizierten Aufmerksamkeitsdefizitsyndrom litt.

Wir aßen an vielen Tagen gemeinsam im Park zu Mittag, manchmal im Lincoln, manchmal im Stanton. Wir verspeisten unsere Sandwiches aus dem Deli und redeten über das Leben. Wir führten die tiefgründigsten Gespräche über Vergänglichkeit oder den Hunger auf der Welt, und dann ruckte Jerrys Kopf plötzlich herum, und er sagte beispielsweise: »Da, guck dir mal die Form von diesem Drachen an, der sieht aus wie ein riesiger Tintenfisch!«

Niemals würde ich auf die Idee kommen, mit ihm in den Millennium Park zu gehen – ganz bestimmt nicht. Ich weiß, er würde einfach nur dasitzen und wie gebannt all diese riesigen Skulpturen anstarren. Sein Gehirn würde überladen werden, und dann würde er wahrscheinlich vor sich hin singen »Großes Metallobjekt, großes Metallobjekt« und nie wieder aufhören.

Er tat alles schnell – er dachte, aß, schrieb, redete und ging sogar schneller als ein durchschnittlicher Mensch. Seine Aufmerksamkeitsspanne umfasste lediglich ein paar Sekunden. Seine Deadlines waren bisweilen unzumutbar, und sein Gehirn zog Smalltalk nur höchst selten in Erwägung, weshalb er äußerst geradlinig war und gewöhnlich direkt zum Punkt kam.

»Jerry, hör auf.«

»Hast du irgendwas Skandalöses entdeckt? Das ist alles, was ich wirklich wissen will.«

»Na ja, R. J. ist irgendwie ein Arsch.«

»Was soll das heißen, ›irgendwie‹?«

»Na ja, also, er *ist* ein Arsch. Während des Interviews hat er mich dauernd angebaggert.«

»Hattest du Sex mit ihm?«

»Nein.«

»Gut … Wirst du Sex mit ihm haben?«

»Nein, mein Gott, Jerry, für wen hältst du mich eigentlich?«

»Na ja, ist doch toll, dass er ein Arsch ist, nur hab keinen Sex mit ihm.«

»Okay! Und warum ist es toll, dass er ein Arsch ist?«

»Weil du einen Angriffspunkt brauchst, Kate. Den brauchst du immer.«

»Aber ich liebe diesen Ort, und all die Leute, die hier arbeiten, sind so nett, und der Wein ist phänomenal. Außerdem weiß ich, dass er ein Vetorecht in Bezug auf den Artikel hat.«

Auf seine typische superschnelle Art erwiderte er: »Es gibt immer Schlupflöcher. Hättest du mir erzählt, er wäre ein absolut menschenfreundliches, gottesfürchtiges Geschenk an die Frauen und die Menschheit im Allgemeinen, hätte ich auch gesagt, das ist toll. Du brauchst einfach nur einen Angriffspunkt, okay? Halt dich nicht damit auf, dass du nicht *Der Dschungel* schreibst. Schmück einfach die Fakten ein bisschen aus. Such nach Skandalen, find heraus, was das Personal von ihm hält, warum die Weine so viele Preise abräumen und so weiter.«

»Sie gewinnen Preise, weil diese Weine so verdammt gut sind.«

»Schön, warum? Was machen die anders als andere? Das musst du herausfinden.« Abrupt verstummte er, sprach aber gleich weiter. »Übrigens, tut mir leid wegen Stephen.«

»Oh ... woher weißt du das?«, fragte ich einigermaßen alarmiert.

»Beth hat ihn heute Morgen getroffen, als sie frühstücken war.«

»Und? Was hat er zu ihr gesagt?«

»Na ja, es war weniger, was er gesagt hat ...«

»Was soll das heißen?« Und da ging mir ein Licht auf. »Er war mit einer Frau zusammen? Heute früh? Jetzt schon?«

»Ja, und du weißt ja, wie Beth ist. Ich schätze, sie ist direkt zu ihm gegangen und hat so was wie ›Wenn die Katze aus dem Haus ist, was?‹ zu ihm gesagt. Jedenfalls ist er damit rausgeplatzt, dass ihr zwei euch getrennt habt.«

»Was für ein Arsch!«

Einige Sekunden lang herrschte Schweigen, was bei einem Telefonat mit Jerry Seltenheitswert hatte. Ich fragte mich, ob er sich gerade am Kinn kratzte und die Decke anstarrte. Und dann, als er wieder etwas sagte, hörte ich ein Lächeln in seiner Stimme.

»Ja, das kannst du laut sagen.«

»Jerry!«

»Nein, es tut mir wirklich leid, Kate. Ich habe den Kerl nur nie gemocht.«

Mit diesem Gefühl war Jerry nicht allein. Rose hatte Stephen nicht gemocht, und Beth konnte ihn nicht ausstehen, allerdings konnte Beth die meisten Männer nicht ausstehen. Trotzdem, sogar der Hausmeister in unserem Gebäude konnte ihn nicht leiden und setzte sofort eine finstere Miene auf, wenn Stephen sich ihm auch nur näherte.

»Ich rufe dich später noch mal an, Jer.«

»Okay. Und mach dir wegen Stephen nicht zu viele Gedanken. Du hast was Besseres verdient. Konzentrier dich einfach auf deinen Job, geh da raus und mach sie fertig.«

»Ja, weil ich darin ja auch so gut bin«, erwiderte ich sarkastisch.

»Hör sofort damit auf. Ich will diese Art von Gerede nicht hören.« Nun klang sein Ton überaus ernst, doch das hielt nicht lange. »Ach, und hab keinen Sex mit dem Genie.«

»Bye, Jerry.«

Mir blieben noch fünfzehn Minuten, bis ich in der Lobby sein musste, also steckte ich das Laptopkabel in die Steckdose, probierte mindestens zehn Minuten, mich ins WLAN einzuloggen, und schaffte es doch nicht. Man hatte mir die Zugangsdaten auf dem Schreibtisch hinterlassen, aber sie funktionierten nicht, also öffnete ich ein Word-Dokument und schrieb stattdessen ein paar Notizen nieder.

R. J.: Arschloch, keine Spur von genial, gibt mit seinem Geld an und hat Mädchenhände.

Wie ich diese paar Informationen zu einem Artikel aufblasen sollte, war mir ein Rätsel. Und dann schrieb ich:

Weingut: nachhaltig, schön angelegt, rustikal, altertümlicher Charme, tolle Weine.

Und schließlich:

Jamie: kenntnisreich, stolz auf das Weingut, Diabetiker, süß, authentisch, hinreißend, charmant, warme Hände, starke Hände, mag mich …

Und dann musste ich los.

6. Auf drei

Ich raste aus meinem Zimmer, knallte hastig die Tür zu, wandte mich zur Treppe um und prallte geradewegs gegen Jamies starke Brust. Ich blickte auf.

Er grinste mich an und sagte in endlos sanftem Ton: »Hallo, Engel. Die Schuhe kannst du vergessen. Hast du andere dabei?«

Ich trat einen Schritt zurück und musterte ihn von Kopf bis Fuß. Er trug eine schmutzige Jeans, Arbeitsstiefel und ein schlichtes weißes T-Shirt unter einem langärmeligen, nicht zugeknöpften Flanellhemd. Schließlich sah ich meine Schuhe an.

»Okay. Warte. Eine Sekunde.« Ich machte kehrt und rannte zurück in mein Zimmer. Von hochhackigen Schuhen und Ballerinas abgesehen, hatte ich nur noch ein Paar grau-schwarz karierte alte Vans dabei. Normalerweise wäre es mir peinlich gewesen, die anzuziehen, aber ein Blick in den Spiegel offenbarte mir, wie unpassend ich gekleidet war. Ich legte den Blazer ab und schlüpfte stattdessen in meinen unvorteilhaften, grau melierten Kapuzenpullover mit dem Aufdruck der University of Illinois.

Als ich im Korridor wieder mit Jamie zusammentraf, blickte er auf meine Füße, grinste und sagte: »Perfekt. Du siehst süß aus.« Und dann sah er auf und fügte hinzu: »Los, Chiefs.«

»Eigentlich heißt das Chief Illiniwek, und die Leute haben ein Riesenproblem mit dem Maskottchen. Warst du auf dem College?«

»Du bist offenbar nicht ausreichend davon überzeugt, um zu fragen, wo ich auf dem College war.«

Ich lachte nervös. *Gut gemacht, jetzt hast du ihn auch noch beleidigt.* Er sprang die Treppe hinunter und winkte mir mit dem ganzen Arm zu. »Komm schon, wir sind mit Guillermo verabredet.«

Ich folgte ihm durch den großen Saal und aus dem Gebäude hinaus.

»Tut mir leid, ich habe mir dabei gar nichts gedacht. Wo bist du zum College gegangen?«

Er breitete die Arme aus und erfasste mit seiner Geste alles um uns herum. »Irgendwo. Überall. Wo ich nur konnte.«

»Also hast du keine höhere Schulbildung im eigentlichen Sinne?« Ich lächelte sanft, während ich versuchte herauszufinden, was er damit sagen wollte.

»Die habe ich auch«, erwiderte er mit einem schiefen Grinsen. »Aber von den Leuten in meinem Leben habe ich viel mehr gelernt.« Er deutete auf einen Mann, der in unsere Richtung ging, und fuhr mit erhobener Stimme fort: »Beispielsweise von Guillermo. Er ist in den Weinbergen aufgewachsen. Er hat immer schon Wein hergestellt und sein Handwerk perfektioniert.«

Guillermo, ein kleiner Mann von ungefähr fünfzig Jahren, begrüßte Jamie mit diesem Männergruß, der halb aus Handschlag, halb aus Umarmung bestand. »J., geh da raus, wir herbsten nach wie vor.«

Lachend drehte sich Jamie wieder zu mir um. »Genieß die Tour. Wir sehen uns später wieder.« Dann wandte er sich an Guillermo, sah mir aber immer noch tief in die Augen. »Das ist Katy. Bring sie heil wieder zurück, okay?«

Guillermo gluckste nur.

Als Jamie fort war, sagte ich: »Schön, Sie kennenzulernen, Guillermo.« Er schüttelte mir die Hand. »Ach, und übrigens, was bedeutet *herbsten?*«

»Es bedeutet, dass wir immer noch Trauben ernten, *mija*. Gehen wir los und sehen uns an, wie wir hier arbeiten.« Seite an Seite traten wir in dieses Meer von Weinreben. »Das Erste, was Sie wissen müssen, ist, dass sich alles um die Pflanzen dreht, die Weintrauben. Das hier sind nicht die Trauben, die Sie kennen.«

Vor einigen blass aussehenden Weintrauben, die an einer Rebe hingen, blieb er stehen.

»Sehen Sie, meine Liebe, das sind Pinot-Noir-Trauben. Sie haben weniger Farbe.«

»Die sehen krank aus.«

Er schüttelte den Kopf. »Das sind exzellente Trauben. Es hat zehn Jahre gedauert, die Pinot-Noir-Traube hier auf diesem Weingut zu perfektionieren, etwas, das man in Frankreich schon sehr lange tut.« Er zupfte eine Weinbeere ab und reichte sie mir.

Ich steckte sie in den Mund. »Wow, das hätte ich nicht erwartet.«

»Aromatisch, nicht wahr? Viel aromatischer als die Trauben, die Sie sonst essen?«

»Ja, und sehr, sehr süß, schmeckt aber überhaupt nicht nach Pinot Noir.«

Er lachte leise. »Nun ja, Sie müssen wissen, dass ein großer Teil des Geschmacks aus der Haut kommt. Die Haut ist ein bisschen bitterer und viel dünner als, sagen wir, die von Sultana-Trauben, und darum eignen sich diese Weinbeeren nicht so gut zum Essen. Aber sie liefern einen hervorragenden Wein, finden Sie nicht?«

»Wenn Sie schon so lange hier sind, wie kommt es dann, dass die Weine erst jetzt, nachdem Lawson das Gut übernommen hat, so gut sind?«

»Er hat mich nach Frankreich geschickt.« Er legte eine Pause ein und wackelte dramatisch mit den Brauen. »Er hat alles bezahlt, und ich konnte einen ganzen Monat dortbleiben. Ich habe viel gelernt, aber vor allem habe ich viel gesehen, was ich eigentlich schon wusste, aber ich wurde noch mal daran erinnert. Lawson hat mir die Ressourcen und den Platz gegeben, das umzusetzen. Pinot-Noir-Reben liefern nur wenig Ertrag. Als ich zurückgekommen bin, haben wir uns hier auf dem Gut auf diesen speziellen Wein konzentriert und mehr Land für diese Traube bereitgestellt.«

»Warum war Lawson so erpicht auf Pinot Noir?«

Er zog die Schultern weit hoch. »Hoffnungsloser Romantiker, schätze ich.«

»Das bezweifle ich.«

»Nein, um ehrlich zu sein, er hat gesagt, er will Pinot Noir herstellen, weil der Wein sexy ist.« Er lachte lauthals, als hielte er die Idee für absolut lächerlich.

Sofort fiel mir ein Zitat aus einem Artikel der *Vanity Fair* ein, in dem der Pinot beschrieben wurde als *der romantischste aller Weine, geprägt von einem sinnlichen Bukett, so lieblich, akzentuiert von feiner Süße und einem so kraftvollen Körper, dass einem das Blut in Wallung gerät und die Seele in poetische Schwärmerei verfällt, als sei man frisch verliebt ...*

»Ich schätze, das ergibt durchaus Sinn, weil er ...« *Ein Chauvinist ist*, dachte ich. »Weil er den Wein ja verkaufen will.«

»Wer weiß. Gehen wir weiter, *mija*.«

Während wir an einer langen Reihe Weinstöcke entlang zu dem großen Gebäude gingen, das mich an ein Lagerhaus erinnert hatte, beschloss ich, mir die Zeit zu nehmen, Guillermo ein wenig kennenzulernen.

»Haben Sie Kinder?«

»Ja. Wir wohnen weiter unten an der Straße. Patricia, meine Frau, arbeitet im Gästehaus am Empfang. Wir haben zwei Töchter. Die sind jetzt beide auf dem College – eine in Berkeley, die andere an der University of Arizona.«

»Wow, und das können Sie sich mit dem Lohn, den Sie hier bekommen, leisten?«

Er drehte sich mit gekränkter Miene zu mir um.

»Tut mir leid, ich wollte Ihnen nicht zu nahe treten. Sie müssen doch hier unermüdlich für R. J. arbeiten. Bietet er Ihnen denn anständige Leistungen und eine gute Arbeitszeitregelung?«

Er zögerte und antwortete mir dann leiser und etwas zaghafter. »Ja, das tue ich ... und er auch. Er ermöglicht meinen Töchtern ihre

Ausbildung. Er ist wie ein Sohn für mich, aber er kümmert sich auch um mich.«

Ich war regelrecht erschrocken. Entweder war R. J. ein Widerspruch in sich, der sich auf der einen Seite wie das letzte Arschloch gebärdete und auf der anderen gut zu den Menschen um ihn herum war, oder er stand den Medien wirklich sehr ablehnend gegenüber und sein kleiner Trotzanfall hatte nur dazu gedient, mich von seinem wahren Charakter abzulenken.

Wir kamen an einer riesigen, roten traktorähnlichen Maschine vorbei, die langsam den Weinberg herab auf uns zu rollte. Sie war so gestaltet, dass sie die Rebstockreihen mehr oder weniger überspannte.

Guillermo ergriff sacht meinen Arm und zog mich in eine andere Reihe hinein. »Lassen wir dem Mann ein bisschen Platz.«

Den Blick immer noch auf das Gerät gerichtet, fragte ich: »Was ist das für ein Ding?«

»Ein Traubenvollernter. Wir lesen einen großen Teil unserer Trauben von Hand, aber wir benutzen auch ein paar von denen, um im Zeitplan zu bleiben. Jamie hat sie so umgebaut, dass sie kraftstoffsparend arbeiten.«

»Wie funktionieren sie?«

»Sie versetzen die Stöcke in starke Schwingung. Die Vibrationen sorgen dafür, dass die Trauben vom Stock in einen Sammelbehälter fallen.«

Einige Reihen weiter entdeckte ich Jamie. Er hatte das Flanellhemd abgelegt und eine schwarze Baseballkappe und eine Sonnenbrille aufgesetzt. Die rötlichen Tattoos, die sich über seinen linken Arm zogen, bildeten einen scharfen Kontrast zu seinem weißen T-Shirt. Selbst aus dieser Entfernung konnte ich den Schweiß auf seinem Gesicht und den Armen glänzen sehen.

Ich reckte die Hand hoch und winkte, versuchte, seine Aufmerksamkeit zu erregen. In diesem Moment reichte ihm ein anderer Arbeiter etwas, sodass seine Hände voll waren, aber er legte den

Kopf in den Nacken und küsste die Luft mit Blick auf mich. Noch während ich freudig lächelte, sah ich Guillermo grinsen.

»Konzentration, *mija*.«

Ich spielte den Vorfall mit einem Achselzucken herunter, als wüsste ich gar nicht, was er meinte.

»Ist es okay, wenn Jamie mit seinem Diabetes so hart arbeitet?«

»Oh, ja, natürlich. Bewegung ist gut. Das hilft auf natürliche Weise, seinen Blutzuckerspiegel zu senken. Darum ist Jamie so fit.«

»Ja, Jamie *ist* fit …«

Guillermo zog eine Braue hoch. »Ich wette, Sie möchten unsere Kelter sehen?«

Ich lachte. »Richtig, das will ich.«

Wir gingen durch ein großes Rolltor aus Metall in das Lagerhaus. Offenbar waren die Trauben, die heute geerntet worden waren, noch nicht bis zur Presse gelangt, denn in dem Gebäude war es unheimlich still. Guillermo deutete auf einen viereckigen Trichter aus Edelstahl, an dessen unterem Ende eine große schwarze Maschine angebracht war.

»Das ist sie. Eine der besten. Von allen großen Weinpressen ist das die sanfteste. Wir haben ein paar andere ausprobiert, waren aber erst zufrieden, als wir die gefunden haben.«

Ich umrundete die Presse, studierte sie, machte mir gedankliche Notizen, und dann kam mir eine Folge von *I love Lucy* in den Sinn, in der Lucy und die Italienerin in einem großen Fass herumgestampft hatten, um Trauben mit den nackten Füßen zu zerquetschen.

»Und ich hatte doch ernsthaft gehofft, ich würde hier einen Lucille-Ball-Moment erleben«, sagte ich halb im Scherz und lächelte dabei still in mich hinein.

Eine Stimme hinter mir erschreckte mich. »Ich glaube, das lässt sich einrichten.«

Als ich mich umwandte, sah ich Jamie – verschwitzt und umwerfend – am Eingang stehen, entspannt an den Torrahmen gelehnt. Chelsea saß direkt neben ihm und starrte mich an. Jamie nahm seine Mütze ab, strich sich mit den Fingern durch das Haar und setzte sie wieder auf. Während ich jede seiner Regungen verfolgte, war mir, als würde die Zeit stillstehen. Seine Bewegungen wurden langsamer, als hätte jemand an einem Stellrad gedreht oder einen Knopf auf der Fernbedienung gedrückt.

»Was meinst du damit, das lässt sich einrichten?«

»Gib mir zehn Minuten.« Und schon war er fort.

Guillermo starrte kopfschüttelnd zu Boden und bemühte sich redlich, nicht zu lachen. »Ich fürchte, ich muss wieder an die Arbeit, *mija*. Oder haben Sie noch weitere Fragen?«

»Ja, ich habe eine Million Fragen«, antwortete ich hastig.

»Ich glaube, die meisten wird Jamie Ihnen beantworten können. Er kennt sich hier wirklich gut aus.«

Ich nickte. »Okay. Es war sehr nett, Sie kennenzulernen. Vielen Dank.« Ich streckte die Hand aus, und er ergriff sie.

»Gern geschehen, *mija*.« Er beugte sich vor und küsste mich auf eine so familiäre Weise auf die Wange, dass mir ganz warm ums Herz wurde.

Jamie kam herein und rollte ein Fass neben sich her. Als er an Guillermo vorbeikam, nickten sich die beiden Männer kurz zu. Chelsea ließ sich in einer Ecke auf dem kalten Betonboden nieder.

»Und, Katy, bist du bereit dafür?« Er stellte das Fass aufrecht hin und nahm den Deckel ab.

Ich beugte mich hinüber und inhalierte die Mischung verschiedener Aromen. Es roch süß, sauer und erdig – ein scharfer, aber natürlicher Duft. Auf dem Fassboden konnte ich Trauben schimmern sehen, als das Licht direkt hineinfiel.

Jamie beobachtete mich. »Schuhe ausziehen.« Grinsend packte er einen Eimer und stellte ihn umgekehrt hin, damit ich mich setzen konnte.

Ich zog ein wenig widerstrebend Schuhe und Socken aus. »Werde ich diese Weinbeeren ruinieren?«

Er ging vor mir in die Knie und krempelte mir die Hosenbeine hoch. Dann hielt er einen meiner Füße hoch und beäugte ihn eingehend. In dem Moment fühlte ich mich zutiefst verunsichert. *Sucht er etwa nach Fußpilz?*

»Ich werde persönlich jeden einzelnen Tropfen Wein trinken, den diese süßen kleinen Füße gestampft haben.« Er wischte mir mit einem feuchten Lappen die Füße ab und breitete ihn dann auf dem Boden aus, damit ich mich daraufstellen konnte. »Vielleicht solltest du das Sweatshirt ausziehen. Dir wird wahrscheinlich ziemlich warm werden – Weinstampfen ist harte Arbeit.«

Bei dem Gedanken, dass ich unter dem Pulli nur ein Top ohne BH trug, geriet ich in Panik. »Äh …«

Er bedachte mich mit einem äußerst selbstgefälligen Grinsen. »Ich habe dich schon mal in Unterwäsche gesehen.«

»Ich habe ein Tanktop an«, schnaubte ich und zog das Sweatshirt aus. Das Oberteil endete knappe drei Zentimeter oberhalb des Hosenbunds und gab den Blick auf meinen Bauchnabel frei. Außerdem bestand es aus Seide, und ich trug keinen BH.

Immer noch grinsend kniff er die Augen zusammen, als er meinen Aufzug beäugte. »Ich weiß nicht, ob ich das als Tanktop bezeichnen würde, Katy, aber es gefällt mir. Stecken wir dich mal in das Fass. Okay, leg die Hände auf den Rand. Auf drei springst du hoch, und ich hebe dich rein.« Er stand hinter mir, dicht hinter mir, und legte mir die Hände auf die Hüften. »Eins«, sagte er in ganz normalem Ton. Sein Körper roch durch die Arbeit nach Kardamom und Moschus, aber sein Atem verströmte einen fruchtigen Duft. »Zwei.« Er spannte seinen Griff. Das dauerte viel zu lang. Mein Rückgrat kribbelte, und ich verlor jegliches Gefühl in den Füßen. Er beugte sich vor, drückte sich an mich. Sein Mund war direkt über meinem Ohr. »Drei.« Ein Schauer raste durch meinen ganzen Körper, meine Knie gaben nach, und ich machte Anstalten, einfach zusammenzuklappen, aber er hielt mich fest. »Du solltest eigentlich springen«, kommentierte er lachend.

Mühsam unterdrückte ich ein Lächeln, drehte mich um und sah ihn mit gespieltem Ärger an. »Tja, dann solltest du vielleicht aufhören, mir so ins Ohr zu flüstern.«

»Es hat dir also gefallen.«

»Du machst mich nervös, und so bin ich normalerweise nicht.« Durch die Nase holte ich tief Luft und versuchte mich zu sammeln.

»Ich verspreche, es ist nicht meine Absicht, dich nervös zu machen.«

Ich wandte mich wieder um, streckte den Hintern raus und zwang ihn so ein paar Zentimeter weit zurück. Er fügte sich, umspannte aber immer noch mit festem Griff meine Hüften. »*Ich* werde zählen«, verkündete ich mit fester Stimme.

»Okay.«

Gänsehaut. Schon wieder. Nur durch den Klang seiner Stimme.

»Eins-zwei-drei«, rief ich in schneller Folge und sprang sofort. Es war, als schwebte ich plötzlich durch einen Raum ohne Schwerkraft, und wieder lief die Zeit langsamer, ich schloss die Augen und glaubte beinahe, ich würde, wenn ich sie wieder aufschlug, durch eine wilde Galaxis voller Marshmallows, süßem Gebäck und pummeliger kleiner Engelchen fallen, die auf winzigen, herzförmigen Lauten spielten.

Zurück in der Realität, zog ich die Knie an, um über den Rand des Fasses zu kommen. Jamie hob mich so mühelos hoch, als wäre ich ein kleines Kind. Ich streckte die Beine wieder aus, und meine Füße berührten die Trauben. Ich steckte die Zehen hinein und kicherte mindestens zwanzig Sekunden vor mich hin, während er mich beobachtete.

»Fang an zu stampfen, Verehrteste.« Jamie hielt das Fass fest, während ich lachend darin herumtrampelte. Die Trauben waren zäher, als ich erwartet hatte, aber immer noch nachgiebig genug, um mich ein wenig zu kitzeln. Ich hielt inne, atmete tief durch und wischte mir mit dem Handrücken einen Schweißtropfen von der Stirn.

»Warum freust du dich so?«, fragte ich den strahlenden Jamie. »Du scheinst dich wirklich gut zu amüsieren.«

»Tu ich.« Ich stampfte noch ein bisschen mehr auf dem Wein herum und hielt erneut inne. »Du hast recht, das ist ein echtes Workout.« Ich blickte an mir herab und stellte fest, dass mein seidenes Hemdchen an meiner Haut klebte.

Jamie folgte meinem Blick, ehe er mir wieder in die Augen schaute. Ich sah, wie sich sein Hals bewegte, was mir verriet, dass er schlucken musste, und dann schaute ich zu, wie sich seine Brust unter einem tiefen Atemzug hob und senkte. Plötzlich spürte ich, wie meine Nippel unter dem Stoff hart wurden.

»Kannst du mir raushelfen?«

»Klar.« Er stellte sich wieder hinter mich. »Spring und zieh die Knie bis an die Brust.«

Als ich sprang, fing er meine Hüften auf und hob mich über das Fass, ehe er mich auf dem Handtuch wieder absetzte. Dann stellte er den Eimer hinter mich, und ich setzte mich.

Jamie kniete sich vor mich und zupfte umsichtig jedes noch so kleine Stücken Traube zwischen meinen Zehen heraus, reinigte Fußsohle und Spann. Als er eine kitzlige Stelle berührte, zuckte ich zusammen. »Aha, Kate Corbin, die stets viel zu ernste investigative Reporterin, immer zuerst vor Ort, ist kitzlig!« Er grinste verschmitzt.

»Nein, nein, nein«, kreischte ich, als er einen Angriff auf meine Füße startete und mich dabei vom Eimer zog. Ich fiel zu Boden und rollte mich wild herum, zuckte und wand mich wie ein Tier. »Hör auf, bitte!«, heulte ich lachend. Zu diesem Zeitpunkt lag ich flach auf dem Rücken auf dem Betonboden des Lagerhauses.

Er reagierte sofort, hörte auf und beugte sich über mich, ein Knie an jeder Seite meiner Hüften, die Hände neben meinem Kopf. Er war mir buchstäblich über, und er sah mich forschend an. Ich hatte Tränen in den Augen, aber ich war nicht traurig.

»Weinst du jetzt etwa ernsthaft?«

»Ich lache Tränen. Ich hasse es, gekitzelt zu werden.«

Er sprang auf und hielt mir seine Hand hin.

»Du hast mir Angst gemacht, Katy. Ich dachte schon, ich hätte dir wehgetan.«

»Nein, es ist nur ein bisschen befremdlich, von jemandem gekitzelt zu werden, den man kaum kennt.«

»Wir sind Freunde, weißt du nicht mehr? Das haben wir gestern Abend beschlossen.«

»Ach, ja, richtig, Freunde«, sagte ich zögerlich.

Sein Blick ruhte auf meinem Mund. »Freunde«, wiederholte er.

Ich nickte rasch und wandte mich dann verlegen ab, weil ich spüren konnte, dass sich überall in meinem Gesicht rote Flecken bildeten. In meinen Gedanken war ich mit Jamie schon weit über eine Freundschaft hinaus, dabei hatte ich ihn gerade erst kennengelernt.

Aus dem Augenwinkel erkannte ich, dass er zur Uhr sah. Er trug eine schlichte schwarze Luminox, die Art, die Navy SEALs tragen.

»Tauchst du?«

Wieder schaute er auf sein Handgelenk. »Nein, ich habe mal mit SEALs herumgehangen, und die haben alle diese Uhren getragen. Ich fand das cool, also habe ich mir auch eine besorgt.« Er lächelte äußerst jungenhaft und unschuldig.

»Warum hängst du mit SEALs herum?«

»Das war bei einem Schulausflug vor langer Zeit«, sagte er rasch. »Es ist halb zwölf. Ich muss sauber machen, ehe wir uns mit Maître Mark treffen. Sehen wir uns zu Mittag im Restaurant?« Ich nickte. »Du kommst doch allein zurück?«

»Ja. Wir sehen uns dann drüben.«

Auf dem Weg durch den Weinberg stellte ich mir vor, was in den nächsten Momenten auf diesem Lagerhausboden, auf dem Jamie über mir gekniet hatte, hätte passieren können. Ich hätte die

Hand hochrecken, ihm die Mütze abnehmen und zusehen können, wie ihm das Haar seitlich über die Wangen fiel. Ich hätte mit den Fingern durchfahren können, und dann hätte er sich herabgebeugt und mich geküsst.

Aber gerade als seine Lippen meine berührten, wurde ich vom Brummen meines Telefons abrupt aus meinem Tagtraum gerissen. Es war eine Textnachricht.

Stephen: Ich habe mir vom Hausmeister deine Wohnung öffnen lassen, um dir etwas von deinem Zeug zurückzubringen.

Kate: Bleib aus meiner Wohnung raus, und lass mich in Ruhe.

Der Cursor verweilte hinter dem Wort »Ruhe«, ehe ich auf SENDEN drückte. Während ich wie gebannt das Telefon anstarrte, dachte ich an mein Leben in Chicago, und mir wurde übel. Ich dachte an Stephen und diese andere Frau. Ich dachte an Rose und meine Mutter und Bob, alle allein, ihr ganzes Leben lang. Ich fragte mich, was schmerzhafter war: die Art von Einsamkeit, die man verspürt, wenn niemand da ist, oder die Art, wie man sie erlebt, wenn man der Person, die einem in Liebe verbunden sein sollte, einfach egal ist, so egal, dass sie sich nicht einmal gegen einen stellt, geschweige denn hinter einen.

Hast du dich je in einem vollen Raum einsam gefühlt? Hast du dich je einsam gefühlt, obwohl du gar nicht allein warst? Das tut viel mehr weh, und um diesen Schmerz habe ich nicht gebeten. In diesem Moment begriff ich, dass Jamie mir das Gefühl gab, ich könnte, zumindest ein bisschen, wert sein, zu mir nach Hause zu kommen.

Ich schickte die Nachricht ab. Er antwortete beinahe augenblicklich.

Stephen: Du bist doch Redakteurin. Und dann fällt dir nicht mehr dazu ein?

Kate: Bleib aus meiner Wohnung, und lass mich in Ruhe, du Arsch.

Würde Stephen sich hinter mich stellen? Würde er um mich kämpfen?

Stephen: Wünsch dir noch ein schönes Leben.

Wohl eher nicht.

7. Poesie

Ich kehrte in mein Zimmer zurück, um mich umzuziehen, und beschloss, in Blazer und Ballerinas zu schlüpfen und auf die hohen Absätze zu verzichten. Die schienen hier irgendwie fehl am Platz zu sein. Auf dem Weg zum Restaurant sah ich Jamie in der Tür seines Trucks stehen.

Als er mich hörte, drehte er sich um. »Ich muss nur schnell messen, dann können wir essen.« Er trug ein sauberes weißes T-Shirt, schwarze Jeans und Converse. Sein Haar war feucht und zurückgekämmt, der Bewuchs in seinem Gesicht dichter als am Vortag, und ich fragte mich, wie es sich wohl anfühlen würde, mit meiner Wange über seine zu streichen.

Ich stand neben ihm und sah zu, wie er ein kleines Kästchen mit Teststreifen öffnete und einen in das Messgerät steckte. Dann nahm er ein kleineres Gerät zur Hand, eine Lanzette, nahm ich an, piekte sich in den Finger und trug einen Tropfen Blut auf den Teil des Teststreifens auf, der aus dem Gerät herausragte.

»Exakt einhundert. Dann ist alles okay.«

»Was tust du, wenn der Wert zu hoch oder zu tief ist?«

»Tja, mein stets neugieriges kleines Kätzchen, darüber erzähle ich dir alles heute Abend, wenn wir segeln gehen. Schließlich musst du das wissen.« Er zwinkerte mir zu.

Das machte mich etwas nervös. »Warum muss ich das wissen?«

Er nahm meine Hand und zog mich Richtung Restaurant, ohne auf meine Frage einzugehen. »Komm, ich verhungere gleich.«

Das Restaurant war mit einem Tresen ausgestattet, der sich um die offene Küche zog. Jamie erklärte mir, es wäre so geplant worden, damit die Gäste die Köche aus nächster Nähe erleben konnten, wenn sie ihre Gerichte zubereiteten und die passenden Weine dazu heraussuchten. Das Restaurant, das den Namen *Beijar* trug, war edel ausgestattet, der Gastraum hob sich mit dunklen, großzügig gestalteten Sitznischen und gedämpfter Beleuchtung von der hell erleuchteten Küche ab, was die sauberen Edelstahlarbeitsflächen umso mehr betonte und meinen Blick dorthin lenkte, wo die Magie stattfand. Ich zweifelte keinen Augenblick daran, dass im *Beijar* nicht nur das Essen ein Erlebnis war.

Wir nahmen auf Barhockern an der Küchentheke Platz. Ehe Maître Mark hereinkam, drehte ich mich zu Jamie um. »Wo kommt dieser Name her?«

»Das ist das portugiesische Wort für ›küssen‹.«

Wenn ich mit Jamie zusammen war, vergaß ich alles andere, und mir war, als könnte allein das Wort »küssen«, wenn es nur aus seinem Mund kam, die Zeit selbst anhalten.

»Oh.«

»Essen ist wie Liebe, weißt du?«

»Ja«, hauchte ich atemlos.

»Wir brauchen es, um am Leben zu bleiben.«

»Mhmm.«

»Und Wein ist wie Poesie.«

Außer seinen Worten bekam ich nichts mehr mit. »So?«

»Wenn es ein guter Wein ist.« Sein Grübchen kam zum Vorschein. »Wenn nicht, dann ist er wie eine Tragödie.«

Mir fiel auf, dass er auf beiden Wangen Grübchen hatte, sein Lächeln aber stets so schief ausfiel, dass nur eines hervorkam. Anbetungswürdig.

»Gibt es hier portugiesisches Essen?«

»Eigentlich nicht. Es ist ein wenig von der portugiesischen Küche inspiriert, aber dennoch traditionell amerikanisch, von der Farm auf den Tisch.«

Maître Mark trat ein. »Hi, Kate.« Über die Theke hinweg schüttelte er mir die Hand.

»Schön, Sie kennenzulernen, Maître.« Er trug die übliche weiße Kochjacke. Sein Haar hatte er mit einem schwarzen Kopftuch abgedeckt, das im Nacken geknotet war. Mark war ein durchschnittlich aussehender Mann von mindestens vierzig Jahren, hatte aber eine beeindruckende Präsenz. Ich konnte mir gut vorstellen, wie er in einer geschäftigen Küche voller Köche und Küchenhelfer das Kommando führte.

Jamie schüttelte ihm ebenfalls die Hand. »Maître«, sagte er.

»Hey, Kumpel.« Er klatschte kurz in die Hände. »Wie wäre es, wenn wir mit den Salat-Variationen beginnen?«, schlug er dann vor.

»Klingt fabelhaft.« Jamie besorgte uns Gläser mit Wasser und öffnete eine Flasche Pinot, während Küchenmeister Mark sich an die Arbeit machte. Er schenkte mir ein Glas ein, nahm sich selbst aber nur ein Viertel der Menge, die er mir servierte.

»Warum so wenig für dich? Bist du den Wein leid?«

»Nein, ich liebe den Wein, aber ich darf nicht zu viel davon trinken wegen des Diabetes. Aber probieren kann ich ihn schon. Und ich würde später gern einen Wein mit dir trinken, also übe ich mich jetzt in Zurückhaltung.« Mein Herz schlug einen Purzelbaum.

Maître Mark stellte einen Teller vor mir ab und beschrieb jeden der vier Salate, während er mit dem Finger darauf zeigte. »Alte Tomatensorten. Avocado und Mais in einer leichten Vinaigrette. Quinoa mit Mango und roter Paprika. Und schließlich Rote Beete und Kohl mit Ziegenkäse. Guten Appetit.«

Ich nahm einen Bissen Avocado mit Dressing.

Jamie beobachtete meinen Mund, als ich kaute. »Was schmeckst du?«, fragte er.

»Schalotten und Zitrone und Avocado.« Ich kostete die Tomaten. »Das ist Perfektion.«

»Die züchten wir in einem Gewächshaus auf dem Anwesen. Die großen Tomaten wachsen in dieser Gegend nicht so gut im Freien.«

Maître Mark fragte mich, ob mir die Salate schmeckten, und erwähnte, sie hätten nicht allzu viele vegetarische Gerichte auf der Karte, aber er würde sein Bestes geben, um mich gut zu bewirten.

»Na ja, ich esse auch Meeresfrüchte und Fisch.« Sowohl Jamie als auch Maître Mark zuckten erstaunt mit den Köpfen zurück.

Dann beugte sich Maître Mark vor und sagte im freundlichsten Ton: »Dann sind Sie keine Vegetarierin, meine Liebe, sondern eine Pescetarierin.«

»Das hört sich nach einer Religion an.«

Jamie lachte und sah mich mit mitleidiger Miene über sein Weinglas hinweg an. Und ich stellte fest, dass es schon irgendwie komisch war – erst hatte ich Stephen wegen meines Vegetarismus getadelt, und jetzt wurde ich selbst über ebendieses Thema belehrt.

»Das eröffnet uns viele Möglichkeiten. Heilbutt oder Lachs, was würden Sie bevorzugen?«, fragte Maître Mark.

»Überraschen Sie mich.«

»Das eröffnet mir auch ein paar Möglichkeiten«, sagte Jamie und drehte sich zu mir um.

»Wie das?«

Er nahm meine Gabel, spießte das letzte Stück Avocado auf meinem Teller auf und hielt es mir vor den Mund, den ich brav für ihn öffnete. »Ich versorge dich gern mit gutem Essen. Deshalb möchte ich dich morgen Abend in der Stadt zum Essen ausführen. Wirst du mir das gestatten?«

Ich schluckte die Avocado, und nun blieb mir der Mund offen stehen. Ich muss ausgesehen haben wie eine Schwachsinnige.

Er schüttelte den Kopf und strich mir mit dem Daumen über die Unterlippe. »Da ist nichts weiter. Alles weg.«

Ich schloss den Mund wieder, schüttelte meinerseits den Kopf und atmete tief durch die Nase ein. Ich konnte nach wie vor nicht fassen, dass er solch eine Wirkung auf mich hatte.

»Also, lässt du dich morgen von mir zum Abendessen ausführen?«

»Okay.« *Eindeutig, unzweifelhaft, absolut, nachdrücklich, entschieden, zu einhundert Prozent JA!*

Wir beendeten das Mittagessen, das ich nur als sinnlich beschreiben konnte, obwohl ich nicht glaube, dass Jamie sich mit Absicht darum bemühte, so ein Gefühl hervorzurufen. Er fütterte mich mit den letzten Bissen auf meinem Teller und war eindeutig ein Pedant, wenn es um die Verschwendung von Lebensmitteln ging, aber was das Feuer in mir speiste, war seine Aufmerksamkeit. Nie zuvor in meinem Leben hatte mir jemand so eine Aufmerksamkeit entgegengebracht. Ich saß da und bemühte mich, mir jeden Moment einzuprägen, damit ich das alles später wieder durchleben konnte, wenn ich … allein war.

Jamie war mir immer noch ein Rätsel. Zwar fühlte es sich an, als würde ich ihn schon ewig kennen, trotzdem hatte ich ihm noch nicht eine ernsthafte Frage über sein Leben gestellt, über seine Familie, irgendwas. Ich hatte mir vorgenommen, es zu tun, und dann schalt ich mich selbst, weil mir seine Gegenwart die Sprache verschlug. Das durfte ich in Zukunft nicht mehr zulassen. Der Mann hypnotisierte mich, und das allein durch sein Aussehen. Und mit seinen Worten und seinen süßen Eigenheiten hatte er mich komplett verzaubert. Ich dachte an seinen Daumen an meiner Lippe und daran, wie wohl ich mich in seiner Gegenwart fühlte, und als sich nach dem Essen unsere Wege trennten, schaute ich auf mein Telefon und rechnete nach, wie viele Stunden es dauern würde, bis ich ihn wiedersähe.

Susan und ich trafen uns in ihrem Büro zu der Besichtigung des Weinguts. Im Grunde führte sie mich durch jedes der Gebäude und erklärte mir, was für die Architektur und die Einrichtung Pate gestanden hatte. Sie informierte mich, dass Gästehaus und Restaurant rechtlich zu einem anderen Teil des Besitzes gehörten als das Weingut selbst. Sie sagte, R. J. hätte sich große Mühe gegeben, um sicherzustellen, dass das ganze Unternehmen all die strengen Vorschriften des Napa County Board einhielt. Sie sagte, er hätte mehr bezahlt, als das Weingut wert war, und es ginge weniger darum, dass er mit Geld um sich warf, als darum, dass es ihm ein Anliegen war, die Schönheit dieses wundervollen Ortes mit anderen zu teilen. Sie bezeichnete das Weingut als seinen Zufluchtsort. Das alles war für mich schwer vorstellbar. Er schien kaum etwas damit zu tun zu haben. Doch als ich nachbohrte und versuchte, mehr über die Dynamik zwischen R. J. und seinen Angestellten zu erfahren, wich sie aus.

»Ich konnte einfach keine dieser heilbringenden Eigenschaften an ihm wahrnehmen, höre aber ständig von all diesen wunderbaren Dingen, die er getan hat. Jamie hat ihn am ersten Tag einen Idioten genannt, und Sie haben selbst gesagt, ich soll ihn einfach vergessen.« Sie sah mich aufmerksam an, während ich sprach.

»Sagen wir einfach, er hatte einen schlechten Tag. Ich würde empfehlen, dass Sie sich auf das Weingut und dessen Abläufe konzentrieren, ganz gleich, ob R. J. seinem Ruf gerecht wird oder nicht. Wenn er anonym bleiben will, was ist falsch daran?«

»Es liegt nicht in meiner Natur, irgendjemandem Anonymität zu gewähren. Ich bin hergekommen, um eine Story über ihn zu schreiben.«

»Das ist mir bewusst. Ich habe seine E-Mail-Adresse auf einem Zettel in Ihrem Zimmer hinterlegt. Sie können ihm Ihre weiteren Fragen schicken, aber ich glaube wirklich, die besten Informationen werden Sie hier auf dem Weingut erhalten.«

Abrupt trennten sich unsere Wege. Ich hatte das Gefühl, dass Susan mich durchaus mochte, aber vielleicht genervt von R. J.s Distanziertheit und seiner mangelnden Mitwirkung war.

Ich kehrte zurück in mein Zimmer und fing an, eine E-Mail an R. J. zu formulieren.

Lieber R. J.,
es tut mir leid, dass unser erstes Interview nicht so verlaufen ist, wie wir beide gehofft hatten. Ich glaube, E-Mail könnte eine geeignetere Kommunikationsform für uns sein. Ich habe ein paar Fragen aufgeschrieben. Bitte antworten Sie nach Gutdünken.

Mit freundlichem Gruß

Kate Corbin
Chicago Crier

1. *Können Sie mir Einzelheiten zu Ihrem Privatleben verraten? Sind Sie Single? Leben Sie allein? Was haben Sie für Hobbys? Ist Ihre Familie an Ihrem Unternehmen beteiligt?*
2. *Warum haben Sie beschlossen, ein Weingut zu kaufen?*
3. *Warum haben Sie J-Com Technologies verkauft?*

Als ich auf SENDEN klickte, blinkte eine Fehlermeldung auf und erinnerte mich daran, dass ich nach wie vor keinen Zugang zum WLAN hatte. Ich probierte noch zwanzig Minuten allein herum, ehe ich schließlich auf mein Telefon zurückgriff, um die E-Mail zu schreiben und abzuschicken. Innerhalb einer halben Stunde antwortete er.

Kate,
es tut mir leid wegen gestern. Ich habe mich nicht professionell verhalten, und dafür möchte ich mich entschuldigen. Ich versuche verzweifelt, mein Privatleben privat zu halten. Ich werde Ihnen ein wenig Hintergrund liefern und anschließend versuchen, Ihre Fragen so umfangreich, wie es mir möglich ist, zu beantworten. Ich stand in der Öffentlichkeit, seit ich mit dreizehn die Highschool abgeschlossen hatte. Mit sechzehn

hatte ich einen Abschluss von der MIT und eine eigene Firma, J-Com Technologies. Nachdem ich mir die neue Servertechnik patentieren ließ, wurde ich als Wunderknabe betrachtet. Dieser Rolle gerecht zu werden war nicht leicht. Trotz der Unterstützung durch meinen Vater, der das Unternehmen im Grunde leitete, stand ich unter großem Druck.

Zwar ist meine Liebe zu Wissenschaft und Entwicklung nie gestorben, doch meine Interessen und meine Prioritäten fingen damals an, sich zu wandeln. Da gab es eine Nacht, in der mir bewusst geworden ist, dass der frühe Erfolg sich zwar direkt finanziell auszahlte, dass ich mich durch das Geld aber nur leer fühlte. Ich musste mir selbst beibringen, es anders zu betrachten, zu sehen, das Geld für elementarere Dinge stehen kann: sauberes Wasser, Nahrung, Impfstoffe, Obdach und für diejenigen, die wirklich Glück haben, Bildung. Die Erkenntnis, dass ein Drittel der Weltbevölkerung arm ist, hungert und vermeidbaren Krankheiten zum Opfer fällt, hat mich dazu getrieben, J-Com zu verkaufen. Ich wollte meine Zeit nicht mit Dingen vergeuden, die ich als belanglos eingestuft habe, und darum bin ich damals ausgestiegen.

Ich nahm das Geld und gründete eine Stiftung, ging nach Afrika, wo ich beinahe zehn Jahre herumgereist bin, Schulen und Infrastruktur aufgebaut habe. Meine Stiftung stellt immer noch Impfstoff für Tausende bereit, und wir arbeiten unermüdlich daran, kleine Dörfer mit den nötigen Mitteln auszustatten, um sanitäre Einrichtungen zu bauen und für sauberes Wasser zu sorgen. Das ist meine Leidenschaft, und ich verbringe mehrere Monate im Jahr dort.

Das Weingut ist meine Zuflucht. Ich habe es auch dazu benutzt, einige Theorien über saubere Energien zu prüfen, aber vor allem ist es ein Zuhause für mich. Ich bin Single und lebe allein. Meine Hobbys sind nicht außergewöhnlich. Ich stehe meinem Vater sehr nahe. Er war Ingenieur bei Boeing, ist aber im Ruhestand und lebt in Portland. Meine Mutter kam vor vier Jahren bei einem Verkehrsunfall ums Leben. Sie wurde von einem Mädchen umgefahren, das auf seinem Telefon Nachrichten getippt hat. Deswegen verbringe ich nur sehr wenig Zeit mit den technischen Spielereien, die einzuführen ich geholfen habe. Der Tod meiner Mutter hat mich so sehr mitgenommen, dass ich etwas finden musste, worauf ich mich konzentrieren, etwas, in das ich meine Energie investieren konnte, und darum habe ich das Weingut gekauft. Ich habe noch eine jüngere Schwester in Boston, aber wir stehen einander nicht nahe. Ich glaube, das war es dann auch. Noch einmal, es tut mir leid wegen gestern. Ich hoffe, dieses Erlebnis hat sich nicht auf Ihren Eindruck von unserem Weingut ausgewirkt.

Herzliche Grüße
R. J.

Und da war sie. Ich hatte meine Story. Ich musste nicht einmal einen Artikel schreiben, denn das hatte R. J. im Grunde bereits für mich erledigt: Philanthrop, Genie und Arschloch mit Herz. Damit hatte ich auch meinen Angriffspunkt. Der tragische Tod seiner Mutter hatte ihn dazu getrieben, das Weingut zu kaufen, in die Hügel von Napa Valley zu flüchten und die IT-Welt hinter sich zu lassen. Ich wollte das Weingut in meinem Artikel ebenso hervorheben wie all das Gute, was er mit seiner Organisation in Afrika bewirkte, aber ich kämpfte immer noch damit, wie R. J. mich bei unserem Zusammentreffen behandelt hatte. Ich fragte mich, ob sein Ego wirklich noch mehr gestreichelt werden musste.

Ich warf einen Blick auf die Uhr. Halb vier. Binnen drei Minuten war ich geduscht, hatte Lipgloss und Mascara aufgelegt und war in ein T-Shirt, Jeans und Ballerinas geschlüpft. Als ich die Stufen hinuntergehen wollte, stand Jamie schon am Fuß der Treppe. Ich griff nach dem Geländer, aber er schüttelte den Kopf.

»Was?«

Er zeigte auf meine Zimmertür. »Ich würde mich noch mal umziehen. Du wirst Sneakers und ein Sweatshirt brauchen.«

Schnaubend verdrehte ich die Augen wie ein Teenager, ehe ich kehrtmachte und in mein Zimmer zurückkehrte. Als ich dann endlich die Treppe hinunterging, lehnte er mit dem Rücken am Geländer, die Hände in den Taschen vergraben, und sah so entspannt wie attraktiv aus. Er trug eine Jeans, eine dickere schwarze Jacke und seine schlichte schwarze Baseballkappe. Er sah geradezu gefährlich aus, doch dann ließ er ein Grübchen aufblitzen, und der Eindruck verflüchtigte sich. Jamie ergriff meine Hand und zog mich Richtung Tür.

»Wo sind denn alle?«, fragte ich.

»Wer, alle?«, fragte er, ohne sich zu mir umzuschauen. Wir gingen am Empfangstisch vorbei, und Jamie hob die Hand zu einem Winken. »Bis dann, George.«

Der Mann, der schon am Vorabend am Empfang gearbeitet hatte, winkte uns zu.

»Wer geht denn alles segeln?«

Auf dem Parkplatz, kurz bevor wir seinen Truck erreicht hatten, blieb er stehen und drehte sich um. »Nur du und ich.« Er musterte mich forschend. »Ist das in Ordnung?«

»Ja. Ich verstehe nur nicht, warum du so eine große Sache aus dem Abendessen gemacht hast, wenn du so oder so schon vorhattest, mich zu entführen«, entgegnete ich und flatterte kokett mit den Wimpern.

»Abendessen ist viel persönlicher, romantischer. Das hier ist Sport. Es wird dir Spaß machen.« Er öffnete die Beifahrertür, und ich sprang hinein. Chelsea saß auf dem Gehsteig und starrte uns an. »Du musst hierbleiben, Mädchen«, sagte Jamie, als er sich umdrehte und sie entdeckte. »Geh und leg dich in dein Bett.« Langsam und mit herabhängendem Kopf trottete sie davon. Sie wusste genau, was hier los war.

Als wir auf die Hauptstraße einbogen, kurbelte ich das Fenster hinunter, steckte den Kopf hinaus und ließ mir das Haar vom Fahrtwind trocknen. Jamie drehte das Radio auf.

»Wer ist das?«, brüllte ich.

»The Amazing. Der Song heißt ›Dragon‹.«

»Hört sich alt an.«

»Ist er nicht. Was machst du da, du Verrückte?«

»Wonach sieht es denn aus, du Genie? Ich trockne mein Haar.«

Er lachte kopfschüttelnd. Ich schloss die Augen und genoss das Gefühl des Windes, der durch mein langes Haar peitschte. Dabei lauschte ich der Musik und ließ mir von der tief stehenden Sonne das Gesicht wärmen. Als mein Haar ausreichend trocken war, kurbelte ich das Fenster wieder hoch, und Jamie drehte die Lautstärke runter.

»Also gut, Katy, wir müssen ein paar Dinge besprechen.«

»Ja, ich habe auch einige Fragen.«

»Also, zunächst einmal muss ich mit dir über Diabetes reden.« Zwei rechteckige Behälter lagen auf der Sitzbank zwischen uns, einer orange, der andere schwarz, beide etwa so groß wie ein Brillenetui. »In dem schwarzen Kästchen ist mein Messgerät und das Insulin, darüber musst du dir keine Gedanken machen, denn das kann ich allein regeln. Wenn mein Blutzuckerspiegel zu hoch ist und ich Insulin brauche, merke ich das normalerweise. Wenn er zu niedrig ist, kann ich diese Glukosetabletten nehmen oder etwas Saft trinken.« Er hielt ein Fläschchen mit Glukosetabletten hoch. »Wenn er sehr niedrig ist, fühle ich mich benommen, sinkt er zu tief, besteht die Gefahr, dass ich das Bewusstsein verliere.« Ich bekam große Augen. Er sah sich zu mir um. »Ich bin noch nie ohnmächtig geworden, aber er war schon ziemlich weit unten. Sollte ich umkippen, musst du mir diese Spritze da in dem orangefarbenen Etui setzen. Das ist ein Glucagon Kit.« Erneut schaute er sich kurz zu mir um, ehe er wieder auf die Straße blickte. »Kate, alles in Ordnung?«

»Ja. Wo soll ich die Spritze setzen?« Grinsend zeigte er auf seinen Hintern. »Natürlich, wo auch sonst.«

»Ich glaube nicht, dass du dir darüber Gedanken machen musst, aber da wir auf einem Boot sein werden, dachte ich, es könnte wichtig sein, dich darüber zu informieren.«

»Nehmen wir R. J.s Boot?«

»Es ist mein Boot.« Er lachte.

»Gestern, als du mich die Auffahrt raufgebracht hast, da hast du gesagt, R. J. wäre ein Idiot.« Er reagierte nicht. Ich ließ einige Augenblicke vorüberziehen. »Jamie?«

»Er kann jedenfalls einer sein, aber bei diesem Interview war er nicht er selbst. Um ehrlich zu sein, ich glaube, er war irgendwie misstrauisch oder hatte Angst.«

»Und das äußert sich darin, dass er aufdringlich ist?«

Er schüttelte den Kopf. »Ich weiß, er hat sich aufgeführt wie ein Idiot. Normalerweise versucht R. J., sich anständig zu verhalten, aber vielleicht gelingt ihm das nicht immer.«

Einige Minuten lang sah ich Jamie nur an und studierte seine Tätowierungen, während er den Wagen lenkte.

»Wo hast du die Tattoos her? Sie sehen alle unterschiedlich aus.«

»Die habe ich überall auf der Welt gesammelt. Nach dem College bin ich viel gereist.«

»Die sehen wirklich interessant aus und gar nicht alltäglich. Haben sie eine Bedeutung?«

»Ja, manche schon.« Er schaute sich zu mir um und lächelte dabei schwach und so bekümmert, dass ich beschloss, das Thema fallen zu lassen.

»Wo genau fahren wir eigentlich hin?«

»Wir segeln von Sausalito los. Dort liegt mein Boot. Wir sind auch schon fast da.«

Die Sonne sank dem Horizont entgegen, und die Luft war schon viel kühler, als wir in Sausalito auf den Anleger traten.

»Da liegt sie.« Er zeigte auf etwas, das aussah wie ein gewöhnliches Zehn-Meter-Segelboot.

Als wir näher kamen, fiel mir auf, dass es schon älter war. Das Deck des schlanken Boots war mit wunderschönem poliertem Holz ausgelegt, und es hatte einen sehr hohen Mast.

Kaum waren wir dort, fing Jamie auch schon an, Leinen loszumachen und auf dem Anleger aufzuwickeln. Dann löste er das Sicherungsseil und sprang leichtfüßig an Bord, ehe er sich umdrehte und mir die Hand entgegenstreckte. »Tritt auf den Block da, Katy, und klettere von da aus ins Boot. Du kannst es dir bequem machen, ich muss noch ein paar Dinge vorbereiten.« Er deutete auf eine Bank gleich hinter dem großen Steuerrad.

Ich sah zu, wie er die Abdeckung von den aufgerollten Segeln nahm, Leinen befestigte und die Tür zu der Schlafkabine unter Deck entfernte. Er stieg die Leiter hinunter und kehrte wenige Momente später mit einer Decke und Rotwein in einem Glas ohne Stiel zurück.

»Bitte sehr. Auf dem Wasser wird es ziemlich kalt werden.«

»Ich fühle mich so verwöhnt. Tust du das für alle Frauen, die R. J. Lawsons Weingut besuchen?«

»Wohl kaum«, sagte er und fuhr fort, das Boot bereitzumachen und den sicheren Sitz der Leinen zu kontrollieren. »Normalerweise segle ich mit Guillermo, manchmal auch mit Susan oder ihrem Sohn. Allein fahre ich eigentlich nicht so gern raus, aber hin und wieder mache ich einen kurzen Törn mit Chelsea.«

»Süß. Sie hasst mich übrigens.«

»Vielleicht ist sie eifersüchtig auf dich.«

»Reden wir gerade wirklich über einen Hund?«

»Sie ist wie ein Mensch, das hast du selbst gesagt.«

»Stimmt. Also, erzähl mir was über das Boot. Wie lange hast du es schon? Wie lange segelst du schon?«

»Segeln habe ich schon als Kind von meinem Dad gelernt, oben im Norden, aber bis zum letzten Jahr hatte ich kein eigenes Boot. Dann habe ich diese Schönheit für fünfzehnhundert Dollar gekauft und drei Monate damit verbracht, sie zu restaurieren und wieder auf Vordermann zu bringen.«

»Warum überrascht mich das nicht? Wie heißt sie?«

»*Herzschläge.*«

»Warum?«

»Das wirst du bald sehen.«

Die Sonne stand hinter der Golden Gate Bridge, ein Anblick, der mit malerisch nur unzulänglich beschrieben wäre. Ich war hingerissen. Jamie steuerte das Boot rückwärts von seinem Liegeplatz weg und dann vorwärts auf die offene See zu.

»Katy, was weißt du über das Segeln?« Er hatte mir den Rücken zugewandt.

»Nichts. Ich war noch nie auf einem Segelboot.«

»Du machst Witze. Bitte sag mir, du kannst schwimmen.«

»Natürlich.«

»Schön. Ich glaube zwar nicht, dass du in diesem Wasser schwimmen willst, aber es ist gut, dass du es kannst. Die Rettungswesten sind unter deinem Sitz, nur für alle Fälle, und da sind auch noch eine kleine Notfunkbake und ein Funkgerät, das du benutzen kannst, sollte mir etwas passieren.«

»Das klingt ziemlich beängstigend.«

»Es passiert schon nichts.«

»Wie soll ich dich nennen? Captain Jamie?«

»Oder Captain Fantastic. Mir ist beides recht.« Er drehte sich zu mir um und lächelte.

Als wir draußen auf offener See waren, trat Jamie zur Seite und sagte: »Okay, jetzt bist du mit Lenken dran.«

»Ich?«

»Ja. Ich muss die Segel setzen. Wir werden in den Wind drehen. Siehst du den Pfeil da oben auf dem Mast?« Er deutete hinauf.

»Ja.«

»Er zeigt immer in die Richtung, aus der der Wind kommt. Wenn der Pfeil direkt auf den Bug zeigt, dann stehen wir direkt im Wind. Das ist das, was du willst, wenn du das Boot anhalten musst – du drehst es einfach in den Wind. Okay, jetzt übernimm das Ruder.« Er legte mir den Arm über die Schulter, beugte sich nahe an mein Gesicht heran und zeigte voraus. »Siehst du die Boje dort vorn?« Ich nickte. »Lenk einfach in die Richtung, das ist dein Kurs. Ich setze die Segel, und dann schalten wir den Motor ab. Das mag ich am liebsten am Segeln.«

Er sprang auf den kleinen Freiraum auf Deck und hielt sich an den Sicherungsseilen fest, während er zu den Segeln ging. Dann löste er ein paar Verschnürungen und setzte das Großsegel, ehe er zurückkehrte und sich direkt hinter mich stellte.

Ich fühlte, wie er sich an mein Ohr heranbeugte, und dann hörte ich ihn tief einatmen. Er legte seine Hände über meine und drehte das Steuerrad ungefähr vierzig Grad nach rechts, bis wir direkt auf die Golden Gate Bridge zuhielten.

»Okay, das ist jetzt das Ziel. Du kannst es nicht verfehlen, halt einfach direkt darauf zu.«

»Haha«, machte ich sarkastisch.

Er korrigierte einige Leinen, zog sie von den Winden und belegte Klampen. Anschließend drehte er einen Schlüssel, legte einen Hebel um und schaltete den Motor ab, ehe er wieder an seinen Platz gleich hinter mir zurückkam. Für einige Momente herrschte Stille, allein durchbrochen von dem leisen Säuseln des Windes und dem Plätschern des Wassers am Rumpf.

»Was hörst du?«, fragte er.

»Nichts.«

»Hör genau hin«, sagte er leise direkt an meinem Ohr.

Es war, als wäre jeder Laut ausgesperrt, jeder Kummer, jede Sorge … einfach verschwunden. Seit Jamie den Motor abgestellt hatte, gab es nur noch den Frieden dieser stillen, sanften Bewegung. Von den Geräuschen der Stadt war nur noch ein fernes Summen von der anderen Seite der ausgedehnten Bucht geblieben. Die ganze Welt sah aus wie ein Gemälde, und außer dem Wasser um uns herum rührte sich rein gar nichts. Es war, als würden wir über eine Leinwand segeln, bemalt mit impressionistischen Wellen und der Skyline von San Francisco im Hintergrund.

Das Sonnenlicht, das zwischen den mächtigen Kabeln der Brücke hindurchdrang, war gleißend hell, sodass das Ungetüm beinahe nur noch eine Silhouette war. Der Brücke so nahe zu sein war überwältigend. Hier gab es keine Mobiltelefone, keine lärmenden Hupen. Nichts.

Und dann hörte ich es. Ich atmete tief ein und sagte leise: »Herzschläge. Die höre ich. Deine und meine …« Ich drehte mich um und sah, dass er lächelte.

Dann frischte der Wind ziemlich stark auf. Ich zitterte, und er schlang mir einen Arm um die Schulter, während er mit der anderen Hand nach dem Steuerrad griff. »Wie wäre es mit ein bisschen Spaß?«

»Ich habe Angst.«

»Ich halte dich schon fest.«

Er lenkte das Boot auf einen besseren Kurs, und prompt krängte es dramatisch. Der Wind schlug nun viel lauter in die Segel, und die Vorwärtsbewegung wurde schneller und schneller. Ich verlor beinahe das Gleichgewicht, aber er drückte mich sicher an seine Brust.

Wir kamen der gewaltigen Brücke näher und näher, und sie wurde mit jedem Augenblick, der vorüberzog, größer und einschüchternder, aber die Wahrheit war, dass ich überhaupt keine Angst hatte. Jamie sorgte dafür, dass ich mich sicher fühlte. Sogar in dem tosenden Wind, auf der unruhigen See direkt vor der bedrohlich aufragenden Brücke kam ich mir irgendwie größer vor, stärker, so als wäre ich einfach allem gewachsen.

Die rechte Seite des Boots war weit über uns. All unser Gewicht lag links, als wir anfingen, über das Meer zu hüpfen, mit den Wogen auf- und abzutauchen.

Ich lachte und kreischte vor Wonne und sah Jamie strahlen. Er grinste so breit und so stolz, dass mir Tränen der Rührung in die Augen stiegen.

»Hast du Spaß, Katy?«

»Das ist … fantastisch.« Und da brach meine Stimme, Tränen rannen über meine Wangen, und ich zitterte. Ich fühlte mich so wertgeschätzt, und auch wenn ich nicht wusste, wie es mit Jamie weitergehen würde, genoss ich jede Minute.

Er entfernte sich ein Stück weit. »Hier, setz dich. Ich wickele dich in die Decke. Es wird jetzt wirklich kalt.«

Ich setzte mich auf die Bank links von ihm auf der tieferen Seite des Boots. Er nahm das Weinglas aus der Halterung und reichte es mir, wickelte mich rasch in die Decke und ging zurück zum Steuerrad. »Wir halsen gleich. Normalerweise würde der Captain jetzt sagen: ›Fertigmachen zum Halsen.‹«

»Hört sich lustig an«, brüllte ich ausgelassen über den Lärm der Wogen hinweg.

»Das bedeutet nur, dass wir eine Kurve mit dem Wind fahren, aber der Mast wird ziemlich schnell herumkommen, also zieh den Kopf ein.«

»Aye, aye, Captain.«

Wir kehrten zurück zum Anleger in Sausalito. Auf dem ganzen Weg sagte keiner von uns ein Wort; wir ließen einfach alles auf uns wirken. Dann und wann warf ich Jamie einen verstohlenen Blick zu, nur um festzustellen, dass er mich mit einem Lächeln im Gesicht beobachtete. Als wir wieder angelegt hatten, brauchte er noch zwanzig Minuten, um alle Abdeckungen wieder an ihren Platz zu bringen und die Segel zu verschnüren.

Auf dem Weg zurück zum Truck legte er mir einen Arm um die Schultern, und als wir dort waren, hielt er mir die Tür auf: »Hüpf rein, Süße.«

Als ich hineinkletterte, strich er mir mit der Hand übers Haar. Sofort schaute ich in den Spiegel der Sonnenblende und erblickte eine windzerzauste Frau mit glühend roten Wangen. Er hatte wohl meine Aufmerksamkeit auf meine Haare lenken und mich damit aufziehen wollen. Rasch band ich mir die Locken zu einem Pferdeschwanz und drehte mich um, als er auf der Fahrerseite einstieg.

»Du machst dich über mich lustig.«

»Ich necke dich nur ein bisschen.« Sein Blick sank zu meinen Lippen, und ich erbebte unter einem Schaudern.

»Du frierst immer noch.« Er zog seine Jacke aus und legte sie mir über die Beine.

Ich sah wie gebannt zu, während er das schwarze Etui aus der Mittelkonsole nahm, den Pen herausholte, die Nadel in die Haut an seinem Bauch stach und sich eine Ladung Insulin injizierte. Dieses Mal sah ich kein Blut.

Binnen Sekunden waren wir wieder auf der Straße.

»Maître Mark macht uns ein Abendessen, aber das Restaurant wird geschlossen sein. Mittwochs schließt es früher wegen des Karaokeabends.«

»Machst du Witze?«

»Gar nicht. Wir bei R. J. Lawson nehmen Karaoke sehr ernst.«

»Ich bin die Königin des Karaoke.«

Er lachte. »Tja, und ich bin in dieser Gegend weit und breit bekannt als der weiße Otis Redding.«

»Oh, dann müssen wir unbedingt ein Duett singen. Welchen Song sollen wir nehmen?«

Eine Weile kehrte Schweigen ein, ehe wir wie aus einem Mund losbrüllten. »Tramp!«

Wir schlenderten über den Parkplatz und in das Restaurant, das jetzt schon voller Leute war, deren Aufmerksamkeit einer kleinen Bühne in der Ecke galt. Nach dem großen Interesse zu urteilen, musste Karaoke bei den Einheimischen sehr beliebt sein. Bei mir kam eine gewisse Nervosität hinsichtlich meines Auftritts auf, bis dann eine Gruppe sehr betrunkener Frauen, dem Aussehen nach in den Fünfzigern, eine schauerliche Interpretation von »Vacation« von den Go-Go's zum Besten gab.

Wir setzten uns an die Theke, wo uns eine Kellnerin umgehend die Teller brachte, die der Küchenmeister für uns vorbereitet hatte. Ich bekam gemischte gedämpfte Meeresfrüchte in einer leichten Tomatensoße mit Baguette. Es roch göttlich.

Auf Jamies Teller war irgendeine Art von weißem Fisch. Als er ihn sah, strahlte er. »Oh, schön, wir können teilen«, sagte er jungenhaft und holte eine Flasche Chardonnay aus der Küche. Sie stammte von einem anderen Winzer, und ich zog fragend eine Braue hoch. »Wir wissen gern, was unsere Konkurrenz zu bieten hat.«

»Wirklich?« Ich musste schreien, um mich über die peinigenden Klänge, die aus dem Lautsprecher drangen, verständlich zu machen.

»Nein, wir servieren hier nur auch ein paar fremde Weine.« Er lachte. »Von unseren Freunden in der Nachbarschaft.«

»Ich verstehe.« Das Weingut wurde in meinem Kopf mehr und mehr zu einem magischen Ort.

Er ging zu dem Mann an der Karaokeanlage und sagte etwas zu ihm.

Als er zurückkam, beugte er sich an mein Ohr. »Wir sind dabei.«

Ich lachte und stürzte mich auf mein Essen. Derweil trank ich drei volle Gläser Wein, während Jamie lediglich einen winzigen Schluck nippte.

»Willst du mich betrunken machen, um mich bloßzustellen?«

»Ja, das ist meine Strategie.«

»Aber wir singen ein Duett. Ich könnte dich richtig mies aussehen lassen und deinen kostbaren Ruf beflecken.«

Er feixte. »Ich stelle mir das eher wie ein Duell vor, weniger wie ein Duett.«

Ich lehnte mich zu ihm hinüber und sagte mit ausdrucksloser Miene: »Versuch's doch.«

Einen Moment später kündigte der Karaokemann an: »Captain Fantastic und Supergirl, ihr seid dran.«

Jamie packte meine Hand und zog mich zur Bühne. »Das sind wir«, rief er.

Ich lachte, und dann rutschte mir das Herz in die Hose, als mir bewusst wurde, dass ich im Begriff war, vor einem Raum voller fremder Leute zu singen.

Der Karaokemann gab Jamie und mir unsere Mikros, und dann traten wir auf die kleine, rechteckige Bühne. Die ganze Zeit sah sich Jamie nicht einmal zu mir um. Und dann senkte er den Kopf, als hätte er vor, Hamlets Monolog vor einem Raum voller Schauspieler vorzutragen. Ganz offensichtlich nahm er Karaoke wirklich ernst. Ich musste wohl mitspielen, also überlegte ich mir rasch eine kurze Choreographie für mich.

Als die Musik ertönte, hatte ich das Vergnügen, den ersten Ton zu singen. »Tramp!« Ich überzuckerte das Wort mit einem schweren Südstaatenakzent und zeigte dann ruckartig auf Jamie.

Immer noch mit gesenktem Kopf fing er an, mit der rechten Schulter im Takt zu zucken, während wir das berühmte Hin und Her zwischen Otis Redding und Carla Thomas imitierten.

Als die Zeit zum Singen gekommen war, hob Jamie den Kopf, wirbelte herum, glitt über die Bühne, fiel vor mir auf die Knie und sang: »I know, I'm a lovererererer.« Er reckte die leere Faust hoch und klopfte sich beim Singen auf die Brust, dann zwinkerte er mir zu und sprang wieder auf. Theatralisch sang er mit dem zweiten Vers die Decke an, was ihm jede Menge Jubelrufe seitens des Publikums eintrug, vorwiegend von den Frauen, aber erst als er zum letzten Vers mitten ins Publikum wanderte, wurde er seinem Ruf wahrhaftig gerecht. Er tanzte um die Damen herum, die zuvor »Vacation« gesungen hatten, und ich sah zu, wie sie sich Luft zufächelten und lachten wie Schulmädchen.

Als wir fertig waren, schnappte er sich meine Hand und hielt sie auf dem ganzen Weg zur Tür fest. Unterwegs rief er lauthals »Danke schön!« in die Menge. Wir verbeugten uns beide, und dann sagte er: »Am nächsten Mittwoch sind wir mit einer Zugabe wieder da.« Alles jubelte lauthals.

Kaum draußen, drehte er sich zu mir um. »Du warst toll«, sagte er mit glänzenden Augen.

»Du versprichst jetzt schon, dass ich nächste Woche wieder dort sein werde? Ziemlich optimistisch, findest du nicht? Ich bezweifle, dass ich am nächsten Mittwoch immer noch hier sein werde. Die Redaktion gesteht mir nur ein sehr beschränktes Reisebudget zu.« Doch bei dem Gedanken, nach Chicago und in die alltägliche Realität zurückzukehren, bekam ich Bauchschmerzen.

Er schob die Hände in die Taschen, starrte auf seine Füße hinab und zuckte mit den Schultern. »Wunschdenken, schätze ich.«

Dem gab ich mich auch hin, denn insgeheim hoffte ich, einen Grund zu finden, um länger zu bleiben und Jamie besser kennenzulernen. »Tja, du, mein Freund, warst wirklich fantastisch da drin, besonders bei diesen Damen.«

Er setzte eine ausdruckslose Miene auf. »Dafür habe ich schwer gearbeitet, Kate. Das geht nicht einfach so.«

Wir brachen beide in Gelächter aus. Ich blickte zum Himmel hinauf und sah hundert Millionen Sterne funkeln. Wir beruhigten uns, doch ich blieb, wo ich war, und starrte wie versteinert zum Firmament empor. Dabei war mir, als wäre ich schon seit Jahren auf dem Weingut. Genauso fühlte es sich an. Ich konnte kaum fassen, dass ich Jamie erst am Vortag zum ersten Mal begegnet war. Ich wusste so wenig über ihn, aber das war mir egal, denn wenn ich mit ihm zusammen war, dann fühlte ich mich nicht allein.

»Küss mich«, sagte ich mit fester Stimme.

Stolpernd wich er einen Schritt zurück und musterte forschend mein Gesicht, tat aber weiter nichts.

»Du hast mich doch verstanden?«

»Ist das deine Art, höflich zu fragen?« Einer seiner Mundwinkel wanderte aufwärts.

»Bitte küss mich.«

»Du hast einen Freund.«

Ich zögerte keine Sekunde. »Nicht mehr.«

Und dann presste er seine Lippen auf meine.

Wir küssten uns begierig, klammerten uns aneinander. Meine Hände wanderten zu seinem Nacken, und ich vergrub die Finger in seinem weichen Haar, während seine Hände von meinem Rücken aus emporglitten. Seine Lippen waren weicher, als sie aussahen. Er löste sich von meinem Mund und zog eine Spur aus kleinen Küssen über meinen Hals und dann das Kinn empor und weiter zum Ohr, ehe er zu meinen Lippen zurückkehrte. Ich hätte ihn tagelang küssen können.

Als er sich dann ganz allmählich zurückzog, strichen seine Finger über mein Rückgrat hinauf zu meinem Nacken, und ich erschauerte. Irgendwann löste er sich dann ganz von mir, und ich stolperte seitwärts, hatte meinen eigenen Körper nicht mehr ganz unter Kontrolle. Er fing mich ab, stützte meine Ellbogen. Seine Augen waren geweitet und leuchteten, und ich erkannte, dass er darauf wartete, dass ich irgendetwas sagte.

»Das war schön«, erklärte ich immer noch wie betäubt.

»Schön?«, wiederholte er und tat gekränkt.

»Wunderbar?«

»Umwerfend«, konterte er prompt.

»Ergreifend.«

»Wie explodierende Sterne.«

»Berauschend.«

»Wie Weihnachten.«

»Wie Schokoladenkuchen mit flüssigem Kern.«

»Wie Kaliumchlorat und Gummibärchen.«

Ich kniff die Augen zusammen. »Was?«

»Das ist Chemie. Frag Google.« Er ergriff meine Hand und zog mich mit sich in die Dunkelheit.

»Wo gehen wir hin?«

»Lass uns die Sterne betrachten.«

Wir legten uns auf der Ladefläche seines Trucks, der immer noch auf dem großen Parkplatz stand, auf ein paar Decken, betrachteten die Sterne, redeten und lachten. Währenddessen hörten wir die betrunkenen Damen aus dem Restaurant kommen und über Captain Fantastic reden.

Als auf dem Parkplatz wieder Stille einkehrte, beschloss ich, dem Gespräch eine intimere Richtung zu geben. »Erzähl mir deine Geschichte, Jamie.«

Einige Augenblicke lang rührte er sich nicht. »Was willst du denn wissen?«, fragte er dann.

»Erzähl mir von deinem Leben und davon, was dich an diesen Ort geführt hat.«

»Tja, ich wurde von den beiden wunderbarsten Menschen adoptiert, die je auf Erden gewandelt sind. Ich war ihr einziges Kind. Aufgewachsen bin ich an der Westküste, nicht weit von hier entfernt, und abgesehen von dem Diabetes war meine Kindheit wirklich idyllisch. Als ich achtzehn war, habe ich meine Herkunftseltern gesucht. Sie waren verheiratet und hatten noch ein Kind, das ich nie kennengelernt habe, weil sie, einen Monat nachdem ich Kontakt zu ihnen aufgenommen habe, versucht haben, mir Geld zu stehlen.« Ich drückte seine Hand, aber er fuhr fort, ohne zu stocken. »Daraufhin habe ich jegliche Verbindung zu ihnen abgebrochen, nicht dass da viel abzubrechen gewesen wäre. Das College habe ich an der Ostküste besucht, und danach bin ich für einige Jahre nach Kalifornien zurückgekehrt. Ehe ich auf das Weingut gestoßen bin, bin ich viel herumgereist und habe vieles ausprobiert. Dann, als ich gerade eine ziemlich harte Zeit durchgemacht habe, bin ich Susan begegnet, und sie hat mich hergebracht.« Er verstummte für gerade eine Sekunde. »Du bist dran.«

Es kam mir vor, als wäre Jamie nicht wohl dabei, über sich oder sein Leben zu sprechen. Ich hatte nicht das Gefühl, dass er bestimmte Dinge nicht mit mir teilen wollte; ich hatte nur den Eindruck, dass er eher der Typ war, der immer im Hier und Jetzt lebte und nicht viel Zeit mit Vergangenem verbrachte. Trotzdem, etwas an der Art, wie er sein Leben beschrieben hatte, erinnerte mich an mein eigenes und an die Einsamkeit, die ich empfand. Für einen Moment dachte ich verträumt, dass es schien, als wären Jamie und ich zwei verlorene und einsame Seelen, die sich in dem weiten Ödland des Erwachsenseins gefunden hatten.

»Darf ich keine kritischen Fragen stellen?«

»Ich möchte nur mehr über dich erfahren, Katy.«

»Tja, ich bin in Chicago bei meiner Mutter aufgewachsen. Meinen Vater habe ich nie kennengelernt. Ich weiß nicht mal, wie er heißt, also werde ich ihn auch nicht aufspüren können. Als ich acht war, ist meine Mutter an Krebs gestorben. Danach habe ich bei ihrer besten Freundin Rose gelebt. Ich habe keine Familie, von der ich wüsste. Meine Großeltern sind tot, es gibt keine Geschwister, Tanten oder Onkel. Ich war ein schüchternes Mädchen, darum habe ich auch nicht viele Freunde. Im College bin ich dann aus meinem Schneckenhaus gekrochen, aber auch dort konnte ich nicht viele dauerhafte Freundschaften schließen. Seit fünf Jahren arbeite ich beim *Chicago Crier*, und ich lebe allein.« In diesem Moment fragte ich mich, ob ich Jamie womöglich vergraulte, aber er hatte die ganze Zeit nur still zugehört und alle paar Sekunden genickt, also fuhr ich fort. »Ich bin mit Beth befreundet, einer Kollegin bei der Zeitung. Ich bin ziemlich sicher, dass sie lesbisch ist, es sich aber nicht eingesteht. Ich verstehe mich auch gut mit Jerry, dem Herausgeber, mit dem du gestern gesprochen hast. Mal sehen, was gibt es sonst noch? Oh, mein Ex Stephen hat mir mehr oder weniger gesagt, er hätte mich nie geliebt und sei schon lange unglücklich. Also, das ist meine Geschichte, ziemlich armselig, was?«

»Er ist ein Idiot«, sagte er zum Himmel hinauf. Wir lagen beide flach auf dem Rücken und hielten einander an den Händen.

»Wer, Stephen?«

Jamie nickte nur.

»Mir fallen da noch ein paar deutlichere Begriffe ein. Wir haben gestern Abend Schluss gemacht, und heute Morgen hat er schon mit einer anderen Frau gefrühstückt.«

»Du hast was Besseres verdient«, sagte er, führte meine Hand an seine Lippen und küsste sie. »Wo ist Rose jetzt?«

»Sie ist tot. Sie ist vor neun Monaten gestorben«, erklärte ich ausdruckslos. Prompt drehte er sich mit dem ganzen Körper zu mir.

»Das tut mir leid, Kate.«

»Ich möchte nicht über sie sprechen. Das tut zu sehr weh.«

»Das verstehe ich. Lass uns das Thema wechseln. Worüber sollen wir reden?«

»Ähm, welche Art Musik magst du?«

»Von allem etwas. Vorwiegend Indie-Rock, Folk, so was in der Art.« Wir lagen nun beide auf der Seite und sahen einander an.

»Ich auch.«

»Also, warum wolltest du, dass ich dich küsse?«

Ich schluckte vernehmlich. »Ich … äh … wolltest du mich denn nicht küssen?«

»Machst du Witze? Lass mich mal überlegen …« Er kratzte sich am Kinn. »Ich wollte dich so ziemlich in jeder Sekunde küssen, die wir seit deiner Ankunft zusammen verbracht haben, aber das war nicht die Frage.«

Mein Herz raste. Für einen Moment war ich vor Angst wie gelähmt, ich könnte versehentlich ausplaudern, dass Jamie der absolut attraktivste Mann war, mit dem ich je allein gewesen war. »Ich wollte, dass du mich küsst«, antwortete ich schüchtern.

Er berührte meine Unterlippe mit dem Zeigefinger und zupfte sacht daran. »Ich weiß, aber warum?«

»Du weißt, warum.«

»Lag es an meinen beeindruckenden Karaokefähigkeiten?«

»Nein.«

Plötzlich setzte er eine ausdruckslose Miene auf. »War das eine Revanche an deinem Ex?«

»Nein.«

»Was war es dann?«

Ich grinste albern und versuchte erfolglos, damit aufzuhören. Schließlich gab ich auf, lachte und sagte: »Ich mag dich, okay?« Prompt kam ich mir vor wie die größte Idiotin der Welt.

Er lächelte, küsste mich auf die Nase und entgegnete: »Ich mag dich auch.«

Später an diesem Abend brachte Jamie mich bis zu meiner Zimmertür. Ich schloss auf und fragte in vertraulichem Flüsterton: »Willst du mit reinkommen?«

»Ja … werde ich aber nicht.« Er trat einen Schritt näher, streckte den tätowierten Arm aus, legte mir die Hand in den Nacken und zog mich an sich, bis sich unsere Lippen trafen. Dann küsste er mich sanft und gemächlich und atemlos. »Zuerst will ich dich morgen zu einem echten Date ausführen. Ich zeige dir die Stadt. Da gibt es einen ganz besonderen Ort, an den ich mit dir will.«

»Okay«, stimmte ich zu.

»Dann ist das abgemacht. Was hast du morgen tagsüber vor?«

»Ich hatte vor, an meinem Artikel zu arbeiten, und dann werde ich wohl, sofern ich nicht wieder ein Programm geboten bekomme … einfach nur ein bisschen rumhängen.«

»Gut, dann komme ich gegen vier und hole dich ab.« Er senkte die Stimme. »Falls wir uns nicht schon vorher sehen.«

Als er gegangen war, starrte ich meine Sneakers und das alberne College-Sweatshirt an und lachte. In Jamies Gegenwart hatte ich mir gar keine Gedanken darüber gemacht, ob ich passend gekleidet war oder wie ich aussah. Er gab mir einfach das Gefühl, schön und lebendig zu sein.

Ich beschloss, Beth anzurufen. Ich wusste, dass Beth gern bis in die frühen Morgenstunden arbeitete. Sie kam normalerweise später als ich in die Redaktion, nur um dann jedem gegenüber damit anzugeben, wie viele Wörter sie in der Nacht zuvor geschrieben hatte.

Beim zweiten Klingeln nahm sie ab. »Kate?« Sie klang müde.

»Oh mein Gott, habe ich dich geweckt?«

»Nein.« Schon wurde sie munterer. »Ich habe nur gerade dreitausend Wörter rausgehauen.«

»Schön.«

»Was ist los? Bist du deprimiert wegen Stephen, diesem Idioten?«

»Eigentlich habe ich angerufen, um dir zu erzählen, dass ich hier jemanden kennengelernt habe.«

»Mann oder Frau?«

»Ernsthaft, Beth? Einen Mann. Ich bin hetero.«

»Ich frag ja nur. Ich meine, ich würd's dir bestimmt nicht vorwerfen bei deinen Erfahrungen mit Männern und so.«

»Meine Erfahrung mit Männern? Den einzigen Mann, den ich gedatet habe, hast du doch gekannt.«

»Ich sag's ja nur. Ich würde es dir nicht vorwerfen. Das ist alles. Jemine, komm wieder runter. Und erzähl mir von dem Typ.«

»Aber erzähl es Jerry nicht.«

»Dem erzähle ich gar nichts.«

»Okay, also, da ist so ein Typ, der auf dem Weingut arbeitet. Er ist umwerfend, aber total anders als alles, was ich gewohnt bin. Er ist groß und dünn, aber trotzdem muskulös. Sein Haar ist etwas zu lang, und manchmal streicht er es zurück. Er hat Bartstoppeln und Tattoos. Oh mein Gott, diese Tattoos!«

»Whoa, Kate. Ein schlimmer, schlimmer Junge. Was machst du für Sachen?«

»Das ist es ja. Er ist kein schlimmer Junge. Er ist total süß und einfühlsam, aber auch selbstsicher und verdammt sexy – und klug ist er auch. Ich weiß nicht, warum um alles in der Welt er hier Trauben pflückt.«

»Finde mehr über ihn heraus«, forderte sie mich eindringlich auf.

»Hab ich. Er hat mir alles über seine Kindheit und so erzählt. Er ist völlig normal aufgewachsen, abgesehen davon, dass er adoptiert wurde.«

»Ich meinte, du sollst dich über seinen sexuellen Hintergrund schlaumachen, ehe du das Höschen für ihn fallen lässt.«

Ich lachte. »Was ist eigentlich los mit dir und Jerry?«

»Weißt du, was ein Lecktuch ist?«

»Ich wechsele besser das Thema.«

»Finde mehr über ihn heraus, mehr sage ich ja nicht. Wenn du dich deiner kleinen Weingutfantasie hingeben willst, dann verschaff dir Details.«

»Jetzt klingst du wirklich wie eine Journalistin. Ich lasse dich besser in Ruhe.«

Einige Momente lang schwieg sie. »Kate«, sagte sie dann, »ich freue mich für dich. Ehrlich. Amüsier dich zur Abwechslung mal. Wir unterhalten uns dann demnächst wieder.«

Als ich danach auf meinem Bett lag, dachte ich darüber nach, wohin mich meine kleine Fantasie wohl führen mochte. Ich hatte ein Leben in Chicago, Pflanzen in meiner Wohnung, die gegossen werden wollten, und einen Job. Und dann waren da noch Bob im Zug, der nur darauf wartete, mir lebensverändernde Ratschläge zu erteilen, und Beth und Jerry. Über all das dachte ich nach, aber als ich es dann aufaddierte, stellte ich bekümmert fest, dass da nicht viel zusammenkam. Ich mochte Beth und Jerry wirklich gern, aber sie waren trotzdem nur Kollegen. Schreiben konnte ich überall; leben konnte ich überall. Ich fragte mich, ob Jamie mich genug mochte, um mit mir zu schauen, wohin uns das führen würde, oder ob er in mir nur eine Affäre sah, etwas Vorübergehendes.

Ich überlegte, wie es wohl wäre, mein ganzes Leben auf den Kopf zu stellen und nach Kalifornien zu ziehen, aber der Gedanke, ich könnte meine mietpreisgebundene Wohnung verlieren, jagte mir Angst ein. Dann dachte ich an den Holiday Train. Jahr für Jahr schmückten die Betreiber einen Zug. Sie putzten ihn komplett heraus – sogar Santa Claus fuhr mit. Mein ganzes Leben lang wollte ich schon mit dem Holiday Train fahren, aber ich hatte ihn nie erwischt. Immer wenn mir irgendwelche Leute erzählt hatten, wie toll es war, mit diesem Zug zu fahren, hätte ich sie am liebsten gebeten, den Mund zu halten.

Während ich da auf dem Bett lag, versuchte ich mir einzureden, dass ich genug Gründe hatte, um in Chicago zu bleiben, weil, hey, ich war noch nicht mit dem Holiday Train gefahren, aber als ich dann einschlief, dachte ich an Jamie und daran, wie sich seine starken Hände wohl auf meiner nackten Haut anfühlen würden.

8. Exposition

Drei Klopfgeräusche in Folge rissen mich aus dem Schlaf. Ich sah zur Uhr – 9:01 Uhr morgens. So spät wurde ich sonst nie wach. Ich sprang auf und stürzte nur mit einem knappen schwarzen Rundhals-T-Shirt und einem schwarzen Spitzenhöschen bekleidet zur Tür. Ich versteckte meine untere Hälfte hinter der Tür, öffnete sie einen Spaltbreit und lugte hinaus. Draußen stand eine lächelnde Frau vom Servicepersonal mit einem Kännchen aus Metall.

»Hallo, Miss Corbin. Ich habe Kaffee für Sie. Und das hier.« Sie reichte mir ein zusammengefaltetes Blatt Papier, auf dem in krakeliger Handschrift das Wort *Tagesprogramm* prangte.

Ich öffnete die Tür weiter, damit sie eintreten konnte.

Die Frau stellte den Kaffee auf dem Ecktisch ab, und ich huschte ins Bad, warf mir einen weißen Frotteebademantel über und kam wieder heraus, ohne mir die Mühe zu machen, ihn zuzubinden.

»Hi, äh …«

»Lydia.«

»Hi, Lydia. Ich habe Probleme mit dem WLAN. Ich nehme an, ich brauche einen neuen Zugangscode.«

»Okay, ich kümmere mich darum.«

»Danke.«

»Im Speiseraum erwarten Sie Frittata, frisches Obst, Muffins und Scones, wenn Sie so weit sind. Ich komme gleich mit einem neuen Zugangscode zurück.« Sie ging an mir vorbei und zur Tür hinaus.

Während ich noch ganz in der Nähe der Tür stand, klopfte es erneut dreimal. *Wow, ist die schnell.* Ich riss die Tür weit auf, und vor mir stand Jamie mit einnehmender Miene. Ich blickte an mir hinab und stellte fest, dass der Bademantel immer noch offen war.

»Guten Morgen«, murmelte er geistesabwesend. Ich rührte mich nicht. Sein Blick huschte an meinem Körper hinab und wieder hinauf. Schließlich legte er die Hand aufs Herz und wandte sich ab, als wollte er davongehen, drehte sich aber gleich wieder um und blieb auf der Schwelle stehen. Offensichtlich musste er sich sammeln. Er schaute erst zur Decke empor, ehe er mich wieder ansah. Als sich unsere Blicke trafen, lächelte er.

»Was gesehen, was dir gefällt?«, fragte ich und warf ihm damit seine eigenen Worte entgegen.

Er räusperte sich. »Du hast ja keine Ahnung.«

»Ich habe mein Tagesprogramm bisher nicht gelesen, also weiß ich nicht, warum du hier bist.« Ich klimperte mit den Wimpern und setzte ein unschuldiges Lächeln auf.

»Darum geht es nicht. Obwohl ich im Augenblick wünschte, ich hätte Frühstückspläne für uns gemacht.«

»Ich habe zu arbeiten, junger Mann.«

Lachend starrte er seine Füße an. »Ich wollte dir nur sagen, dass die Autovermietung deinen Wagen ausgetauscht hat.« Er zog einen schwarzen Plastikkastenschlüssel aus der Tasche. »Er steht auf dem Parkplatz, falls du heute die Umgebung erkunden willst. Aber fahr vorsichtig.«

»Danke. Ich hatte angenommen, Lydia wäre an der Tür. Ich hatte sie gebeten, meinen WLAN-Zugang zu überprüfen. Aber vielleicht kannst du mir ja helfen?« Er schüttelte den Kopf. »Du weißt nicht, wie das WLAN hier funktioniert?«

»Nein, ich nutze es nicht, aber ich kann mich für dich erkundigen und dir jemanden raufschicken, wenn du möchtest.« Er wippte ein paar Mal auf den Absätzen seiner Arbeitsstiefel. Für mich sah das aus wie ein Ausdruck von Ungeduld.

»Schon gut. Lydia wird sich schon darum kümmern.«

»Gut«, sagte er. »Dann sehen wir uns später?«

Ich nickte.

Wieder machte er kehrt, nur um sich gleich wieder umzudrehen und die Tür aufzustoßen. Mit einem süßen Ausdruck in den herb-attraktiven Zügen flüsterte er: »Ich kann es kaum erwarten«, und dann ging er endgültig.

Lydia kam nicht zurück, um mir einen neuen Zugangscode zu geben. Ich ging hinunter und plünderte den Korb mit Muffins und Scones, ehe ich wieder in mein Zimmer eilte, um mit der Arbeit an meinem Artikel anzufangen. Kein WLAN zu haben war unangenehm, aber ich wollte den Leuten im Gästehaus nicht auf die Nerven gehen. Stattdessen beschloss ich, Jerry zu nerven. Mit Lichtgeschwindigkeit wählte ich seine Nummer.

»Jerry Evans.«

»Jer, ich bekomme hier kein WLAN.«

»Machst du Witze? Hast du vor, das in deinen Artikel zu schreiben?«

»Den werde ich jedenfalls auf die altmodische Art schreiben.«

»Was, willst du ihn in Steintafeln ritzen?«

»Hör mal, ich werde mir hier einfach ein paar Notizen auf Papier machen und das Ganze ein bisschen reifen lassen. Ich lasse einen der Redaktionsassistenten ein paar Nachforschungen für mich anstellen, und dann, wenn ich wieder in Chicago bin, schreibe ich schnell den Artikel. Was meinst du dazu?«

»Höre ich da einen ersten Funken in deiner Stimme?«

»Wenn ich nur einen Dollar für jede Frage bekäme, die du mit einer Gegenfrage beantwortest …«

»Du hörst dich jetzt schon besser an, Kate. Lass dir Zeit. Ich gebe dir keinen Termin vor, aber das bedeutet natürlich auch nicht, dass du es ewig hinauszögern sollst. Alles klar?«

Ich lachte. »Völlig klar. Du bist der Beste, Jer.«

Zur Mittagszeit hatte ich schon mehrere Seiten mit Notizen vollgeschrieben und auf meinem Bett verteilt. Da erst fiel mir wieder ein, dass das Tagesprogramm immer noch ungelesen auf dem langen Beistelltisch neben der Tür lag. Ich sprang hinüber, faltete es auseinander und entdeckte einige Zeilen in Jamies krakeliger Handschrift.

4:00 p. m. Wir gehen in die Stadt.
Das ist alles.
Entspann dich einfach, und genieß den Tag.
Kuss, Jamie

Mein Herz setzte einen Schlag aus, als ich mir vorstellte, wie er das Wort »Kuss« aussprach. Dann widmete ich mich wieder meinen Notizen, konnte mich aber nicht konzentrieren. Ich musste ständig an das Abendessen mit Jamie denken. Schließlich beschloss ich, mir ein wenig Mühe zu geben und zu versuchen, ein passendes Kleid für unser Date zu finden. Nachdem ich in Jeans und Ballerinas geschlüpft war, ging ich hinüber zu Susans Büro in der Hoffnung, sie würde mir einen Rat geben können, obwohl ein Teil von mir fürchtete, sie würde unser Date nicht billigen.

Als ich an der Tür war und die Terrasse hinunterschaute, erblickte ich Chelsea, die auf ihrem Hundekissen saß und so königlich wie eh und je aussah. »So, das reicht jetzt!«, sagte ich laut, marschierte zu ihr, sank auf die Knie und fing an, sie hinter den Ohren zu kraulen. Prompt schmolz sie dahin, legte sich auf den Rücken und reckte die Beine in die Luft. »Du bist ja so viel umgänglicher, als du tust, nicht wahr? Tief im Inneren bist du ein süßes Mädchen, das nichts weiter will als ein bisschen Liebe.« Chelsea wedelte mit dem Schwanz und streckte die Vorderläufe aus, während ich ihr Hals und Bauch kraulte.

In dem Moment, in dem ich mich erhob, nahm sie wieder ihre majestätische Pose ein, starrte stur geradeaus und ignorierte mich gänzlich. Könnte sie reden, dann hätte sie vermutlich gesagt: *Denk nur nicht, dass wir jetzt Freunde sind.* Ich wischte mir die Hände an den Jeans ab und ging in Susans Büro. Sie saß an ihrem Computer und tippte etwas.

Als ich hereinkam, blickte sie mich über ihre eckigen Brillengläser hinweg an. »Hallo, Kate. Was kann ich für Sie tun?«

»Na ja, ich dachte, Sie könnten mir vielleicht sagen, wo ich hier etwas zum Anziehen bekomme?« Sie starrte mich nur ausdruckslos an, also fuhr ich fort. »Ich hatte gehofft, es gäbe vielleicht einen netten Laden in der Nähe, damit ich nicht bis in die Stadt fahren muss.«

»Wirklich?« Sie studierte mich mit kritischem Blick.

Ich nickte scheu und fragte mich, ob es womöglich doch eine dumme Idee gewesen war, zu ihr zu gehen. Sie wirkte in Bezug auf Jamie weniger besitzergreifend als überfürsorglich. Was es auch war, sie schienen mehr als nur Arbeitskollegen zu sein.

»Zu welchem Anlass?«

Ich dachte kurz darüber nach, was ich sagen sollte, und beschloss dann, bei der Wahrheit zu bleiben. Außerdem wusste sie es so oder so schon. »Ich gehe mit Jamie aus, aber das wussten Sie ja. Ich möchte mich für ihn hübsch machen.« Ich hielt den Kopf hoch erhoben und sah zu, wie ihre Mimik von unbeteiligt zu warmherzig wechselte. Sie lächelte. Ich hätte schwören können, dass Susan Spaß daran hatte, wenn ich mich zur Wehr setzte.

»Schön. Da gibt es eine kleine Boutique in Napa. Die haben wirklich süße Kleider, die Ihnen meiner Ansicht nach hervorragend stehen würden.« Sie schrieb mir die Adresse auf und reichte mir den Zettel.

»Danke … und ich bin nicht nur auf eine Affäre aus, nur damit Sie es wissen. So bin ich nicht. Ich mag Jamie, und ich glaube, er mag mich auch.«

Sie nickte, sagte aber nichts.

Ich wünschte mir Bestätigung von ihr. Ich hatte nicht vor, Jamie wehzutun. Und ich hätte gern gewusst, ob sie mir das glaubte, aber ich konnte ihre Mimik nicht lesen. Schlimmer noch, sie lieferte mir auch keinen Hinweis darauf, ob ich Jamies Gefühle mir gegenüber richtig einschätzte.

»Noch mal danke«, sagte ich und ging zur Tür. Unterwegs warf ich einen kurzen Blick in R. J.s Büro, sah aber nur einen leeren Stuhl.

Auf dem Weg zum Auto entdeckte ich ein paar vertraut aussehende Arbeitsstiefel. Jamie kauerte an einem langen schmiedeeisernen Zaun, der den Pool umgab. Von meinem Standpunkt aus konnte ich kleine Lichtpunkte in die Luft schießen sehen. Auf dem Boden stand ein viereckiges Gerät, und ich sah Schweißdraht in seiner Hand. Er trug einen Schweißhelm und Handschuhe, aber davon abgesehen lediglich ein weißes T-Shirt und Jeans, keine weitere Schutzkleidung.

Unbemerkt näherte ich mich und blieb dann stehen, um zuzusehen, wie er eine Stange, die sich gelöst hatte, wieder festschweißte. Funken flogen überall umher, und einige davon trafen seine Unterarme, aber das schien ihn nicht zu stören. Als er endlich sah, dass ich neben ihm stand, hörte er sofort auf und drehte das Schweißgerät ab. Leichtfüßig stand er auf und schob den Helm zurück. Sein Gesicht war schweißnass.

»Du solltest nicht in das Licht sehen. Du verblitzt dir noch die Augen«, warnte er.

»Wo hast du Schweißen gelernt?«

»Das hat mein Dad mir beigebracht.« Mit dem Unterarm wischte er sich den Schweiß aus dem Gesicht, und mir fiel auf, dass er ein fünfzehn Zentimeter langes Jagdmesser in einer hellbraunen Scheide am Gürtel trug.

»Was ist das?«, fragte ich dümmlich.

»Ein Messer.«

»Wofür brauchst du das?«

Er feixte. »Um Sachen zu schneiden.«

Ich konnte mir einfach nicht vorstellen, mit einem Mann zusammen zu sein, der Zäune schweißte und Sachen schnitt. Das mochte idiotisch klingen, aber Stephen hatte drei Tage gebraucht, um einen bescheuerten IKEA-Schreibtisch aufzubauen. Er hatte sogar unseren Hausmeister fragen müssen, was ein Inbusschlüssel ist – noch ein Grund, warum der Hausmeister ihn nicht ausstehen konnte. Stephen besaß nicht mal eine Jeans. Er ließ sich im gleichen Salon wie ich maniküren und pediküren. Aber er war gebildet und ein erfahrener Geschäftsmann – das sprach für ihn.

Aber Jamie stand ihm offenbar in nichts nach. Er hatte zwar nichts von einem Geschäftsmann an sich, aber er wirkte geheimnisvoll und unglaublich intelligent. Er stellte das Beste aus beiden Welten dar. In der gerade dreißig Sekunden umspannenden Fantasie, der ich nachhing, während ich da stand und sein Messer anstarrte, stellte ich mir vor, wie er mit der Klinge wilde Tiere in die Flucht schlug. Mit nacktem Oberkörper.

»Katy?«

»Ja?«

»Macht dir das Messer Angst?«

»Na ja, du benutzt es ja nicht zum Töten«, sagte ich, obwohl ich mir gerade erst vorgestellt hatte, er würde genau das tun.

Er zog ein wenig die Brauen hoch, davon abgesehen veränderte sich sein Gesichtsausdruck nicht im Mindesten.

»Stimmt's?«

»Na ja, wir haben hier Klapperschlangen, und wir züchten Tiere …« Er beendete den Satz nicht.

»Du schlachtest Tiere mit diesem Messer?«

»Normalerweise bin ich nicht derjenige, der dafür zuständig ist. Das überlassen wir einem Profi, und ich verspreche dir, er arbeitet sehr human, aber manchmal musste ich ihm zur Hand gehen.«

»Ich bin Vegetarierin.«

»Ich weiß. Tut mir leid, aber du hast gefragt.« Er unterbrach sich, versuchte, meine Miene zu lesen. »Töten ist nicht immer grausam. Manchmal ist es sogar eine Gnade.« Er machte einen reumütigen Eindruck.

»Ich war nur überrascht, das ist alles. Eine Klapperschlange weniger in der Nähe kann nur von Vorteil sein.« Ich lächelte.

»Wo willst du hin?«

»Ich fahre nach Napa, mich nur ein bisschen umschauen.«

»Fahr den Wagen nicht gegen irgendein Hindernis«, sagte er ohne einen erkennbaren Funken Humor.

Ich holte aus, um ihm auf den Arm zu hauen, aber er fing meine Faust ab, führte sie zu seinen Lippen und küsste sie. Prompt bekam ich weiche Knie. Ich machte kehrt und entfernte mich, aber als ich mich umschaute, sah er mir, wie ich es erwartet hatte, immer noch nach. Und er lächelte mit einem neugierigen Ausdruck in den Augen. »Wir sehen uns um vier, Seemann«, rief ich ihm zu.

Meine Fahrkünste hatten sich seit dem Unfall nicht verbessert. Die Navi-Dame führte mich zu der Boutique, aber ich fuhr nur halb so schnell wie erlaubt. Auf dem ganzen Weg sausten hupende Autos an mir vorbei. Als ich dann endlich in dem Laden war, entdeckte ich mein Kleid auf den ersten Blick. Es war ein einfaches schwarzes Kleid mit tiefem Ausschnitt und Dreiviertelärmeln, das mir gerade bis über die Knie reichte, hinten aber etwas länger war. Perfekt, dachte ich. Sexy, aber nicht billig. Ich wirbelte exakt zehn Sekunden lang durch die Anprobe, ehe ich mich wieder umzog und zur Kasse ging.

»Großartige Wahl«, lobte die junge Verkäuferin. »Sind Sie zufällig Kate von R. J. Lawson?«

»Ja, ich bin dort zu Gast. Woher wissen Sie das?«

»Susan hat darum gebeten, dass wir Ihre Einkäufe auf das Konto des Weinguts buchen. Sie sagte, Sie bekommen alles, was Sie wollen.«

»Oh, aber das geht doch nicht. Tun die so was öfter?«

»Nein, bisher habe ich so etwas noch nie erlebt. Aber ich kenne Susan. Sie kommt oft her. Möchten Sie noch passende Schuhe oder Schmuck aussuchen?«

»Danke. Ich denke, das Kleid reicht.« Ich hatte gar nicht auf das Preisschild gesehen, ehe sie es abgezwickt hatte.

Sie wickelte das Kleid in rosarotes Seidenpapier, steckte es in eine weiße Tüte und gab sie mir. »Viel Vergnügen damit. Und noch einen schönen Tag.«

Ein wenig verwundert ging ich zurück zu meinem Wagen. Ich wusste nicht, ob Susan sich bei mir beliebt machen wollte, um das Weingut in besserem Licht erscheinen zu lassen, oder ob dort wirklich alle so furchtbar nett waren. Abgesehen von R. J., dem ich inzwischen ziemlich grollte.

Natürlich musste ich einen Artikel über ihn schreiben, denn mein Herausgeber wollte es so. R. J. war der einzige Grund für meine Anwesenheit. Aber ich hatte feststellen müssen, dass mir mehr und mehr davor grauste. Ich wusste nicht, wie ich meine Geschichte so drehen sollte, dass ich die Wahrheit über ihn berichten konnte, ohne dass das negative Auswirkungen auf das Weingut selbst hatte. Ich könnte schreiben, er sei ein Philanthrop und meine es gut, aber tief im Inneren wusste ich, dass dies nicht die Wahrheit über seinen Charakter war. Hätte ich gewusst, wie ich den Artikel aufbauen sollte, dann hätte ich ihn bereits geschrieben.

Ich schaffte es erst kurz nach drei zurück auf das Weingut. In weniger als einer Stunde sollte ich mich schon mit Jamie treffen. Ich sprang aus dem Auto und rannte im wahrsten Sinne des Wortes über den Parkplatz und durch den großzügigen Eingangsbereich des Gästehauses.

George war am Empfang und lachte mich aus.

»Hey, George!«, schrie ich und jagte, zwei Stufen auf einmal nehmend, die Treppe hinauf, bis ich endlich an meiner Tür war.

Ich duschte in Rekordzeit, gab mir aber große Mühe dabei, mein Haar hochzustecken und mir ein paar kleine Strähnen ins Gesicht zu zupfen. Die hochhackigen schwarzen Schuhe, die ich mitgenommen hatte, passten hervorragend zu dem Kleid. Ich tuschte meine Wimpern mit Mascara und strich mir ein paar Mal mit dem Rougepinsel durchs Gesicht. Als ich mich dann meinen Lippen widmete und langsam ein durchscheinendes Gloss auf der Unterlippe auftrug, stellte ich mir vor, wie es unter Jamies Küssen dahinschwand.

Punkt vier klopfte es dreimal an der Tür. Ich sprang hinüber und riss sie weit auf. Das Erste, was mir auffiel, waren seine Augen. Er hatte sie leicht zusammengekniffen, und in ihnen schimmerte ein Ausdruck des Erstaunens. Jamie trug ein elegantes schwarzes Button-Down-Hemd und umgeschlagene schwarze Jeans zu Converse-Schuhen. Er sah sexy und cool aus, aber auch ein bisschen gefährlich.

»Du siehst ...« Er brach ab.

»Hübsch?«, fragte ich mit einem frechen Grinsen.

»Umwerfend.«

Sein Blick fiel auf meine Lippen. »Nie hat es vor dir eine Frau gegeben, und es wird auch nach dir keine geben«, sagte er ganz ernsthaft.

Ich schluckte. »Und poetisch ist er auch noch.«

Er trat ein, legte den Arm um mich, küsste mich auf die Wange und flüsterte: »Du inspirierst mich.« Dann trat er einen Schritt zurück und öffnete ein langes Schmuckkästchen, in dem eine zarte, filigrane Kette mit einem schwebenden pfirsichfarbenen Anhänger in Tropfenform, oben eingefasst mit Markasit, lag.

»Oh mein Gott, ist die schön. Sie sieht antik aus.«

»Das ist sie auch.«

»Das ist zu viel, Jamie.« Ich schüttelte den Kopf. »Sie ist traumhaft, wirklich, aber das kann ich nicht annehmen.«

»Natürlich kannst du das, und das wirst du auch. Ich habe einen Freund, der einen kleinen Antiquitätenladen in der Stadt betreibt. Das ist keine große Sache.«

»Ich kann mir nicht mal vorstellen, was so was kostet.«

»Bitte denk darüber nicht nach.« Er nahm die Kette aus der Schatulle und ließ einen Finger in der Luft kreisen. »Dreh dich um,

Schönheit.« Sanft strich er die gelösten Haarsträhnen zur Seite. Ich konnte seinen warmen Atem an meinem Hinterkopf spüren. Als er die Kette zuhakte, beugte er sich vor und drückte mir einen Kuss auf den Nacken. »Gott, du riechst gut«, sagte er leise.

Ich kicherte, so sehr kitzelte mich sein Atem, und als ich mich umdrehte, lächelte er zwar ganz gelassen, doch in seinen Augen loderte unverkennbare Begierde. »Wir gehen besser, sonst schaffen wir es nie hier raus.«

»Da hast du ja so recht. Also los.«

Wir fuhren über die große rote Brücke nach San Francisco, die Stadt mit den steilen Hügeln, den viktorianischen Reihenhäusern und den berühmten Straßenbahnwagen, die durch die Hauptstraßen der Innenstadt rollten. Diese Stadt vibrierte mit einer Energie, die mit nichts, was ich je erlebt hatte, vergleichbar war.

Ich kurbelte mein Fenster runter und ließ die Aussicht und die Gerüche auf mich wirken. Immer wenn eine Straßenbahn bimmelte, fühlte ich mich in eine andere Zeit versetzt, eine Zeit, in der die Schwarz-Weiß-Fotos des Weinguts entstanden waren, eine Zeit, in der das Leben einfacher gewesen war. Der Geruch von Salzwasser, frisch gebackenem Brot und nassem Pflaster überwältigte meine Sinne. Wir fuhren durch Nob Hill und am Union Square vorbei immer weiter in die Stadt hinein.

Jamie sprach nicht viel. Er ließ mich einfach in Ruhe die Aussicht genießen. Schließlich kamen wir zu einem Parkhaus, in dem wir den Wagen abstellten. Ehe wir ausstiegen, griff er hinter seinen Sitz und zog einen kurzen Damen-Trenchcoat hervor.

»Susan dachte, du würdest den brauchen, und ich glaube, sie hat recht.« In der Stadt war es kühler als in Napa, und ich war dankbar für Susans Umsicht. »Es ist eine Schande, dich zu bedecken, aber ich glaube, dort, wo wir hingehen, wirst du dich damit wohler fühlen.« Er hielt mir den Mantel hin, und ich schlüpfte hinein und knotete den Gürtel zu.

»Wo gehen wir denn hin?«

»Wir werden einigen meiner Freunde Abendessen servieren. Ich bringe dich zu GLIDE. Das ist ein Obdachlosenasyl, in dem ich ehrenamtlich tätig bin.«

Ich blieb wie angewurzelt stehen.

Er drehte sich zu mir um, und zum ersten Mal, seit ich ihn kannte, wirkte er verunsichert. »Ich hoffe, das ist in Ordnung?«

Ich umfasste sein Gesicht und küsste ihn sanft. »Natürlich ist es in Ordnung. Ich mache in Chicago auch Freiwilligenarbeit. Ich kann dir gar nicht sagen, wie oft ich versucht habe, Stephen mitzuschleppen, aber er wollte nichts davon hören.«

Jamie lachte einmal auf und starrte auf seine Füße. Zuerst dachte ich, er wäre verlegen, aber dann blickte er auf und sagte: »Das ist unser erstes Date, Katy.« Er wedelte mit dem Finger vor mir. »Kein Gerede über Ex-Partner.« Ich fing seinen Finger ab und tat, als wollte ich hineinbeißen. »Ooh, wie temperamentvoll. Das gefällt mir«, fügte er hinzu, ehe er mich aus dem Parkhaus zog.

Auf dem Weg zu der Unterkunft sahen wir viele Obdachlose, die sich auf den Straßen drängelten. Einige riefen »Hi«, als sie Jamie sahen, und eine Frau hörte ich sogar sagen: »Ooh, Jamie hat eine Freundin.« Nach diesem Kommentar drückte er meine Hand ein wenig fester.

Kaum waren wir in der Küche des Asyls, reichte er mir eine weiße Mütze mit passender Schürze.

»Ich sehe idiotisch aus.«

»Völlig unmöglich. Du bist die hübscheste Freiwillige, die ich je gesehen habe.«

Die Küche war voller Helfer. Ein sehr großer und extrem dünner Mann mit einem einschüchternden Blick kam auf uns zu. Verunsichert schaute ich mich zu Jamie um, und die Art, wie sich sein Mundwinkel nach oben bog, verriet mir, dass alles in Ordnung war. Er war nach wie vor vergnügt.

»Du bist spät dran, Mann«, sagte der große Typ in einem ernsten Ton, der nicht lange vorhielt.

»Hab Unterstützung mitgebracht, Charles. Darf ich dir die liebreizende Kate Corbin vorstellen? Kate, das ist Charles, der Mann, der dieses wunderbare Haus leitet.«

Er bedachte mich mit einem Lächeln, das von einem Ohr zum anderen reichte, griff nach meiner Hand und küsste den Handrücken. »Liebreizend, in der Tat. Okay, du kannst gleich anfangen und all den hungrigen Leuten etwas zu essen geben.«

Und schon servierten wir Essen für eine lange Reihe hungriger Männer, Frauen und Kinder. Jeder einzelne Mensch, dem etwas zu essen zu geben ich das Vergnügen hatte, bedankte sich so aufrichtig, dass ich das Gefühl hatte, etwas in mir würde sich verändern. Ich hatte schon in so vielen Obdachlosenasylen geholfen, aber irgendwie war die Verbindung hier stärker. Und dann ging mir auf, dass das an Jamies Gegenwart lag.

Er lachte und unterhielt sich mit jedem, der vor ihm stand. Die Kinder ermahnte er liebevoll, sie sollten ihr Gemüse essen, und einige der Männer zog er auf, indem er behauptete, die Giants würden es nie wieder schaffen, die World Series zu gewinnen. Offenbar war Jamie ein Anhänger der Red Sox, und er versicherte mir, sollten die Sox je im Fenway gegen die Cubs antreten, würde er dort sein, und es sei meine Aufgabe, ihm Chicago zu zeigen. Sogar während des lockeren Geplänkels konnte ich nicht aufhören, darüber nachzudenken, was wohl nötig wäre, um Jamie wiederzusehen, wenn ich Napa erst verlassen hatte.

Als die Schar der Hungrigen allmählich schrumpfte, nahm ich mir etwas mehr Zeit, um mir ein Bild von jedem Einzelnen zu machen. Da war eine junge Frau in zerfetzten Klamotten, etwa so alt wie ich, die ganz allein war, und ich fragte mich, was sie erlebt haben mochte. Als sie vor mir stand, löffelte ich ihr eine Portion Kartoffelbrei auf den Teller. Sie lächelte zufrieden und sagte: »Mein Lieblingsessen. Danke.«

Ich war bereit, mein Leben damit zu verbringen, zusammen mit Jamie zu tun, was ich gerade tat, denn das gab mir das Gefühl, dass mein Dasein einen Sinn hatte. Die Bedürfnisse anderer wurden mir wieder bewusster, eine Wahrnehmung, die mir nach Roses Tod entglitten war. Den Obdachlosen Essen zu servieren fühlte sich an, als würde ich eine tiefere Verbindung zu anderen Menschen aufbauen, und etwas so Authentisches und Befriedigendes hatte ich seit langer Zeit nicht mehr erlebt. Ich dachte daran, wie Jamie Liebe und Essen verglichen hatte, und nun schien es mir, als wäre Wohltätigkeit – den Menschen Essen zu geben – ein Weg, das Leben wirklich zu begreifen. Ich machte mir all die Segnungen meines Lebens bewusst, die Tatsache, dass ich fähig war, meine Zeit hinzugeben, dass ich einen sicheren Job hatte und für meinen Lebensunterhalt sorgen konnte.

Plötzlich fragte ich mich, ob R. J. wirklich so schlimm war. Dass er so viel von seinem eigenen Geld ausgegeben hatte, um lebensverbessernde und lebensrettende Ressourcen für Notleidende zu erschließen, verdiente zumindest ein gewisses Maß an Respekt von meiner Seite. Und er hatte es nicht nötig, seine Errungenschaften öffentlich kundzutun – die meisten Leute hatten keine Ahnung, was er tat. Vielleicht hatte R. J.s Güte auf Jamie und Susan abgefärbt. Auf einmal sah ich alles aus dem entgegengesetzten Blickwinkel. Dass ich den Artikel schreiben musste, belastete mich sehr, aber mit Jamie unterwegs zu sein milderte das Gefühl erheblich.

»Katy, unsere Ablösung ist da. Bist du bereit zu gehen?«, fragte Jamie und holte mich so ruckartig zurück ins Hier und Jetzt.

»Ja. Das war wunderbar. Danke, dass du mich hergebracht hast.«

Hand in Hand gingen wir zu seinem Truck. Dort sah ich zu, wie Jamie seinen Blutzuckerspiegel kontrollierte und sich Insulin spritzte. Wir ließen den Truck, wo er war, und gingen zu einer kleinen Gasse namens Belden Place, in der sich ein romantisches Restaurant an das andere reihte. Es war beengt und voll, aber sonderbarerweise war dies auch eine der romantischsten Szenerien, die ich je kennengelernt hatte. Lichterketten überspannten die Gasse von einer Seite zur anderen.

Wir entschieden uns für ein französisches Restaurant, dessen sehr junge Bedienung Jamie mit Namen begrüßte. Sie sah aus wie Anfang zwanzig. Das kurze blonde Haar hatte sie zu einem winzigen Pferdeschwanz zurückgebunden, und der Kragen ihres schwarzen Frackhemds ließ gerade genug von ihrem Hals frei, um ein Tattoo zum Vorschein zu bringen, das Bündel rosaroter Kirschen darstellte. Sie blinzelte einige Male in rascher Folge.

»Hi …«, sagte Jamie, und dann warteten wir beide unbehaglich darauf, dass sie antwortete. Dabei fing ich eindeutig seltsame Schwingungen auf.

»Izzy«, sagte sie ausdruckslos.

»Richtig, Izzy. Das ist Kate.« Er legte mir eine Hand auf den Rücken.

Sie bedachte mich mit einem vordergründigen Lächeln und konzentrierte sich sofort wieder auf Jamie. »Ich besorge euch zwei einen netten, romantischen Tisch in der Hölle, wie wäre das?«

Er ergriff meine Hand und sagte: »Zeit zu gehen.«

Wir spazierten weiter zu einem italienischen Restaurant in derselben Gasse und achteten darauf, weit genug entfernt zu sitzen, um sicher außerhalb von Izzys Schusslinie zu sein.

»Was war das?«

»Ich war mit ihr … äh, ich meine, wir hatten mal ein Date.«

»Und du hattest einen One-Night-Stand mit ihr?«

»Nein, ich hatte keinen Sex mit ihr.«

»Das geht mich nichts an, außerdem wollten wir sowieso nicht über Ex sprechen.« Ich verschränkte die Arme vor der Brust und versagte kläglich bei dem Versuch, mich cool zu geben.

»Das ist es nicht. Dieser Typ von GLIDE, Benny, wollte mich mit ihr verkuppeln. Sie ist viel zu jung für mich. Ich habe versucht, da irgendwie wieder rauszukommen, ohne sie vor den Kopf zu stoßen. Wir sind einmal essen gegangen, und danach habe ich sie gleich nach Hause gebracht, aber sie hat Benny ständig wegen mir genervt.« Er holte tief Luft, hielt dann inne und schüttelte langsam den Kopf. »Was für eine unangenehme Art, unser Abendessen zu beginnen. Es tut mir sehr leid. Können wir vielleicht einfach so tun, als wäre das nie geschehen?« Sanft und flehentlich blickte er mich an.

Ich glaubte ihm. Seine Antworten wirkten aufrichtig, und ich konnte in ihm auch nicht den Typ Mann erkennen, der wahllose One-Night-Stands mit Frauen hat. Und offen gesagt hatte ich nach Izzys Anfeindungen das Gefühl, dass sie so oder so ein wenig unberechenbar war.

Ehe ich antworten konnte, bestellte Jamie schon eine Flasche Wein und Austern als Vorspeise. Unser Tisch war so klein, ich hätte über ihn hinweg mühelos meinen Kopf an seine Brust lehnen können. Unter dem Tisch verschlangen sich unsere Beine mehr oder weniger ungehemmt, auch wenn ich mich, nachdem ich gerade erst mit Izzys Zorn in Berührung gekommen war, noch etwas zurückhaltend verhielt.

Ich schenkte ihm ein aufrichtiges Lächeln. »Ja, lass uns noch mal anfangen, aber die Regel, die du vorhin aufgestellt hast, setze ich außer Kraft. Es wird Zeit, offen zu reden. Jetzt will ich alles wissen.«

Er runzelte die Stirn, lachte aber dabei. »Oje, wo habe ich mich da nur reingeritten. Ich habe ein Date mit der neugierigsten Frau auf der ganzen Welt.«

Ich blickte auf meine Hände, zappelte nervös herum und spürte, wie mir die Röte ins Gesicht kroch. »Ich verspreche, ich werde dich nur einmal mit Fragen zu diesem Thema nerven.«

In dem Moment wurden Austern und Wein serviert, und Jamie schenkte mir mit einem selbstgefälligen Lächeln ein großes Glas ein.

»Erst das.« Er hielt mir eine Auster an die Lippen. Ich öffnete den Mund, als er die Schale kippte, und die salzige, schlüpfrige Auster glitt über meine Kehle. Ich sah zu, wie er sich selbst ebenfalls bediente.

Wir nippten an unserem Wein, und dann beugte er sich vor und küsste mich, und mir war, als würde die ganze Welt um uns herum verschwinden. Seine Hand umfasste meinen Nacken, und wir küssten uns leidenschaftlich. Wir bestanden nur noch aus Zungen und Lippen und einem leisen Stöhnen, das nur wir hören konnten. All die anderen Menschen in der Gasse schienen zu verschwinden. Allmählich wurde sein Kuss sanfter, dann rieb er seine Nase an meiner Wange und drückte mir einen letzten Kuss auf den Mund.

Stephen war in der Öffentlichkeit kaum bereit gewesen, auch nur meine Hand zu halten, und auch wenn ich kein Befürworter demonstrativen Geturtels war, störte es mich mit Jamie überhaupt nicht. Wenn er mich küsste, hörte die Welt um uns herum auf zu existieren.

»Wolltest du mich etwas fragen?«, erkundigte er sich mit einem listigen Lächeln.

»Das hast du absichtlich gemacht, um mich abzulenken.«

»Nein.«

»Nein?«

Seine Miene wurde ernster. »Katy, ich möchte dich in jeder Sekunde des Tages küssen, selbst wenn ich schlafe.« Wäre in diesem Moment nicht die Bedienung aufgetaucht, hätte ich mir womöglich die Kleider vom Leib gerissen und Jamie angebettelt, mich gleich hier auf diesem winzigen Tisch zu nehmen.

Wir bestellten Pasta mit Muscheln, und nachdem wir mit unserem Abendessen fertig waren, entschuldigte ich mich, um auf meinem Telefon zu gucken, wer mich angerufen hatte. Seit wir Platz genommen hatten, hatte es immer wieder in meiner Handtasche vibriert. Ich ging zum Waschraum und sah, dass es Jerry war, also wählte ich seine Nummer.

»Jerry hier.«

»Hier ist es schon ziemlich spät, Jer. Was gibt's?«

»Beth hat mir erzählt, du hättest einen Mann kennengelernt.«

Ich lachte. »Und ich habe ihr gesagt, sie soll es dir nicht erzählen.«

»Warum? Ich freue mich für dich.«

»Wirklich?« Mir wurde wieder einmal bewusst, dass Jerry ein bemerkenswert glücklich verheirateter Mann war. Er war völlig vernarrt in seine Frau. Oft verließ er das Büro frühzeitig mit den Worten: »Ich gehe nach Hause. Meine Frau fehlt mir.« Seine Frau war wahrhaftig seine Vertraute, seine bessere Hälfte, seine Partnerin, aber Jerry erteilte mir dennoch keine Ratschläge in Liebesdingen. Ich wusste, dass er Stephen nicht leiden konnte, doch darauf ritt er nie herum.

»Beth hat mir wenig über den Typ erzählt.«

»Da ist noch gar nichts. Ich habe ihn ja gerade erst kennengelernt.«

»Tja, alles, was ich dir sagen will, ist, gib der Sache eine Chance … Ich habe zusehen müssen, wie du dich während der letzten paar Monate in dir selbst verkrochen hast.« Er legte eine kurze Pause ein. Ich holte tief Atem und hielt die Luft an. »Ich habe gestern diesen Funken in deiner Stimme gehört, und ich glaube, du kommst wieder zu uns zurück als die, die du mal warst. Vielleicht hat das ja etwas mit diesem Typ zu tun.«

»Mhmm«, machte ich. Meine Kehle war plötzlich wie zugeschnürt.

»Hör mir zu. Hab keine Angst. All die schlechten Erfahrungen, das vergossene Herzblut, Gefühl – das ist das, was dich menschlich und lebendig macht. Als ich gesagt habe, du hast dein Feuer verloren, habe ich gemeint, dass du alle ausgeschlossen hast. Dieses Feuer ist die Schönheit, die in dir wohnt, Kate. Aber manchmal, wenn es dir zu heiß wird, wenn Menschen dir zu nahe kommen und dieses Feuer zu hell auflodert, dann erstickst du es, weil du Angst hast.«

Ich erschrak vor meiner eigenen Reflexion in dem stumpfen Waschraumspiegel. Das Licht eines Strahlers fiel von oben auf mein Gesicht und zeichnete dunkle Schatten unter meine Augen, verbarg die Tränen, die sich in ihnen sammelten, bis, tropf, tropf wie ein Wasserhahn, der Prozess seinen Lauf nahm. Ich weinte. Es war kein hässliches Heulen; es war jenes raue Weinen, bei dem man spürt, wie der Körper sich einfach ergibt. Jerry hatte recht, und ich wusste es. Ich hatte solche Angst davor, jemanden an mich heranzulassen.

Da ich keinen Ton von mir gab, sprach er weiter: »Ich bin so glücklich in meiner Ehe, so froh, dass ich den Menschen gefunden habe, der zu mir gehört, aber das liegt nur daran, dass ich schon vor langer Zeit begriffen habe, dass man, wenn man all das in sich verschließt, all das, was einen einzigartig macht, niemals diesen einen Menschen finden wird. Dann verwelkst du innerlich und vergisst irgendwann, wer du bist, und wenn du das nicht mehr sehen kannst, dann kann *er* dich auch nicht finden. Hab keine Angst. Ich *habe* dich gesehen, Kate, ich habe die Kate gesehen, die du wirklich bist, und du hast das verdient. Du hast das alles verdient.«

»Meine Güte, Jerry, danke, aber wo kommt das alles her? Warum erzählst du mir das jetzt?« Nun schluchzte ich.

»Weil du meine Freundin bist, verdammt noch mal. Aber jetzt bin ich sauer auf mich, weil ich dich zum Weinen gebracht habe.«

»Ich weine nicht«, log ich.

»Bist du jetzt gerade mit ihm zusammen?«

»Ja, aber ich bin in den Waschraum gegangen.«

»Vertrau mir einfach.« Seine Stimme wurde leiser. »Geh wieder da raus, und sei du selbst.«

»Ich weiß nicht, was ich tun soll, wenn ich mich wirklich in ihn verliebe, wenn ich total entflamme, um deine Metapher aufzugreifen.«

»Wenn du entflammst, dann lass ihn das Feuer schüren.« Und damit legte er auf.

Als ich wieder zum Tisch zurückkam, stand Jamie prompt auf und rückte mir den Stuhl zurück. »Alles in Ordnung?«, fragte er.

»Ja, mir geht's gut.« Ich stützte die Ellbogen auf den Tisch und das Kinn auf die Hände. »Es ist Zeit für Fragen.« Ich lachte, und eine kleine verspätete Träne löste sich aus meinem Auge.

»Hast du geweint?« Er sah aus, als hätte er ein schlechtes Gewissen.

»Nein, ich lache, und du redest dich da nicht raus.«

Er lächelte, sah aber nicht gerade erfreut aus. »Okay, fang an.«

»Gab es viele Frauen in deinem Leben?«

»Nein.«

»Das ist alles? Näher gehst du darauf nicht ein?«

»Ich habe ein paar Frauen gedatet, und ich hatte nach dem College drei Jahre lang eine Beziehung mit einer Frau.«

»Wie ist ihr Name?«

»Julia.«

»Und was ist passiert?«

»Sie hat mich verlassen.«

»Warum?«

»Sie hat sich für ihr Leben andere Dinge gewünscht.«

»Was zum Beispiel?«

»Materielle Dinge.«

»Hast du sie geliebt?«

»Nicht mehr, als mir klar geworden ist, was sie von mir wollte.«

»Warst du verletzt?«

»Ja.« Er war nach wie vor ernst.

»Also hast du nicht in der Gegend herumgevögelt?«

Er gluckste. »Ich bin ein Mann. Ich hatte Dates, aber ich bin nicht daran interessiert, herumzuvögeln. Ich will mit einer Frau zusammen sein, die mich fasziniert, mit der ich Spaß habe, mit der ich lachen kann, die mich aber auch herausfordert. Ich suche genau das, was die meisten von uns sich wünschen.«

»Und zwar?«

»Jemanden, zu dem ich nach Hause kommen kann.«

Mir stiegen die Tränen in die Augen.

Er beugte sich langsam zu mir herüber und küsste mich sanft, ehe er flüsterte: »Können wir jetzt ein bisschen Spaß haben?«

»Ja!«, stimmte ich voller Leidenschaft zu. »Was schwebt dir vor, Seemann?«

»Na ja, zuerst werde ich dich mit Tiramisu füttern. Danach gehen wir über die Straße, und ich mache dich am Shuffleboard und beim Dart fertig. Und dann, aber nur wenn du Glück hast, bringe ich dich zurück zum Weingut und zeige dir meine Scheune.« Ich bekam große Augen, und er lachte. »Keine Hintergedanken.«

»Das ist der bei Weitem sonderbarste Vorschlag, der mir je unterbreitet wurde, aber ich würde deine Scheune zu gern sehen. Aber eins musst du vorher wissen.«

»So? Was?«

»Östlich des Mississippi bin ich als Shuffleboard-Meisterin bekannt.«

»Du hast nur eine große Klappe. So etwas Ähnliches hast du auch über Karaoke gesagt.« Er schob mir einen Happen Tiramisu in den Mund.

»Worum spielen wir?«

Er küsste mir die Sahne aus dem Mundwinkel, ehe er antwortete: »Wenn ich gewinne, kann ich dich küssen, so lange ich will.«

Ich nickte eifrig. »Und wenn ich gewinne … dann kannst du mich küssen, so lange du willst.«

»Abgemacht.«

Wir gingen in die kleine Spelunke, in der ich zwei Spiele beim Shuffleboard gewann, aber dreimal beim Dart verlor, weshalb Jamie erklärte, er sei immer noch der Champion. Er überredete mich zu drei Shots in Form von Fireball Whiskey, und jedes Mal, wenn ich einen davon trank, küsste er mich anschließend eine ganze Minute lang.

»Mir gefällt der Geschmack in deinem Mund«, erklärte er.

»Dir gefällt vor allem, mich betrunken zu machen.«

»Darum geht es nicht. Ich will nur, dass du Spaß hast.«

»Hab ich, aber nun wirst du den Rest der Nacht auch noch gewinnen.« Er lachte so laut, dass mir schnell bewusst wurde, was meine Worte auch bedeuten könnten.

»Das täte ich ja zu gern, Katy, aber findest du nicht, dass du mich ganz schön unter Druck setzt?«

Ich schlug vor, dass wir den Punktestand mit einem Spiel Poolbillard ausgleichen könnten.

»Ich glaube, ich sollte dich zurückbringen. Außerdem möchte ich jetzt meinen Preis einfordern. Ich habe fair und eindeutig gewonnen.« Gerade als er das sagte, setzte sich ein stämmiger, kleiner Mann rechts neben mir an die Theke.

Mit freundlicher Stimme sagte der Mann: »Hi.«

Ich drehte mich in seine Richtung. »Hi«, sagte ich überaus höflich.

Sein Brustkorb wölbte sich vor, wohl in dem vergeblichen Versuch, größer zu wirken. Er trug ein schwarzes Muskelshirt, das sich über seinen mächtigen Bizeps spannte. Absolut nicht mein Typ.

»Bist du von hier, oder bist du nur zu Besuch in San Francisco?«, fragte er.

Ich sah mich erst nach Jamie um, ehe ich antwortete. Er strich sich das Haar aus dem Gesicht, und ich konnte sehen, wie sich seine Kiefermuskulatur spannte, aber seine Mimik veränderte sich nicht. Er wirkte völlig ungerührt.

Ich drehte mich zu dem Mann um. »Ich bin zu Besuch hier.«

Er legte mir seine Hand aufs Bein und rieb meinen Schenkel. »Kann ich dir noch einen Schnaps spendieren?«

Aufkeuchend zog ich mein Bein weg. Ich blinzelte nur zweimal, da stand Jamie schon auf der anderen Seite des Mannes, packte ihn im Nacken und drückte ihn mit dem Gesicht auf den Tresen. Dann neigte sich Jamie zum Ohr des Mannes hinab und sprach in einem Ton zu ihm, der so leise und doch so kraftvoll und eindringlich war, dass ich erschauerte.

»Du hast doch gesehen, dass sie mit mir hier ist, oder?« Jamie sah ihm direkt in die Augen, und ich sah den Mann zappeln. Er atmete durch den Mund. Jamies Griff an seinem Nacken war so fest, dass die Adern in seinen Unterarmen ebenso deutlich und pulsierend hervortraten wie die am Hals des Fremden. »Antworte mir.«

Der Mann nickte.

»Dann lass deine verdammten Hände von ihr.«

Der Mann stand auf und hob abwehrend beide Hände. »Okay, Mann, lass es gut sein.«

Ich stand ebenfalls auf. »Ich bin gleich wieder da«, sagte ich rasch und ging davon. Ehe ich den Waschraum betrat, drehte ich mich noch einmal kurz um. Jamie stand immer noch an der Bar und wirkte erschüttert, während er mir nachblickte. Mir wollte das Herz aus der Brust springen. *Was soll ich sagen? Das war so unangenehm und besitzergreifend.*

Ich sammelte mich, atmete zweimal tief durch und spritzte mir kaltes Wasser ins Gesicht. Als ich die Tür öffnete, lehnte Jamie direkt davor an der Wand und wartete auf mich. Die Hände hielt er in den Taschen, den Blick gesenkt.

»Tut mir leid«, sagte er zum Fußboden, und als er dann endlich aufschaute, fiel mir auf, wie verschleiert seine Augen aussahen. »Ich wollte dich nicht erschrecken. Ich bin kein gewalttätiger Mensch. Ich würde niemals Hand an dich legen. Mir ist wichtig, dass du das weißt.«

»Warum hast du das getan?«

»Ich fand ihn wirklich respektlos, und ich will nicht, dass irgendjemand dich so behandelt.«

»Wir kennen einander kaum, Jamie. So etwas musst du meinetwegen nicht tun.«

»Habe ich den Abend ruiniert?«

Ich ging zu ihm, drückte mich an ihn. Dann sah ich ihm in die Augen, strich ihm das Haar aus dem Gesicht und sagte: »Im Moment bin ich etwas durcheinander. Das hat mir ein bisschen Angst gemacht, aber niemand hat je irgendwas in dieser Art für mich getan.« Ich küsste ihn auf die Wange. »Danke. Das gibt mir das Gefühl, ich wäre wichtig.«

»Das bist du.«

Wir mussten einige Blocks weit zurückgehen, um wieder zum Truck zu kommen. Jedes Mal, wenn ein Schatten auf die Wand eines Gebäudes fiel, schob Jamie mich hinein und küsste mich, als lauerte hinter der nächsten Ecke der Weltuntergang. Als wir schließlich wieder in dem Parkhaus waren, war mir zumute, als würde sich die ganze Welt um mich drehen. Ich stolperte, kurz bevor wir am Truck waren. Jamie fing mich am Ellbogen ab.

»Ich bin ganz schön betrunken«, gestand ich, als er die Tür für mich öffnete.

Er umfasste mein Gesicht mit beiden Händen und gab mir einen sachten Kuss. »Ich gebe schon auf dich acht.« Er half mir hinein, ging auf die andere Seite und spritzte sich eine Dosis Insulin.

Ich zog die Nase kraus. »Das riecht nach Pflaster.«

»Ja, dieses Insulin hat einen ziemlich starken Geruch. Stört er dich?« Er musterte mich besorgt.

»Nein, gar nicht. Das war nur eine Feststellung, und ich bin betrunken. Ignorier mich einfach.«

»Niemals.« Er zwinkerte mir zu, ehe er den Truck hinaus auf die Straße und in den lebhaften Verkehr steuerte.

»Hast du das nicht vor dem Essen gemacht?«

»Was?«

»Insulin gespritzt?«

Er blickte auf. Seine Augen waren geweitet, und ich erkannte einen schwachen Ausdruck von Furcht. »Habe ich?«

»Ja, hast du.«

»Mir war heiß, darum dachte ich …«

Ich kicherte. »Das lag bestimmt an der Knutscherei.« Er blieb ernst, und er sah verwirrt aus. »Alles in Ordnung, Jamie?«, fragte ich.

»Ja«, sagte er leise, sah in den Rückspiegel und dann über seine Schulter, um die Fahrspur zu wechseln. »Alles bestens.«

Auf dem Weg zur Golden Gate Bridge wurde Jamie immer stiller. Bei mir gingen allmählich die Lichter aus, und das Letzte, woran ich mich später erinnern konnte, war, dass ich meinen Kopf in seinen Schoß legte und er mir über das Haar streichelte.

9. Legende

Das Erste, was ich beim Erwachen wahrnahm, war, dass mein Kopf von den Nachwirkungen des Alkohols hämmerte. Das Zweite war, dass wir uns nicht bewegten. Ich lag immer noch in Jamies Schoß. Seine Stirn ruhte auf dem Lenkrad, sein rechter Arm lag vor ihm auf dem Armaturenbrett. Zuerst dachte ich, er schliefe.

Ich erhob mich von seinem Schoß, und da sah ich, dass er mit der linken Hand das Fläschchen mit den Glukosetabletten umklammerte. Wir hatten die Brücke überquert und standen auf dem der Stadt gegenüberliegenden Parkplatz des Golden Gate Overlook. Ich sah Jamie genauer an und stellte fest, dass seine Augen nicht ganz geschlossen waren.

»Jamie?«

»Mmhmm.«

»Jamie, ist alles okay?« Ich nahm ihm das Fläschchen aus der linken Hand, stellte fest, dass es leer war, und erschrak zutiefst. Ich legte ihm die Hand auf die Stirn, und er rang sich ein schwaches, verunglücktes Lächeln ab.

»Was ist los?«

»Niedrig«, murmelte er so leise, dass ich ihn kaum hören konnte.

Da ging mir auf, dass Jamie sich zu viel Insulin gespritzt hatte. Ich machte mich auf die Suche nach dem Glucagon Kit, konnte es aber nicht finden.

»Jamie!«, rief ich laut, doch er reagierte nicht mehr.

Seine Augen waren fest geschlossen, und er kippte langsam nach links. Sanft lehnte ich ihn an die Fahrertür und blickte auf die Brücke hinaus. Der Verkehr stand still, die Fußgänger schienen erstarrt in Raum und Zeit. Ich fühlte mich so machtlos wie in einem Traum.

»Wo ist es?«, schrie ich, und dann fing ich an zu beten und griff nach meinem Telefon, doch kurz bevor ich die 911 wählte, visualisierte ich das orangefarbene Etui unter der Sitzbank. *Visualisieren, um zu realisieren*. Ich sah nach, und da war es.

Sofort riss ich es an mich, und als ich es öffnete, bewegte ich mich so flüssig und präzise wie auf Autopilot. Irgendwie wusste ich genau, wie ich die Flüssigkeit in die Durchstechflasche pumpen und das Pulver auflösen musste. Im nächsten Schritt füllte ich die Spritze wieder, drückte die Luft aus dem Zylinder, bis ein Tropfen an der Spitze der Nadel erschien, löste seinen Gurt und zerrte an seiner Jeans, bis ich genug Haut von seiner Hüfte bloßgelegt hatte, um ihm die Injektion zu setzen, und dann stach ich die Nadel in seine Haut und drückte die Flüssigkeit in sein Fleisch. Dabei weinte ich vor Panik. *Bitte halt durch, bitte.*

Ich nahm mein Telefon und tippte die 911 ein, nur für alle Fälle, aber ehe ich die Wahltaste drücken konnte, hörte ich Jamie sprechen.

»Katy?«, murmelte er.

»Ja.«

Ich rutschte näher an ihn heran. Er richtete sich mühsam auf dem Sitz auf, legte den Kopf in den Nacken und atmete zweimal tief durch. Ich setzte mich rittlings auf seine Oberschenkel, umfasste sein Gesicht mit beiden Händen und sah ihm forschend in die Augen. Sie waren geweitet, und seine Haut fühlte sich feucht an, aber er war bei Bewusstsein und sah mich an.

»Oh mein Gott, Jamie! Oh mein Gott!«

»Mir geht es gut«, nuschelte er.

Zwischen meinen lauten Schluchzern küsste ich sein Gesicht und seinen Hals. Seine Hände ruhten auf meinen Oberschenkeln. Er ließ sich von mir mit Küssen bedecken, während meine Tränen auf sein Gesicht troffen. Ich wollte ihn wiegen wie ein Baby, wollte ihn beruhigen, aber tatsächlich war inzwischen ich die, die beruhigt werden musste.

»Bitte, hör auf zu weinen. Ich weiß, das hat dir Angst gemacht, aber es ist alles okay. Ich habe Blödsinn gemacht. So was ist mir bisher noch nie passiert.« Er wurde allmählich wieder lebendiger, hob die Hände und wischte mir die Tränen aus dem Gesicht. »Tut mir leid, dass ich nicht auf dich achtgeben konnte.«

»Wir können gegenseitig aufeinander achtgeben«, sagte ich prompt, und dann, als hätte sich in meinem Gehirn eine neue Tür geöffnet, dachte ich an meinen Traum. *Das Flüstern.*

Das war ein Moment, wie ich ihn schon so oft erlebt hatte, wenn ich den Traum der vorangegangenen Nacht einen ganzen Tag lang vergessen hatte, bis dann irgendein Geruch oder ein Lied oder die Bemerkung eines Kollegen dafür sorgte, dass der Traum wieder auf mich einstürmte wie eine Sturmflut aus Erinnerungen.

Genau das passierte in jener Nacht auch in dem Truck. Ich erinnerte mich an meinen Traum – *den* Traum. Ich war wieder dort, beugte mich über Roses Leichnam, und das Geräusch von Herzschlägen hallte laut durch meinen Kopf, nur dass mir plötzlich aufging, dass da zwei Herzen schlugen. Ich beugte mich tiefer, um zu lauschen, aber die Laute kamen nicht von ihr. Es war ein menschliches Geräusch, ein lebendiges Geräusch. Die Erinnerung an meinen Traum war endlich ganz klar, und als sie sprach, klang ihre Stimme sanft und melodisch, aber auch eindringlich.

Gebt acht aufeinander, sagte sie, und dann sah sie die Gestalt an, die neben mir stand. Es war Jamie, und die Herzschläge stammten von uns beiden. Von ihm und von mir.

Im Truck, immer noch rittlings auf seinem Schoß, legte ich eine Hand an mein Herz.

»Was ist?«, fragte er.

»Nichts.« Ich erschauerte.

»Beruhig dich. Es ist alles in Ordnung.«

»Ich weiß.«

Ich legte meinen Kopf an seine Brust, und er drückte mich an sich. Eine Stunde muss dahingezogen sein. Alle paar Minuten blickte ich auf, sah in sein Gesicht, um mich zu vergewissern, dass es ihm gut ging, und jedes Mal lächelte er, aber niemand sagte ein Wort. Still und ruhig taten wir nichts anderes, als einander festzuhalten.

Irgendwann kroch ich von seinem Schoß. »Soll ich dich nicht besser ins Krankenhaus fahren?«

Er schüttelte den Kopf. »Es geht mir gut. Ich brauche nur etwas zu essen.«

»Oh, klar.« Ich nahm einen Proteinriegel aus meiner Tasche, packte ihn rasch aus und hielt ihn ihm an den Mund.

Er lachte, und da wusste ich, dass wirklich alles in Ordnung war. »Ich kann allein essen. Danke, Katy.« Ehe er nach dem Riegel griff, schluckte er und sah mir in die Augen. »Das ist mein Ernst, Katy. Danke.«

Ich schüttelte den Kopf. »Ich weiß, ich weiß. Du musst mir nicht danken. Hier, iss, bitte.«

Er biss die Hälfte des Riegels ab und legte den Rest aufs Armaturenbrett. Ich warf einen Blick auf mein Telefon. Es war zwei Uhr morgens. Er zog die Jeans an der Stelle herab, an der ich ihm die Spritze verpasst hatte, und begutachtete die Einstichwunde. Dann rieb er sich die Stelle und zuckte dabei ein wenig zusammen.

»Du bekommst bestimmt einen blauen Fleck. Ich habe das Ding ziemlich grob reingehauen.«

»Das hast zu«, bestätigte er, und ich nahm einen Hauch von Amüsement in seinem Ton wahr. »Du hast mich ganz schön erwischt, Gnädigste.« Er schloss seinen Gürtel und nahm sein Messgerät heraus, um seinen Blutzuckerspiegel zu kontrollieren. »Hast du immer was zu essen in deiner Handtasche?«

Ich lief rot an. »Ich habe letztens auf diesem Glucagon Kit gelesen, dass man einem Diabetiker manchmal direkt im Anschluss etwas zu essen geben muss.«

Voller Zuneigung sah er mich an. »Gott, du bist wirklich unfassbar süß.«

Ich lächelte, doch zugleich rann mir eine Träne aus dem Auge. »Wie sieht dein Blutzuckerspiegel aus?«

»Gut.«

»Trotzdem glaube ich, ich sollte fahren, Jamie.«

»Süße, selbst wenn ich nur halb bei Bewusstsein wäre, hätten wir größere Chancen, heil nach Hause zu kommen, wenn ich hinterm Steuer sitze.« Er grinste. »Nicht böse gemeint.«

»Du hast wahrscheinlich recht. Bist du auf den Parkplatz gefahren, weil dir schwindelig geworden ist?«

»Ja. Ich hätte früher messen sollen. Manchmal komme ich durcheinander, besonders wenn ich abgelenkt bin, und dann sind mir auch noch die Glukosetabletten ausgegangen. Das war dumm, tut mir wirklich leid.«

»Hör auf, dich zu entschuldigen. Du hast doch das Richtige getan, als du angehalten hast. Aber beim nächsten Mal weckst du mich.«

»Versprochen.«

Das war ein Versprechen für das nächste Mal, und das war alles, woran ich in diesem Moment denken konnte. Nicht an ein nächstes Mal, zu dem Jamies Blutzuckerspiegel derart absackte – nur an ein nächstes Mal.

Jamie fuhr uns zurück zum Weingut. Die ganze Zeit ließ er seine Seitenscheibe offen. Zugleich hatte er die Heizung ganz aufgedreht. Auf diese Weise hielt er sich wach, ohne mich frieren zu lassen. Ich behielt zusammen mit ihm die Straße im Auge. Schließlich fuhr er die lange Auffahrt hinauf und dann über einen Feldweg, bis wir schließlich vor der Scheune parkten.

Unsicher sah er mich an. »Willst du heute Nacht bei mir bleiben?«

»Es ist schon Morgen.«

»Will du heute Morgen bei mir bleiben?«

»Hmm.«

Er hielt meine Hand, bis wir in der Scheune waren, und dann

schaltete er alle Lampen an und sah zu, wie ich mich staunend umblickte. Wer immer der hervorragende Innenarchitekt sein mochte, er hatte die Balken unverändert belassen und die Wände weiß getäfelt. Der Boden bestand aus gealtertem Teakholz, und von den höchsten Punkten der Decke hingen große, rustikale Kronleuchter herab. In der Mitte war die Scheune mindestens zwölf Meter hoch. Über einer Reihe Balken im Giebel sah ich Regale voller Bücher. Eine kleine Leiter führte hinauf.

Fasziniert spazierte ich herum. Die Einrichtung wirkte warm und maskulin zugleich. Alles in allem sah es aus wie ein perfekter Schnappschuss aus einem Restauration-Hardware-Katalog. Die Küche präsentierte sich in dem gleichen, lebhaften Design, akzentuiert mit einem großen, rechteckigen Spülbecken und Shaker-Schränken.

Jamie lehnte an einer Wand, die Hände in den Taschen vergraben, und sah mir zu.

»Das ist fantastisch. Wer hat das alles gemacht?«

»Ich.«

Ich lachte in mich hinein. Natürlich hatte er das selbst gemacht. »R. J. hat dir die Scheune überlassen?«

Er nickte.

Der Grundriss war offen, nur halbhohe Wände trennten einige Bereiche voneinander ab, lediglich das Badezimmer war in einem eigenen Raum mit einer, verglichen mit dem Rest der Scheune, anspruchslos wirkenden Tür untergebracht.

In einer Ecke war ein Zeichentisch mit Zeichnungen von allerlei Maschinen. In anderen, die gerahmt an der Wand über dem Tisch hingen, erkannte ich beinahe auf Anhieb Kopien von da Vinci. Ich sah die Skizzen von den Wasserrädern und dem vitruvianischen Menschen, der in einem Kreis abgebildet war und die idealen Proportionen repräsentieren sollte. Jamie war ein Denker, daran konnte kein Zweifel bestehen. Aber in diesem Moment wurde mir außerdem klar, dass er, auch wenn er durchaus gut mit

Menschen umgehen konnte, in gewisser Weise auch ein Einzelgänger war … genau wie ich.

Ich ging zur anderen Seite der Scheune und stolperte unterwegs über meine eigenen Füße, konnte das Gleichgewicht aber gerade noch halten. Als ich mich umschaute, sah ich Jamie lächeln.

»Ach, hör doch auf zu grinsen. Ich bin tollpatschig, ich weiß.«

»Du bist hinreißend«, erwiderte er.

Mitten vor der Wand am hinteren Ende stand das Bett. Ich ging darauf zu, und Jamie folgte mir. Eins nach dem anderen gingen hinter mir die Lichter aus, bis nur noch eine kleine Schreibtischlampe leuchtete und den Raum mit einer zarten Wärme erfüllte wie glühende Kohle in finsterster Nacht. Wir schlichen eine Weile umeinander herum und standen dann auf gegenüberliegenden Seiten des Betts. Er zog sein Hemd aus dem Hosenbund, ich legte meinen Mantel ab, und dann traten wir uns beide die Schuhe von den Füßen.

»Es ist schön hier.«

Ohne das kleinste Zögern kam er zu mir und hob den Saum meines Kleids an. Ich reckte die Arme hoch, um ihm zu Hilfe zu kommen. Als er das Kleid auf den Stuhl warf, der neben ihm stand, ließ er mich nicht aus den Augen.

»Jetzt ist es das«, sagte er.

In Höschen und BH stand ich vor ihm und empfand kein Fünkchen Scheu. Ich knöpfte sein Hemd auf, schob es ihm von den Schultern und ließ meine Hände für einen Moment dort. Sein Haar war ihm von den Seiten ins Gesicht gefallen, und ich strich es langsam und zärtlich zurück. Er küsste mich, während er seine Jeans aufknöpfte, und er hörte nur auf, um sie abzustreifen.

»Geht es dir gut?«, fragte ich.

»Ja. Aber lass uns ein bisschen ausruhen.« Er schlug die Decke zurück und schlüpfte nur mit seinen Boxershorts bekleidet ins Bett. »Komm rein, Katy«, sagte er mit einem trägen Lächeln.

Wer könnte schon zu diesem Mann Nein sagen? Ich betrachtete die altmodische Uhr auf seinem Nachttisch, ehe ich mich neben ihn legte. Es war halb vier morgens. Auf der Seite liegend sahen wir einander an. Unsere Körper waren so erhitzt, und ich passte so wunderbar an seine Brust. Wir schlangen die Beine ineinander, und dann spürte ich, wie er mich auf den Kopf küsste.

»So können wir den ganzen Tag bleiben. Wir müssen nirgends hin. Schlaf, Engel.« Und schon war ich weg.

Im morgendlichen Zwielicht erwachte ich wieder. Ein heller Schein drang durch die Jalousien vor den Fenstern. Zugleich gerieten unsere Körper in Bewegung – Jamie erwachte ebenfalls. Wir waren uns der Präsenz des jeweils anderen überaus bewusst, des Gefühls von Haut an Haut, der Hitze, die unsere Leiber verströmten. Unsere Regungen wurden gezielter.

Er drehte mich um, und wir schmiegten uns in Löffelchenhaltung aneinander. Er küsste meinen Hals, die freie Stelle hinter meinem Ohr und drängte sich an mich, und ich spürte seine Härte. Ich stöhnte leise, so leise, dass ich glaubte, nur ich könnte es hören, aber er reagierte, indem er sich wieder an mich presste, kraftvoller, drängender. Dann hakte er meinen BH auf, der im nächsten Moment schon verschwunden war.

Er rollte sich auf mich und bedeckte meine Brüste mit zarten Küssen, glitt dann an meinem Bauch hinab und immer tiefer. Ich fasste seine muskulösen Arme, während er sich scheinbar mühelos über mir hielt, spürte, wie er sich geschickt die Boxershorts abstreifte, ohne seine Hände zu benutzen. Er war auch geschickt darin, mich in den Wahnsinn zu treiben.

Er küsste mich durch mein Höschen, genau an der richtigen Stelle. Ich ertappte mich dabei, wie ich mich ihm entgegenstemmte, den Rücken ein wenig durchdrückte und ihn ermutigte, mich weiter zu necken. Er zog mir das Höschen aus, und auch das verschwand irgendwohin. Überall spürte ich plötzlich Hände und Lippen und Zähne und Zungen, und doch geschah alles unendlich langsam. Schließlich hielt er inne, stemmte sich auf allen vieren hoch und sah mir in die Augen, sagte aber nichts.

»Magst du mich, Jamie?«

»Ja. Sehr.«

»Welche Blutgruppe hast du?«

»Null positiv.« Lachend schüttelte er den Kopf.

»Hast du ein Sparkonto?«

»Ja.«

»Und eine Krankenversicherung?«

»Mmm«, brummte er und bahnte sich erneut mit Küssen einen Weg an meinem Körper hinab und wieder herauf.

»Und du hast dich auch vor Kurzem untersuchen lassen?« Als er aufblickte, riss ich die Augen weit auf, um ihm auf die Sprünge zu helfen.

»Ja, natürlich.«

»Wie lautet dein Nachname?«

»Genug geredet.« Und dann presste er seine Lippen auf meine, und ich spürte, wie er in mich eindrang, mich ausfüllte, bis ich den Rücken durchbog. Er bewegte sich fließend, Perfektion, vermengt mit dem kaum wahrnehmbaren Schmerz des Neuen. Er küsste mich, als wären meine Lippen herbeigesehnte, kostbare Juwelen, und dann wanderte er mit seinen Küssen weiter zu meinem Ohr.

Wir atmeten beide schwer, und ich bewegte mich mit ihm, ließ ihn tiefer in mich hinein, näher an mich heran. Es fühlte sich so richtig an. Der Art, wie sich unsere Körper im Einklang miteinander befanden, haftete etwas Natürliches an. Da war kein unbeholfenes Aufeinandertreffen der Zähne, wenn wir uns küssten, keine ungeschickten, tastenden Berührungen. Es war, als hätten wir die Kontrolle über uns an irgendeine Macht abgetreten, die stärker war als wir.

Er ergriff meine beiden Hände, verschränkte seine Finger mit meinen und streckte meine Arme lang über den Kopf.

»Mach die Augen auf. Ich möchte, dass du mich ansiehst, wenn du kommst.«

Ich tat es, und pulsierende Wellen jagten von meinen Zehen

durch meine Beine und das Rückgrat hinauf, bis ich dieses rasende Vibrieren zwischen meinen Ohren und tief in meiner Kehle wahrnahm. In seine Augen zu blicken machte das alles noch viel intensiver.

Plötzlich zuckte er, drang noch tiefer ein, sah mir aber immer noch unverwandt in die Augen, und dann umklammerte er meine Hüften, und in dem Moment kamen wir beide, und es war, als lösten wir uns einfach auf. Das war langsamer, süßer, schläfriger Sex und doch viel ergreifender als alles, was ich bis dahin erlebt hatte, und ich fragte mich, ob es sich nicht genauso anfühlen sollte, wenn man Liebe machte.

Meine Finger gruben sich in sein Haar, als die letzten Erschütterungen meinen Körper durchliefen, und er schloss die Augen und brach auf mir zusammen, barg sein Gesicht an meinem Hals. Während er immer noch in mir war, schliefen wir einfach wieder ein, und es war mir egal. Ausnahmsweise fühlte ich mich nicht allein.

Es folgten ein paar Stunden, an die ich lediglich vernebelte Erinnerungen hatte – an die Sonne, die gleißend durch die Jalousien drang, und an Jamie, der die Lamellen schloss. Er brachte mir Wasser und Saft, und ich hörte ihn mit Susan telefonieren, ehe er wieder ins Bett kroch, und dann, als ich das nächste Mal erwachte, werkelte er in der Küche, und ich roch Gebäck und war plötzlich überzeugt, ich wäre gestorben und im Himmel. Ich glitt aus dem Bett und suchte nach meiner Unterwäsche. *Laufen die Leute im Himmel einfach nackt herum?* Heimlich benutzte ich seine Zahnbürste, bis mir aufging, wie albern das war nach dem, was wir gerade erst getan hatten.

Als ich zum Bett zurückging, fiel mir auf, dass ich durch einen schmalen Türspalt Jamie in der Küche beobachten konnte. Er trug lediglich eine Pyjamahose aus Flanell. Als er mich sah, erstarrte ich. Er stolzierte mit einem einschüchternden Gesichtsausdruck auf mich zu. Ich konnte mich nicht rühren, aber ich spürte, dass ich von Kopf bis Fuß rot anlief. Mein Herz setzte aus und schlug dann stotternd weiter.

Was als Nächstes geschah, verschwamm irgendwie. Möglicherweise träumte ich nur, aber ich bin ziemlich sicher, dass ich zusah, wie Jamie auf halbem Wege innehielt und die Flanellhose abstreifte, und dann standen wir im hellen Lichtschein, beide vollkommen nackt, und starrten einander an. Ich konnte unsere flachen Atemzüge hören und den leisen Schlag unserer Herzen. Sein Haar war zerzaust, und der Dreitagebart, der ihm so gut stand, war dichter und dunkler als gestern. Ein unbeabsichtigtes Stöhnen entkam meinen Lippen. Er fixierte mich noch eine Sekunde länger, und dann tat er drei rasche Schritte, legte die Hände auf die Rückseite meiner Oberschenkel, hob mich hoch, sodass ich die Beine um ihn schlang, und presste mich kraftvoll an die Wand.

»Du bist so schön. Gott, du bist so verdammt schön!«, sagte er seufzend.

Stundenlang tollten wir miteinander herum, zogen von einem Platz zum anderen. Wieder auf dem Bett, zog er mich auf sich, und als ich rittlings auf ihm saß, drückte er meinen Oberkörper zurück, sodass er meinen ganzen Körper betrachten konnte. Ich beugte mich vor, um ihm den Weg hinein zu weisen, bis er ganz in mir war, dann drückte er mich wieder zurück, bis ich aufrecht auf ihm saß.

»Schließ die Augen, Jamie.«

»Nein, ich will dich sehen.«

Ich war befangen, doch das legte sich ein wenig, als ich erkannte, wie bewundernd er meinen Körper betrachtete. Seine Lider sahen schwer aus, und er wirkte wie gebannt, als ich anfing, mich zu bewegen. Ich sank langsam herab. Unwillkürlich löste sich ein leises Wimmern aus meiner Kehle. Schon jetzt spürte ich ein Pulsieren in meinem gesamten Körper, und die Position und Jamies tastende Hände verstärkten das Empfinden zusätzlich.

Schließlich senkte er die Hand und berührte mich da, wo wir

verbunden waren. Ich krümmte mich, bewegte mich noch schneller, warf den Kopf zurück, und ich verlor mich völlig, bis es kein Zurück mehr gab. Beinahe augenblicklich setzte er sich auf und barg sein Gesicht an meinem Hals. So blieben wir, bis Minuten und Sekunden ihre Bedeutung verloren und das Geräusch unserer Herzschläge das einzige Maß für die Zeit war.

Als wir uns endlich aus unserer Umarmung lösten, sanken wir träge zu beiden Seiten auf das Bett. Jamie drehte sich zu mir um, stützte sich auf einen Ellbogen und fütterte mich mit Stücken von einem Schokoladencroissant, ehe er darauf beharrte, dass wir noch ein wenig schliefen. *Ich bin ziemlich sicher, ich bin im Himmel.*

»Wo ist Chelsea?«, fragte ich schläfrig.

»Bei Susan.«

»Das ist wahrscheinlich auch besser.«

Aus dem Augenwinkel sah ich ihn lächeln.

Bald lagen wir auf dem Rücken und starrten zu der hohen Holzbalkendecke hinauf.

Er griff nach meiner Hand und küsste den Handrücken. »Hey … lass uns immer so weitermachen.«

Meine Augen weiteten sich. »Wie?«

»So herumliegen, schlafen, essen und vögeln.«

»Oh.«

Er drehte sich wieder zu mir und sah mir forschend in die Augen. »Tut mir leid, das war nicht sehr romantisch.«

»Schon gut.«

»Ich kann romantisch sein … aber lass uns erst schlafen.« Er küsste meine Stirn und zog mich an seine Brust.

Als ich dann endlich ganz aus dieser verträumten Schlaf-und-Sex-Orgie erwachte, stellte ich fest, dass Jamie fort war. Auf dem Nachttisch lag ein altes, gebundenes Buch und darauf ein zusammengefalteter Zettel. Ich griff danach und las:

Ein Königreich für eine Minute mehr mit dir. Bitte bleib, wo du bist. Dich wie einen Engel in meinem Bett liegen zu lassen ist schwerer als alles andere. Aber so leid es mir tut, ich muss Guillermo bei etwas helfen. Hier ist eines meiner Lieblingsbücher, damit du dir die Zeit vertreiben kannst und dich nicht langweilst und mich verlässt. Vielleicht kannst du mir sagen, ob du auch der Meinung bist, dass die Dichter recht haben.

Das Letzte war offenbar irgendeine Art Rätsel. Ich suchte nach meinem Kleid, schlüpfte hinein und wühlte dann eine Weile in Jamies Kleiderschrank, bis ich eines seiner Flanellhemden gefunden hatte. Ich zog es mir über den Kopf und schrieb ihm eine Nachricht.

Ich bin in meinem Zimmer. Und ich langweile mich definitiv nicht. Komm zu mir, wenn du fertig bist. Küsse, Katy.

Ich faltete den Zettel und stellte ihn aufrecht neben ein Bild, auf dem er mit Hut und Talar neben einer älteren Frau stand, von der ich annahm, dass sie seine Mutter war. Sie sah wunderschön aus, lebendig und stolz. Jamie hatte ihr den Arm um die Schultern gelegt. Das Bild verriet, dass sie einander nahestanden. Jemand hat mir mal erzählt, man könne alles, was man über einen Mann wissen müsse, an der Art erkennen, wie er seine Mutter und seinen Hund behandelt. Etwas an diesem Foto wirkte auf sonderbare Art vertraut, aber ich konnte nicht so ganz sagen, was. Ich schnappte mir das Buch und warf einen Blick auf den Titel. *Zimmer mit Aussicht. Wie romantisch von ihm.* Ich hatte es schon gelesen, also suchte ich in meinem Kopf nach einer Antwort auf sein Rätsel, aber erfolglos.

Im schwindenden Tageslicht schlenderte ich zurück zum Gästehaus und wirbelte die Riemchenpumps am Finger durch die Luft. Ferne Vogelstimmen drangen an mein Ohr, und ein schwacher Wind strich sanft über die Reben. Der Himmel glich einem kristallblauen Meer mit riesigen weißen Wolken, die träge vorüberschwebten. Ich sah zu, wie ein Vogelschwarm in perfekter Formation herabstieß und vor dem Hintergrund der weißen Wolken über den Himmel kreiste, als wäre ein Kinderbild lebendig geworden.

Als ich die letzte Rebenreihe hinter mir ließ, entdeckte ich Jamie etwa vierzig Meter von mir entfernt. Er kehrte mir den Rücken zu, also näherte ich mich langsam und still und sah zu, wie er zum Himmel hinaufblickte, offenbar ebenso fasziniert von den Vögeln, wie ich es gewesen war. Genau in dem Moment, in dem ich innehielt, schaute er sich über die Schulter um, machte kehrt und ging entschlossen und ohne das kleinste Zögern auf mich zu. Er zog mich in seine Arme, kippte mich ein wenig nach hinten und küsste mich leidenschaftlich. Während ich noch um Atem rang, lächelte er.

»Hast du es schon rausgefunden?«, fragte er.

»Noch nicht.«

»Das wirst du noch, nur dass es hier niemanden außer uns selbst gibt, der uns aufhalten könnte.«

»Hm, Jamie, deine Fähigkeit, in Rätseln zu sprechen, ist ziemlich beeindruckend.« Er roch nach Moschus, und ich spürte feuchten Schweiß durch sein Hemd.

»Wo willst du hin?«

»In mein Zimmer.«

Wir strahlten um die Wette. »Kann ich zu dir kommen, wenn ich hier fertig bin?«

Ich schlug die Hand vor den Mund und keuchte in gespieltem Entsetzen auf. »Aber, Jamie, was sollen denn die Leute sagen?«

»Das ist wahr. Ich könnte einfach wieder deine Klamotten verstecken, dich in meiner Scheune einschließen und um den Verstand vögeln.« Sein Grübchen war tiefer denn je.

Ich boxte ihn in den Arm. »Ich wusste doch, dass du meine Sachen versteckt hast.«

»Ich hatte keine Wahl. Ich brauchte dich so, wie Gott dich schuf.« Sein jungenhafter Charme erblühte in voller Pracht.

»Ich lasse dich in meinem Zimmer übernachten, aber über Kuscheln hinaus verspreche ich gar nichts. Kuscheln geht aber immer«, sagte ich mit leisem Amüsement.

»Damit kannst du mich hundert Jahre dortbehalten.«

10. Leere Seiten

Mindestens zwanzig Bögen Papier verteilten sich aufs Geratewohl in meinem Zimmer. Etliche waren mit raschen Notizen über meine Beobachtungen im Weingut beschriftet, andere mit Jamies Tagesplänen, von denen ich mich einfach nicht trennen konnte, und dann waren da noch einige leere Blätter und Seiten mit sinnlosem Gekritzel, die von fehlgeschlagenen Versuchen der Ideensammlung übrig geblieben waren. Ich räumte hastig auf, warf die Papiere auf Schreibtisch und Stuhl, zog mich aus und sprang unter die Dusche. Ehe ich Gelegenheit hatte, mein Haar vollständig zu trocknen oder Lipgloss aufzutragen, ertönte schon das bekannte Klopfen.

Er trug immer noch seine Arbeitsklamotten, ich dagegen nur ein winziges weißes Handtuch.

Wortlos trat er ein, zupfte dann an der Oberseite des Handtuchs, das prompt aufging und zu Boden fiel. Während seine Augen über meinen Körper auf und ab wanderten, holte er tief Luft. »Du brauchst eine Dusche«, sagte er.

»Ich habe gerade geduscht.«

Er bückte sich, warf mich mühelos über die Schulter und stolzierte mit mir zum Badezimmer. Ich protestierte, als er die Dusche aufdrehte und darauf wartete, dass das Wasser sich erwärmte. Er brachte es fertig, sich die Schuhe von den Füßen zu treten, noch während ich über seiner Schulter hing, und dann biss er mich in die Hüfte.

»Au!«

»Oh, tut mir leid.«

Nun saugte er an derselben Stelle, bis ich mich, immer noch in der Luft hängend, wand wie eine Wahnsinnige. Ich hämmerte mit den Fäusten auf seinen Rücken, aber er lachte nur. Als das Wasser dann die perfekte Temperatur hatte, ließ er mich hineingleiten und hatte sich binnen fünf Sekunden entkleidet. Ehe ich überhaupt blinzeln konnte, presste er mich schon an eine Wand der Dusche.

»Jamie.«

»Das ist doch kuscheln, oder?«, fragte er mit einem teuflischen Grinsen.

»Du bist gefährlich nahe dran, meine Regel zu übertreten.«

»Okay, dann lass mich dich einfach waschen.«

»Ich bin sauber.«

»Ich glaube, da müssen wir noch mal nachsäubern.«

Nachdem wir einander dreißig Minuten lang Körper und Haare gewaschen hatten, verließen wir endlich die Dusche, aber Jamie bestand darauf, mich auf quälend langsame und unendlich sanfte Art abzutrocknen. Wir folterten uns gegenseitig.

»Ich spare mir dich für später auf«, konstatierte er, während er mir in einen der Frotteebademäntel half.

»Wo nehmen wir unser Abendessen ein?«

»Das ist schon auf dem Weg. Ich werde dich nackt füttern.«

Er hatte immer noch keinen Fetzen Stoff am Leib. »Du willst mich füttern, während du nackt bist?«

»Nein, ich werde dich füttern, während *du* nackt bist.«

»Das habe ich aber genau umgekehrt aufgefasst«, verkündete ich anklagend.

»Okay, wie wäre es, wenn ich dich füttere, während wir beide nackt sind?«

»Das klingt nach einem guten Kompromiss.« Ich stellte mich auf die Zehenspitzen und küsste ihn auf die Wange.

Als unser Essen kam, bestand ich darauf, dass wir wie zivilisierte Leute am Esstisch aßen, und zwar in unseren Bademänteln, versprach ihm aber, wir würden den Nachtisch auf seine Art verspeisen. Sofort rief er im Restaurant an und bestellte jede Art von

Dessert, darunter einen Löffel von jeder Eissorte und eine Schüssel mit Schlagsahne.

»Ist dir das nicht peinlich? Du arbeitest immerhin hier«, sagte ich, als er aufgelegt hatte.

»Warum soll mir das peinlich sein?«

»Du hast ständig mit Maître Mark zu tun, und der wird sich fragen, was du mit einer Riesenschüssel Schlagsahne willst.«

»Die werde ich essen.« Er lächelte unschuldig. »Was hast du gedacht, dass ich damit machen werde, Kate? Gott, du bist ja so unanständig.«

»Haha.«

»Im Ernst, wen interessiert das? Maître Mark hat sieben Kinder. Ich bin sicher, er weiß, wie so was funktioniert.« Wieder lächelte er, und dann schob er eine Hand unter meinen Bademantel und meinen Schenkel hinauf. »Und vermutlich auch in Kombination mit Essen.« Er rümpfte die Nase und schüttelte den Kopf. »Bah, ich will jetzt nicht mehr an Maître Mark denken. Ich will nur an dich und mich und den Nachtisch denken.«

Wie versprochen aß Jamie die ganze Schüssel mit Maître Marks zuckerfreier Spezialschlagsahne von meinem Körper, während ich mich unter ihm wand. Er gestaltete die ganze Angelegenheit eher albern als erotisch, und als wir beide von Kopf bis Fuß klebrig und mit Essen vollgestopft waren, ließ er uns ein Bad ein und schenkte jedem von uns ein Glas Wein ein. Schweigend sanken wir in den Schaum. Ich lehnte den Kopf an, schloss die Augen und dachte darüber nach, was aus Jamie und mir werden würde. Der Gedanke an Chicago überfiel mich plötzlich. Abrupt setzte ich mich auf und öffnete die Augen.

Jamie sah mich besorgt an. »Was ist los, Katy?«

»Nichts.« Frustriert schüttelte ich den Kopf.

»Sag es mir.« Mit einem flehentlichen Ausdruck in den Augen zog er mich auf seinen Schoß.

»Was tun wir nur, Jamie?«

»Wir nehmen ein Bad.« Er senkte den Kopf und ließ seine Zunge um meinen Nippel kreisen. Ich hielt ihn nicht auf, als er sich langsam mit seinen Küssen einen Weg zu meinem Hals bahnte.

»Ich möchte mit dir reden.«

»Rede.«

»Wie lange soll ich hierbleiben?«

»Solange du willst.«

Falsche Antwort.

»Jamie!«, sagte ich im ernstesten Tonfall, den ich zustande brachte.

Er wich zurück und umfasste mein Gesicht. »Wann musst du denn zurück?«

Ich zuckte nur mit den Schultern.

»Na schön, wann musst du deinen Artikel abliefern?«

»Ich sollte irgendwann nächste Woche zurückfahren, Dienstag vielleicht, um meinen Artikel einzureichen, und dann weiß ich auch nicht.«

»Na ja, heute ist Freitag, also haben wir noch ein bisschen Zeit.« Da war Jamie bereits dabei, mich überall zu küssen und seine Nase an meinem Hals zu reiben. Ehe er dann dazu überging, an meinem Ohrläppchen zu knabbern, sagte er: »Fühlt es sich nicht gut an, einfach nur … zusammen zu sein?«

»Schon«, sagte ich. Und dann rutschte ich weiter vor und dirigierte ihn in mich hinein.

Nachdem wir den ganzen Badezimmerboden unter Wasser gesetzt hatten, hob Jamie mich hoch, nass, wie ich war, und trug mich zum Bett. Unterwegs hielt er nur einmal kurz inne, um festzustellen: »Das ist eines der schöneren Zimmer. Du hast sogar eine hübsche Aussicht.«

Es war eine großartige Aussicht, besonders zu dieser Tageszeit, wenn die Sonne bereits hinter dem Horizont versunken war, der Himmel aber immer noch im Gedenken an den Tag glühte. Dies war die magische Stunde, und wir blickten hinaus auf den Weinberg mit seinen endlosen Rebenreihen. Es war, als schauten wir einen Film von Terrence Malick: still, poetisch, besinnlich mit Bildern voller Schönheit.

Unsere Körper trockneten schnell, und wir verfielen wieder in träge Stimmung, genauso wie am Morgen. Er küsste meinen Rücken und meine Schultern, und ich blätterte in einer Broschüre des Weinguts, während er mir den Ablauf der Fermentation erklärte. Ich lernte alles, was ich je hatte wissen wollen über den Unterschied zwischen Wildhefen und Zuchthefen.

»Gott, Jamie, du könntest diesen Kram unterrichten. Was war eigentlich dein Hauptfach im College?«

»Junge Journalistinnen verführen«, sagte er und verschwand unter der Decke.

Ich erinnere mich nur noch, dass ich mein Zimmertelefon zweimal klingeln hörte. Ich schlief tief und behaglich, eingekuschelt zwischen Jamies Arm und seiner Brust.

Als er den Hörer abnahm, war er kurz angebunden. »Ja? Okay. Okay.« Dann legte er auf, und ich döste wieder ein.

Ich weiß nicht, wie viel Zeit vergangen war, aber irgendwann mitten in der Nacht regte ich mich wieder und ertastete, dass das Bett neben mir leer war. Ich setzte mich auf. Jamie war immer noch nackt, saß aber am Ende des Bettes und hatte die Füße hinausgeschwungen. Seine Ellbogen hatte er auf die Knie gestützt und das Gesicht in den Händen geborgen.

»Jamie?«, fragte ich, befreite mich von der Decke und rutschte zu ihm ans Ende des Betts. Er wischte sich übers Gesicht. »Alles in Ordnung?«

»Ja.«

Ich küsste ihn einmal auf den Rücken. Sofort drehte er sich um, stand auf, packte mich unter den Armen und schob mich in Richtung Kopfende. Ich konnte seinen Gesichtsausdruck nicht sehen, als er zwischen meine Beine kroch, aber ich spürte sein Verlangen.

»Jamie …«

»Pssst.«

Er küsste mich hart und schnell, dann wanderte er an meinem Körper herab, rieb sein Gesicht zwischen den Küssen an meiner nackten Haut. Es war, als wollte er mich verschlingen und bekäme nicht genug. Ich vergrub die Finger in seinem Haar, während er an meinem Körper entlangglitt, mich küsste, an mir saugte. Dann setzte er sich hastig auf und hockte sich auf die Fersen. Ein wenig Mondlicht fiel seitlich am Vorhang entlang herein und erhellte Jamies Gesicht gerade ausreichend, dass ich seine Mimik sehen konnte. Seine Brauen waren herabgezogen, der Mund ein wenig geöffnet. Die Art, wie sich seine Brust unter seinen langen, tiefen Atemzügen hob und senkte, hatte etwas Dramatisches. Er starrte mich an.

»Was ist?«, flüsterte ich.

Ohne ein Zögern, ohne Worte, zerrte er mich kraftvoll zu sich, griff mir an den Hintern, zog meine offenen Beine zu seinem Körper, hockte sich auf die Knie und drang gleichzeitig in mich ein. Er blieb über mir, sah mir in die Augen, während er in mich hineinstieß.

Unser Atem wurde lauter und lauter. Ich spürte eine tiefe Sehnsucht, seinen ganzen Körper an meinem zu haben, versuchte, ihn zu mir zu ziehen, aber er sträubte sich. Stattdessen hob er meinen Fuß an seinen Mund und küsste ihn sanft, ehe er mein Bein auf seine Schulter legte.

Ich war völlig offen und ungeschützt, während er mich nahm. Irgendwie war ich dabei völlig unbefangen. Er hielt mein Bein an seiner Brust, legte seine andere Hand an meine Hüfte, schob seinen Daumen zwischen uns und fing an, feste, zielstrebige Kreise zu ziehen, während ich mich unkontrollierbar vor ihm wand. Ich bog den Rücken durch, brachte unsere Körper einen Millimeter näher zusammen, und dann krallte ich die Hände in das Laken und kam heftig und ohne Scham.

Ich spürte, wie er sich spannte, als mein Körper um ihn herum pulsierte. Er seufzte ermattet und brach über mir zusammen, barg sein Gesicht an meinem Hals. Einige Augenblicke lang lagen wir still da. Ich hielt seinen mächtigen, verschwitzten Körper fest an mich gepresst. Er sank schwer auf mich, rollte sich dann herunter und auf die Seite, sodass er einen meiner Nippel in den Mund nehmen konnte. Er küsste ihn, saugte schläfrig daran, bis ich wegdöste. Mit seinem Kopf auf meiner Brust und meinen Händen in seinem weichen Haar fiel ich in einen tiefen, traumlosen Schlaf.

Ich fühlte mich allein, ehe ich wusste, dass ich es war. Ich rollte mich aus dem Bett und öffnete die Vorhänge. Die Morgendämmerung war angebrochen, und das Licht war beinahe so schön wie in der Abenddämmerung am Tag zuvor. Ich wusste, dass Jamie weg war, doch ehe ich mich umdrehte, um mich zu vergewissern, stand ich noch eine Weile an der Balkontür und blickte hinaus auf den Weinberg.

Ich dachte zurück an die letzte Nacht. Jamie hatte so verwundbar und in sich gekehrt ausgesehen, als er auf der Bettkante gesessen hatte, und dann plötzlich war er hemmungslos gewesen, gierig nach Trost und Erleichterung.

Ich sah mich im Zimmer nach irgendwelchen Dingen um, die einen Hinweis auf die letzte Nacht hätten liefern können, und fragte mich, wie ich mich ihm nach so kurzer Zeit schon so verbunden fühlen konnte. Klamotten lagen auf dem Boden, Speiseteller bedeckten den Tisch, und meine Notizen und die formlosen Broschüren über das Weingut verteilten sich überall im Zimmer. Ich nahm an, dass Jamie früh aufgestanden und zur Arbeit im Weinberg gegangen war. Ich nahm ein langes, heißes Bad und wartete darauf, dass er von sich hören ließ.

Mittags war ich gelangweilt und halb verhungert, also beschloss ich, in den Ort zu fahren und mich dort umzusehen. Fahren war immer noch ein beängstigendes Unterfangen, aber es half mir, wenn ich das Fenster runterließ und mich in der sauberen, warmen Luft auf meinen Atem konzentrierte.

Es war ein herrlicher Tag für einen Stadtspaziergang. Bald stieß ich auf ein Antiquariat, wo ich eine Ausgabe von da Vincis Tagebüchern entdeckte. Ich kaufte sie für Jamie und streifte dann durch ein paar weitere Läden an der Straße. Mir war, als würde ich beständig an ihn erinnert, ganz egal, wo ich auch hinsah. Wenn ich ein Paar Händchen halten oder in einem Café am Straßenrand essen sah, dachte ich an Jamie. Auf dem Weg zurück besuchte ich drei andere, vergleichbare Weingüter, stellte aber fest, dass ihnen allen die Magie fehlte, die ich bei R. J. Lawson erlebt hatte. Vielleicht war Jamie auch dafür verantwortlich.

Bei meiner Rückkehr auf das Weingut fiel mir auf, dass der Truck nicht an seinem üblichen Platz stand.

Ich ging in mein Zimmer und stellte fest, dass das Personal bereits sauber gemacht hatte. Das Bettzeug wies die für Hotels typischen Faltungen auf, und nichts erinnerte mehr an die gemeinsame Nacht mit Jamie.

Ein Gefühl baute sich in meinem Brustkorb auf. Ich blickte aus dem Fenster und suchte in den langen Rebenreihen nach Jamie. Mir kam in den Sinn, dass er weder angerufen noch eine Nachricht hinterlassen hatte. Sein Truck war fort, und es wurde immer später. Ich griff zum Telefon und rief am Empfang an.

Eine Männerstimme meldete sich. »Hallo, Miss Corbin. Was kann ich für Sie tun?«

»Ich hatte mich gefragt, ob Sie mich zu Jamie, äh … Jamie, der Mann, der hier arbeitet, durchstellen …«

Oh mein Gott, ich kenne seinen Nachnamen nicht. Ich bin so dämlich!

»Einen Moment.« Ich atmete erleichtert auf, als ein Freizeichen ertönte.

»Susan hier, was kann ich für Sie tun?«

»Susan, hi, Kate hier.«

»Hallo, Kate.« Sie hörte sich merkwürdig besorgt an.

»Ich suche Jamie.«

»Oh … na ja, Jamie musste gehen.«

»Warum?«

»Ich bin nicht sicher, ob …« Ihre so oder so schon leise Stimme verlor sich endgültig.

»Können Sie mir seine Telefonnummer geben?«

»Ich melde mich wieder bei Ihnen, ja?«

»Sie melden sich wieder bei mir?« Am liebsten hätte ich gesagt: *Geben Sie mir die gottverdammte Nummer, ich habe gerade zwei Nächte nackt im Bett mit ihm verbracht.* »Schon gut.« Ich legte auf, sackte auf das Bett und wartete darauf, dass er sich meldete.

Was als müder Kummer seinen Anfang nahm, wurde bald zu Zorn. All meine Unsicherheit kehrte auf einen Schlag zurück. Die Erinnerung an unser letztes Gespräch in der Wanne, Jamies ausweichendes Verhalten, das Mädchen in dem Restaurant – all diese Gedanken prasselten mit voller Geschwindigkeit auf mich ein. Mein Atem wurde lauter, Unruhe kroch durch meine Adern, und das Herz wollte mir aus der Brust springen, so heftig fing es an zu schlagen. Er würde nicht zurückkommen, sagte ich mir. *Wer soll mich schon wollen?* Ich war weiter nichts als die leere Hülle eines Menschen, nicht wert, zu ihr nach Hause zu kommen. Binnen weniger Tage hatten mir das sowohl Stephen als auch Jamie klar vor Augen geführt.

Ich musste nicht lernen, allein zu bleiben, wie das ging, wusste ich auch so, aber ich war wütend auf mich, weil ich geglaubt hatte, da wäre etwas Besonderes zwischen Jamie und mir. Er war einfach zu gut, um wahr zu sein, und alle guten Dinge … Als ich ihn in der Nacht zuvor auf der Bettkante gesehen hatte, hätte ich wissen müssen, dass er über etwas nachdachte, was schwer auf ihm lastete.

Es ist nicht leicht, jemandem das Herz zu brechen, ganz gleich, wie rückgratlos man sein mochte. Ich fragte mich, ob er sich, womöglich nur Augenblicke nachdem ich mich ihm auf so eine zügellose, emotionale Art hingegeben hatte, davongestohlen hatte. Sein Kopf hatte auf meiner Brust geruht, als ich eingeschlafen war. Ich hatte geglaubt, er wäre mein. Dann war er gegangen, und ich war wieder allein.

Innerhalb von gerade vier Tagen war ich von der Überzeugung, ich sollte mein Leben allein verbringen, abgerückt und hatte Vertrauen in die Liebe gefasst. Mit jedem Zentimeter, den ich Jamie nähergekommen war, hatte ich auch ein tieferes Gefühl des Friedens wahrgenommen. Ich konnte nicht erklären, wie er mir den Schmerz des Alleinseins genommen hatte, aber das hatte er. Doch er hatte mir nie irgendetwas versprochen. Ich hatte nur angenommen, wir hätten etwas, das größer war als Worte, etwas, was keiner Worte bedurfte. Ich hatte geglaubt, es wäre nicht möglich, das, was wir hatten, aufzugeben. Ich nahm nun an, die Anziehung, die ich verspürt hatte, war stärker als das, was da wirklich war. Und was da war, verwandelte sich rasch in nichts.

Aber ist das nicht immer so? Die beiden Teile ergeben unvermeidlich hundert Prozent, aber das heißt nicht, dass sie auch gleich groß sind. Einer gibt immer mehr, um den Rückstand des anderen auszugleichen. Was mich geblendet hatte, das war mein eigenes albernes, romantisches Fantasiegebilde von einem Mann, dessen Nachnamen ich nicht mal kannte. Ich hatte mich Jamie voll und ganz hingegeben, und er war gegangen, ohne auch nur nach meiner Telefonnummer zu fragen. Wie betäubt stand ich mitten im Zimmer.

Schließlich schlüpfte ich in Jeans und Sweatshirt und hastete die Treppe hinunter in die Lobby, wo nun George am Empfang Dienst tat. »Hi, George. Haben Sie Jamie gesehen?«

»Nein, meine Liebe.«

»Also haben Sie nicht gesehen, wie er sich mitten in der Nacht aus meinem Zimmer geschlichen hat?«

Mit einem mitleidigen Gesichtsausdruck sog er langsam Luft

zwischen den Zähnen hindurch. »Ich bin erst vor einer halben Stunde gekommen, also, nein, habe ich nicht.«

»Okay.«

Ich marschierte zu Susans Büro. Wie üblich kauerte sie hinter ihrem Computer, sah mich aber schon jetzt über den Rand ihrer Brillengläser hinweg an.

»Wo ist Jamie?« Ohne anzuklopfen, öffnete ich die Tür zu R. J.s leerem Büro und schaute hinein, während ich auf ihre Antwort wartete.

»Ich bin nicht sicher, ob ich die Person bin, die diese Frage beantworten sollte.«

»Wieso das?«

»Weil es mir nicht zusteht, seine persönlichen Angelegenheiten mit Ihnen zu diskutieren.«

Wut und Betretenheit fluteten all meine Sinne. Ich konnte sie kaum hören, weil mein eigener, rasender Herzschlag so in meinen Ohren donnerte. »Haben Sie irgendeine Ahnung, was für eine enorme Zeitverschwendung das alles für mich gewesen ist? Ich bin hergekommen, um eine Story über R. J. zu schreiben, der verdammt noch mal nie hier ist.« Ich wurde immer lauter, aber sie ließ sich nicht beeindrucken. »Fünf Minuten hat er mir gegönnt und eine knappe E-Mail. Haben Sie das so geplant? Haben Sie Jamie dazu benutzt, mich abzulenken? Um die Enttäuschung darüber abzumildern, dass man mir nicht geliefert hat, was man mir versprochen hat? Ihr männliches Mädchen für alles – tja, das war keine Übertreibung, was? Ist er dazu da, einsame Frauen zu verführen und hinters Licht zu führen? Der arme Diabetiker Jamie, der in einer Scheune wohnt und den ganzen Tag Trauben pflückt, kann eine Frau an einer Wand nehmen wie kein anderer.« Sie zog nicht mal die nachgezogenen Brauen hoch, also redete ich weiter. »Was ist das für ein Ort? Ist das eine Art Witz? Wie konnte Jamie mir das antun? Ich dachte, er wäre einer von den Guten.« Nun schossen mir die Tränen, die ich die ganze Zeit zurückgehalten hatte, in die Augen.

Mit leiser Stimme sagte sie nur: »Es ist nicht, was Sie denken. Es tut mir leid, Kate.« In meinem Kopf war das Geständnis genug für alle beide.

»Mir auch. Und diese Sache mit Jamie hat alles nur noch schlimmer gemacht.«

»Das war nicht die Absicht. Ich habe Jamie nicht auf Sie ›gehetzt‹.« Bei dem Wort »gehetzt« zeichnete sie mit den Fingern Anführungszeichen in die Luft.

»Tja, vielleicht nicht, Susan, aber ich muss trotzdem einen Artikel über dieses Weingut schreiben. Ich reise noch heute Abend zurück nach Chicago.« *Ich werde nicht den Kopf einziehen und es einfach hinnehmen. Das habe ich schon viel zu oft getan.*

Sie versuchte nicht, mich aufzuhalten, als ich das Gebäude verließ. Draußen sah ich Chelsea in ihrem Körbchen liegen.

»Miststück«, fluchte ich tonlos und ging einfach weiter, fest entschlossen, meinen Rachefeldzug fortzusetzen.

Ich hinterließ eine Notiz für Maître Mark:

Danke für die Schlagsahne. Ich bin sicher, es war nicht das erste Mal, dass Sie solch einen Sonderwunsch für Jamie erfüllt haben.

Das nächste Opfer war der arme Guillermo.

»Ich weiß gar nichts, *mija*, ich arbeite nur hier.«

»Nimmt Jamie viele Frauen mit in seine Scheune?«

»Nein.« Er schüttelte ziemlich überzeugend den Kopf. »Vielleicht spielt Ihre Neugier Ihnen einen Streich«, sagte er.

»Ich bin nicht die mit dem Problem.«

Ich machte kehrt, um davonzumarschieren, und stolperte an der Rebenreihe vorbei, in der Jamie mich so leidenschaftlich geküsst hatte. Abrupt hielt ich inne und presste die Finger an die Lippen. Mit Tränen in den Augen fragte ich mich, wie ich nur so dumm hatte sein können, und ich versprach mir, wenn ich den Artikel erst geschrieben hätte, würde ich nie mehr an diesen Ort denken. Ich würde nicht daran denken, wie er den Schmerz wenigstens für kurze Zeit von mir genommen hatte.

Alles kehrte zurück, als die Sonne an diesem Morgen im Weinberg auf mich niederbrannte. Der Traum stimmte nicht. Ich wollte nur glauben, dass Rose dafür betete, dass ich jemanden fand, mit dem ich mein Leben teilen konnte. Ich wollte glauben, dass es eine kosmische Kraft gab, die Jamie und mich zusammengeführt hatte, aber so läuft das einfach nicht.

Mitten im grellen, warmen Sonnenschein erschauerte ich, denn mir wurde klar, dass Liebe keinen Raum für Schmerz hatte. Liebe ist nicht gleichbedeutend mit Ehe oder Beziehung oder damit, Kinder zu bekommen. Liebe ist keine Arbeit. Liebe ist ein Gefühl, ehrlich und rein. Sie ist ein Gefühl, das man in einem Moment erleben kann, in dem man glaubt, man könnte sich bereitwillig für jemanden vor einen herannahenden Zug werfen; und im nächsten Moment, wenn derjenige einem das Herz herausreißt und seinen letzten Schlag für sich beansprucht, ist es wieder verschwunden. Sollte ich Liebe für Jamie in mir gehabt haben, dann hatte ich sie mir an diesem Morgen, als ich in diesem Meer aus Weinreben stand, aus dem Herzen gerissen. Jedes kleine bisschen Hoffnung auf eine Beziehung löste sich wie eine vergessene Erinnerung in Luft auf.

Auf dem Weg zurück zum Gästehaus dachte ich: Ich bin alles, was ich habe. Dieses Mantra sollte ich nie wieder vergessen.

Niemand würde je erfahren, was Jamie und ich geteilt hatten. Die Momente der Nähe, die Dinge, die er mir zugeflüstert hatte, die Art, wie er mit so tiefer Überzeugung gesagt hatte, ich sei schön. Wer konnte das beweisen, wer konnte es bestreiten? Zurück in meinem Zimmer, starrte ich das Bett an und dachte, dass gerade ein paar Stunden vergangen waren, seit wir da gelegen hatten, aneinandergeschmiegt, wie Liebende es nun einmal taten. Für mich hatte sich das angefühlt, als wären wir miteinander verwachsen gewesen wie zwei zu eng gepflanzte Bäume, deren Äste so ineinander verschlungen waren, dass wir selbst nicht mehr wussten, welches

Glied zu wem gehörte. Aber das war nicht mehr von Bedeutung, denn Jamie hatte sich selbst entwurzelt. Ich hatte geglaubt, es gäbe eine Chance, dass wir immer so sein würden. *Wie naiv ich bin. Wie jämmerlich. Wie mitleiderregend.*

Das Zimmermädchen hatte all meine Sachen ordentlich gestapelt auf Kommode und Schreibtisch zurückgelassen. Das machte mir das Packen leicht. Ich wählte Jerrys Nummer.

»Jerry Evans.«

»Kannst du mir heute noch einen Flug besorgen?«

»Was? Willst du etwa mit diesem Typ vom Weingut nach Cancun durchbrennen?«

»Nein.« *Nicht weinen, bloß jetzt nicht weinen, Kate.*

Ich fing an zu weinen.

»Ach, Mist«, sagte er leise. »Fahr zum Flughafen. Ich schicke dir in ein paar Minuten die Flugdaten.«

»Danke«, sagte ich schluchzend und legte auf.

Ich stopfte all mein Zeug einschließlich der vielen Blätter mit Notizen in meinen kleinen Koffer und fuhr mit einer ganz neuen Zuversicht zum San Francisco International Airport. Ich hupte schlechte Autofahrer an; ein paar Mal zeigte ich ihnen sogar den Mittelfinger. Erst als ich anfing, eine ältere Frau in einem grünen Chevy Nova anzubrüllen, kam ich zu dem Schluss, dass ich einen ernsten Anfall von Jähzorn hatte und mich vermutlich besser abregen sollte, ehe ich noch erschossen wurde.

Am Flughafenschalter ließ ich mein Ticket auf die erste Klasse hochbuchen, weil ich mir dachte, es wäre einfacher, meinen Kummer mit kostenlosem unbeschränktem Alkohol zu ertränken.

Ich ließ mich in den riesigen Sitz fallen. Die Flugbegleiterin brachte mir ein Kissen und eine Decke. Ich bat um eine weitere Decke und wickelte mich in einen Kokon aus Fleece. Es gelang mir sogar, die Arme unter der Decke an den Körper zu pressen, was wirklich herrlich war. Wenn da nur nicht diese vage Ähnlichkeit mit einer Zwangsjacke gewesen wäre.

Als wir abhoben, klappte ich den Tisch in der Rückenlehne des Sitzes vor mir mit den Zähnen herunter und bestellte einen doppelten Scotch auf Eis. *Ich trinke gar keinen Scotch.* Als mein Drink serviert wurde, beugte ich mich vor und sog mit gerade drei Schlucken die ganze Flüssigkeit durch den Strohhalm. Erst da fiel mir auf, dass jemand auf dem Sitz neben mir saß.

Sie starrte mich mit riesigen, runden blauen Augen an.

»Wie alt bist du?«, fragte ich.

»Zwölf«, sagte sie.

»Und wie heißt du?« Ich neigte den Kopf zur Seite, als wollte ich sie verhören, und mir war völlig egal, wie albern ich aussehen musste.

»Aurora. Sind Sie verrückt?«

»Man muss schon selbst verrückt sein, um Verrückte zu erkennen, Kindchen.«

Ihre Augen wurden noch größer.

»Ich mach nur Witze. Nein, ich bin nicht verrückt … noch nicht. Wie auch immer, Verrückte wissen nicht, dass sie verrückt sind, also ist das eine alberne Frage.«

Sie nickte zustimmend und mit nachdenklicher Miene. Ich sah ihr auf den ersten Blick an, dass sie eines dieser neunmalklugen Kinder war, die zu schlau für ihr Alter waren.

»Die Wahrheit ist, jemand hat mir das Herz gebrochen. Ich hatte einen harten Tag. Weißt du, wie so was ist?« Um meinen Worten mehr Gewicht zu verleihen, zog ich die Brauen hoch.

»Ja«, sagte sie und schnaubte. »Ich weiß genau, was Sie meinen. Dieser Junge in meiner Klasse, Genesis, hat gesagt, er würde mich mögen, und dann hat er allen anderen erzählt, ich würde ihn nicht in Ruhe lassen.«

»Genesis? Das ist sein Name? Von dem würde ich die Finger lassen. Was ist das für ein Name, Genesis?«

Sie zuckte nur mit den Schultern.

»Pass auf, ich werd's dir erklären. Da gibt es so eine englische

New-Age-Rockband aus den Siebzigern und Achtzigern. Seine Eltern sind entweder richtig alt, oder sie haben viel zu lange viel zu viele Trips geworfen. Vermutlich Letzteres, und darum benimmt sich Genesis auch so schräg. Mach dir keine Gedanken. Irgendwann kommt ein anderer. Es sei denn natürlich, du stellst fest, dass es besser ist, allein zu bleiben, statt sich immer und immer wieder das Herz brechen zu lassen. Begreifst du das jetzt, Kleine, dann wirst du dir eine Menge Ärger ersparen.«

»Also ist Alleinsein besser?« Sie sah mir direkt in die Augen. Konnte ich sie wirklich anlügen?

»Sind deine Eltern verheiratet?«

»Ja, sie sind schon seit zweiundzwanzig Jahren verheiratet«, sagte sie mit einem Lächeln.

»Tja, vermutlich kommt das wohl immer auf den Einzelfall an. Hör nicht auf mich. Bei manchen Leuten geht es ja gut. Vielleicht gehörst du dazu.«

»Sie vielleicht auch. Sie dürfen nur nicht zulassen, dass Sie wegen der ganzen Enttäuschungen selbst hartherzig werden.« Und das von einer Zwölfjährigen.

»Du hast wahrscheinlich recht. Willst du mir helfen? Ich muss da diesen Artikel schreiben …«

11. Beginne nie einen Satz mit »Nun«

Nachdem ich fast den ganzen Tag unterwegs gewesen war und meinen Artikel auf die Rückseiten diverser Flyer gekritzelt hatte, besorgte ich mir einen Leihwagen und kehrte endlich in mein kaltes, dunkles Apartment in Lincoln Park zurück. Sofort klappte ich meinen Laptop auf, schickte eine E-Mail an Jerry raus und ging ins Bett, und da blieb ich die nächsten zwei Tage.

An: Jerry Evans
Von: Kate Corbin
Betreff: Scheiße!

Hier kommt es, Jerry. Ich weiß nicht, wie ich das nennen soll, aber es ist alles, was ich habe. Bestimmt entlässt du mich jetzt oder gibst mir einen schlechteren Job. Vielleicht kann ich ja jetzt immer Kaffee kochen? Mir ist klar, dass R. J. den Artikel nicht freigeben wird. Deswegen habe ich das Gefühl, dass ich dich total im Stich gelassen habe. Ich habe noch einige Urlaubstage und würde mir nächste Woche gern freinehmen, vorausgesetzt, ich habe noch einen Job. Ich muss meinen Kopf wieder klarkriegen. Ich habe Mist gebaut, Jerry. Ich hätte mich nie mit diesem Typen einlassen dürfen. Ich habe Mist gebaut, und es tut mir leid.

Kate

Artikel über R. J. Lawson und das Weingut (ohne Titel)

Nun, da wären zwei Vögel. Einer ist groß, schlank und beeindruckend, getragen von reiner physischer Kraft. Der andere ist bunt, klein und schnell und geschätzt für seine Schönheit. Wer wird gewinnen? Zunächst müssen Sie wissen, dass die Herausforderung in der Geschäftsstrategie liegt, auch bekannt als Irreführung, und der Gewinner bei diesem Spiel wird stets der gerissenere Spieler sein, unabhängig von seinen körperlichen Voraussetzungen. Vergessen Sie, was Sie gesehen haben – das Aussehen kann täuschen. Sie müssen das Herz Ihres Konkurrenten erforschen. Sie müssen den Takt finden, der ihn antreibt, feststellen, was den Willen des Herausforderers speist und ihn dazu treibt, Würde und Rechtschaffenheit für Geld zu opfern. Das ist das, worauf am Ende alles hinausläuft. Der Gewinner bekommt den goldenen, mit Diamanten besetzten Käfig. Aber Erfolg hat seinen Preis – in diesem Fall die Freiheit zu fliegen. Der Sieg mag ihm Bewunderer verheißen, doch seine majestätischen Schwingen werden nie wieder über den Himmel tanzen.

Die Welt will wissen, warum sich alles, was R. J. Lawson anfasst, in Gold verwandelt. Ich werde es Ihnen verraten: Er ist der gerissenere Vogel. Als Genie war er mit achtzehn Jahren auf dem Höhepunkt. Er hat sein Vermögen gemacht und wedelt nun einfach mit der Brieftasche, wenn etwas sein Interesse erregt – in diesem Fall Wein. Ich habe während der Lesezeit eine Woche auf R. J. Lawsons berühmtem Weingut im Napa Valley verbracht, um mehr über ihn und seine scheinbar so erstrebenswerten Ziele zu erfahren. Dort habe ich festgestellt, dass er nur sehr wenig Zeit auf dem Weingut verbringt, aber die Lorbeeren für all die Arbeit beansprucht. Er selbst beschreibt seine Vorgehensweise als zupackend, doch ich habe während meines Besuchs nicht erlebt, dass er irgendeine Pflicht auf sich genommen hätte, abgesehen davon, ein Glas Pinot zu trinken.

Sein Profil wird aufrechterhalten von ein paar treuen Schachfiguren, die bereit sind, die niederen Arbeiten für ihn zu übernehmen. Ich konnte das Spiel durchschauen. Ich konnte sehen, dass R. J. Meister darin ist, Menschen und Erfolg zu kaufen. Vielleicht ist in dem Mann noch immer ein Junge verborgen, dessen Neugier ihm viel Bewunderung und Geld eingebracht hat, doch bei dem Mann, der mir begegnet ist, ist von dieser außerordentlichen Begabung und Freude nichts mehr zu spüren.

Hätte mir R. J. wenigstens einen Hauch von Brillanz oder auch nur Menschlichkeit offenbart, abgesehen davon, dass er die vielen Wohltätigkeitsorganisationen, die er finanziell unterstützt, heruntergebetet hat, dann könnte ich vielleicht einen freundlicheren Artikel über ihn verfassen, aber die Wahrheit lautet: Er hat sich verhalten, als wäre ich seine Zeit nicht wert. Er hat sich frauenfeindlich verhalten und war herabsetzend gegenüber seinem Personal. Er hat aufgeblasen und pikiert auf die wenigen Fragen reagiert, die ich ihm stellen konnte.

Von ferne mag man R. J. um das beneiden, was er erreicht hat. Es ist keine Lüge, dass der Wein fantastisch und das Weingut selbst ein schimmerndes Juwel in den Hügeln von Napa Valley ist, aber das bedeutet nicht, dass R. J. keinen Preis für diese Vollkommenheit zu entrichten hätte. Seine scharfsinnige Gerissenheit hat ihn zu einem Leben im Käfig verdammt. Er mag hoch oben über all dieser Pracht thronen, aber in seinem Käfig ist er ganz allein.

Das Personal des Weinguts hat einen kläglichen Versuch unternommen, sich nach meinem schauderhaften Erlebnis mit R. J. mir gegenüber gastfreundlich zu verhalten. Bedauerlicherweise musste ich herausfinden, dass ihre Strategie allzu ausgeklügelt war. Nun, meine Schlussfolgerung lautet, dass R. J. Lawsons großes Ego vermutlich dazu geführt hat, dass andere, die das Heft in der Hand hielten, sich reichlich seltsam und duckmäuserisch verhalten haben. Auch wenn das Weingut in der Umgebung das schönste ist, könnten Sie Ihr Glück herausfordern, falls Sie je ei-

nen Ausflug zu R. J. Lawson unternehmen. Ehe Sie also irgendetwas tun, sollten Sie an den Vogel denken, den, der bereit ist, seine Freiheit zu fliegen für eine materielle Fassade zu opfern. Wie sehr Sie das glitzernde Gold dieses Käfigs auch faszinieren mag, die einzige Frage, die Sie wirklich stellen sollten, lautet: »Wo scheißt dieser Vogel hin?«
Mein Rat in Bezug auf R. J. Lawson wäre, trinken Sie den Wein, aber lassen Sie sich nicht vom vergifteten Apfel verführen.

Kate Corbin
Chicago Crier

Als ich am Montagmorgen endlich aus meinem bleiernen Schlaf erwachte, klappte ich den Computer auf und fand eine neue E-Mail von Jerry. Er verriet stets alles in der Betreffzeile, was vielleicht der Grund war, warum er sich besser zum Herausgeber eignete als zum Autor. In diesem Moment aber wusste ich diese Eigenschaft sehr zu schätzen, und ich seufzte vor Erleichterung tief auf, als ich begriff, dass ich wenigstens meinen Job nicht verloren hatte.

An: Kate Corbin
Von: Jerry Evans
Betreff: Du hast noch einen Job.

Das ist brillant, Kate. Ich weiß nicht, was wir damit anfangen können, aber das ist die lebendigste Arbeit, die ich bisher von dir zu sehen bekommen habe, und das ist alles, worauf es ankommt. R. J. mag sein Bestes getan haben, um es dir so gut wie unmöglich zu machen, Einzelheiten in Erfahrung zu bringen, aber du hast bewiesen, dass du aus einer Situation eine Story machen kannst, wenn es dir nur gelingt, ihren Kern zu erfassen. Ich bin ebenfalls der Meinung, es wird das Beste sein, wenn du dir eine Woche freinimmst. Offenbar hast du dein Gepäck

am Flughafen zurückgelassen. Es gab kein Namensschild, nur die Adresse der Zeitung, also hat die Fluggesellschaft es zu uns gebracht. Ich habe den Koffer geöffnet, als er heute eingetroffen ist, und anhand all deiner Notizen und deiner Sachen auf Anhieb gesehen, dass er dir gehört. Ich schließe ihn im Lager ein, bis du wieder da bist, es sei denn, du brauchst ihn sofort. Sag mir einfach Bescheid.
Ich mache mir Sorgen um dich, Kate, aber ich weiß, wie stark du bist, und ich weiß, wir werden dich bald wieder hinbekommen. Beth hat da schon ein paar Ideen.

Dein ergebener Herausgeber
Jerry.

Jerrys E-Mail hatte nichts besonders Inniges oder Berührendes an sich, trotzdem brachte sie mich aus irgendeinem Grund zum Weinen. Ich wollte nicht, dass jemand sich Sorgen um mich machte oder Mitleid mit mir hatte. Ich wollte mich nicht mehr so fühlen, als würde ich etwas anderes suchen oder auf eine Antwort lauern, die mir die Bedeutung von alldem offenbarte. Die Erwartung, das Leben müsse mehr zu bieten haben, als allein aufzuwachen, mit dem Zug zur Arbeit zu fahren und dann wieder heimzugehen, um allein einzuschlafen, hatte so lange auf mir gelastet, und trotzdem fand ich mich immer in meinem Apartment wieder … allein. Alles, was dazwischenlag, war nur Seelenqual.

Ich schlurfte durch meinen kurzen Flur zur Küche und sah den unergiebigen Inhalt meines Kühlschranks durch. Zehn Minuten lang starrte ich ein Glas mit Marmelade an und überlegte, ob ich sie mit einem Löffel essen sollte. Zu diesem Zeitpunkt war ich nicht bereit, besonders viel zu tun, um mich am Leben zu erhalten. Ich hatte seit zwei Tagen nicht geduscht, und abgesehen von einigen faden Crackern und einem Bier, das schon ein Jahr lang in meinem Kühlschrank gestanden hatte, hatte ich nichts zu mir genommen.

Die Marmelade kam mir angemessen vor, bis dann doch endlich mein Überlebensinstinkt erwachte. Ich schlüpfte in Jogginghose und Jacke und ging zu einem Marktstand an der Ecke. Ein alter Mann bereitete dort frische Salsa zu, also dachte ich mir, nachdem ich eine Banane, ein paar Kekse mit Feigenfüllung und eine Tüte Salzbrezeln ausgewählt hatte: *Was könnte besser zu alldem passen als Salsa? Verliere ich jetzt endgültig den Verstand?*

»Entschuldigung?«, fragte ich, und der Mann sah mich durch seine dunklen Wimpern hindurch an. Seine Augen hatten beinahe die gleiche Farbe wie meine, ein Haselnussbraun, das im Licht eindrucksvoll grün schimmerte, im Schatten aber irgendwie matt wirkte.

»Ja, Ma'am, was kann ich für Sie tun?«

»Sind Sie mein Vater?«

Er kicherte, hörte aber sofort auf, als er erkannte, wie ernst es mir war. »Oh, hmmm, nein, Liebes. Ich bin seit beinahe vierzig Jahren verheiratet, und wir haben drei Kinder. Tut mir leid.«

»Ach, was soll's, war nur ein Schuss ins Blaue, wissen Sie?« Er nickte, aber in seinen Augen war immer noch dieser mitleidige Ausdruck zu sehen, den ich vorher schon bemerkt hatte. »Verkaufen Sie hier auch Bier?«

»Nein, aber einen halben Block die Straße runter gibt es einen Weinladen.«

Ich schüttelte den Kopf wie eine Wahnsinnige. »Ich entgifte. Ich kann keinen Wein trinken.«

»Okay, gut, da ist auch noch ein Schnapsladen, ungefähr drei Blocks von hier, dort gibt es auch Bier.«

»Ja, den kenne ich. Danke, Sir.«

»Gern geschehen.«

Der Schnapsladen war eher fünf Blocks entfernt, aber ich lief einfach die Straße entlang und aß meine Banane und die Feigenkekse. Als ich Stephen mit irgendeiner Tussi einen halben Block entfernt auf mich zukommen sah, war ich extrem wütend auf das

Universum. In der Hoffnung, dass sie mich nicht gesehen hatten, schlüpfte ich in einen Durchgang, und während ich darauf wartete, dass sie vorbeigingen, unterzog ich meine Garderobe einer kritischen Betrachtung. Ich trug die vermutlich älteste graue Jogginghose auf dem Planeten, ein gelbes T-Shirt mit einem Bild des Sonnenscheinbärchis und meine taubenblaue Skijacke, aber das war nicht das Schlimmste. Ich hatte zwei verschiedene Socken an, einen schwarzen und einen fliederfarbenen, dazu ein uraltes Paar schwarzer Chucks mit schwarzen Schnürsenkeln. Ich war eine sechsundzwanzigjährige Punky Brewster. Hastig betastete ich meinen Kopf. Keine Zöpfchen, dafür thronte hoch oben ein unordentlicher Haarknoten. *Bitte, lass nicht zu, dass sie mich sehen.*

»Kate?«

Scheiße!

Ich steckte mir den letzten Keks in den Mund und murmelte: »Hey, Stephen.«

»Das ist Monique. Wir arbeiten zusammen.«

»Hi, Monique.«

Er traf sich nie außerhalb der Arbeit mit Kolleginnen. Sie war eine große blonde Schönheit in einem extrem schmal geschnittenen Bleistiftrock und Stilettos. Für einen kurzen Moment bestaunte ich, wie perfekt sie und Stephen zusammen aussahen, ein Inbegriff beruflich erfolgreicher Chicagoer. Ich hingegen hatte mich gehen lassen und kräftig zugelegt, und ich sah Stephen an, dass ihm das nicht entging.

Er kniff die Augen zusammen. »Alles in Ordnung, Kate?«

»Ja, mir geht's verdammt prima, Stephen. Und dir?«

»Bestens. Wo willst du hin?«, fragte er. Ich schaute mich kurz zu Monique um, die meine Klamotten begutachtete, und ich sah, wie sich ihre Züge mit Betroffenheit und Mitleid füllten.

»Ich hole mir eine Hopfenkaltschale.«

Seine Augenbrauen rückten zusammen. »Was ist eine Hopfenkaltschale?«

»Gerstensaft.« Er sah immer noch ziemlich verdutzt aus. »Bier. Nicht jeder kann sich kostspielige Spirituosen leisten.«

»Ich habe dich nie Bier trinken sehen.«

»Tja, es gibt eine ganze Menge, was du nicht von mir weißt. Warum interessiert dich das überhaupt? Du hast mich doch nie geliebt, weißt du noch?«

Monique riss die Augen weit auf, und Stephens Kiefermuskulatur zuckte. »Ich sagte, ich wäre nicht sicher. Außerdem haben wir uns gerade gestritten, als ich das gesagt habe. Und das ist nicht der richtige Ort oder die richtige Zeit, um alte Wunden wieder aufzureißen.«

»Alte Wunden? Das ist gerade sechs Tage her.«

Warnend schüttelte er den Kopf.

»Wie auch immer, vergnügt ihr euch nur miteinander«, sagte ich und ging davon.

Noch während ich in Hörweite war, fragte Monique: »Wer war das?«

»Niemand«, sagte Stephen.

In dem Schnapsladen erstand ich eine Riesendose Budweiser, ein paar Tortillachips und insgesamt achtzig Rubbellose. Meine Überlegung war, dass jedes Los mich ungefähr dreißig Sekunden Zeit kosten würde, um es komplett freizukratzen, was bedeutete, ich wäre wenigstens für vierzig Minuten beschäftigt. Vierzig Minuten, in denen ich nicht an Jamie würde denken müssen. Das waren zweitausendvierhundert Herzschläge, denen ich nicht lauschen würde.

Ich ging zurück zu meiner Wohnung und nippte unterwegs an meiner Dose Bud, die in einer verknitterten Papiertüte steckte. Als ich mein Apartment betrat, hörte ich mein Mobiltelefon unablässig im Schlafzimmer klingeln, ging aber nicht dran. Um 11:43 Uhr vormittags hatte ich mein Bier gelehrt und legte mich wieder schlafen. Die Türklingel weckte mich unsanft. Ich warf einen Blick auf die Uhr auf meinem Nachttisch. Es war halb sieben am

Abend. Während ich mich langsam zur Tür schleppte, atmete ich in meine Hand. Mein Atem stank fürchterlich. Hatte ich mir in den letzten drei Tagen die Zähne geputzt? *Vermutlich nicht.* Es klingelte erneut.

»Komme.« Ich öffnete die Tür zwei Zentimeter weit und lugte durch den schmalen Spalt in Beths spähende Augen.

»Was ist los? Lässt du mich rein?«

Ich knallte die Tür wieder zu, nahm die Kette ab und öffnete sie weiter, damit Beth eintreten konnte.

»Mein Gott, Kate, du siehst aus wie eine Leiche.«

»Danke, Beth.«

»Was stinkt denn hier so?«

Ich zog die Schultern hoch. »Keine Ahnung.«

»Riecht nach verbrannten Haaren.«

Da fiel es mir wieder ein. »Oh, ja, Dylan von 5B ist vorhin rübergekommen, und wir haben ein bisschen Gras geraucht. Du kennst doch Dylan, den Jungen, der an der Ecke auf dem Eimer trommelt? Der wohnt hier im Haus.«

»Ist der nicht noch ein Teenager?«

»Er ist zwanzig.«

»Seit wann rauchst du Gras?«

»Seit vorhin, als Dylan aus 5B rübergekommen ist.«

Missbilligend schüttelte Beth den Kopf. »Hast du sonst noch irgendwas mit Dylan aus 5B angestellt?«

»Gott, nein, Beth – für wen hältst du mich? Er hat mir nur ein seltenes Comicbuch gezeigt, das er mit dem Geld gekauft hat, das er an der Ecke eingenommen hat, und dann hat er diese kleine Bong aus der Tasche gezogen, und ich habe gesagt, was soll's, und auch einen Zug genommen, aber ich konnte nicht mit dem Feuerzeug umgehen.« Ich zeigte auf meine Augenbraue, von der eine Hälfte vollständig versengt war.

»Ach, Scheiße, Mädchen, die wirst du nachziehen müssen.«

»Hätte schlimmer sein können. Er hat mich gefragt, ob ich Lust habe, mir Ecstasy einzuwerfen und dann Rollschuhlaufen zu gehen.« Ich zuckte mit den Schultern. »Aber er ist ein netter Junge.«

Beth ging durch meine Wohnung und begutachtete die Unordnung. Dann öffnete sie den Kühlschrank. »Du hast nichts zu essen da. Lass uns einen Hotdog essen gehen.«

»Da ist Salsa, außerdem bin ich Vegetarierin. Genauer gesagt, ich bin Pescetarierin, aber das ist nur eine Frage der Interpretation.« Dann grinste ich plötzlich von einem Ohr zum anderen. »Weißt du was? Scheiß drauf! Lass uns einen Hotdog essen gehen.«

Wir gingen zu einer Hotdog-Bude namens *Dogfather*. Der Laden sah aus, als wäre er einer Episode von *Die Sopranos* entsprungen. Der düstere Gastraum war mit roten Ledernischen ausgestattet, und sie hatten jede denkbare Version von Hotdogs im Angebot. Man bestellte am Tresen, wo ungefähr hundert verschiedene Zutaten und dreißig Sorten Bier zur Auswahl standen. Ich nahm den würzigen Dreißig-Zentimeter-Hotdog namens Sal's Hit. Beth nahm die Krakauer Wurst, die sie Kill Mob Bossa getauft hatten. Wir glitten in eine Nische und aßen ein paar Minuten lang schweigend. Nach dem anfänglichen Widerwillen, den ich dabei empfand, Fleisch in einer Hülle aus Schweineinnereien zu vertilgen, kam ich zu dem Schluss, dass dies das beste Essen war, das ich je verspeist hatte.

Ich spülte Sal's Hit mit drei Dreiviertel-Liter-Portionen belgischen Biers hinunter, deren Namen ich samt und sonders nicht kannte. Danach war ich völlig betrunken. Beth schlug vor, an diesem Freitag zusammen in eine Gay-Bar zu gehen. Getreu meinem Tagesmotto sagte ich: »Ach, was soll's, warum nicht? Dann hast du dich jetzt also geoutet?«

»Ich habe nie ein Geheimnis daraus gemacht, ich gehe nur keine Beziehungen ein. Ich ziehe es vor, mein Leben einfach zu halten.«

»Das verstehe ich total«, sagte ich trocken.

»Ich mache mir Sorgen um dich, Kate.« So ernst hatte ich Beth noch nie erlebt.

»Was meinst du?«

»Ich glaube, du verbringst sehr viel Zeit allein.«

»Nicht freiwillig, Beth. Außerdem, das tust du doch auch. Du hast gerade gesagt, du gehst keine Beziehungen ein.«

»Aber ich gehe aus und habe Spaß. Das hast du auch mal, weißt du noch? Früher sind wir zusammen zum Karaoke gegangen. Damals hast du mehr gelacht als heute.«

»Alle sagen mir, ich wäre so deprimiert und mein Feuer wäre erloschen, aber immer wenn ich mich aus der Deckung wage, immer wenn ich ein Risiko eingehe, erlebe ich einen Reinfall. Ich habe mit einem Kerl geschlafen, den ich nicht mal kannte, ich meine, ich habe mich wirklich auf ihn eingelassen, Beth.« Zur Betonung riss ich die Augen weit auf.

»Du meinst, du bist auf ihn reingefallen?«

»Ja, das habe ich gemeint. Ich bin immer die, die reinfällt.«

Einige Augenblicke lang wirkte sie sehr nachdenklich. »Wenigstens konntest du einen kurzen Ausblick genießen. Sehen, wie es sein kann. Ich glaube nicht, dass es so schlecht ist, Risiken einzugehen. Vielleicht bist du jetzt sogar stärker als vorher. Ich möchte einfach nicht, dass du aufgibst.«

»Das von einer Frau, die keine Beziehungen eingeht.«

Sie nagte an ihrer Unterlippe und nickte. »Vielleicht ändere ich das irgendwann und verschaffe mir auch einen Ausblick.«

Beth begleitete mich zur Tür meines Apartments. Ich tat einen Schritt hinein, und dann erinnerte mich mein Körper daran, dass ich seit zehn Jahren kein rotes Fleisch mehr gegessen hatte. Mein Magen rumpelte und brodelte übel. Ich war ehrlich nicht sicher, auf welchem Wege er sich erleichtern würde, und dann stellte ich zu meinem absoluten Entsetzen fest, dass es beide waren. Auf der Toilette sitzend, gelang es mir, mich in das Waschbecken zu übergeben. Und obwohl mein Mund gute sieben Zentimeter vom Beckenrand entfernt war, konnte ich meinen Mageninhalt perfekt gezielt in das Becken befördern.

Beth blieb einen Teil des Abends bei mir, brachte mir saubere Waschlappen und Wasser. Mein Körper entfernte Sal's Hit bis auf den letzten Krümel aus seinem System. Ich schwor dem Fleisch für weitere zehn Jahre ab, und dann sagte ich Beth, sie könne ruhig gehen. Sie ging, kam aber zehn Minuten später mit Eis am Stiel, Seven Up und Crackern zurück.

»Du bist wirklich eine gute Freundin«, informierte ich sie.

»Ich will nur, dass du in Topform bist, damit ich dich am Freitag mit ins *Lady Fingers* nehmen kann.«

»Machst du Witze? So heißt der Laden?«

»Du wirst nicht enttäuscht sein.« Sie feixte, ich hickste und rülpste und fragte mich, wo ich mich jetzt wieder hineingeritten hatte.

Als Beth gegangen war, ließ ich mich auf mein Bett fallen, starrte die Decke an und dachte an Jamie, daran, wie er geflüstert hatte: »Ich gebe auf dich acht«, und dann weinte ich mich in den Schlaf.

Dienstag und Mittwoch flogen vorbei. Dylan aus 5B kam am Donnerstag vorbei. Ich selbst zog nicht, ließ aber zu, dass er einen Joint in meinem Apartment rauchte, der stark genug war, dass ich noch bekiffter war als beim letzten Mal, nur dass dieses Mal meine Augenbrauen nicht in Mitleidenschaft gezogen wurden. Wir sahen uns drei Folgen von *Whose Line Is It Anyway* an und lachten uns halbtot. Dylan war eigentlich schon ganz süß. Er war groß und hager und blass, sein Haar stand in alle Richtungen vom Kopf ab, aber er hatte diese unglaublich blauen Augen. An diesem Abend half er mir, meine Wäsche runter in die Waschküche zu bringen.

»Hey, Kate, willst du morgen Abend mit mir zum Skatepark?«

»Ich kann nicht. Da bin ich mit einer Lesbe verabredet.«

Er riss die Augen auf. »Oh, cool!«

»Es ist nicht, was du denkst.«

Lächelnd zuckte er mit den Schultern. »Ist deine Sache. Bist du jetzt nicht mehr mit dem Arsch von 9A zusammen?«

»Stephen? Nein, er hat mich letzte Woche abserviert und hat schon eine Neue.«

»Sein Pech.« Das kam so prompt und ungezwungen, dass ich ihm beinahe geglaubt hätte.

Wir kamen an die Kellertür. Dylan stieß sie auf und marschierte hinein, blieb aber dann direkt vor mir stehen. Ich beugte mich zur Seite, um an ihm vorbeizuschauen, und sah Stephen mit einem Mädchen herummachen, aber es war nicht die junge Frau, mit der ich ihn Anfang der Woche angetroffen hatte. Zuerst erkannte ich sie gar nicht, aber dann sah ich das obligatorische pinkfarbene Haargummi auf ihrem Kopf herumhüpfen. Das war die Tussi aus dem Sechsten. Wann immer ich sie sah, war sie mit einem anderen Typen zusammen.

Stephen drehte sich um und entdeckte mich. »Kate, ich dachte, du machst deine Wäsche montags?« Kurz dachte ich daran, meine Ansichten über Frauen in den Dreißigern kundzutun, die immer noch kunterbunte Haargummis trugen, aber auf dieses Niveau wollte ich mich dann doch nicht herablassen. Wie auch immer, einer oder beide würden zweifellos bis Ende der Woche an einer neu erworbenen Geschlechtskrankheit leiden, und das war für mich wie der Silberstreif am Horizont.

»Sprich nicht mit mir, Stephen.« Ich hustete und murmelte dabei: »Bleistiftschwanz.«

Dylan blieb in der Nähe der Tür, und alle beobachteten mich, als ich den Inhalt meines Wäschesacks in die Waschmaschine steckte. Ich schüttete Waschmittel dazu, steckte ein paar Vierteldollar in den Münzschacht, schloss den Deckel und machte kehrt, um hinauszugehen.

Kaum hatte ich die Tür erreicht, presste mich Dylan an den Rahmen und küsste mich, als wäre er gerade aus dem Krieg zurückgekehrt. Ich ließ ihn seine ganze Show abziehen, bis seine Hand an meinem Körper hinaufwanderte und meine Brust umfasste. Sehr dezent sagte ich »Nein«, ohne den Kuss zu unterbrechen, und er zog die Hand weg und dämpfte seine Leidenschaft ein wenig. Als wir uns voneinander lösten, drehte ich mich zu Stephen und seiner Tussi um und bedachte sie mit einem überaus breiten Grinsen.

»Hey, Steve …« So hatte ich ihn früher nie genannt. »Schickst du mir eine Nachricht, wenn die Maschine fertig ist? Ich bin erst mal eine Weile in meiner Wohnung beschäftigt.«

Reichlich verdattert nickte er.

Ich ergriff Dylans Hand und zog ihn in den Fahrstuhl. Kaum hatten sich die Türen geschlossen, brachen wir beide in Gelächter aus.

»Das hättest du nicht tun müssen«, sagte ich.

»Ich wollte aber. Dieses Arschloch hat es nicht anders verdient.«

»Danke jedenfalls. Du lebst mit deiner Mom zusammen, richtig?«

»Ja.«

»Sag ihr bitte nichts davon. Ich mag mir gar nicht ausmalen, was sie von mir denken würde.«

»Ich bin nicht so viel jünger als du, Kate.« Spielerisch pikste er mir mit dem Finger in den Arm und grinste. »Du musst echt mal lockerer werden. Außerdem, meine Mom hätte damit kein Problem.«

»Hör mal, ich hoffe, ich habe dich nicht auf falsche Gedanken gebracht.«

»Quatsch, wir sind Kumpels, schon klar. Ich bin sowieso irgendwie verknallt in diese Ashley aus dem Vierten. Ich muss nur bis nächste Woche warten, dann wird sie achtzehn, verstehst du?« Er wackelte mit den Brauen.

Ich lachte. »Ihr zwei würdet ein süßes Paar abgeben.« *Wenn es doch nur so einfach wäre.*

12. Widerruf

Im Lauf dieser Woche zog ich dann und wann ein paar Rubbellose hervor, um mir die Zeit zu vertreiben. Bis zum Freitag hatte ich alle Felder freigekratzt, und in meiner Wohnung verteilte sich eine solide Portion silberner Rückstände, doch das war mir egal. Ich hatte dreizehn neue Lose und vierundvierzig Dollar gewonnen. Mir war, als hätte ich den Jackpot erwischt, obwohl ich im Grunde dreiundzwanzig Dollar Verlust gemacht hatte.

Wie versprochen traf ich mich mit Beth beim *Lady Fingers*, auch wenn ich nicht behaupten kann, dass ich mir mit meinem Aussehen viel Mühe gegeben hätte. Ich trug eine hautenge schwarze Jeans, die schäbigen Chucks, mit denen ich schon die ganze Woche herumlief, und eine graue Kapuzenjacke über einem alten Ani-DiFranco-T-Shirt. Beth wartete am Tresen auf mich.

»Du … siehst scharf aus«, sagte sie, während sie prüfend meine Aufmachung musterte. »Ich hab dich wirklich umgedreht, oder?«

»Wovon redest du? Diese Jeans trage ich jetzt seit drei Tagen.«

»Na ja, der Look passt zu dir. Diese Frauen hier werden sich um dich reißen.«

Beth lag falsch. Vermutlich wirkte ich so, als wollte ich in Ruhe gelassen werden. Ich saß allein an der Bar, und niemand kam auf mich zu, während ich an einem Pint Guinness nippte. Ich sah zu, wie Beth ausgelassen tanzte. Alle jubelten ihr zu, als sie eine besonders passionierte Version des African Anteater Ritual ablieferte. Ich lächelte und lachte und konnte doch nicht aufhören, mich zu fragen, was ich eigentlich hier wollte.

»Ich gehe nach Hause.«

»Schon? Der Abend hat doch erst angefangen.«

»Tut mir leid, Beth. Ich bin einfach nur sehr müde.«

»Oh, ganz vergessen – ich habe deinen Artikel über Lawson gelesen.« Ein Lächeln zupfte an einem ihrer Mundwinkel.

»Und?«

»Der ist gut, Kate. Kurz, aber gut. Jerry bringt ihn. Er geht Montag in Druck.«

»Was? Ernsthaft?«

»Warum bist du so überrascht? Jerry fand ihn toll.«

»Ich bin sogar geschockt, denn R. J. persönlich musste ihn freigeben, und ich habe kein gutes Haar an ihm gelassen.«

»Jerry hat wohl ein Hintertürchen gefunden.« *Natürlich hat er das.*

Ein paar Dutzend Gefühle strömten in diesem Moment durch mich hindurch. Ich verspürte leichte Gewissensbisse, weil ich R. J. öffentlich dermaßen scharf kritisiert hatte, aber das vergaß ich schnell wieder, als sich der Schmerz in mir regte. Ich war wütend auf das, wofür das Weingut in meinem Kopf stand.

Als ich über all die Momente mit Jamie nachdachte, seine Verwundbarkeit, als sein Insulinspiegel abgesunken war, all das Lachen und die physische Nähe, die wir geteilt hatten, war mir, als würden sich unzählige Messer in mein Herz bohren. Ich konnte nicht an diese Zeiten denken, ohne mich zugleich daran zu erinnern, wie er sich einfach davongeschlichen hatte, ohne mir auch nur eine Telefonnummer oder wenigstens seinen Nachnamen zu nennen.

»Wie auch immer, es ist, wie es ist. Wir sehen uns Montag, Beth.«

»Bis dann, Kate.«

Zurück in meiner Wohnung, schaltete ich endlich meinen Computer an und rief meine E-Mails ab. Jerry hatte mir den Artikel mit einigen unbedeutenden redaktionellen Eingriffen zurückgeschickt. Sofort stimmte ich den Änderungen zu und sandte ihn wieder an Jerry.

Der Rest des Wochenendes verlor sich in meinen vernebelten

Erinnerungen. Ich putzte und versuchte, etwas Ordnung in meinem Apartment zu schaffen. Ich sah Dylan auf der Straße mit Ashley reden, was mir ein breites Lächeln ins Gesicht zauberte. Ich ging Lebensmittel einkaufen, und dann brachte ich Blumen zu Moms Grab. An diesem Sonntag hatte sie Geburtstag. Warum wir nach dem Tod noch Wert auf Geburtstage legen sollten, ergibt für mich keinen Sinn, aber ich schätze, das ist einfach eine Methode, sich der Erinnerung an einen Menschen zu verpflichten. Vielleicht liegt es daran, dass wir, wenn wir sterben, allzu leicht vergessen werden. Ich überlegte, wer sich wohl an mich erinnern würde.

Ich lehnte mich an die Rückseite des Grabsteins, das vermittelte mir das Gefühl, wir würden dort Rücken an Rücken sitzen. Wenn ich als Teenager ihr Grab besucht hatte, dann hatte ich oft so getan, als würden wir ein Gespräch führen. In meinem Kopf malte ich sie mir als die perfekte Mutter aus. Sie würde immer den besten Rat für mich haben, die ideale Methode, mit all meinen Problemen umzugehen.

»Hi, Mama.« Bei ihrem Tod war ich so jung gewesen, ich hatte nie damit angefangen, sie Mom zu nennen, wie es ältere Kinder gewöhnlich tun. Für mich würde sie immer Mama bleiben. Während ich nun dort saß, überfiel mich die Erkenntnis. »Ich habe dich eigentlich gar nicht gekannt. Ich erinnere mich an dich, aber ich habe dich nicht gekannt. Ich wünschte, es wäre anders gewesen.« Die Mutter, die ich mir zurechtgesponnen hatte, war vermutlich ganz anders als die echte Frau. »Ich bin jetzt sechsundzwanzig, aber ich habe immer noch das Gefühl, ich brauche meine Mama.« *Daran wird sich vielleicht nie etwas ändern.* Tränen rannen über mein Gesicht. »Ich will mein Leben nicht allein verbringen.« Das war das Letzte, was ich laut aussprach. Danach hörte ich auf zu reden, saß aber noch eine Stunde dort, den Kopf auf die angezogenen Knie gelegt.

Als ich mich wieder gesammelt hatte, ging ich weiter zu Roses Grab. Sie war im Mausoleum desselben Friedhofs beigesetzt worden. Ihr Namensschild war immer noch nicht auf dem Marmor angebracht worden, was mir wieder einmal verdeutlichte, wie kurz ihr Ableben erst her war. Ich konnte nicht mal in die Nähe der Wand gehen. Mir war, als würde sie mich immer noch in diesem Traum verfolgen, diesem Albtraum, und ich überlegte tatsächlich, ob ich ihr Flehen würde hören können, wenn ich zu nahe heranginge. Ein Friedhofsbediensteter ging an mir vorbei, während ich dastand und auf den Absätzen wippte.

Ich hielt einen Sicherheitsabstand von ungefähr fünf Metern zu der Wand ein. Deshalb war ich nicht verwundert, als der Friedhofsmitarbeiter mich neugierig musterte.

»Kann ich Ihnen helfen, Ma'am?«

»Wissen Sie, wann die Plakette angebracht wird? Seit ihrem Tod sind schon beinahe neun Monate vergangen.« Ich zeigte auf die Marmorwand.

»Das bedeutet normalerweise, dass die Rechnung nicht bezahlt wurde. Da müssen Sie im Büro nachfragen.«

Ich marschierte zum Büro und sprach mit einer sanftmütigen Frau, die mir erklärte, dass es einen Fehlbetrag in Höhe von siebenundvierzig Cent gäbe, weshalb Roses Plakette noch nicht an ihrem Grab angebracht worden war. Ich kam mir vor wie der schlechteste Mensch auf Erden. Wie hatte ich das nur zulassen können? Ich reichte der Frau zwanzig Dollar und sagte: »Behalten Sie den Rest, und benutzen Sie ihn dazu, andere ähnlich geringfügige Fehlbeträge auszugleichen. Manche Leute haben niemanden, der sich nach ihrem Tod um ihr Grab kümmert, aber sie verdienen trotzdem so eine verdammte Plakette.«

Erst sah die Frau schockiert aus, aber dann nickte sie so inbrünstig, dass ich wusste, sie stimmte mir zu.

»Wann wird sie angebracht?«

»Da muss noch eine weitere angebracht werden, also nehme ich an, sie wird im Lauf des Tages an der Wand sein.«

Sie griff in ein Aktenschubfach und nahm die Plakette heraus.

Vermutlich lag sie dort schon seit acht Monaten, und das alles nur wegen siebenundvierzig Cent. Sie zeigte sie mir, und plötzlich fühlte ich mich in die Tage nach Roses Tod zurückversetzt, als ich die Entscheidungen in Hinblick auf ihre Bestattung zu treffen hatte. Ich hatte beschlossen, ihren Namen, Geburts- und Todestag eintragen zu lassen, die Daten, die auf den meisten Grabsteinen und Plaketten zu finden waren, aber ich hatte außerdem dafür gesorgt, dass ganz oben die schlichten Worte »innig geliebt« eingraviert wurden, denn das wurde sie.

»Ist sie das?«

»Ja.«

»Ich lasse sie anbringen.«

»Danke«, sagte ich leise und schlich zur Tür hinaus.

Es wurde schon dunkel, als ich zurück zur Bahnstation der L-Linie ging. Ich fühlte mich geläutert wie immer, wenn ich meine Mutter und Rose besucht hatte. An diesem Abend in der Bahn beschloss ich, ich würde am nächsten Tag mit hocherhobenem Kopf in die Redaktion des *Chicago Crier* marschieren. Ich hatte einen Job, eine Wohnung und ein paar treue Freunde. Ich fürchtete, R. J. und die Öffentlichkeit könnten über meinen Artikel sagen, es handele sich um eine Schmähschrift oder eine Diffamierung, aber ich hatte nur meine Beobachtungen festgehalten, die nicht widerlegbar waren, und ich war der Überzeugung, dass die Leute beim *Crier* das Risiko, das ich eingegangen war, zu schätzen wussten. Ich sagte mir, dass ich mich von jetzt an nicht mehr mit Artikeln über Kaugummi mit Fruchtgeschmack würde herumplagen müssen, denn ich war nun eine ernst zu nehmende Journalistin.

Am nächsten Tag sprang ich in einen Zug der Braunen Linie und hielt Ausschau nach Bob. Ich brauchte eine heftige Dosis von seinem inspirierenden Selbsthilfe-Hokuspokus, aber ich konnte ihn nicht finden. Ich suchte sämtliche Wagen zweimal ab, aber er war nicht dort. Ich war so mit der Suche nach ihm beschäftigt, dass ich sogar meine Haltestelle verpasste und drei Blocks weiter als sonst laufen musste, um zum *Crier* zu gelangen, weshalb ich erst deutlich nach zehn Uhr ankam. Mir war klar, dass zu dieser Tageszeit bereits jeder den Artikel gesehen haben musste, folglich waren meine Nerven zum Zerreißen gespannt. Der Wachmann hielt die Zeitung hoch, als ich vorbeiging.

»Ziemlich frech, Kate.«

»Danke.«

Als ich den Stall, wie wir das Großraumbüro nannten, betrat, verstummte die Musik aus den Lautsprechern an der Decke, und Jerrys Stimme ertönte.

»Sie ist zurück, Leute.« Langsam schoben sich sämtliche Köpfe über die Trennwände der einzelnen Arbeitsplätze und blickten in meine Richtung, und dann ging der Applaus los. Ich hörte jemanden rufen: »Schön, dass du wieder da bist, Kate«, und jemand anderes verkündete lauthals: »Toller Artikel heute Morgen!« Beth grinste mich an, als ich meinen Arbeitsplatz erreichte.

Ich stellte mich auf meinen Stuhl, um mich bei allen für das herzliche Willkommen zu bedanken. Der kippte, und ich wäre beinahe gestürzt, aber ich fing mich ab und hatte das Gleichgewicht schnell wiedergefunden. Die Leute lachten.

»Ja, ich bin immer noch ungeschickt!«, rief ich. Immerhin war ich als Redaktionstollpatsch bekannt. Wenn die Kollegen mich kommen sahen, pflegten sie alles Mögliche aus dem Weg zu räumen. Ich lachte noch ein paar Sekunden länger über mich selbst. »Ich möchte euch nur danken. Ich bin froh, wieder hier zu sein.«

Ich kletterte wieder hinunter, als Jerry gerade auf meinen Schreibtisch zuging und meinen Rollkoffer hinter sich herzog. »Ich schätze, da war nichts drin, was du dringend gebraucht hast«, bemerkte er.

Ich warf einen Blick auf den Koffer. »Eigentlich habe ich regelrecht Angst davor, ihn aufzumachen.«

Er lehnte sich an die Trennwand und musterte mich, als ich mich an meinen Schreibtisch setzte. »Was ist da passiert?« Aus dem Augenwinkel konnte ich sehen, wie Beths Stuhl ein Stück in den Gang hinausrollte. Sie lauschte.

»Komm nur rein, Beth. Ich weiß, dass du lauschst.«

Sie kam zu uns und setzte sich auf die Tischkante.

»Neugierige Journalistin«, schnaubte ich.

»Na ja, ich muss doch die Details kennen, wenn ich dich verteidigen soll.«

»Ich habe mich schrecklich in diesen Typ verliebt, Jamie, der auf dem Weingut arbeitet, aber ich schätze, es war nur eine Affäre für ihn. Er hat ausweichend reagiert, wenn ich ihm persönliche Fragen gestellt habe, und dann hat er sich mitten in der Nacht davongeschlichen.«

»Warum, was meinst du?«, fragte Beth.

»Ich dachte, R. J. oder seine Geschäftsführerin Susan könnten ihn als Puffer zwischen R. J. und mir auf mich angesetzt haben, aber je mehr ich darüber nachdenke, desto mehr wird mir klar, dass das nicht funktioniert hätte. Ich weiß auch nicht. Wir haben wirklich gut zusammengepasst. Ich verstehe das einfach nicht. Aber es waren nur ein paar Tage. Vielleicht war das einfach zu viel und ging zu schnell.«

Jerry hatte eine vage bußfertige Miene aufgesetzt. »Es tut mir leid. Ich fühle mich schon etwas verantwortlich.«

»Warum?«

»Weil ich dir gesagt habe, du sollst dich darauf einlassen. Vermutlich wirst du erst ein paar Frösche küssen müssen, aber du hast es verdient, deinen Prinzen zu finden.«

»Habe ich das?«

Beth beugte sich zu mir herab und legte ihre Arme um mich. »Das hast du auf jeden Fall«, sagte sie.

»Ich glaube, du solltest dich direkt an die Arbeit setzen. Fang an, ein paar Präsentationen zusammenzustellen, Kate. Und dann lass uns morgen früh in meinem Büro treffen.«

»Alles klar, Jer.« Beide verließen meine Nische gerade in dem

Moment, in dem Annabel, unsere junge Redaktionsassistentin, hereinkam.

»Ich schätze, das brauchst du alles nicht. Glückwunsch zu deinem Artikel«, sagte sie und ließ einen Stapel mit Recherche-Niederschriften auf meinen Tisch fallen.

»Danke. Tut mir leid, dass du dir die ganze Arbeit umsonst gemacht hast.«

»Und dieser Kerl hat sich echt gut versteckt. Es hat eine Ewigkeit gedauert, bis ich auch nur ein Foto von ihm gefunden habe. Da ist wohl jemand ein bisschen paranoid.«

»Wahrscheinlich hat er irgendeinen irren Supercomputer erfunden, um seine Identität zu schützen. Tut mir wirklich sehr leid.«

»Mach dir keine Gedanken, Kate. Mir gefällt, wie du die Sache angegangen bist, und wenn wir je einen weiteren Artikel zu ihm bringen wollen, dann haben wir hier das Ergebnis einer wochenlangen Recherche.«

»Danke.«

Als sie fort war, warf ich einen Blick auf den Stapel. Eigentlich hatte ich vor, den ganzen Kram direkt in den Papierkorb zu befördern, aber dann erregte doch etwas meine Aufmerksamkeit. Es war ein Nachruf vom vorangegangenen Samstag. Die Überschrift lautete: R. J. LAWSON SR., VATER DES BERÜHMTEN TECHNISCHEN ENTWICKLERS, STIRBT MIT 68.

Den Abschnitt, der sich um Seniors Beiträge zur Welt der Luftfahrttechnik drehte, überflog ich rasch, um mich dann der Beziehung zu R. J. zu widmen. Dort stand, er hinterließe seinen einzigen Sohn, Ryan James Lawson Jr., einen sehr zurückgezogen lebenden Entwickler und Philanthropen. Gut eine Woche nach dem Tod seines Vaters verunglimpfte ich ihn in einem weltweit verfügbaren Artikel. Ich legte den Nachruf weg.

Das nächste Blatt enthielt eine tabellarische Auflistung der Organisationen, für die R. J. gespendet hatte, sortiert von der höchsten Spende zur niedrigsten. Ganz oben auf der Liste, unter seiner eigenen Stiftung, sah ich die American Diabetes Association und darunter das GLIDE-Obdachlosenasyl.

Mir wurde übel, und als ich die Tabelle zur Seite legte und darunter ein Bild zum Vorschein kam, das auf ein Blatt Papier geklebt worden war, drehte sich mir endgültig der Magen um. Ganz oben hatte Annabel notiert: *R. J.s Abschlussfeier an der MIT. Hier abgebildet mit seiner Mutter Deborah.*

Unter dem Bild waren weitere Notizen:

> *Es ist bekannt, dass R. J. als Baby adoptiert wurde. Seine Adoptivmutter, die hier auf dem Bild zu sehen ist, kam vor vier Jahren durch einen Autounfall ums Leben. Nach einem Wiedersehen mit seinen leiblichen Eltern haben die versucht, Geld aus ihm herauszuholen. Beide sind im Gefängnis gelandet. Er hat eine biologische Schwester in Boston, und obwohl er dort zum College gegangen ist und einige Zeit dort verbracht hat, hat er keine Beziehung zu ihr aufgebaut. Sie hat bei dem kurzen Prozess, über den wenig bekannt ist, wegen Erpressung zugunsten ihrer Eltern ausgesagt.*

Fassungslos starrte ich das Foto an. Es war das Bild, das ich auf Jamies Nachttisch in der Scheune bemerkt hatte. Plötzlich fiel mir das Bild ein, das ich gesehen hatte, ehe ich zum Weingut aufgebrochen war, das, auf dem R. J. als kleiner Junge auf der Wissenschaftsausstellung abgebildet war. Dieser kleine Junge und der junge Mann bei der College-Abschlussfeier waren eindeutig ein und dieselbe Person. *Jamie.* Sogar jetzt fiel es mir schwer, in ihnen den Mann zu erkennen, mit dem ich mehrere Tage verbracht hatte. Jamie konnte kein Computergenie sein – er passte überhaupt nicht zu dem Stereotyp. Und ich hatte R. J. mit eigenen Augen während eines Interviews gesehen …

Auf zitternden Beinen erhob ich mich und schob den Stuhl weg. *Das kann nicht sein.* Der Raum fing an, sich um mich zu drehen.

Beth sah mich über die Trennwand hinweg an. »Alles in Ordnung?«

Ich nickte, und dann sank ich auf die Knie. Ich riss meinen Koffer auf und fing an, in den Notizen und Papieren zu wühlen, die ich in meinem Zimmer auf dem Weingut einfach nur dort hineingestopft hatte. Ich betrachtete das Blatt, auf dem ich mir Notizen zu R. J.s E-Mail an mich gemacht hatte. Dann rief ich mir ins Gedächtnis, was Jamie mir von seinem Leben erzählt hatte, und stellte fest, dass es mehr oder weniger mit dem übereinstimmte, was R. J. mir in groben Zügen geliefert hatte.

Riesige Puzzleteile schwebten durch meinen Kopf und bewegten sich allmählich an den richtigen Platz.

Jamie: Ryan James.

MIT: College an der Ostküste.

Schulen in Afrika bauen: Tribal-Tattoos. *Ich bin viel gereist.*

Zupackende Vorgehensweise: *Ich reinige diesen Pool. Ich kann schwimmen gehen, wann immer ich will.*

Ich: *Nehmen wir R. J.s Boot?* Jamie: *Es ist mein Boot.*

Ich: *Wie lautet dein Nachname?* Jamie: *Genug geredet.*

Tränen fielen auf die Papiere in meiner Hand. Ich starrte den Klecks an, den ich in Jamies Handschrift hinterlassen hatte. Es war eine Nachricht von ihm – eine, die ich vorher noch nicht gesehen hatte. An dem Morgen, an dem ich abgereist war, hatten die Zimmermädchen bereits sauber gemacht, ehe ich gepackt hatte. Sie hatten all meine Papiere auf einen Stapel gelegt, und diese Notiz, die Notiz, die alles hätte ändern können, war irgendwie in dem Durcheinander untergegangen.

Katy, mein Engel,
ich musste nach Portland. Mein Vater hatte einen Herzanfall, und man weiß nicht, ob er die Nacht überstehen wird. Bitte reise nicht ab. Wenn ich es nicht schaffe, morgen zurück zu sein, dann schicke ich einen Wagen und beschaffe dir einen Flug hierher.

Bitte, bitte, geh nicht weg. Ich muss dir etwas sehr Wichtiges erzählen, abgesehen von der Tatsache, dass ich total verliebt in dich bin.

J.

Ich schluchzte lauthals. Binnen Sekunden beugte sich Beth über mich. »Was ist los?«

»J… Jamie ist …«

»Was, Kate?«

»Jamie ist R. J.«, würgte ich endlich hervor.

»Du meinst den Typ, in den du dich verknallt hast?«

»Ja«, sagte ich schluchzend.

»Und wer war dann der R. J., den du getroffen hast?«

»Ich weiß es nicht.«

»Aber du bist ganz sicher?« Ich nickte. »Also, wenn Jamie dieser R. J. ist, dann ist der Artikel …«

»Oh mein Gott, ich dachte, er hätte diese Beziehung zerstört, dabei habe ich sie zerstört. Er ist nicht dieser Mann.« Ich zeigte auf den Artikel, der an der Trennwand festgeheftet war. »Er ist ein guter Mensch mit einem großen Herzen.« Ich schniefte. »Er ist brillant, und er arbeitet so hart. Wie konnte ich nur so danebenliegen? Wieso habe ich das nicht erkannt?« Ich hielt die Notiz hoch. »Und zu allem Überfluss ist er auch noch verliebt in mich.«

»Scheiße, Kate. Aber warum hat er dich angelogen?«

Ich schluckte den Kloß hinunter, der sich in meinem Hals breitmachen wollte. Dann stand ich auf und sah zu Jerrys Büro hinauf, das über dem Stall thronte. Jerry stand an dem großen Glasfenster, telefonierte und starrte zu mir herunter. Dann zeigte er auf den Hörer an seinem Ohr und formte mit den Lippen: *Lawson. Er ist hier.* Ich flog förmlich zum Waschraum. Beth folgte mir. Sie hielt mir das Haar, während ich meinen gesamten Mageninhalt in die Toilette entleerte.

»Du solltest nach Hause gehen. Ich rede mit Jerry.«

»Danke« war alles, was ich herausbrachte.

Dann ging ich zurück zu meinem Arbeitsplatz und schnappte mir meinen Mantel. Koffer und Papiere ließ ich mit Ausnahme der Notiz einfach dort. Als ich erneut zu Jerrys Büro hinaufblickte, sah ich, dass Beth bereits dort war und mit ernster Miene mit ihm redete.

Ich lief aus dem Stall und beschloss, den Personallift zu nehmen in der Hoffnung, Jamie oder R. J. oder wer immer er auch war, so aus dem Weg gehen zu können. Schnurstracks durchquerte ich die Lobby, stieß mit übertrieben viel Kraft die Glastür auf und rannte hinaus auf die Straße. Kaum draußen, sah ich ihn und blieb wie angewurzelt stehen. Er lehnte an der Betonwand und starrte auf seine Füße hinab. Er trug einen schwarzen Anzug und ein weißes Hemd, dessen obere Knöpfe geöffnet waren, und er hatte das Haar glatt zurückgekämmt.

Seine Augen wirkten traurig und waren von dunklen Ringen beschattet. Ich steckte die Notiz in meine Tasche und wollte an ihm vorbeihasten, den Kopf gesenkt, damit er mich nicht erkannte.

Doch er richtete sich auf und verstellte mir den Weg. »Warte«, mehr sagte er nicht.

Ich drückte die Schultern durch und stemmte eine Hand in die Hüfte. »Warum bist du so angezogen?«

»Ich bin direkt von der Beerdigung meines Vaters hergeflogen.« Er hatte den Satz fast zu Ende gebracht, als seine Stimme brach.

»Das tut mir leid, Jamie … R. J. … wer du auch bist.« Ich hatte Mitgefühl mit ihm, wegen seines Verlusts und wegen des blöden Artikels, aber ich war so verletzt wegen seiner Lügen und der Probleme, die sie hervorgebracht hatten. Ich machte kehrt und wollte davongehen.

Er packte meine Schultern und drehte mich wieder zu sich. »Alle, die ich kenne, nennen mich Jamie. Und es tut mir auch leid, Kate.« Er versuchte, mich an sich zu ziehen.

Ich hämmerte mit den Fäusten auf seinen Brustkorb ein. »Du bist ein Lügner.« Ich fing an zu weinen. »Du hast mich angelogen, während ich nackt in deinen Armen lag. Und der Artikel … du hast mich zur Schwindlerin gemacht und meine Karriere ruiniert.« Ich wollte mich von ihm befreien, aber er ließ nicht los. »Warum hast du ihn freigegeben?«

»Habe ich nicht. Wir hatten vereinbart, wenn ich nicht innerhalb von achtundvierzig Stunden antworte, steht es ihm frei, den Artikel zu drucken. So steht es im Vertrag.« Er trat einen Schritt zurück und starrte wieder auf seine Füße. »Ich war zu sehr damit beschäftigt, den einzigen Angehörigen zu betrauern, der mir geblieben war.«

Ich wischte mir die Tränen aus dem Gesicht, richtete mich auf und fasste mich. »Dein Verlust tut mir wirklich leid. Dieses ganze Durcheinander tut mir leid. Ich wünschte, ich wäre nie bei euch auf dem Weingut gewesen. Ich wünschte, ich hätte dich nie kennengelernt.«

»Wie kannst du so was sagen?« Er packte meine Arme und sah mich mit einem verzweifelten, flehentlichen Ausdruck in den Augen an. »Meinst du das ernst?«

»Hättest du mich nicht angelogen, dann hätte ich nicht so einen Artikel über dich geschrieben.« Ich riss meine Arme los. »Wer war überhaupt der Typ, den ich interviewt habe?«

»Sein Name ist Bradley Reis. Er ist ein Freund von Susan – oder war, sollte ich wohl besser sagen. Sie dachte, er würde die Rolle besser spielen.«

»Die Rolle spielen?« Ich schüttelte den Kopf.

»Ich weiß, jetzt scheint das so albern zu sein. Ich wollte einfach meine Privatsphäre nicht preisgeben. Ich wollte weiter durch das Weingut spazieren und nur ich selbst sein. Nur Jamie sein. Ich hatte Angst, wenn ich mich mit einer Reporterin treffe, würde alle Welt erfahren, wer ich bin, und mir auf den Leib rücken.«

»Dazu wäre es nicht gekommen.«

»Ich bin in Panik geraten. Susan sagte, wir müssten weiter nichts tun, als die nötigen Informationen über das Weingut aufzuschreiben, und Bradley würde einfach versuchen, allen persönlichen Fragen auszuweichen. Ich mochte ihn nie, und ich hätte ihm niemals vertrauen dürfen.« Jamie fixierte immer noch seine Schuhe. »Ich glaube, er hat nicht mit deiner Hartnäckigkeit gerechnet. Wahrscheinlich hat er sich eingebildet, er könnte dich um den Finger wickeln.« Nun blickte er auf und lächelte zaghaft.

»Dein kleiner Plan ist nach hinten losgegangen. Und jetzt hast du deinen Ruf und meine Karriere ruiniert.«

»Jerry und Beth könnten einen Widerruf schreiben.«

»Für dich wäre das toll. Dann wärest du rehabilitiert, aber ich wäre immer noch meinen Job los.«

»Ich tue, was immer nötig ist, um das in Ordnung zu bringen.« Seine Augen wurden feucht, und dann schluckte er, ehe er mit leiser Stimme fragte: »Warum bist du gegangen?«

»Ich habe deine Nachricht bis heute nicht gesehen, aber nichts geschieht ohne Grund, nicht wahr?«

Ich machte kehrt und wollte davongehen, aber er folgte mir einfach. »Katy, ich weiß, dass du das nicht glaubst.«

»Nenn mich nicht so«, forderte ich, ohne mich umzuschauen.

Er packte meinen Arm und wirbelte mich herum.

Ich keuchte auf. »Was bildest du dir eigentlich ein?«

»Hör bitte auf damit! Das ist doch verrückt«, knurrte er, sah mir forschend in die Augen und hielt meinen Arm mit eisernem Griff. »Gib mir bitte eine Chance.«

»Du tust mir weh.« Sofort ließ er mich los. »Ich kenne dich kaum. Es waren nur vier Tage. Vier Tage, die ich zu gern ungeschehen machen würde«, sagte ich mit ruhiger Stimme.

Er richtete sich zu voller Größe auf und drückte die Schultern durch. »Du bist eine Lügnerin.«

»Du bist der Lügner!«

»Der Artikel ist mir egal. Den müssen sie meinetwegen nicht

korrigieren. Du kannst mich einen Lügner nennen, ein Arschloch, was immer du willst, aber ich weiß, dass diese vier Tage dir etwas bedeutet haben. Mein Ruf ist mir nicht wichtig. Oder mein Geld. Das alles ist mir nicht wichtig.«

»Was ist dir denn wichtig, Jamie? Wein herstellen, Karaoke singen und darüber lügen, wer du bist?« Ich ging rasch weiter.

Er blieb direkt hinter mir. »Du bist mir wichtig.« Sein Tonfall war nicht weich, er war sachlich und nüchtern, so wie jemand klingt, der die reine Wahrheit sagt.

Auf dem Absatz machte ich kehrt und packte die Aufschläge seines Jacketts. »Hör mir zu, Jamie. Lass es einfach. Wir waren nicht füreinander bestimmt. Ich lebe hier, und du lebst dort. Du bist ein irrsinnig reiches Genie, und ich besitze nicht mal ein Auto. Und vermutlich habe ich auch keinen Job mehr.« Zum ersten Mal sah ich ihn glatt rasiert vor mir. Ich stellte mich auf die Zehenspitzen, küsste ihn und flüsterte: »Du hast mich belogen. Du hast *uns* belogen. Und nun kann es niemals ein Uns geben.«

Traurig sah er mich an. »Sag mir nur eines.«

»Was?« Ich schäumte innerlich.

»Bin ich der Einzige, an den du denkst?« Tränen traten mir in die Augen. Hastig senkte ich den Kopf, machte kehrt und ging in Richtung L-Station.

Er rührte sich nicht, brüllte aber hinter mir her: »Ich gebe nicht auf. Die Dichter haben recht.«

Ich stieg in den falschen Zug, also brauchte ich eine halbe Stunde länger, um nach Hause zu gelangen. Als ich das Gebäude betrat, saß Jamie am Fuß der Treppe. Er hatte sein Jackett abgelegt und die Ärmel des Hemds hochgekrempelt. Zur Abwechslung sah er aus wie ein millionenschwerer Firmenboss, abgesehen von den Tattoos und der gebräunten Haut.

»Geh nach Hause, Jamie.«

Er stand auf und folgte mir zum Fahrstuhl. »Kate, bitte. Lass uns einen Kaffee trinken und darüber reden.«

»Nein.« Ich ging einfach an ihm vorbei.

»Ich dachte, ich hätte dich mit meiner Nachricht verschreckt. Ich dachte, dir wäre das vielleicht zu schnell gegangen, und dann habe ich den Artikel gelesen. Da ist mir erst klar geworden, wie wütend du warst.«

»Ich habe dir schon gesagt, dass das nicht mehr wichtig ist. Ich dachte, du wärest ein anderer. Ich kenne dich überhaupt nicht.«

»Du kennst mich. Ich bin derselbe Mensch. Ich bin Jamie. Niemanden interessiert, wer R. J. Lawson ist. Das ist nur ein Name. Du weißt, wer ich wirklich bin.«

»Ich dachte, ich würde dich kennen.« Vor dem Fahrstuhl blieb ich stehen.

»Es tut mir so leid. Ich weiß, ich hätte reinen Tisch machen sollen, ehe wir …«

Ich drehte mich um, verschränkte die Arme vor der Brust und schrie ihn an: »Was? Gevögelt haben?«

Er starrte mir in die Augen, kam näher und berührte meine Wange mit den Fingerspitzen. »Beruhig dich, bitte.« Er neigte den Kopf zur Seite, und sein Blick sank zu meinen Lippen. »Du weißt, dass das nicht das ist, was wir getan haben.«

»Doch, das ist es. Du hast es selbst gesagt.« Ich schob seine Hand weg. »Bitte lass mich in Ruhe. Wir hatten eine Affäre. Die ist jetzt vorbei. Bitte geh einfach.« Ich trat in die Fahrstuhlkabine und hielt mich tapfer, bis die Türen sich schlossen, und dann brach ich schluchzend zusammen.

Ich drückte auf den obersten Knopf, der zur Dachterrasse führte, aber der Lift hielt im fünften Stock. Dylan und Ashley stiegen ein. Ich mied jeglichen Blickkontakt.

»Willst du aufs Dach, Kate?« Er bückte sich ein wenig, um mir ins Gesicht zu schauen.

Ich schniefte. »Ich fahr nur Fahrstuhl. Das Dach gehört ganz euch.«

»Du kennst doch Ashley, oder?«

»Nett, dich kennenzulernen«, sagte ich.

Sie wirkte schüchtern. »Gleichfalls.«

Als die Fahrstuhltür sich öffnete, verließ Ashley die Kabine, aber Dylan blieb drin. »Ich bin gleich wieder da, Ash. Ich bringe nur schnell Kate zu ihrer Wohnung.«

Ich schüttelte krampfhaft den Kopf und versetzte ihm einen leichten Stoß in den Rücken. »Nein, ihr geht da raus. Mir geht es gut.«

Ich hatte den Finger auf dem Türknopf und drängte ihn, den Lift zu verlassen. »Es geht dir nicht gut, Kate. Ich sehe doch, wie mitgenommen du aussiehst. Ist das Stephens Schuld? Ich trete ihm in den Hintern.« Er schob meine Hand von dem Knopf und warf Ashley einen Luftkuss zu. »Ich bin in zwei Minuten wieder da, Babe.«

Sie lächelte ihn sehnsüchtig an, als sich die Tür wieder schloss.

Als wir die Tür zu meiner Wohnung erreichten, schlang er die dürren Arme um mich und zog mich an seine Brust. »Was immer du gerade durchmachst, es tut mir leid.«

Ich weinte stumm.

Er griff in seine Tasche und förderte drei Pillen zutage, zwei gelbe und eine blaue. »Hier, die kannst du haben.«

»Was ist das?«

»Das sind Benzos.«

»Was ist das?«

»Die beiden hier sind Lorazepamtabletten, und das ist eine Xanax.« Er deutete auf die blaue Pille. »Die helfen dir, dich zu entspannen und zu schlafen. Aber nimm nur eine auf einmal.« Er ließ sie in meine Hand gleiten.

»Wo bekommst du dieses Zeug her?«

»Hab ich aus dem Geheimversteck meiner Großmutter.«

»Das ist furchtbar. Du bist so jung und … all die Drogen.«

»Es ist süß, dass du dir Sorgen um mich machst. Tatsächlich habe ich in den letzten paar Tagen gar nichts genommen. Ashley weckt in mir den Wunsch, nüchtern zu blieben.« Er lächelte scheu. »*Sie* ist jetzt meine Droge.«

»Du bist süß.« Ich schob ihn Richtung Fahrstuhl. »Und jetzt geh aufs Dach und mach mit Ashley rum.«

»Okay. Wir sehen uns. Ruf an, wenn du was brauchst oder einfach nur abhängen willst«, sagte er und ging davon.

Ich spülte die blaue Pille mit einem großen Schluck Bier hinunter, und der Rest der Nacht verschwand im Nebel.

13. Evaluierungsausgabe

Ein Monat zog vorüber, bis ich langsam anfing, mich wieder normal zu fühlen. Wie von selbst glitt ich wieder in die alltägliche Routine, auch wenn ich nun ins Kulturressort verbannt worden war. Aber das machte mir nichts aus – zumindest hatte Jerry mich nicht gefeuert. Er sah ein, dass ich von wirklich jedem auf dem Weingut hinters Licht geführt worden war. Ich bekam die Gelegenheit, einen Auftritt von Will Ryan und seiner Frau in Chicago zu sehen, und Jerry druckte – ohne Einwände zu erheben – meinen enorm begeisterten Bericht über das Konzert.

Beth war diejenige, die am Ende einen Widerruf zu dem Artikel über R. J. schrieb, was letztlich nicht viel mehr ist als der Versuch einer Zeitung, eine Story zu korrigieren, ohne einen Fehler einzuräumen. Sie schaffte es anzudeuten, dass man uns getäuscht hatte, obwohl sie das nicht explizit zum Ausdruck brachte. Zu unserer endlosen Überraschung gab es kaum Resonanz auf meinen Artikel oder den Widerruf, was eine Erleichterung war. Wir erkannten, dass wir der ganzen Geschichte eine unangemessene Wichtigkeit verliehen hatten, was wir meiner persönlichen Verstrickung in das Thema zu verdanken hatten.

Trotzdem stimmten Jerry und ich überein, dass es wohl das Beste für mich wäre, mich bedeckt zu halten, bis die Sache endgültig in Vergessenheit geraten wäre. R. J. Lawson, wer er auch sein mochte, verschwand wieder vom Radar, aber der Wein und das Weingut hörten nicht auf, Lob einzuheimsen. Nach der Veröffentlichung meines Artikels brachten mehrere Napa-Magazine Doppelseiten mit Sonderbeiträgen über Lawsons Weingut und die prächtigen Weinberge, in denen es lag. Es wurde weiterhin als das anerkannt, was es vorher war, aber die Person R. J. wurde in keinem der Artikel erwähnt. Jamie konnte seine verschwiegene Lebensweise nach dem Widerruf meines Artikels beibehalten. Wann immer ich ein Foto von dem Weingut betrachtete, regte sich in mir ein sonderbares Gefühl, als wäre ich nie dort gewesen. Meine Erinnerungen an diesen wundervollen Ort waren befleckt worden.

Ich bin nie mehr mit Beth in irgendeine Gay-Bar gegangen, aber wir beschlossen, dass wir einmal pro Woche gemeinsam zu Abend essen würden. Getreu ihren Worten beim *Dogfather* ging sie irgendwann doch eine ernsthafte Beziehung ein, und ich schrieb erstmals an den Wochenenden mehr Worte als sie. Montags spazierte ich von da an regelmäßig in die Redaktion, lehnte mich über die Trennwand an ihrem Arbeitsplatz und sagte: »Ich habe achttausend Wörter geschrieben.«

Sie pflegte dann stets zu kichern, ehe sie sagte: »Ja, aber ich bin flachgelegt worden.«

»Das wird überbewertet«, bekam sie dann von mir zu hören, aber das war natürlich eine Lüge.

Es wäre mir schwergefallen, mich nicht für Beth und Jerry und Dylan zu freuen, die alle jemanden gefunden hatten, mit dem sie ihr Leben teilen wollten, also widmete ich mich der Aufgabe, ihre Beziehungen hundertprozentig zu unterstützen. Ich bereicherte meine Wohnung um eine neue Zimmerpflanze und einen Kampffisch, den ich Anchovy nannte. Allein die Anschaffung des Fischs bewies mehr Bindungsbereitschaft, als Rose im ganzen Leben aufgebracht hatte. Ich nahm an, ich war bereits auf dem besten Weg zu zwanzig Katzen.

Derweil dachte ich die ganze Zeit über den Traum von Rose nach. Ich träumte ihn immer noch, aber nun endete er regelmäßig, ehe sie die Augen aufschlug. Die erschreckenden und verstörenden Momente des Traums waren nicht mehr da, aber die Traurigkeit war geblieben.

Stephen hörte auf, mit Frauen im Keller Sex zu haben, nachdem Dylan und ich eine Petition gestartet hatten, in der wir um die Entfernung der Tür zum Waschkeller baten. Der Hausmeister, sowieso kein Fan von Stephen, kam dem nur zu gern nach.

Jamie hinterließ mir Nachrichten, in denen er mich bat, ihn zurückzurufen. Das tat er zwei Wochen lang, dann verlegte er sich darauf, einfach nur anzurufen und »Gute Nacht« oder »Guten Morgen« oder »Ich denke an dich« auf meinem Anrufbeantworter zu hinterlassen. Die Botschaften schmerzten mich tief im Herzen, aber es war ein guter Schmerz. Irgendwie fühlte er sich heilsam an. Er war wie das Brennen, das man spürt, wenn sich die Haut um eine Wunde spannt.

Ich traf jeden Tag pünktlich am Arbeitsplatz ein, weil ich nicht länger nach Bob suchte. Aber ich suchte weiter nach dem Holiday Train. Mein klägliches Lebensziel lautete nun, dass ich in der L neben Santa sitzen wollte und nicht aufgeben würde, ehe ich das erreicht hatte. Ich machte mir weis, in einem Zug nach einem falschen Santa zu suchen war etwas, wofür es sich zu leben lohnte.

Die Zeit schlich dahin, als würde ich mir jeden Tag eine Wiederholung meines Lebens in leicht vermindertem Tempo ansehen – bis zu dem Morgen, an dem ich ein vertrautes Gesicht in der L sah. Es war Dezember, und in Chicago war es eiskalt, aber ich schwitzte dennoch. Wenn man an einem kalten Ort lebt, passt sich die Körpertemperatur beständig neu an. Ich zog gern mehrere Lagen Kleidung übereinander an, weil ich es hasste zu frieren. Doch dann musste ich doch jedes Mal einen halben Dauerlauf hinlegen, um meine Bahn zu erwischen. Bis ich eingestiegen war, schwitzte ich gewöhnlich schon recht heftig. Dazu kam dann der Umstand, dass die Verkehrsbetriebe die Bahnstationen kräftig beheizten, damit sich kein Eis auf den Schienen bilden konnte. Bisweilen war es richtig stickig in den Stationen, und wenn dann der Zug überfüllt und man vier Blocks weit gerannt war und einen Parka trug, dann bestand eine nicht geringe Wahrscheinlichkeit, dass man einfach umkippte oder sich übergab, und das wäre mir beinahe passiert an jenem Morgen, an dem ich Christina begegnete.

Sie kam mir auf Anhieb bekannt vor, ich konnte sie aber nicht einordnen. Sie sah aus wie eine Frau in den Dreißigern – mit rotblondem Haar und einem perfekten Teint. Sie erkannte mich offensichtlich auf den ersten Blick und hörte nicht auf, mich eingehend zu mustern. Mein Herz pochte von der Rennerei, als wollte es mir aus der Brust springen. Ich wischte mir eine Schweißperle von der Stirn und bemühte mich verzweifelt, meinen Mantel abzuschütteln. Derweil beobachtete sie mich immer noch, und dann neigte sie den Kopf zur Seite.

»Sind Sie Kate?«

»Ja«, keuchte ich.

Sie lächelte wissend.

Ich überquerte den Gang und setzte mich neben sie. Dann drehte ich mich zu ihr und streckte die schweißfeuchte Hand aus.

»Tut mir leid, ich weiß, ich kenne Sie, aber ich weiß nicht recht, woher.«

»Klingelt es vielleicht bei dem Namen Robert Connor?«

Nachdem ich meinen riesigen Mantel ausgezogen hatte und wieder zu Atem gekommen war, starrte ich meine Hände an, während ich meine Erinnerung durchwühlte. »Äh, nein, sorry.«

»Bob. Aus dem Zug.«

»Oh, Bob. Ja! Ja, den kenne ich. Und jetzt erinnere ich mich auch an Sie. Sie haben auch immer bei uns gesessen. Ich habe Bob länger nicht gesehen. Ich konnte ihn nicht mehr finden. Ich dachte, er würde jetzt vielleicht immer eine andere Linie nehmen.«

Ihre Mimik veränderte sich, und ihre Mundwinkel sanken herab. »Ich bin froh, dass wir uns hier begegnen, auch wenn mir furchtbar leidtut, was ich Ihnen erzählen muss. Bob ist vor eineinhalb Monaten gestorben.«

Ich wusste, dass irgendwas passiert sein muss.

»Oh, nein.« Mir traten die Tränen in die Augen. »Was ist passiert?«

»Wir glauben, er ist friedlich eines natürlichen Todes gestorben.

Er war älter, als er ausgesehen hat. Er war fünfundneunzig, aber geistig immer noch unglaublich fit.«

»Ja, das war er.«

»Na ja, jedenfalls hatte er keine engen Freunde oder Angehörige, darum wurde sein Leichnam eine ganze Weile nicht gefunden.« Sie runzelte die Stirn und zog die Lippen kraus. Der Gedanke berührte sie offenbar immer noch sehr.

»Das ist furchtbar.«

»Ja. Bob hat ein sehr einsames Leben geführt. Ich habe erst davon erfahren, als seine Wohnung geräumt wurde. Irgendwann habe ich ihm mal meine Visitenkarte gegeben. Wissen Sie, ich bin Anwältin, und Bob wollte ein Testament verfassen. Wir haben es nie geschafft, uns zusammenzusetzen, aber er muss gewusst haben, dass seine Tage gezählt sind, denn er hat sein Testament allein auf die Rückseite eines Papptellers geschrieben.« Sie lachte und blickte zum Wagendach hinauf. »Bob hatte nicht viel, aber er wollte eindeutig, dass Sie ein paar Dinge bekommen. Seine Wohnung war voller Bücher.« Ich bekam große Augen. Sie griff nach meiner Hand. »Die meisten Bücher wurden Schulen und Bibliotheken gespendet, aber Bob hat ein paar zusammen mit einer Notiz in einen Schuhkarton gepackt. Auf den Teller hat er geschrieben: ›Sorgen Sie dafür, dass Kate aus dem Zug, das junge Mädchen mit den großen Augen und dem dunklen Haar, den Schuhkarton bekommt.‹ Es war pures Glück, dass die Leute Kontakt zu mir aufgenommen haben, nachdem sie meine Visitenkarte gefunden haben, und dass ich mich an Sie erinnert habe. Trotzdem wusste ich nicht, ob ich Sie je finden würde. Ich habe einfach nur das stumme Versprechen abgelegt, ich würde mir jede einzelne Person, die ein- oder aussteigt, ganz genau ansehen.«

»Und was stand auf der Notiz?«

»Die habe ich nicht gelesen.« Sie stand auf. »Das ist meine Haltestelle. Können wir uns morgen treffen?«

»Sicher.«

»Okay. Wir treffen uns um zehn Uhr vormittags am Mausoleum auf dem Rosehill Cemetery. Wissen Sie, wo das ist?«

»Ja, das kenne ich gut. Danke«, sagte ich und nahm ihre Visitenkarte entgegen. Einige Minuten lang starrte ich sie nur an, ehe ich sie in die Tasche steckte. Ich fragte mich, warum Bob aus der Gruppe seiner Anhänger gerade mich ausgewählt hatte.

Nach der Arbeit ging ich nach Hause und legte mich ins Bett. Mein Telefon hielt drei neue Sprachnachrichten für mich parat. Eine war von Dylan: *Hey, Chica. Ashley wird morgen achtzehn.* Dann klang seine Stimme plötzlich extrem hoch: *Ich wollte nur wissen, ob ich mir vielleicht deine Wohnung leihen kann. Ich zahle dir auch das Kino oder so.*

Ich schickte ihm eine Nachricht:

Ich: Du willst also meine Wohnung benutzen, um Sex mit deiner Freundin zu haben?

Er antwortete beinahe augenblicklich.

Dylan: Äh, ja. Ist das schlimm?

Ich lachte in mich hinein. Dylan war immer so freimütig. Das war irgendwie bezaubernd. Ich glaube, wenn ich Jamie unter den richtigen Umständen kennengelernt hätte, dann hätte ich das Gleiche über ihn gedacht.

Ich: In Ordnung. Aber du wäschst die Laken, und du solltest an Verhütung denken.

Dylan: Ich bin ja kein Idiot.

Ich: Du solltest ihr Abendessen machen. Meine Küche ist gut ausgestattet. Sei ein Gentleman.

Dylan: Du kannst Gedanken lesen.

Ich: Ich gehe gegen sechs. Du hast doch einen Schlüssel, richtig?

Dylan: Ja, noch von den Tagen, an denen ich Anchovy gefüttert habe.

Ich: Okay. Viel Spaß.

Dann lauschte ich der zweiten Sprachnachricht. Diese stammte von Jerry: *Wir räumen den Lagerraum aus. Dein Koffer ist immer noch hier. Ernsthaft, Kate, ich werfe das Ding weg, wenn du nicht kommst und ihn holst. Ich bin morgen ein paar Stunden lang in der Redaktion. Vielleicht kannst du ihn dann abholen, und wir essen zusammen zu Mittag?*

Der Koffer enthielt all das Zeug aus meiner Zeit in Napa und sämtliche Recherchenotizen über R. J. Das Kleid, das ich zu unserem Date getragen hatte, war da drin und die Kette und die Nachricht von Jamie. Ein Kloß bildete sich in meiner Kehle. *Warum bin ich damit immer noch nicht fertig?*

Wie erwartet stammte die dritte Nachricht von Jamie. *Hi.* Er holte tief Luft. *Ich war heute bei GLIDE. Ein paar Leute haben mich nach dir gefragt. Ich musste ihnen beichten, dass ich ein Idiot war … und dass ich dich habe gehen lassen.* Ich nahm eine vage Veränderung in seiner Tonlage war, beinahe als kämen ihm die Tränen. *Nacht, Engel.*

Darum war ich immer noch nicht damit fertig. Aber an diesem Abend weinte ich nicht. Ich hatte keine Tränen mehr übrig.

Am nächsten Morgen fand ich Christina am Eingang des Mausoleums von Rosehill vor. Sie hielt mir den Karton schon hin, als ich auf sie zuging. Auf dem Deckel war ein zusammengefalteter Zettel festgeklebt.

»Guten Morgen«, sagte ich, als ich ihr den Karton abnahm und die Notiz abzog. Ich faltete das Papier auseinander und las:

Kate aus der L,

ich weiß noch, wie wir uns vor Monaten das erste Mal begegnet sind. Sie wirkten so trostlos und distanziert. Ich weiß, wir kannten einander nicht gut, aber ich hatte den Wunsch zu helfen. Nun fürchte ich, ich könnte Sie im Stich lassen. Sehen Sie, Sie erinnern mich an jemanden, den ich einmal kannte. Ihr Name war Lily, und sie war wunderschön, jung und lebendig, und sie war die Liebe meines Lebens. Sie sehen ihr sehr ähnlich – die gleichen warmen Augen, das gleiche dunkle Haar. Ich habe mich früher immer in ihren Augen verloren. Ich war nicht immer so ein einsamer Oger. Nein, ich war auch einmal voller Leben, aber ich habe meine Lily zu früh verloren. Sie starb kurz nach unserer Heirat. In Ihnen sah ich den gleichen Schmerz, den auch ich verspürt habe. Ich wollte meine Lily nicht leiden sehen. Ich dachte, wenn ich Ihnen einrede, dass in der Einsamkeit auch Glück liegen kann, dass Sie sich auf keinen anderen Menschen verlassen können und sollten, würden Sie diesen Schmerz vielleicht nicht mehr verspüren. Aber das war ein Irrtum. Was ich Ihnen wirklich sagen will, ist, dass ich ein ganzes Leben mit meinen Büchern, allein in meiner Wohnung, für nur eine einzige weitere Minute mit Lily eingetauscht hätte, auch wenn das bedeutet hätte, dass ich diesen Schmerz nie loswerde. Geben Sie nicht auf, Kate. Hören Sie nicht auf zu suchen. Finden Sie ihn, und sorgen Sie füreinander, halten Sie zueinander, und lassen Sie sich nie wieder los.

Ich hoffe, es geht Ihnen gut und Sie haben die Hoffnung nicht verloren.

Ihr Freund
Bob

Es wäre untertrieben zu behaupten, ich wäre ein heulendes Elend gewesen. Sogar Christina weinte, dabei hatte sie nur zugesehen, als ich die Nachricht gelesen hatte.

Ich blickte zu ihr auf. »Wow. Bob war ein Romantiker.«

»Das ist nicht Ihr Ernst.«

»Doch. Lesen Sie selbst.« Ich reichte ihr den Brief.

Während sie las, öffnete ich den Karton und wühlte in den Büchern, die Bob mir hinterlassen hatte. Da waren ein paar alte Taschenbücher, die mir nicht bekannt waren, und dann fand ich *Besessen* und *Der englische Patient* und *Zimmer mit Aussicht.* Vielleicht war das ein Zeichen.

Als Christina fertig war, faltete sie das Papier wieder zusammen und gab es mir. »Damit hatte ich nicht gerechnet.«

»Nicht wahr?«

Sie zog mich in das Gebäude und sagte: »Kommen Sie. Wir sollten ihm danken und ihm unseren Respekt erweisen.«

Wir schlugen einen vertrauten Weg ein. »Wo gehen wir hin?« Allmählich regte sich ein sonderbares Gefühl in mir.

»Es ist gleich hinter dieser Ecke.«

Bald standen wir vor der Stelle, an der nun endlich Roses Plakette angebracht worden war.

Ich blickte an der Wand hinauf. Zwei Reihen weiter oben schimmerte eine Plakette mit dem Namen ROBERT CONNOR nebst seinem Geburts- und Todesdatum. Bob und Rose hatten in der gleichen Urnenwand die letzte Ruhe gefunden. *Noch ein Zeichen.* Natürlich war das Zufall, dennoch weckte es so viele Gefühle in mir. Der Traum mit Rose huschte mir ebenso durch den Kopf wie Bobs Worte. Diese beiden einsamen Seelen streckten noch aus dem Totenreich die Hand zu mir aus und drängten mich, mein Herz zu öffnen. Ich legte eine Hand auf Roses Namen und berührte mit der anderen Bobs Plakette. »Passt aufeinander auf«, sagte ich sehr leise.

»Ich muss los, Kate.« Christina war sehr still gewesen, während wir vor der Mauer standen.

Ich drehte mich zu ihr um. »Vielen, vielen Dank, dass Sie das für mich aufbewahrt haben. Es bedeutet mir sehr viel, dass er seine Gefühle mit mir hat teilen wollen. Ich wünschte nur, ich könnte ihm jetzt meine Dankbarkeit erweisen.«

»Das können Sie – indem Sie seinen Rat annehmen.« Sie zeigte auf die Nachricht.

»Ja.« Ich lächelte aufrichtig, doch seinen Rat jetzt anzunehmen hieße, die Wunde wieder aufzureißen.

Auf dem Weg zur L hielt ich den Kopf hoch erhoben und ließ mir den kalten Wind ins Gesicht blasen. Mehr als alles andere musste ich endlich konzertierte Anstrengungen unternehmen, um das alles hinter mir zu lassen und nach vorn zu blicken. Wenn ich für eine neue Beziehung offen sein wollte, dann musste ich endgültig über Jamie hinwegkommen. Schritt eins bei diesem Prozess war, dass ich mich um den Koffer kümmerte.

Ich trat durch die offene Tür von Jerrys Büro im *Chicago Crier*.

»Hey, Kleines.« Er nahm seine Zweistärkenbrille ab und stand von seinem Stuhl hinter dem Schreibtisch auf. »Was meinst du, holen wir uns Sandwiches und gehen in den Millennium Park?«

»Es ist eiskalt da draußen.«

»Also gut. Dann vielleicht ins Shedd-Aquarium?« Offensichtlich brauchte Jerry eine Ablenkung, womit er gewöhnlich wenig Probleme hatte. Aber vielleicht wusste er auch, dass ich ebenfalls eine brauchen konnte.

»Das hört sich gut an.«

»Sollen wir uns Sushi holen und die ganzen Viecher in Angst und Schrecken versetzen?«

»Nein, das ist fies.« Im Herzen war er doch ein Kind geblieben. »Lass uns Grillkäse und Tomatensuppe bei *Ma's* holen.«

»Also Seelenfutter.«

Auf der Bank gegenüber dem Delfinbecken schlürfte ich meine Suppe. »Wusstest du, dass Delfine Sex zum Vergnügen haben?«, fragte Jerry mit dem Mund voller Grillkäse.

»Ja, das hab ich schon mal gehört.«

»Das sind neben den Menschen die einzigen Tiere, die das nur zum Vergnügen tun. Was meinst du, ob sie auch Liebe empfinden können?«

Ich schnaubte. »Müssen wir darüber reden?«

»Ich wollte nur wissen, was du denkst.«

»Tja, du musst erst mal definieren, was du unter Liebe verstehst, wenn ich dir diese Frage beantworten soll.«

Er steckte sich den Rest seines Sandwichs in den Mund und sah sich gedankenvoll um, während er kaute. »Liebe ist etwas, dass man nicht aus sich herausholen kann. Wenn sie da ist, dann geht sie nicht mehr weg, egal was passiert. Liebe kann sich in Hass und Groll verwandeln, aber sie wird trotzdem immer da sein, verborgen unter den bösen Gefühlen.«

»Hmm, sehr poetisch, Jerry, aber ich glaube, Liebe ist einfach nur ein Gefühl.«

»Das ist Lust. Das ist der Grund, warum Delfine Sex haben.«

Ich erstickte beinahe an meiner Suppe. »Witzig.«

»Das ist mein Ernst. Liebe ist nicht nur ein Gefühl, anderenfalls würde sie einfacher kommen und gehen.«

»Dann schätze ich, was ich mit Jamie hatte, war Lust.«

»Vielleicht.« Er starrte stur geradeaus, stieß mir aber spielerisch den Ellbogen gegen den Arm. »Ich schätze, darum fällt es euch beiden auch so leicht loszulassen.«

Ich maß ihn mit einem prüfenden Blick. »Denkst du, ich verhalte mich unvernünftig?«

»Ja, das denke ich. Nicht nur Jamie gegenüber, sondern auch dir selbst.«

»Er hat mich belogen.«

»Er hat versucht, es dir zu sagen.«

»Woher weißt du das?«

»Na ja, seit deinem kleinen Fauxpas mit dem Artikel hat er mich ungefähr dreihundertmal angerufen.«

»Was wollte er?«

»Alles Mögliche. Er wollte mir sagen, dass es ihm leidtut, dich verletzt zu haben. Er wollte sich auch vergewissern, dass es dir gut geht, weil du keinen seiner Anrufe erwidert hast.«

Ich zuckte mit den Schultern.

»Weißt du, Kate, ich finde ihn faszinierend. Wer hätte gedacht, dass der junge Ryan Lawson zu so einem Menschen heranwachsen würde. Als Kind war er so ein Streber. Er ist immer noch brillant, nicht dass du mich falsch verstehst, aber er ist auch ein ganzer Kerl, verstehst du?«

»Vielleicht solltest *du* mit ihm was anfangen, Jerry.«

»Ich wundere mich nur. Ich glaube nicht, dass irgendjemand von uns auf Jamie gekommen wäre. Ich hätte dir mehr Zeit für Recherchen einräumen sollen, ehe ich dich dorthin geschickt habe.«

»Vielleicht. Vermutlich. Die haben bestimmt nicht damit gerechnet, dass Jamie und ich …«

»Dass ihr euch verlieben würdet?«

Ich barg das Gesicht in beiden Händen und beugte mich über meine Knie. »Miteinander im Bett landen, wollte ich sagen. Es reicht jetzt mit diesem Liebeskram.«

Er stand auf und strich sich scheinbar unberührt von meinem theatralischen Getue die Krümel von den Klamotten. »Du kriegst das schon hin, Kleines.«

Jerry chauffierte uns zurück zum Büro, wo ich meinen Koffer holte. Ich rollte ihn an der nächsten L-Station vorbei, die wegen Bauarbeiten geschlossen war, und ließ mich wieder von der Kälte einfangen. Ich warf einen Blick auf meine Armbanduhr. Halb fünf. Mir blieb nicht mehr viel Zeit, um in meine Wohnung zurückzukommen, ehe ich wieder verschwinden musste, damit Dylan sich dort mit Ashley treffen konnte. Gründlich durchgefroren erreichte ich die zweitnächste L-Station.

Meine Zehen ragten gerade über die gelbe Linie hinaus, während ich am Bahnsteig wartete. Draußen wurde es inzwischen dunkel. Ich hörte den Zug kommen, also beugte ich mich vor, um an den Gleisen entlangzublicken. Zu meiner enormen Freude und Verblüffung spiegelten sich rosarote Lichter in den glänzenden Schienen, kurz bevor der Zug in Sicht kam. Obwohl ich ihn noch nie zuvor gesehen hatte, wusste ich, als wäre das eine völlig offensichtliche Wahrheit, dass der Holiday Train auf dem Weg zu mir war.

Ich fing völlig unbeherrscht zu kichern an. Irgendein Blödmann in einem beigen Trenchcoat, der neben mir stand, murrte: »Schon wieder der Holiday Train. Das ist jetzt schon das zweite Mal in dieser Woche. Das verdammte Ding bewegt sich langsamer als Zuckerrübensirup.«

»Ach, bah, Humbug!« Ich rollte meinen Koffer über seine polierten Schuhe und rannte an dem ganzen Zug entlang bis zu der Stelle, an der ich einen offenen Wagen sah. Die Außenseiten aller Waggons waren mit funkelnden Lichtern geschmückt und mit Weihnachtsszenen bemalt. Die Laute von »(It Must've Been Ol') Santa Claus« von Harry Connick Jr. hallten aus den Lautsprechern.

Ich rannte an den Lichtern vorbei und strahlte so überschwänglich, als wäre ich eine Figur in einem Hallmark-Weihnachtsfilm und stünde kurz davor, mit meiner großen Liebe wiedervereint zu werden. *Seasons Greetings* erstrahlte in großen weißen Leuchtbuchstaben auf dem letzten Wagen. Und dann erreichte ich endlich Santas Schlitten.

Gerade als ich dort ankam, sprang ein Bahnarbeiter aus dem Zug, und Lichter und Musik gingen aus.

»Was ist los?«

»Sie ist kaputt. Das war's für heute Abend mit dem Holiday Train.«

»Was?« Meine Stimme bohrte sich schrill durch die Stille.

Die anderen Fahrgäste spazierten bereits an mir vorbei zum Ausgang.

»Das ist doch wohl nicht Ihr Ernst!«, brüllte ich.

»Tut mir leid, Liebes, wir haben Probleme auf den Schienen. Sie werden versuchen müssen, den Zug beim nächsten Mal zu erwischen. Vielleicht morgen, falls er dann wieder startklar ist. Unsere Techniker arbeiten jetzt schon daran, aber wir müssen Santa eine Pause gönnen.«

Ich schaute mich zu Santas Schlitten um, und er war tatsächlich schon verschwunden.

»Ich fasse es nicht«, schimpfte ich unentwegt. »Darauf habe ich jahrelang gewartet, jahrelang!«

Ich ging den ganzen Weg zu meiner Wohnung zu Fuß, ärgerte mich und zog meinen Koffer hinter mir her. In einer dunklen Gasse in der Nähe meines Hauses entdeckte ich einen großen Müllcontainer. Ich nahm den Karton, den Bob mir hinterlassen hatte, aus dem Koffer. Dann hob ich mein Fünfhundert-Dollar-Gepäck hoch und schob es mit bemerkenswerter Leichtigkeit über den Rand des Containers. Anschließend ging ich weiter zu meinem Apartment, ohne mich noch einmal umzuschauen. Ich machte mich frisch und ging mit Bobs Ausgabe von *Zimmer mit Aussicht* wieder hinaus.

An der Straßenecke gab es ein altes Café namens *Living Room*. Es war eines dieser Cafés mit großen, gemütlichen Lehnstühlen, in denen der Geruch gerösteter Kaffeebohnen in der Luft lag. Noch ehe ich die Tür erreicht hatte, konnte ich schon Miles Davis über den Außenlautsprecher hören. Er sang »Someday My Prince Will Come«.

Ich lachte laut, als ich das Café betrat. Mehrere Leute blickten von ihren Zeitungen und Laptops auf. Mit einem breiten Lächeln reckte ich den Zeigefinger hoch und wedelte damit vor dem Lautsprecher. »Das liebe ich!« Ich sah ein paar Gäste lächeln, ehe sich alle wieder ihrer jeweiligen Beschäftigung zuwandten. Ich ließ mich in einen riesigen purpurroten Sessel mit einem Polsterhocker fallen und legte die Füße hoch.

»Kann ich Ihnen einen Kaffee bringen?«, fragte mich eine Kellnerin.

»Einen Cappuccino, bitte.«

»Alles klar.«

Minuten später kehrte sie mit meinem Kaffee zurück.

Ich legte die Hände um den warmen Becher und nippte daran. Ein göttlicher Trank. Mit geschlossenen Augen inhalierte ich den Duft, nippte noch einmal daran und machte sehr leise »Mmm«.

»Schmeckt er Ihnen?« Eine Männerstimme. Ich öffnete die Augen und sah auf der anderen Seite des Tisches einen jungen Mann in einem identischen Armsessel.

Ich räusperte mich. »Ja.«

Er sah auf adrette Art gut aus. Mich erinnerte er an Kevin McDonald, meinen ersten festen Freund in der Highschool, der mir das Autofahren beigebracht hatte.

Ich lächelte.

»Was lesen Sie da?«, fragte er und deutete mit einem Nicken auf das Buch in meinem Schoß.

»*Zimmer mit Aussicht.*«

»Sagt mir nichts. Was für eine Art Buch ist das?«

»Tja, ich schätze, das kommt auf Ihr Glaubenssystem an. Es ist eine Liebesgeschichte, also könnte man es als Science-Fiction einstufen.«

»Sie sind aber sehr skeptisch«, sagte er und schüttelte in einem Ausdruck gespielter Enttäuschung den Kopf.

»Nehmen wir ein Beispiel.« Ich schlug das Buch auf und stellte fest, dass Bob einige Stellen markiert hat. »Lassen Sie mich Ihnen etwas vorlesen.« Mein Blick fiel auf die Worte:

Misstraue allen Unternehmungen, die neue Kleidung verlangen.

Ich lachte in mich hinein. Klug von Bob, dieses Zitat zu markieren. Ich blätterte durch das Buch und fand einen größeren Abschnitt, den ich vorlesen konnte.

»Okay, hier«, sagte ich. »›Es ist nicht möglich, zu lieben und auseinanderzugehen.‹« Ich unterbrach mich, als ich spürte, wie mein Herz zu rasen anfing.

»Bitte, fahren Sie fort«, forderte er mich auf.

»›Es ist nicht möglich, zu lieben und auseinanderzugehen. Sie werden wünschen, dass dem so wäre. Sie können die Liebe zu etwas anderem machen, können sie ignorieren, sie verpatzen, aber niemals können Sie sie sich aus dem Herzen reißen. Ich weiß aus Erfahrung, dass die Dichter recht haben: Die Liebe ist ewig.‹« Ein gewaltiger Kloß bildete sich in meiner Kehle. Es tat regelrecht weh.

Das war die Antwort auf Jamies Rätsel. Hätte ich zu der Zeit gewusst, was die Dichter sagten, hätte ich vielleicht zugestimmt, dass sie recht haben, aber glaubte ich das auch jetzt, während ich hier in diesem Café saß? War das der Grund, warum ich die Erinnerung an die paar kurzen Tage mit Jamie in meinem Herzen festhielt und einfach nicht gehen lassen konnte? Weil es unmöglich war, echte Liebe zu verdrängen?

»Ich muss los.« Ich sprang auf und ging zur Tür.

»Warten Sie eine Minute. Geben Sie mir Ihre Telefonnummer?«

»Sorry!«, sagte ich nur und stürzte hinaus auf die Straße.

Ich rannte zurück zu der Gasse. Zu diesem Zeitpunkt war es vollständig dunkel, und ich musste über zwei Obdachlose hinwegsteigen. »Entschuldigen Sie, tut mir leid.«

Einer von ihnen grummelte etwas, kurz bevor ich mir den Schulterriemen meiner Handtasche über den Kopf zog, die Hände auf den ekligen Rand des Abfallcontainers legte, hochsprang und mitten in dem knietiefen Müll landete.

Schnell erkannte ich, dass mein Koffer nicht mehr da war. Ich sprang wieder hinaus und wischte mir die Hände an der Jeans ab.

»Entschuldigung, Leute? Habt ihr zufällig jemanden gesehen, der meinen Koffer aus dem Container geholt hat?«

»Nein, wir haben gar nichts gesehen«, antwortete ein zahnloser Mann. Sein Bart bewegte sich beim Reden auf und ab, sodass er beinahe wie eine Marionette aussah.

Es war unheimlich dort im Dunkeln, aber ich schluckte meine Angst hinunter und zog zehn Dollar hervor.

Sofort reckten beide ihre Arme hoch, deuteten hinter mich und sagten: »Sie ist da lang!«

»Ja, genau, es war Darlene. Die hat ihn«, fügte zahnloser Mann Nummer zwei hinzu.

Ich gab ihnen die zehn Dollar und wandte mich in die Richtung, in die sie gezeigt hatten. Ich konnte niemanden sehen, aber ich ging einfach auf das Licht des Plattenladens weiter unten am Block zu. Ungefähr auf halbem Wege schoss eine Frau aus einer anderen Gasse und zog meinen Koffer hinter sich her. Von meinem Standort aus konnte ich sehen, dass sie meine Jacke anhatte. Als ich näher kam, erkannte ich, dass sie auch mein schwarzes Kleid über einer abgetragenen Jogginghose trug.

»Darlene!«, rief ich.

Abrupt drehte sie sich um, marschierte direkt auf mich zu und neigte den Kopf zur Seite. »Woher weißt du, wie ich heiße?«, blaffte sie mich mit tiefer, rauer Stimme an.

»Das sind meine Sachen.«

Sie hatte sich auch die Halskette umgelegt, die Jamie mir gegeben hatte. Sie war unverkennbar obdachlos. Sie hatte einen dunklen, wettergegerbten Teint, und ihr Haar hing ihr strähnig, fettig und grau über die Schultern. Meine Halskette funkelte an ihrer Kehle.

»Nein, das sind *meine* Sachen!«, kreischte sie.

»Schauen Sie, da drin sind Sachen, auf denen mein Name steht. Ich kann es Ihnen beweisen.«

»Ist mir egal, und wenn Sie Barack Obama wären. Ich hab das aus der Mülltonne geholt. Der Müll des einen ist der Schatz des anderen. Leute werfen nichts weg, was sie behalten wollen.«

»Hören Sie, Sie können alles haben. Ich brauche nur die Papiere und diese Halskette. Bitte, das hat einen großen sentimentalen Wert für mich.«

Ich zog meine Brieftasche hervor und gab ihr drei Zwanziger. Sie nahm die Halskette ab und gab sie mir. Dann legte sie den Koffer auf den Boden und öffnete den Reißverschluss. Ich schnappte mir die Papiere und stellte fest, dass eines von Jamies weißen T-Shirts seinen Weg in meinen Koffer gefunden hatte. Ich griff danach.

»So läuft das nicht, kleines Mädchen.«

Mir traten die Tränen in die Augen. Ich ließ das T-Shirt los und trat einen Schritt zurück. Tränen fielen von meinen Wangen auf den Rücken der Frau, als sie anfing, den Reißverschluss wieder zuzuziehen. Sie drehte sich um und schaute zu mir herauf. Ich stand im Licht der Straßenlaterne, aber mein Gesicht muss im Schatten gelegen haben.

»Weinst du?«, fragte sie gereizt.

Ich schüttelte den Kopf.

Sie zerrte das T-Shirt aus dem Koffer und gab es mir, ohne sich zu mir herumzudrehen.

»Danke«, würgte ich hervor.

»Heult wegen eines gottverdammten T-Shirts«, schnaubte sie, als sie wieder aufstand. »Das muss man sich mal vorstellen.«

Ich hielt es an mein Gesicht und atmete tief ein. Es roch immer noch nach Jamie – nach Erde, aber auch warm und würzig.

Ich wich drei Blocks weit vom direkten Weg ab, ehe ich zurück zu meinem Wohnhaus ging. Da ich Dylan und Ashley nicht stören wollte, nahm ich mein Buch, das T-Shirt, die Kette und sämtliche Papiere, ging auf das Dach und wartete darauf, dass er mir eine Nachricht schickte. Ich fror, aber was tut man nicht alles für Teenagerliebe und vorehelichen Sex? Allmählich fing ich an, mich deswegen ein wenig zu schämen, umso erleichterter war ich, als ich eine Nachricht von Dylan erhielt.

Dylan: Alles klar. Wir haben es nicht getan. Wir haben schön zusammen gegessen und ferngesehen. Sie ist noch nicht so weit, also warten wir. Ich leide an einem schweren Fall von dicken Eiern.

Ich kicherte.

Ich: Sag ihr das nicht.

Dylan: Ich bin ja kein Arschloch.

Ich: Ich weiß. Bis dann.

Dylan: Bis dann, Chica. Noch mal danke.

14. Es ist Fiktion

Dylan verließ meine Wohnung genau so, wie er sie vorgefunden hatte.

Ich ging kurz duschen, schlug meine Decke zurück und schlüpfte mit nichts als Jamies T-Shirt am Leib ins Bett. Seine Nachricht an die Brust gepresst, drückte ich auf den Knopf, um meine nächtliche Botschaft abzuhören.

Heute war ich mit Chelsea segeln, sagte er. *Ich dachte daran, wie dir das Haar ins Gesicht geflogen ist, an deine rosaroten Wangen und das strahlende Lächeln auf deinen Lippen, als wir durch die Bucht gesegelt sind. Ich möchte nur, dass du weißt, dass ich an dich denke. Ich kann dich nicht aus dem Kopf bekommen. Ich denke ständig an dich.*

Geht mir ähnlich.

Ich drückte auf STOPP und las die Nachricht noch einmal, und dieses Mal weinte ich dabei.

Katy, mein Engel,
ich musste nach Portland. Mein Vater hatte einen Herzanfall, und man weiß nicht, ob er die Nacht überstehen wird. Bitte reise nicht ab. Wenn ich es nicht schaffe, morgen zurück zu sein, dann schicke ich einen Wagen und beschaffe dir einen Flug hierher. Bitte, bitte, geh nicht weg. Ich muss dir etwas sehr Wichtiges erzählen, abgesehen von der Tatsache, dass ich total verliebt in dich bin.
J.

Am Morgen lag der Brief zerknittert auf meiner Brust. Ich stand auf und breitete ihn auf dem Tisch aus. Dann unterstrich ich die letzte Zeile und schrieb *WARUM?* darunter. Ich steckte den Brief in einen Umschlag und schickte ihn an das Weingut R. J. Lawson. Als ich notierte *Dem Eigentümer persönlich,* lachte ich in mich hinein.

Den Sonntag verbrachte ich in meiner Wohnung, aber ohne Trübsal zu blasen. Ich machte Yoga-Übungen zu einem Video, redigierte einige der neueren Artikel von Beth und widmete Nachmittag und Abend einem *Mythbusters*-Marathon, bei dem ich erfuhr, dass Jacks Tod in *Titanic* völlig unnötig war. Hätte diese selbstsüchtige Hexe Rose ihre Rettungsweste geopfert, damit er sie unter die Holztür binden kann, wäre die schwimmfähig genug gewesen, um beide zu tragen.

Um sieben kroch ich ins Bett und hörte mir wieder und wieder Jamies letzte Sprachnachricht an.

> *Ich kann dich immer noch an meinem Kissen riechen. Ich kann dich immer noch in meiner Scheune stehen sehen, wie das Licht deine glatten Beine umschmeichelt und dein dunkles Haar dir über die Schultern fällt und dein hinreißender Mund so ungezwungen lächelt. Ich vermisse dich. Ich sehne mich nach dir, und ich werde beinahe verrückt ohne dich. Komm zurück zu mir.*

Ich musste einen klaren Kopf bekommen, also rief ich Dylan an.

»Hallo.«

»Hast du gewusst, dass Jacks Tod in *Titanic* hätte verhindert werden können?«

»Das könnte stimmen, wenn Jack ein realer Mensch wäre. Bist du betrunken?«

»Nein, nur gelangweilt.«

»Oh.«

»Hey, hast du Lust, aufs Dach zu gehen?«

»Ich gehe gleich mit Ashley ins Kino.«

»Okay«, sagte ich mürrisch.

»Alles in Ordnung?«

»Ja.«

»Sollen wir uns treffen?«

»Nee. Bis bald, Kollege.«

Zwei Nächte darauf fand ich mich in der gleichen Lage wieder, gelangweilt und einsam mit einem zu ausdauernden Fernsehkonsum. Nach einem Law & Order-Marathon stellte ich fest, dass *Titanic* im Kabelfernsehen lief.

»Pack einfach die Rettungsweste unter die Tür. Verdammt, Rose, er erfriert!«, brüllte ich den Fernseher an, ehe ich in Tränen ausbrach. Die letzten zwanzig Minuten des Films brachte ich weinend hinter mich. Ich weinte sogar noch, als die alte Rose das Herz des Ozeans über Bord warf.

Ich rief Beth an, landete aber direkt auf dem Anrufbeantworter. »Beth, ich bin's. Du musst mich nicht zurückrufen«, schniefte ich. »Ich verstehe nur nicht, warum Rose diese Halskette über Bord geworfen hat. Das habe ich nie verstanden.« Ich hickste, und dann klingelte mein Telefon. Ohne auf die Anruferkennung zu schauen, schaltete ich um.

»Hallo«, sagte ich mit zittriger Stimme.

»Katy?« Seine weiche, sonore Stimme schwebte durch den Lautsprecher und jagte mir einen Schwung Wärme über das Rückgrat bis hinunter zu den Zehen.

»Jamie?«

»Hi, Katy.« Seine Stimme klang verändert. Ich konnte Hoffnung in ihr wahrnehmen. Offenbar hatte er meine Nachricht erhalten. »Ich habe nur angerufen, um gute Nacht zu sagen.«

»Oh.«

»Was ist los? Du klingst so traurig.«

Trotz meiner Tränen fing ich an zu lachen. »Ich habe gerade *Titanic* geguckt.«

Er gluckste, doch unserem Austausch haftete etwas Unbeholfenes an.

»Ich finde, sie hätten ein Stück Holz anfertigen können, das groß genug für zwei ist, meinst du nicht?«

»Auf jeden Fall.«

Ich lachte noch ein wenig mehr. »Wäre Jack ein Wunderkind in Sachen Computertechnik gewesen, dann hätten sie bestimmt eine Lösung gefunden.«

»Vielleicht«, erwiderte er wenig begeistert und wechselte umgehend das Thema. »›Warum‹ ist eine Frage, die einfach zu beantworten ist. Ich hätte tausend Seiten über meine Gefühle schreiben können, aber das habe ich nicht. Ich hoffe, es wird reichen, wenn du es erhältst. Und noch einmal, es tut mir sehr leid, was du meinetwegen durchmachen musstest.«

»Mir tut es auch leid«, entgegnete ich leise. »Jamie, warum läufst du so hartnäckig vor deiner Vergangenheit davon?«

»Das tue ich nicht. Ich habe mich nur seit der Zeit, als ich sechzehn war, sehr verändert. Ich bin nicht mehr dieser Junge. Ich möchte nicht herumsitzen und Videospiele spielen. Und genau das war das für mich, ein Spiel.«

»Ich weiß nicht, wie das mit uns funktionieren soll. Wir haben kaum vier Tage miteinander verbracht, und jede Minute davon beruhte auf Vorspiegelung. Ich bin nicht mal sicher, ob ich überhaupt eine Beziehung will.«

»Was wir hatten, war nicht vorgespiegelt. Das war ich. Das war die wahrhaftigste Version von mir. Ich habe mich mehr wie ich selbst gefühlt, zufriedener, selbstsicherer und glücklicher als zu irgendeinem anderen Zeitpunkt in meinem Leben, wenn ich mit dir zusammen war. Ich wünschte nur, ich hätte offener sein können.«

»Warum warst du das nicht?«

»Ich hatte Angst. Und ich habe nicht damit gerechnet, dass ich mich so sehr in dich verlieben könnte. Von dem Moment an, in dem wir uns zum ersten Mal begegnet sind, konnte ich mich einfach nicht von dir fernhalten. Du warst genau die Person, der ich unbedingt aus dem Weg gehen wollte, aber kaum hatte ich dich gesehen, musste ich ständig an dich denken, und alles ist durcheinandergeraten. Ich wollte dir immer die Wahrheit sagen, aber ich wollte auch, dass du mich erst als die Person kennenlernst, die ich wirklich bin. Ich wollte nicht, dass du an den Artikel und meine Vergangenheit denkst, während wir einander kennenlernen. Trotzdem war fast alles, was ich dir erzählt habe, wahr.«

»Abgesehen davon, wer du bist. Das ist ein ziemlich wichtiger Punkt.«

»Aber du weißt, wer ich wirklich bin. Wir stehen das durch, und du wirst lernen, mir zu vertrauen. Ich weiß, dass du genauso empfindest wie ich, anderenfalls würdest du nicht mit mir telefonieren.«

»In dem Punkt bist du ziemlich zuversichtlich, was? Ist das der Grund, warum du immer wieder anrufst?«

»Nein. Ich kann nur einfach den Gedanken an dich nicht loswerden. Und verdammt, ich will ihn auch nicht loswerden. Ich war immer der Ansicht, Menschen sollten einander nicht brauchen, aber ich brauche dich, Kate. Wir haben nur vier Tage miteinander verbracht, aber was heißt das schon?« Seine Stimme wurde lauter. »Ich wusste nach fünf Minuten, dass ich dich kennenlernen muss, dass ich dich in meinem Leben brauche. So habe ich noch nie vorher gegenüber irgendeinem Menschen empfunden. Nie. Was immer passiert, ist deine Entscheidung, aber ich werde ein anderer Mann sein, wenn ich dich nicht haben kann. Ich werde nie wieder so tief atmen, wie ich es in deiner Gegenwart getan habe. Ich werde nie wieder so viele Farben an einem perfekten, wolkenlosen Himmel sehen. Ich werde nie wieder etwas riechen, das so süß ist wie du, oder eine Stimme hören, die mein Herz so erwärmt, wie es deine tut. In dieser Nacht in meinem Truck, als mein Blutzuckerspiegel abgesackt ist, da wusste ich ohne jeden Zweifel und obwohl ich nie zuvor eine Frau geliebt habe … da wusste ich, dass ich dich liebe.«

»Jamie, bitte.« Ich konnte kaum sprechen.

»Ich tue alles.«

»Ich habe ein Leben in Chicago.«

»Dann ziehe ich dorthin«, sagte er prompt.

»Das kannst du nicht.«

»Doch, ich kann.«

»Ich weiß nicht, was ich will.«

»Das wirst du, ich verspreche es dir.« Mehrere Sekunden lang kehrte Schweigen ein. Dann sagte er: »Gute Nacht, Engel.«

»Gute Nacht.«

Um zwei Uhr morgens erwachte ich schwitzend. Ich hatte wieder diesen Traum gehabt. Dieses Mal hatte Rose sich nicht abmühen müssen, um etwas zu sagen. Ihre Stimme hatte regelrecht melodisch geklungen. *Gebt aufeinander acht.* Sie sprach die Worte in der gleichen Weise wie zuvor. In dieser Version des Traums blickte ich an mir herab und konnte die Kette, die Jamie mir gegeben hatte, hell an meinem Hals glänzen sehen. So hell, dass es schien, als stamme das Licht aus der Kette selbst. Ich konnte zweierlei Herzschläge hören, und als ich meine Hand auf mein Herz legte, da spürte ich, wie Arme mich von hinten umfingen. Ich sah mich um und blickte in Jamies Gesicht. Er hielt mich voller Leidenschaft, aber seine Aufmerksamkeit galt Rose. Ich konzentrierte mich auf seine Lippen, als er tonlos sagte: *Für immer, ich verspreche es.*

Kaum war ich aus dem Traum erwacht, befahl mir mein Instinkt, mich zu vergewissern, dass ich die Kette noch trug. Sie war da, und es fühlte sich an, als wäre ein kleines Stück von Jamie bei mir. Ich stand aus dem Bett auf und ging ins Bad, um einen Schluck Wasser zu trinken. Dort stand ich exakt zwei Sekunden vor dem Spiegel, ehe ich abrupt kehrtmachte, ins Schlafzimmer zurückging und seine Nummer wählte.

»Hi!«, sagte er. Er klang müde.

Ich tat einen tiefen Atemzug. »Du hast nicht eine spezielle Sache genannt, die dir an mir gefällt.«

»Doch, habe ich. Du erinnerst dich nur nicht.«

»So?«

»Ich mag deine Spontaneität und deine Unerschrockenheit.« Er hörte sich an, als wäre er nur halb wach, klang aber aufrichtig. »Ich mag, dass du mich mitten in der Nacht anrufst, nur weil du genau jetzt die Antwort auf diese Frage wissen musst.«

»Aha.«

»Erinnerst du dich an die Liste, mit der ich angefangen habe, als du hier warst?«

»Das tue ich.« Ich hatte mich so sehr bemüht, die guten Erinnerungen an unsere gemeinsame Zeit aus meinem Kopf zu vertreiben, aber es hatte offensichtlich nicht funktioniert.

»Die Liste ist lang, aber ich gebe dir einen kurzen Einblick. Ich mag, dass du dich in deinem Körper wohlfühlst. Ich kann kaum aufhören, an deinen Körper zu denken. Weißt du, wie das ist, hier herumzulaufen, während mir ständig Bilder von deinem nackten Körper durch den Kopf schwirren?«

Ich hegte die gleichen Gedanken. Jamie war so groß und schlank und muskulös, das Bild seines Körpers hatte sich in meinen Geist gebrannt. Ich sehnte mich danach, die Kraft dieser rauen Hände an meinen Armen zu spüren. Manchmal schloss ich die Augen, und mein Geist sauste direkt zu den Bildern von seinen definierten Bauchmuskeln und der Linea alba genannten Linie, die zwischen ihnen hinabführte.

»Soso«, sagte ich, um ihn zum Weitersprechen zu verlocken.

»Ich liebe dein großes Herz und dass du immer versuchst, dich nicht unterkriegen zu lassen. Ich liebe es, dass du weinst, wenn du gerührt bist oder bewegt oder traurig oder außer dir vor Freude. Ich liebe deinen Übermut, der dich beim Gehen beinahe hüpfen lässt. Ich liebe die Stärke, die du gezeigt hast, als es mir schlecht ging.«

»Jamie?«, fiel ich ihm ins Wort.

»Ja, Engel?«

»Glaubst du, es gibt Menschen, die füreinander geschaffen sind? Dass es eine unsichtbare Kraft gibt, die uns zu der Person zieht, für die wir bestimmt sind?«

»Glaubst du das?«

»Ich möchte es glauben«, flüsterte ich.

Eine lange Pause trat ein, ehe er wieder das Wort ergriff: »Meine Eltern waren so glücklich und so verliebt, es fällt mir schwer zu glauben, sie wären nicht füreinander geschaffen gewesen. Als meine Mutter ums Leben kam, hat mein Vater auch angefangen zu sterben. Er konnte ohne sie nicht leben.«

»Das muss schwer für dich gewesen sein.«

»Ja, aber auf eine eigenartige Weise hat es mir auch die Hoffnung gegeben, dass wir alle Teil eines größeren Plans sind. Ich glaube, das hat das Vertrauen in die Liebe in mir geweckt. Ich kann mir nicht vorstellen, dass das, was ich für dich empfinde, nicht auf irgendeiner Art übergeordneter Macht basiert, die über unsere Seelen bestimmt. Du warst das Licht, das zu mir gekommen ist, als ich im Dunkeln stand. Ich habe den Verlust meines Vaters nur durchstehen können, weil ich dachte, ich käme zu dir nach Hause. Als ich dann feststellen musste, dass du fort warst, war ich am Boden zerstört. Ich war so verdammt fertig, aber dennoch nicht am Ende, weil ich immer noch Hoffnung hatte. Allein der Gedanke an dich hat mir genug Licht gespendet, um klarzusehen.«

»Was war das für eine Hoffnung?«

»Die Hoffnung, dass du das Gleiche empfindest wie ich und dass die Liebe nicht aus dir herausgerissen werden konnte, so wie sie auch nicht aus mir herausgerissen werden konnte.«

»Ich bin überwältigt.«

»Zerbrich dir nur nicht zu sehr den Kopf darüber. Lass dir Zeit. Und ruf mich an, wenn du so weit bist.«

Einige Augenblicke später fand ich mich damit ab und folgte Jamies Vorschlag. Das ließ sich nicht an einem einzigen Tag reparieren.

»Okay. Süße Träume«, sagte ich.

»Nur von dir.«

Wir legten auf. Jamie war mir wirklich ein Rätsel. Was für ein Leben er bereits gehabt hatte, und doch verhielt er sich nun wie eine alte Seele, die aus tiefstem Herzen daran glaubte, dass ich die Eine für ihn wäre.

Als ich am nächsten Tag das Haus verließ, entdeckte ich draußen Darlene, die Obdachlose, die eine Reihe von Sachen an der Straßenecke verkaufte. Sie hatte mehrere Kleidungsstücke, zwei Paar Schuhe und einige Schmuckstücke auf einer dicken Wolldecke ausgebreitet. Auf den ersten Blick erkannte ich mein schwarzes Trägerhemd und das schwarze T-Shirt. Und mir fiel auch auf, dass sie immer noch meinen Koffer benutzte, um ihre Sachen herumzukarren.

»Hey! Mädchen!«, rief sie mir zu. »Komm her. Ich habe da was, das dir bestimmt gefällt.«

Ich trug Riemchenschuhe mit flachen Absätzen und eine Lederjacke zu einem schwarzen Wickelkleid mit weißen Punkten.

Als ich mich näherte, hielt sie ein Paar leuchtend roter Cowboystiefel hoch. »Du trägst doch sieben, oder?« Das wusste sie genau, denn sie war im Besitz von mindestens drei Paar meiner Schuhe.

»Ja.«

»Die würden toll an dir aussehen.«

»Ich weiß nicht, Darlene. Cowboystiefel sind eigentlich gar nicht mein Ding.«

»Die halten deine Beine warm.«

Ich lachte und dachte: *Warum nicht?* Ich kam mir regelrecht wagemutig vor. »Wie viel willst du dafür?«

»Hundert Mäuse.«

»Ha. Du bist ja irre.«

»Schon möglich. Wie viel hast du?«

»Fünf Mäuse, und ich überlasse dir meine Mary Janes.«

»Einverstanden.«

Ich warf einen Blick auf die Sohlen der Stiefel; sie waren brandneu. Nachdem ich ihr das Geld und meine Schuhe gegeben hatte, schlüpfte ich in die Cowboystiefel und trampelte vernehmlich in Richtung L.

Als ich im *Crier* eintraf, fragte Beth: »Was sind denn das für Schuhe?«

»Ich bin ein bisschen Country, ich bin ein bisschen Rock 'n' Roll. Vergiss es.« Ich drehte mich um und sah Jerry grinsend an der Trennwand vor meinem Arbeitsplatz lehnen.

»Ach, Kate, weißt du noch, wie du, als du gerade hier angefangen hattest, versucht hast, alle dazu zu bringen, dass sie an bestimmten Wochentagen ganz bestimmte Farben tragen?«

»Ja, daran erinnere ich mich. Was spricht denn gegen ein bisschen Teamgeist? Die in der Designabteilung haben behauptet, das würde sie in ihrer Kreativität behindern. Jetzt komm, ernsthaft?«

»Und weißt du noch, als du das Mädchen mit dem Kaffeewagen aufgefordert hast, glutenfreie Backwaren zu verkaufen?« Er grinste.

»Diese Scones waren steinhart«, warf Beth ein.

»Ja, aber für die Schokoladencroissants hätte ich sterben können.«

»Und als du gefragt hast, ob wir uns nicht ein Maskottchen zulegen könnten, und dann die ganze Woche in dieser albernen Aufmachung herumgelaufen bist?«

»Was für eine alberne Aufmachung?« Ich kniff die Augen zusammen.

»Das war ein rosa Kaninchen, oder?«, fragte Beth.

»Nein, das war Ostern.« Jerry hielt sich den Bauch vor Lachen.

»Ja, das war witzig, Leute«, verkündete ich in einem gespielt jämmerlichen Ton. »Sag bloß, dass das deinen Kindern nicht gefallen hat, Jer.«

»Meinen Kindern hat das nicht gefallen«, sagte er ernst. »Mein

Sohn Davey war traumatisiert. Er hat immer wieder gefragt: ›Dad, warum hat der Osterhase Brüste?‹«

»Du hättest ihm die Wahrheit sagen sollen, nämlich dass der Osterhase weiblich ist. Das wäre die perfekte Gelegenheit gewesen, über Bienchen und Blümchen zu sprechen.«

»Er war vier Jahre alt, Kate.«

»Worum geht es hier eigentlich, Jer?«

Beth zwinkerte mir zu, während ich auf Jerrys Antwort wartete.

»Ich habe dich nur in diesen roten Cowboystiefeln gesehen und gedacht, du hättest vielleicht ein bisschen von deinem Feuer zurück, das ist alles. Einen schönen Tag, die Damen.«

»Dir auch«, antwortete ich, als er schon davonspazierte.

»Hast du Lust, heute Mittag einen Hotdog essen zu gehen?«

»Ernsthaft, Beth?« Ich hüpfte zurück in meine Nische und öffnete ein neues Word-Dokument auf dem Computer.

Ich überschrieb es mit »Flüstern im Dunkeln«. Ich tippte zwei-, dann drei-, dann sechs-, dann neuntausend Wörter, ehe ich Feierabend machte und nach Hause ging. Das Gleiche tat ich am nächsten Tag wieder. Allmählich entstand eine Geschichte, reine Fiktion, aber eine, die so viele Dinge widerspiegelte, die derzeit Bedeutung in meinem Leben hatten.

Ich erledigte auch meine Arbeit für die Zeitung, aber zwischen den einzelnen kurzen Aufgaben kehrte ich immer wieder zu der Geschichte zurück, und die Wörter strömten regelrecht aus mir heraus. Am dritten Tag hatte ich grob fünf Kapitel fertig. Ich schickte sie per E-Mail an Beth, ohne irgendetwas dazu zu sagen.

Bald darauf kam sie mit den ausgedruckten Seiten in Händen zu meinem Schreibtisch. »Was ist das?«, fragte sie.

»Ich weiß es nicht.«

»Das ist richtig toll. Ist es fiktiv?«, hakte sie nach.

»Ja, ich denke schon.«

»Du musst weitermachen.«

»Ich weiß nicht, was ich damit anfangen werde.«

Beth verschränkte die Arme vor der Brust. »Du bist dabei, ein verdammt gutes Buch zu schreiben, Kate. Mach weiter. Über den Rest kannst du dir später Gedanken machen.«

Was ich schrieb, war stellenweise düster und verstörend, aber so war mein Leben verlaufen. Die einzige Wärme, das einzige Licht, woran ich mich erinnern konnte, hatte ich in Napa erlebt. Meine Erinnerungen an die wundervolle Verbindung zwischen Jamie und mir kehrten allmählich zurück, strömten wie ein rauschender Fluss durch meine Adern. Bisweilen träumte ich von seinen Lippen an meinem Hals, so zärtlich und warm, und von seinen starken Händen an meiner Taille, die mir ein Gefühl von Sicherheit vermittelten. Die Geschichte handelte von dem Schmerz, den wir manchmal erdulden müssen, bis das Universum uns mit wahrer Liebe belohnt.

Durch das Schreiben war ich imstande, von der Vorstellung abzulassen, dass ich allein bleiben sollte. Ich reinigte mich von all den Gefühlen und vorgefassten Ideen, die ich in mein Erwachsenendasein übernommen hatte. Die Charaktere der Geschichte und die Erinnerungen an meine Zeit mit Jamie führten mich zurück ins Licht. Sie zeigten mir, dass Liebe real war und in mir loderte, und ganz gleich, wie sehr ich es versuchte, ich würde es nie schaffen, sie zu ersticken.

Jerry ging ich aus dem Weg, aber ich hatte das Gefühl, er wusste, was los war, und ich wusste, dass mir einige ernste Entscheidungen bevorstanden. Der *Crier* würde mich nicht dafür bezahlen, Liebesgeschichten zu verfassen, und die Vorstellung, auch nur einen weiteren Artikel über die Gefahren von Transfetten zu schreiben, weckte in mir den Wunsch, mir Bleistifte in die Augen zu treiben.

In der fünften Nacht erwachte ich aus dem Nebel des Schreibens und stellte fest, dass Jamie schon seit zwei Tagen keine Sprachnachricht mehr hinterlassen hatte. Ich hastete aus meiner Wohnung und hinunter zu den Briefkästen im Erdgeschoss.

Als sich die Fahrstuhltür öffnete, kamen Dylan und Ashley in mein Blickfeld. Er stand aufrecht da und hatte ein selbstzufriedenes Grinsen im Gesicht. Ashley war von den Wangen über den Hals bis hinab in ihren tiefen Ausschnitt rot angelaufen. Ihr langes blondes Haar war zu einem unordentlichen Pferdeschwanz zurückgebunden. Sie hatten es getan, nahm ich an – vielleicht auf dem Dach, vielleicht in der türlosen Waschküche –, aber ich war sicher, ich wusste mit jeder Faser meines Seins, dass sie es getan hatten.

»Hey, Kinder«, sagte ich und grinste von einem Ohr zum anderen.

»Was läuft, Chica?«

»Wundervoller Abend, nicht wahr?«, fragte ich.

»Ja«, sagte Ashley so leise, dass ich sie kaum hören konnte.

Dylan lachte verlegen. Dann räusperte er sich. »Wohin des Wegs?«

»Post holen.«

Als wir in Ashleys Etage waren, drehte sich Dylan zu mir um. »Ich bringe sie schnell zur Tür. Halt den Fahrstuhl auf, dann komme ich gleich mit.«

Ich drückte auf den Knopf, der die Tür öffnete, und sah zu, wie Dylan und Ashley Hand in Hand den Korridor hinuntergingen. Er flüsterte ihr etwas ins Ohr, und sie lächelte mit einer friedvollen, zufriedenen Miene. Ein paar Sekunden lang küssten sie einander zärtlich, und dann drückte er ihr noch einen Kuss auf die Stirn, ehe sie sich umdrehte und in ihre Wohnung verschwand. *So süß.*

Dylan rannte zurück zum Fahrstuhl und grinste auf dem ganzen Weg ununterbrochen.

»Also?«, fragte ich.

»Ich liebe sie so sehr.« Er seufzte.

»Bist du sicher, dass es Liebe ist?«

Er musterte mich. »Oh, nein, du wirst mir jetzt nicht mit deinem zynischen Scheiß kommen, oder etwa doch?«

»Nein, Dylan. Es ist nur, dass es manchmal sehr schwer ist, den Unterschied zwischen Liebe und Lust zu erkennen.«

»Der Unterschied interessiert mich nicht. Alles, was ich weiß, ist, dass ich nicht aufhören kann, an sie zu denken. Ich will jede Sekunde des Tages mit ihr zusammen sein. Nicht nur auf die Art. Ich will mit ihr reden und mit ihr lachen und die Welt mit ihr erleben. Wenn das keine Liebe ist, dann habe ich verdammt noch mal keine Ahnung, was Liebe ist.«

»Warum bist du so sicher?«

»Das muss ich sein. Ich weiß, dass sie toll ist, und sie mag mich. Ich glaube nicht, dass es Platz für Angst oder Zweifel gibt, wenn es um Liebe geht. Ich bin bereit, ein Risiko einzugehen. Das solltest du auch«, sagte er in dem Moment, in dem wir bei den Briefkästen eintrafen.

Als ich den Schlüssel in dem kleinen Schloss gedreht hatte, sprang die Tür mehr oder weniger aus den Angeln. Der Briefkasten war vollgestopft mit Postsendungen, größtenteils Werbung, die ich gerade noch auffangen konnte, als sie herauspurzelte. Ein Umschlag fiel zu Boden. Dylan und ich blickten gleichzeitig hinunter. Der Absender war das Weingut R. J. Lawson. Es war Jamies Antwort.

»Ist das der Typ?«

»Ja.«

»Wirst du ihn öffnen?«

»Ich will nicht vor dir anfangen zu weinen.«

»Seit ich dich kenne, hast du schon ungefähr vierhundertmal vor mir geweint. Du bist die größte Heulsuse, die ich kenne.«

»Ich bin hart im Nehmen«, behauptete ich.

»Hättest du gern. Jetzt mach den Umschlag auf.«

Ich drückte Dylan meinen Armvoll Post in die Hände und bückte mich nach dem Brief. Als ich die Lasche öffnete, schnitt ich mich am Papier.

»Das ist ein Omen.« Ich steckte mir den blutenden Finger in

den Mund und sog daran. »If daf fu faffen?«, murmelte ich um den Finger herum.

»Kate, mach schon den Brief auf.«

Schnaubend riss ich den Umschlag weiter auf, zog das vertraut wirkende Papier heraus und faltete es auseinander. Zuerst wanderte mein Blick zu der Stelle, an der ich Jamies Worte – … *dass ich total verliebt in dich bin* – unterstrichen hatte, und dann weiter zu den großen Buchstaben, mit denen ich *WARUM?* geschrieben hatte. Gleich darunter stand Jamies Antwort. Sie bestand aus zwei Worten. Das war alles. Zwei schlichte Worte: *HEIRATE MICH.*

Ich gebe zu, das war nicht gerade die Art von Heiratsantrag, die sich so ziemlich jedes Mädchen in seiner Fantasie ausmalt, aber irgendwie war das hier sogar besser. Es war total unerwartet, passte aber perfekt dazu, wie die Dinge zwischen uns bisher gelaufen waren. Er wusste, dass ich das brauchte. Ich legte die Hand auf mein Herz, tat einen Schritt zurück und lehnte mich an die Briefkästen.

»Was? Was schreibt er?« Ich drehte das Blatt um, damit Dylan es lesen konnte, und fing an zu weinen.

»Scheiße, ich meine, wow!« Forschend sah er mir ins Gesicht, und dann bog sich einer seiner Mundwinkel zu einem schiefen Grinsen nach oben. »Du weinst. Sind das Freudentränen?«

»Ja«, sagte ich schluchzend.

Er zog mich mit dem freien Arm an seine Brust und drückte mich an sich.

»Und was wirst du nun tun?«

»Ich gehe da raus und …« Ich holte tief Luft.

Dylan rieb mir den Rücken, um mich zu beruhigen.

»Ich werde beim *Crier* kündigen, nach Napa gehen, mein Buch zu Ende schreiben und garantiert und hundertprozentig Ja zu Jamie sagen.«

»Braves Mädchen!«

Ich löste mich von ihm und wischte mir die Tränen mit dem Ärmel aus dem Gesicht. »Würdest du etwas für mich tun, Dylan?«

»Alles.«

»Würdest du dich für mich um Anchovy kümmern?«, fragte ich schniefend.

Er lachte. »Du bist so eine Drama-Queen. Natürlich kümmere ich mich um deinen Fisch.«

»Und versprichst du mir, dass du immer so ein ehrlicher, süßer Kerl bleibst?«

»Ich tue, was ich kann.«

Er begleitete mich bis zur Tür meiner Wohnung, wo er mir den riesigen Stapel Post übergab, ehe er sich zu mir herabbeugte und mich auf die Wange küsste. »Du hast es verdient, glücklich zu sein. Meld dich mal, ja?«

»Mach ich. Keine Drogen mehr, ja?«

»Nee, damit bin ich durch. Ich glaube, ich werde nächstes Jahr zusammen mit Ashley zum College gehen und Musik studieren.«

»Guter Junge«, sagte ich und brach schon wieder in Tränen aus. »Das sind Freudentränen«, beteuerte ich.

Er lächelte. »Ich weiß.«

Ich schloss die Tür und rannte umgehend zum Telefon, um Jerry anzurufen.

»Hallo?« Jerry hatte sechs bezaubernde Kinder, die zufällig immer alle gleichzeitig redeten, wenn ich anrief.

»Jerry!«, brüllte ich über den Lärm hinweg.

»Hey, Kate. Warte kurz, ich gehe raus.«

Während ich wartete, hörte ich mindestens drei verschiedene Kinderstimmen »Daddy« schreien.

»Was gibt's?«, fragte er.

»Ich möchte dich nicht stören, wenn du bei deinen Kindern bist, aber ich muss bald mit dir reden. Ich habe ein paar Entscheidungen getroffen.«

»Ich bringe die Kinder ins Bett, und dann treffe ich mich mit Beth bei *Harvey's*, um eine frisch hereingekommene Nachricht durchzusprechen. Willst du dich dort um neun mit uns treffen?«

»Das wäre perfekt. Ihr muss ich das auch erzählen.«

»Okay, dann sehen wir uns da.«

Ich legte auf, schlüpfte in eine Jeans, meine roten Cowboystiefel und meinen Wintermantel und ging hinaus in die eisige Luft Chicagos. Kurz dachte ich daran, noch einmal in meine Wohnung zurückzugehen, um mir einen Schal zu holen, aber ich hatte nicht viel Zeit, also machte ich mich direkt auf den Weg zur L. Als ich das *Harvey's* betrat, entdeckte ich Beth und Jerry, die an der langen Eichentheke saßen, auf Anhieb. Beth stand auf, als ich näher kam, und rückte einen Hocker weiter, damit ich mich zwischen die beiden setzen konnte.

»Also, was ist los?«, fragte Jerry.

»Ich werde es tun!«, verkündete ich triumphierend.

Der Barkeeper drehte sich um und sah in meine Richtung.

Ich winkte ihn herbei. »Ich nehme den Lawson Pinot«, sagte ich, blickte Jerry an und grinste. »Der Wein ist sexy.«

Er nickte, wirkte aber ein wenig verwirrt.

»Ich habe das Gefühl, du hast bittersüße Neuigkeiten für uns«, bemerkte Beth.

»Ich will mich um mein Buch kümmern und es zu Ende schreiben.«

»Ich wusste es.« Jerry schlug mit der Hand auf den Tresen. »Ich wusste, du führst etwas im Schilde. Das bedeutet dann wohl, du bist fertig mit dem *Crier*?«

»Ihr zwei habt mich so sehr unterstützt. Ihr habt an mich geglaubt, als ich nur Mist produziert habe. Als ich kaum einen stimmigen Satz formulieren konnte, hast du mir weiter Storys zukommen lassen, Jerry. Und Beth, du bist eine tolle Redakteurin und eine großartige Inspiration für mich. Ich *bin* fertig mit dem *Crier*, aber ich bin nicht fertig mit euch beiden.«

»Was ist mit Jamie?«, fragte Beth.

»Um den werde ich mich auch kümmern.« Ich starrte meine zappeligen Finger an. »Er hat mich gebeten, ihn zu heiraten.«

Beth hätte beinahe ihren Mundvoll Bier ausgespuckt, aber Jerry trug eine wissende Miene zur Schau.

»Tja, Kindchen, ich könnte mich gar nicht mehr für dich freuen. Herzlichen Glückwunsch. Wir werden dich in der Redaktion vermissen, aber ich glaube, du tust das Richtige.«

»Das ist großartig, Kate«, sagte Beth mit vollem Ernst, als sie die Fassung wiedererlangt hatte.

»Ich wollte es euch beiden sofort erzählen, denn ich habe vor, so schnell wie möglich hinzufliegen, vielleicht schon morgen. Ich möchte Jamie persönlich ›Ja‹ sagen.«

Jerry lächelte. »Meine kleine Kate wird R. J. Lawson heiraten … unglaublich.«

»Ja, du wirst Multimilliardärin«, meinte Beth kichernd.

»Das ist mir egal. Ich liebe ihn.« Zum ersten Mal hatte ich es laut ausgesprochen. »Ich liebe ihn, und ich kann es kaum erwarten, ihm das zu sagen.«

Wir umarmten einander vor dem Tresen, ehe wir in drei verschiedene Richtungen unserer Wege gingen. Auf dem Weg zur L fühlte ich mich so leicht wie Luft. Ich hüpfte buchstäblich die Stufen zur Station hinauf und spürte, dass ich lächelte, obwohl ich das gar nicht beabsichtigte. Der Bahnsteig lag still und verlassen da, während ich wartete. Die Bahn kam, und ich stieg in den dritten Wagen, den ich ebenfalls leer glaubte, doch bald sah ich ganz hinten einen Mann sitzen. Für einen Moment fegte der Chicagoer Wind durch mein Haar, ehe sich die Türen schlossen.

Die lange schwarze Cabanjacke des Mannes stand in einem scharfen Kontrast zu seiner weißen, beinahe durchscheinenden Haut und dem hellen Haar. Obwohl er auf der anderen Seite des Zuges saß, konnte ich die eisblauen Tiefen seiner Augen sehen. Er starrte zu mir zurück und wirkte dabei gequält auf mich. Ich beendete das Wettstarren als Erste, indem ich zum Fenster hinausblickte. Gebäude und Tunnelwände schwirrten wie in einem Zeitrafferfilm vorüber. Ich sah zu, wie die Lichter dort draußen

Neonnetze über den Himmel spannten, während der Zug schneller wurde. Den Mann behielt ich aus dem Augenwinkel im Blick, bemühte mich aber, mich furchtlos und selbstsicher zu geben.

Erleichterung durchströmte mich, als an der Belmont ein Pärchen zustieg. Beide blieben nahe der Tür stehen und küssten sich ungefähr sechzig Sekunden lang, ehe sie an der Wellington wieder ausstiegen, zwei Haltestellen vor meiner. Die Furcht kehrte zurück, und zwar aus gutem Grund. Ich hätte den Zug mit ihnen verlassen sollen, denn kaum setzte er sich wieder in Bewegung, da stand der Mann auf und lief auf mich zu. Ich wich zurück, bis ich beinahe an der Tür war. *Los, geh auf*, beschwor ich sie beständig in meinem Kopf und hoffte, dass wir bald die nächste Haltestelle erreichten. Ich steckte eine Hand in die Manteltasche und zog Jamies Brief hervor.

Als der Mann nur noch wenige Zentimeter von mir entfernt war, griff er nach meinem Hals.

Ich wich noch einen Schritt zurück, umklammerte den Brief und bedeckte die Halskette mit der rechten Hand, während ich ihm mit der linken meine Handtasche hinhielt.

»Hier, nehmen Sie sie«, rief ich.

»Ich will die Kette.« Seine Stimme jagte mir einen eisigen Schauer über den Rücken, und in meinem ganzen Körper schrillten die Alarmsirenen.

»Bitte, ich habe Geld und Kreditkarten. Bitte, nehmen Sie sie.«

»Ich sagte, ich will die Kette!«

Ich zitterte und konnte mich nicht rühren.

Da griff er mit einer fließenden Bewegung in seine Tasche, zückte eine Pistole und hielt sie mir vor die Nase.

Ich zog den Kopf ein und kniff mit aller Kraft die Augen zu.

»Blöde Schlampe!«, brüllte er, und dann fühlte ich eine übermächtige Kraft, die auf meinen Kopf einwirkte, und das war das Letzte, woran ich mich erinnern kann.

15. Ironie

Bis zu welchem Grad gestalten wir wirklich unser eigenes Schicksal? Sind Menschen, die vom Pech verfolgt werden, einfach nur außerstande, die Zeichen zu sehen, unfähig, das Flüstern zu hören? Würde ich mit meinen roten Cowboystiefeln in einer Pfütze meines Blutes in einem Chicagoer U-Bahn-Waggon liegen, hätte ich besser auf meinen Instinkt gehört?

Ich schwebte durch die Finsternis, in der ich unermesslich lange blieb. Zeit schien keine Bedeutung mehr zu haben, und das Gleiche galt für mein physisches Dasein. Mir war warm, ich empfand keinen Schmerz, und obwohl ich scheinbar allein in diesem Wurmloch war, konnte ich spüren, dass jemand bei mir war. Ich fragte mich, ob es meine Mutter oder Rose war. Da war keine Furcht, nur das Gefühl, geliebt zu werden. Mir war, als müsste ich wünschen, müsste wollen und beten und mir alle Mühe geben, um ein Licht in all der Dunkelheit zu sehen, aber als es dann auftauchte, brachte es einen qualvollen Schmerz mit sich. Wieder und wieder zuckte ich zurück und verschwand in der Finsternis, in der ich anscheinend eine Ewigkeit in meinen Gedanken verloren zubrachte.

Ich überlegte, wer mich wohl bestatten würde. Wer würde dafür sorgen, dass ich eine Plakette bekam? Ob Jamie zu meiner Beerdigung käme? Würde er weinen? Würde er imstande sein, sein Leben wieder aufzunehmen? Der Gedanke, dass Jamie mich verlieren würde, war schwerer zu akzeptieren als der, dass ich Jamie verlieren würde. Nicht weil er mir nicht wichtig gewesen wäre, sondern weil er leiden würde, und das verlieh mir mehr Kraft als alles andere für den Kampf um mein Leben. Ich liebte ihn und konnte den Gedanken, ihm Schmerz zu bereiten, nicht ertragen.

Als Erstes kamen zwei helle Lichter in mein Blickfeld. Beide waren völlig verschwommen und wie von einem Nimbus umgeben. Eines leuchtete direkt von oben auf mich herab, und ich erkannte schnell, dass ich in einem Krankenhausbett lag. Das andere kam von dem Fenster zu meiner Linken. Mein Kopf brüllte vor unerträglichen Schmerzen. Auf einem Stuhl, nicht weit von mir entfernt, sah ich eine zusammengekauerte Gestalt sitzen. Ihr Kopf ruhte auf dem Fußende des Betts. Ich glaubte, dass es Jamie war. Ich fühlte, dass er es war, aber ich wusste es nicht mit Gewissheit. Ich blinzelte einige Male, versuchte, klarer zu sehen, aber mir verschwamm immer noch alles vor Augen, und das Licht verstärkte den pulsierenden Schmerz in meinem Schädel.

Ich schloss die Augen und trieb wieder davon. Als ich mich das nächste Mal rührte, behielt ich die Augen geschlossen, hörte aber Stimmen.

»Sie ist meine Verlobte. Bitte, Sie müssen mir etwas sagen.«

»Wir können keine Informationen an jemanden weitergeben, der nicht zur Familie gehört.«

»Sie hat keine Familie außer mir. Bitte.« Sein Ton klang so flehentlich, er tat mir im Herzen weh.

»Also gut«, antwortete die Frau. »Aber das kann mich in ernste Schwierigkeiten bringen.«

»Ich verspreche Ihnen, ich werde kein Wort darüber verlauten lassen. Ich muss es nur wissen. Wird sie wieder gesund?«

Ich wollte etwas sagen, konnte aber keine Worte bilden. Vor lauter Schmerz fühlte ich mich wie paralysiert.

»Sie wurde brutal mit einem Revolvergriff geschlagen. Die Kopfverletzung hat zu einer kritischen Schwellung geführt. Rückenmarksflüssigkeit ist in ihr Gehirn gesickert. Sie leidet an einem posttraumatischen Hydrozephalus.«

Er keuchte auf und gab einen kehligen Laut von sich.

Ich öffnete die Augen für eine knappe Sekunde und sah Jamie mir gegenüber an der Wand lehnen. Er hatte die Arme vor der

Brust verschränkt und ließ den Kopf hängen. Er sah schrecklich niedergeschmettert aus.

»Die Prognose hängt ganz von ihrem eigenen Körper ab. Wir beobachten sie sehr genau und untersuchen sie täglich. Sollte die Schwellung durch die Medikamente nicht nachlassen, werden die Ärzte eine Hirnoperation vornehmen müssen. Sie bohren ein Loch in den Schädel und legen einen Shunt ein, um die Flüssigkeit abfließen zu lassen und den Druck zu mildern.«

Ich konnte es nicht sicher sagen, aber es hörte sich an, als würde er sehr leise weinen.

Der Ton der Schwester hatte sich verändert und klang nun besänftigend. »Geben Sie die Hoffnung nicht auf. Reden Sie weiter mit ihr. Im besten Fall wird sie sich vollständig erholen und darf schon in einer Woche nach Hause.«

Ich gab mir große Mühe, die Augen aufzuschlagen und zu sprechen, aber vergebens. Der Schmerz war einfach zu schlimm. Das Pochen in meinem Kopf war nun ohrenbetäubend laut. Ich konnte nichts anderes mehr hören oder fühlen. Jamies Stimme, das Licht, die Krankenhauslaken auf meiner Haut, nichts davon nahm ich noch wahr. Ich glitt zurück in die Leere, in der alles schwarz und warm und schmerzfrei war.

Ich wusste nicht recht, wie viele Tage, Monate oder Jahre vergangen waren, bis ich endlich wieder in der Lage war, meine Umgebung zu erspüren, doch als ich es tat, konnte ich Dylan, Ashley, Jerry und Beth miteinander reden hören. Sie sprachen über mich, als wäre ich gar nicht da – nichts Schlimmes, nur das Übliche über meine Wohnung und die Dinge, um die man sich kümmern musste. Auf dem Formular für meine Krankenversicherung hatte ich Jerry als nächsten Angehörigen angegeben und behauptet, er sei ein Verwandter.

»Habt ihr das gesehen? Sie hat die Hand bewegt«, rief Dylan aufgeregt. »Kate, kannst du mich hören?«

Ich drückte seine Hand und versuchte, die Augen zu öffnen.

Glühender Schmerz durchzuckte mich. Ich blinzelte einige Male, ehe ich endlich etwas sehen konnte.

Dylan hielt meine Hand mit beiden Händen umfasst, und Jerry beugte sich mit riesigen Augen über mich. »Hey, Kindchen.«

Ich schluckte und versuchte, mich zu räuspern. »Tut weh«, würgte ich hervor. Meine Stimme klang gar nicht, als würde sie mir gehören. Sie war rau und angespannt.

»Hol die Schwester«, rief Beth Ashley zu.

Sofort lief das Mädchen zur Tür hinaus.

»Schließ einfach die Augen, ruh dich aus, und werd gesund. Jamie ist in ein paar Minuten wieder hier.« Dylan lächelte mich warmherzig an. Er sah erleichtert aus.

Und dann dämmerte ich wieder weg. Ich weiß nicht, für wie lange, aber als ich wieder zu mir kam, saß Jamie auf einem Stuhl auf der anderen Seite des Raums. Susan war auch da und saß ihm gegenüber. Alle anderen waren fort. Jamie hatte sich vorgebeugt, und seine Ellbogen ruhten auf seinen Knien. Er trug T-Shirt und Flanellhemd zu dunklen Jeans und Turnschuhen, ganz wie ich ihn so deutlich von der Zeit auf dem Weingut in Erinnerung hatte. Er war einfach nur Jamie, nicht R. J. – nur mein süßer Jamie. Die Stoppeln in seinem Gesicht waren mindestens fünf Tage alt, und sein aus dem Gesicht gestrichenes Haar glänzte fettig. Er stützte den Kopf auf beide Hände und starrte zu Boden, während er mit Susan sprach.

Zwei widerstreitende Gefühle ergriffen auf einmal Besitz von mir, als ich Jamies Anblick in meinem Krankenzimmer in mich aufnahm. Zunächst war da der Eindruck, dass wir einander so verbunden waren, dass ich seine Gegenwart schon gespürt hatte, ehe ich wirklich gewusst hatte, dass er da war. Mit ihm in einem Raum zu sein reichte, damit ich mich vollständiger fühlte. Ein kurzer Blick auf ihn genügte, um mein Blut zu erwärmen und meinen Herzschlag zu beschleunigen.

Das andere Gefühl besagte, dass wir einander kaum kannten.

Das Konzept des »uns« war noch so neu. Ich empfand immer noch dieses erregte Kribbeln, als hätte ich ihn noch nicht ganz erkundet. Mein Kopf pulsierte unter dem Schlag von zwanzigtausend Trommeln. Aber irgendwie dämpfte Jamies bloße Anwesenheit das Dröhnen und machte es mir zum wichtigsten Anliegen, wieder auf die Beine zu kommen.

Ein paar Sekunden lang beobachtete ich ihn mitfühlend. Er schien am Boden zerstört zu sein. Es war schwer, ihrem Gespräch zu folgen, aber ich bekam genug mit.

»Ich bin verflucht«, sagte er leise. »Und der Fluch trifft jeden, der mich liebt.«

»Das ist nicht wahr«, widersprach Susan.

»Ich habe ihr das angetan.« Er blickte auf und fuhr sich mit der Hand durchs Haar. »Sie wollte die Halskette nicht loslassen, die ich ihr geschenkt habe, hast du das gewusst? Ich sage dir, dass sie jetzt halbtot da liegt, dafür bin ich verantwortlich.«

»Ich lebe noch«, flüsterte ich. Sofort sprang er auf und eilte mit zwei großen Schritten an meine Seite.

»Nicht bewegen. Streng dich nicht an.« Er beugte sich über mich und küsste mich auf die Stirn. »Hol die Schwester«, bat er Susan.

»Ich glaube, mir geht es gut.«

»Gott, ich bin so erleichtert, diese braunen Augen zu sehen. Du hast so ein Glück, noch am Leben zu sein.«

»Komm her.« Ich öffnete die Arme. Er beugte sich vor und rieb sacht sein Gesicht an meinem Hals. »Wie bin ich hier gelandet?«

Sein Kopf ruckte hoch. »Du weißt es nicht mehr?«

»Nein.«

Die Krankenschwester betrat hinter Susan das Zimmer. Beide traten auf die andere Seite meines Betts.

»Geht es denn, Liebes?«, fragte die Schwester, überprüfte meine Vitalfunktionen und stellte dann mein Bett so ein, dass ich sitzen konnte.

»Mein Kopf tut immer noch ein bisschen weh.«

»Damit war zu rechnen, aber Sie haben sich erstaunlich gut erholt. Ich gebe dem Arzt Bescheid, dass Sie wach sind«, kündigte die Schwester an und ging wieder hinaus.

Susan lächelte zu mir herab. »Ich bin froh, dass Sie wieder bei uns sind, Kate. Ich wollte mich bei Ihnen für das ganze Durcheinander auf dem Weingut entschuldigen. Ich war nicht vollständig informiert und wollte mich nicht einmischen.«

»Es war mein Fehler. Ich habe Susan nicht erklärt, was los war«, unterbrach Jamie.

»Na ja, ich habe es auch nicht gerade besser gemacht. Ich wusste, dass irgendwas zwischen euch beiden vorgeht, aber ich bin so daran gewöhnt, Jamies Privatsphäre zu schützen.«

»Es ist schon in Ordnung«, sagte ich.

»Das hoffe ich. So, nun werde ich euch zwei mal etwas Zeit für euch gönnen.«

»Danke.« Wir drückten einander die Hand, und dann ging sie.

»Jamie, sag mir, was passiert ist.«

Er schob einen Stuhl neben mein Bett, setzte sich und ergriff meine Hand. »Du wurdest in der U-Bahn von einem Mann angegriffen. Er hat dir mehrfach seine Waffe über den Schädel gezogen, und du hattest eine Schwellung im Hirn. Aber du wirst wieder ganz gesund. Die Schwellung bildet sich von selbst zurück.«

Ich erinnerte mich stückchenweise an das, was passiert war, aber es fiel mir schwer, die Puzzlestücke zusammenzufügen. »Ich muss einen ziemlichen Dickschädel haben.« Ich lächelte.

Einer seiner Mundwinkel bog sich nach oben. »Ja, den hast du ganz bestimmt, und Gott sei Dank dafür. Ich bin sicher, alles wird wieder gut.«

»Ich hätte an dem Abend einen Schal tragen sollen.«

Ich hob die Hand und strich mit den Fingern über sein bärtiges Kinn. Er grinste in meine Hand.

»Warum hast du ihm die Kette nicht einfach überlassen?«

»Ich kann mich nicht erinnern, was ich gedacht habe. Aber, warte, woher weißt du, dass es um die Kette ging?«

»Weil du sie umklammert hast, als du gefunden wurdest, und die Verkehrsbetriebe haben eine Videoaufzeichnung von dem Überfall.«

Ich tastete an meinem kahlen Hals herum und geriet beinahe in Panik.

»Sie haben sie dir abgenommen, als du eingeliefert wurdest. Beth hat sie zusammen mit dem Rest von deinem Zeug an sich genommen. Sie ist in Sicherheit, Engel, aber kein noch so wertvoller Gegenstand ist das wert. Diese Kette war ersetzbar. Du bist es nicht.«

Ich bekam feuchte Augen. »Es tut mir so leid, Jamie.« Tränen strömten über mein Gesicht. Mein Kopf pochte wieder. Ich strich mir das Haar aus dem Gesicht, und dabei glitten meine Fingerspitzen über den Verband an der Seite meines Kopfes.

»Bitte, nicht weinen. Ich war nicht sauer. Ich hatte nur Angst um dich. Ich dachte schon, ich würde dich verlieren.«

»Ich weiß.« Ich schniefte.

Er wischte mir mit den Daumenballen die Tränen aus dem Gesicht.

Ich tastete nach dem Verband an meinem Hinterkopf.

»Sie mussten ein bisschen von deinem Haar abrasieren, um die Klammern zu befestigen.«

»Klammern? Oh mein Gott, ich muss aussehen wie Frankensteins Monster.« Ich atmete in meine Hand. »Oh, und mein Atem ist furchtbar. Ich fühle mich, als hätte ich winzige Pullover auf den Zähnen, so flaumig fühlen die sich an. Kannst du mir Mundwasser besorgen?«

Er lachte, ging in das kleine Badezimmer und kam mit Mundwasser und einem Becher zurück. »Die Klammern kann man kaum sehen. Dein Haar verdeckt die Stelle. Und du siehst überhaupt nicht aus wie Frankensteins Monster. Du bist wunderschön, und du wirst immer wunderschön sein.«

Den Mund voller Mundwasser, lächelte ich ihn an.

»Geht es dir jetzt besser?«

Ich spuckte das Mundwasser in den kleinen Becher, den Jamie mir hinhielt. »Ja. Warum war ich an diesem Abend eigentlich in der L?«

»Du wolltest nach Hause. Du warst nur noch eine Station entfernt, als es passiert ist.«

»Nach Hause von wo?«

»Du hast dich in einer Bar mit Jerry und Beth getroffen. Sie haben gesagt, du hast wegen der Nachricht, die ich dir geschickt habe, beim *Crier* gekündigt.«

»Nachricht?«

»Ich habe dich gebeten, mich zu heiraten. Weißt du noch?« Zu diesem Zeitpunkt saß er neben meinem Bett und starrte zu mir hinauf, und plötzlich sah er wieder sehr jungenhaft aus.

»Nein, ich erinnere mich nicht.« Ich legte eine Hand an den Kopf, der im vorderen Bereich wieder lautstark pochte, schloss die Augen und verzog das Gesicht. »Tut mir leid, ich erinnere mich nicht an viel, nur an ein paar Bruchstücke. Mein Kopf tut so weh!« *Oh mein Gott, er hat mich gebeten, ihn zu heiraten.*

Er stand auf und senkte den Kopfteil meines Betts ab. »Schließ die Augen. Du musst darüber nicht jetzt nachdenken.« Ich spürte, wie er vorsichtig zu mir ins Bett kletterte, sich neben mich legte und einen Arm um meine Taille schlang. Als ich wieder eindöste, fühlte ich mich sicher und behütet.

Ich musste noch einige Tage lang Tests und Untersuchungen über mich ergehen lassen, ehe ich wieder nach Hause durfte. Mir ging auf, dass ich mit Jamie kein ernsthaftes Gespräch über seine Nachricht oder unsere Pläne geführt hatte. Er war jeden Tag im Krankenhaus gewesen und immer nur kurz zum Duschen in ein nahes Hotel gegangen.

Beth, Jerry und Dylan tauchten auch ein paarmal auf, um nach mir zu sehen. Dylan kümmerte sich um Anchovy und um meine Wohnung, und Beth hatte voller Stolz die ersten dreißigtausend Wörter meines Romans Korrektur gelesen. Ich freute mich schon darauf, weiterzuschreiben, aber ich wusste, dass ich vorher ein paar Entscheidungen zu treffen hatte. Ich erinnerte mich immer noch nur sehr bruchstückhaft an die Nacht des Überfalls, aber die Polizei zeigte mir den Brief, den ich umklammert hatte. Die Worte *HEIRATE MICH* waren mit Blut verschmiert, was mir ein tiefes Unbehagen bereitete.

Am Tag vor meiner geplanten Entlassung aus dem Krankenhaus kam ein plastischer Chirurg zu mir, der die Klammern aus meinem Kopf entfernte und die tiefe Wunde an meiner Stirn mit winzigen Stichen nähte. Als der Arzt dann wieder gegangen war, sah ich Jamie an, der in einer Ausgabe der *Techworld* geblättert hatte. »Hey, Hübscher. Ich dachte, damit wärest du durch?«

Ruckartig hob er den Kopf, schlug das Magazin zu und warf es auf einen nahen Tisch, ehe er in gespieltem Entsetzen seine Hände betrachtete, als hätte er sich infiziert. Wir lachten beide. Ich stellte mich auf wackeligen Beinen neben mein Krankenbett. Unter dem albernen Krankenhauskittel war ich immer noch nackt. Jamie eilte sofort herbei und stützte mich am Arm, als ich zum Badezimmer ging.

»Ich möchte mir nur das Haar ausbürsten.«

»Ich kann es für dich bürsten.«

»Ich muss auch ein paar Dinge allein machen, Jamie.«

Auf halbem Wege blieb ich benommen stehen. Jamie musterte mich bang, während er mich an Arm und Schulter stützte.

Ich versuchte, ihn aufzuheitern, lächelte ihn an und sagte: »Irgendwie zieht es hier drin.« Und dann griff ich nach meinem blanken Hinterteil.

Sein liebenswertes Grübchen, das sich so viele Tage hinter einer besorgten Miene versteckt hatte, kam zum Vorschein. Er lehnte sich zurück, um noch einen Blick zu erhaschen, als ich mich schlurfend wieder auf den Weg zum Badezimmer begab. »Diesen süßen kleinen Hintern zu bewundern hat mir gefehlt.«

Ich kicherte, als er seine Hand darauflegte.

»Ich hoffe, du bleibst noch ein paar Tage, wenn ich entlassen werde?« Ich warf ihm einen hoffnungsfrohen Blick zu. »Dann kannst du die Bekanntschaft mit meinem Po wieder auffrischen.«

»Natürlich bleibe ich, Katy. Ich gehe nirgendwohin. Du wirst Hilfe brauchen. Ich hatte vor, solange bei dir zu wohnen.« Er sah ein wenig verunsichert aus.

»Ich wusste einfach nicht, ob du das willst.« Er stand hinter mir, während ich in den Spiegel blickte und mir die Haare bürstete.

»Wovon redest du? Ich habe dich immerhin gebeten, mich zu heiraten. Und ich war ziemlich sicher, du würdest Ja sagen.«

»Im Moment ist alles so durcheinander.« Ich spürte das vertraute Brennen von Tränen, die sich in meinen Augen sammelten.

»Du musst jetzt gar nichts entscheiden, und ich bleibe dabei, ich gehe nirgendwohin.«

»Willst du nicht zurück nach Napa?«

Voller Zuversicht trat er näher, drehte mich zu sich um und griff nach meiner Hand. Er legte sie auf sein Herz und seine freie Hand auf meins. »Ich möchte nirgendwo anders sein als hier. Alles andere ist unwichtig, das musst du begreifen. Wir kriegen das gemeinsam wieder hin. Ich möchte dich von Neuem kennenlernen, aber konzentrieren wir uns erst mal darauf, dich nach Hause zu bringen, damit du wieder ganz gesund wirst.«

Er beugte sich zu mir herab und küsste mich. Als sich unsere Lippen berührten, drückte ich mich sofort an ihn, nahm seine Hand und legte sie auf meinen Hintern. Er lächelte an meinem Mund.

Dr. Coco, der Unfallarzt, kam zur Tür hereingefegt.

Hastig lösten wir uns voneinander, und Jamie zog die Stoffbahnen des Kittels zusammen, sodass meine Kehrseite wieder bedeckt war.

»Das ist mein Arzt, Jamie.«

»Der Hintern gehört jetzt mir.« Lächelnd kniff er mich in die Backe.

»Aua«, kreischte ich. »Entschuldigen Sie. Hallo, Doktor Coco.«

Als ich meinem Arzt zum ersten Mal begegnet war, musste er seinen Namen ungefähr zehnmal wiederholen, und ich konnte nicht aufhören zu lachen, wenn er ihn aussprach, und dann sagte ich: »Nein, im Ernst, sagen Sie Ihren Namen noch mal. Ich hatte eine Kopfverletzung, und ich glaube, ich verstehe Sie nicht richtig.«

Er hatte eine Menge Humor. Statt gekränkt zu reagieren, ahmte er eine Kuckucksuhr nach und sagte: »Mein Name ist Doktor Cuckoo.«

»Doktor Coco, ich möchte mit Ihnen sprechen«, sagte Jamie. »Unter vier Augen.«

»Du wirst nicht unter vier Augen mit ihm über mich reden.« Beide Männer standen da und starrten zu Boden. »Ich weiß, was du ihn fragen willst. Das ist ganz schön hinterhältig von dir«, tadelte ich, als er die Hände in seine Jeanstaschen schob und auf den Fersen wippte. Dann sah ich den neugierig blickenden Arzt an und platzte heraus. »Er will wissen, wann wir Sex haben können.«

Dr. Coco lachte leise. »Tja, Ihnen, kleine Miss, steht es frei zu tun, womit immer Sie sich wohlfühlen, aber während der ersten paar Tage nach der Entlassung sollten Sie es vielleicht ein bisschen vorsichtig angehen lassen.«

»Oh, wir machen langsam«, warf Jamie ein. »Ich meine, wir werden es nicht übertreiben.« Er war so rot wie eine Tomate.

Mit einem Lächeln ging der Doktor hinaus.

Ich hielt mir den Bauch vor Lachen. »Ich glaube nicht, dass ich dich schon mal so durcheinander erlebt habe.«

»Du machst mich fertig. Das wollte ich ihn nicht fragen. Ich wollte dir keine Angst machen, aber ich wollte ihn fragen, ob wir uns Sorgen über eine posttraumatische Belastungsstörung machen müssen.«

»Oh.« Meine Augen weiteten sich, wie es weiter gar nicht möglich war.

»Ich möchte nicht, dass du dich irgendwann davor fürchtest, mit der U-Bahn zu fahren.«

Kaum hatte er den Satz ausgesprochen, wurde mir auch schon übel. Ich beugte mich vor und hielt mir den Bauch. Er führte mich zurück zum Bett.

»Ich will deswegen niemanden konsultieren. Ich war nach dem Tod meiner Mutter so oft in Therapie. Ich finde schon einen Weg. Ich möchte nur nicht gerade jetzt darüber nachdenken.«

»Okay«, flüsterte er und küsste mich auf die Stirn.

»Haben Sie den Kerl erwischt?«

»Sie haben ihn. Er hat gestanden. Über ihn musst du dir keine Gedanken mehr machen.«

»Ich dachte, er würde mich erschießen.«

»Erinnerst du dich jetzt, was passiert ist?«

»Teilweise.« Ein paar weitere Bruchstücke waren zurückgekehrt.

Wir verschliefen den Rest des Tages und die Nacht in meinem Krankenbett.

Als ich am nächsten Morgen aufwachte, stand Jamie neben dem Fenster und betrachtete mich. Er war sauber rasiert und trug andere Kleidung. Als er auf mich zuging, hielt er mir eine Tasche hin. »Beth hat dir etwas zum Anziehen von zu Hause geholt.«

»Ihr habt meine Modeauswahl Beth überlassen? Sie hat an jedem einzelnen Tag ihres Lebens Baseballshorts an.«

Seine grünen Augen wirkten klarer und das Grübchen in dem frisch rasierten Gesicht tiefer, als er mich angrinste. »Ich bin überzeugt, das geht in Ordnung.«

Beth hatte genau das eingepackt, was ich an dem Abend, an dem sie gesagt hatte, ich sähe scharf aus, in der Gay-Bar getragen hatte.

Jamie schloss den Vorhang und setzte sich dann neben mein Bett.

»Willst du mir beim Anziehen zusehen?«, fragte ich.

Er wackelte mit den Brauen vor mir.

»Ach, komm, lass doch noch was übrig zum Entdecken.«

»Ich habe bereits jeden Zentimeter deines Körpers gesehen, erforscht und vermutlich auch geleckt.«

»Stimmt, trotzdem.« Ich sah an meinen unrasierten Beinen hinunter. »Wie lange war ich eigentlich hier drin?«

»Genau eine Woche«, sagte er.

Ich starrte immer noch meine Beine an und wartete darauf, dass er sich umdrehte.

»Okay, schön.« Er stand auf, ging zum Fenster und blickte hinaus. »Was sollen wir heute machen, Katy?«

Mühelos glitt ich in meine Jeans und stellte fest, dass zwischen der Hose und meinem Bauch gute sieben Zentimeter Luft waren. »Beth hat mir keinen Gürtel mitgebracht, oder?«

Er drehte sich um, kam auf mich zu und studierte meine Leibesmitte. Ich trug immer noch nur BH und Jeans. Jamie sah untröstlich aus. »Du bist so dünn. Du musst mehr essen.« Er legte seine Hände auf meine Hüften und beugte sich herab, um den Ansatz meiner Brust zu küssen. »Katy, bitte sag mir, du hast nicht meinetwegen so abgenommen.«

Ich schluckte den Kloß im Hals hinunter und griff zu T-Shirt und Pullover. »Ich hatte ein schweres Jahr, Jamie. Jetzt möchte ich nur noch nach vorn blicken. Ich will mich auf die Zukunft freuen, nicht mich mit der Vergangenheit beschäftigen.«

»Na gut, das Erste, was wir tun werden, ist, dir etwas Gutes zum Essen zu besorgen.«

»Magst du gegrillten Käse und Tomatensuppe?«, fragte ich.

Er lachte und küsste mich zum ersten Mal, seit ich im Krankenhaus gelandet war, wirklich innig. Seine Arme spannten sich um meinen Körper und hoben mich in die Luft. Unsere Zungen wanden sich leidenschaftlich und kamen erst zur Ruhe, als er sich von mir löste.

»Das ist mein Lieblingsessen.«

»Okay. Ich kenne da einen Ort, gleich am See. Wir nehmen einfach die rote … die rote Linie.« Mein Herz fing an zu rasen.

Er neigte den Kopf zur Seite und sah mich mitfühlend an. »Wir können ein Taxi nehmen. Das ist vermutlich sowieso besser. Du solltest nicht zu lange draußen rumlaufen. Wir essen was, und dann gehen wir nach Hause und machen es uns gemütlich.«

»Was ist mit dir? Was ist mit dem Diabetes?«

»Vollständig unter Kontrolle.«

»Wir sind schon so ein Pärchen. Heute Nacht verabreiche ich dir deine Insulindosis, während du meine Wundnaht mit Neosporin behandelst.«

Er küsste mich auf die Nase. »Klingt nach einem Date. Bist du fertig?«

»Ja, lass uns loslegen.« Das betraf nicht nur meine Bereitschaft, das Krankenhaus zu verlassen. Es läutete auch den Anfang eines neuen Versuchs ein, eine feste Beziehung einzugehen. Ich bin nicht überzeugt, dass auch nur einer von uns eine Ahnung hatte, wie man so etwas richtig anging.

Als wir das Hospital verließen, wartete am Straßenrand schon eine Limousine mit Chauffeur auf uns.

»Was ist das?«, fragte ich.

»Ich dachte, in einem Taxi könnte die Fahrt etwas zu holprig sein.«

»Ach, nein, Jamie, das ist doch viel zu kostspielig.«

Er drehte mich um und ergriff meine Schultern. »Kate, ich werde mir vermutlich nie wieder Sorgen über Geld machen müssen, und ich glaube, du auch nicht. Ich werfe es nicht leichtfertig zum Fenster hinaus, aber du hast eine schwere Kopfverletzung erlitten, und ich will nicht, dass du in einem Taxi herumgeschleudert wirst.«

Ich verdrehte die Augen und lachte. »Meinst du, mein Gehirn kommt wieder in Ordnung?«

Er zog mich zum Wagen. »Komm schon.«

Im Wagen strich er mir nervös mit der Hand übers Bein. »Ich glaube nicht, dass das so eine gute Idee ist. Ich sollte dich einfach nach Hause bringen.«

»Ich bin nicht gebrechlich.«

»Aber zerbrechlich, zumindest im Moment. Wir können uns etwas zum Mitnehmen holen und dann in deine Wohnung gehen.«

»Willst du mich auch noch füttern?«

Abrupt drehte er sich um. Sein Blick ruhte auf meinen Lippen. »Vielleicht«, sagte er lächelnd, beugte sich vor und zupfte mit den Zähnen an meiner Unterlippe. »Ich liebe deinen Mund, sogar wenn du ihn dazu benutzt, frech zu werden.«

»Tja, wenn ich so recht darüber nachdenke, dann ist dein Plan vielleicht gar nicht so schlecht. Immerhin kannst du mir in der Öffentlichkeit schlecht das Essen vom Körper lecken.«

»Gutes Argument, obwohl ich durchaus bereit bin, den Gegenbeweis anzutreten. Nur nicht heute.«

Ich wartete im Wagen, während Jamie ins Restaurant ging und uns Essen besorgte.

Als er wieder rauskam, rannte er mehr oder weniger zurück zum Auto, glitt hinein und musterte mich von Kopf bis Fuß. »Alles in Ordnung?«

»Ja. Das waren gerade fünf Minuten.«

Er nannte dem Fahrer meine Adresse, als hätte er sie schon eine Million Male gesagt.

»Das war ziemlich gut, Jamie.«

»Ich habe so ein eigenartiges Erinnerungsvermögen.«

»Was meinst du damit?«

Scheinbar befangen blickte er zum Wagendach empor und zuckte mit den Schultern. »Nichts.«

»Ach, hat das was mit der Genialität zu tun? Was? Hast du ein fotografisches Gedächtnis?«

»So was in der Art.«

»Sag es mir. Ich will alles über dich wissen.«

»Okay, also, das klingt vielleicht ein bisschen unheimlich, aber ich bin das, was man einen Mnemoniker nennt. Ich habe ein mnemonisches Gedächtnis.«

»Hört sich an, als wärest du von einem Dämon besessen.«

»Ja, manchmal fühlt es sich auch so an.«

»Und was bedeutet das?«

»Es bedeutet, dass ich mir lange Listen von Zahlen oder Namen merken kann. Und ich habe auch ein eidetisches Gedächtnis. Das ist das, was man unter einem fotografischen Gedächtnis versteht.«

»Das muss doch toll sein. Kein Wunder, dass die Schule ein Kinderspiel für dich war.«

»Es ist ein Segen und ein Fluch. Stell dir vor, du erinnerst dich an jede Lachfalte im Gesicht deiner toten Mutter.«

Ich schnappte nach Luft. »Tut mir leid. Von der Seite hätte ich das von selbst wohl nie betrachtet.« Ich brach ab, versuchte, seine Mimik zu deuten. »Es könnte aber auch umgekehrt sein. Ich wünsche mir, ich könnte mich erinnern, wie meine Mutter ausgesehen hat. Es kommt mir so vor, als würde die einzige Erinnerung, die ich an ihr Gesicht habe, von einem Foto stammen.«

»Ich glaube, das ist einfacher.«

»So, meinst du?«, blaffte ich.

Er sah mich nicht an, griff nur nach meiner Hand, führte sie an seine Lippen und küsste sie. Den Blick stur geradeaus gerichtet, sagte er: »Tut mir leid. Das war taktlos.«

Keine Stunde nachdem wir das Krankenhaus verlassen hatten, befanden wir uns im Eingangsbereich meines Wohnhauses, und Jamie war immer noch völlig besorgt.

»Soll ich dich tragen?«

»Ernsthaft? Meine Beine sind völlig in Ordnung.«

»Ich will nur nicht, dass du es übertreibst.« Sein Arm lag an meiner Taille und hob mich beinahe vom Boden.

Ich legte einen Arm um seinen Hals. »Das hast du schon mal

gesagt. Es geht mir gut. Ich habe ein paar Schläge auf den Kopf bekommen, keine große Sache.«

»Spiel das nicht herunter, Katy.« Er senkte die Stimme. »Weißt du, wie viele Stunden ich in diesem Krankenzimmer gesessen und nicht gewusst habe, ob du sterben wirst?«

»Bitte, sag das nicht.«

Als wir den Fahrstuhl erreichten, spürte ich, dass jemand hinter mir war. Wir traten in die Kabine, und Jamie drückte auf den Knopf für meine Etage. Da hörte ich Stephens Stimme und drehte mich gerade rechtzeitig um, um ihn ebenfalls in den Fahrstuhl treten zu sehen.

»Katy?«, sagte er, als müsse er das Wort ausprobieren. Niemand außer Jamie nannte mich so.

Stephen trug eine Anzughose und ein passendes Hemd, aber keine Krawatte, und hatte sich seine Kuriertasche über die Schulter geschlungen. Offenbar kam er gerade von der Arbeit.

»Stephen?«

Ein warmer Ausdruck trat in seine Augen, und mir fiel auf, dass Jamie sich etwas höher aufrichtete und ein Stück vor mich schob.

»Ich habe gehört, was dir passiert ist.«

Ich nickte.

»Das tut mir wirklich leid. Ich weiß ja, wie sehr du die U-Bahn magst.« Abwägend sah er Jamie an. »Darf ich sie in den Arm nehmen?«

Jamie zog die Brauen hoch. »Das ist Ihre Entscheidung.«

Ich streckte die Arme aus und umarmte Stephen.

Der drückte mich auf eine aufrichtige Art und sagte: »Es tut mir wirklich sehr leid.« Das trieb mir die Tränen in die Augen, denn ich wusste, ihm tat nicht nur leid, dass ich überfallen worden war.

»Auf Wiedersehen, Stephen«, sagte ich mit einem Lächeln, als die Fahrstuhltür in seinem Stockwerk aufglitt.

»Bye«, sagte er, den Blick zu Boden gerichtet, und ging hinaus.

Ich lehnte mich mit dem Rücken an Jamie, und er legte seine Arme um mich.

»Das war mein Ex.«

»Ich weiß.«

»Du erinnerst dich?«

»Ich erinnere mich an alles.«

»Nur nicht daran, wie viel Insulin du dir verabreicht hast.«

»Ich gebe zu, das war sehr untypisch. In der Nacht hat mich deine überirdische Schönheit abgelenkt.«

»Ach, hör doch auf«, sagte ich und schniefte.

Er drehte mich um und bückte sich, um mir ins Gesicht zu schauen. »Ist alles in Ordnung? Hat es wehgetan, Stephen zu sehen?«

»Nein, das war eigentlich sogar gut. Es ist erstaunlich, wie nett die Leute sein können, wenn sie erfahren, dass man im Koma gelegen hat.«

Als wir in meiner Etage aus dem Aufzug traten, sah ich Dylan und Ashley vor meiner Wohnungstür stehen. Bei meinem Anblick breitete er die Arme aus. »Willkommenskomitee!«, verkündete er.

»Danke.« Ich musste lachen.

»Wir wollen euch nicht stören, wenn ihr es euch gemütlich machen möchtet, wir wollten dich nur kurz in den Arm nehmen und zu Hause willkommen heißen.« Beide nahmen mich gleichzeitig in den Arm.

»Ihr zwei seid so süß.«

Meine Wohnung sah noch so aus, wie ich sie verlassen hatte. Ich hastete verlegen umher, versuchte, sauber zu machen, öffnete die Jalousien und lüftete. Jamie legte die Tüten mit dem Essen auf den Küchentresen und sah mir zu, bis ich innehielt.

»Was?«

»Deine Wohnung ist nett.«

»Das glaubst du doch selbst nicht. Das sind fünfundsiebzig Quadratmeter uninspirierter Fläche.«

Meine Wohnung bildete ein schlichtes U. Wohnzimmer und Küche schlossen sich ohne Zwischenwand aneinander an, und die Fenster führten in Richtung Straße. Über einen kurzen, schmalen Gang ging es zu einem Schlafzimmer von ordentlicher Größe und zum Bad, von dessen Fenster aus man den Innenhof auf der Rückseite des Gebäudes sehen konnte.

Ich scherzte, es sei auf das Feinste ausstaffiert mit den Wundern von IKEA und Target, und Jamie lachte.

Ich sah zu, wie er sich langsam umschaute. Irgendwann ergriff er ein gerahmtes Foto meiner Mutter, das ich auf einem kleinen Beistelltisch aufgestellt hatte. »Sie war wunderschön«, murmelte er.

»Das war sie.«

Jamies Präsenz füllte die kleine Wohnung aus. Er stand neben dem Frühstückstresen, nahm Essenskartons aus den Tüten und öffnete sie. Als ich mich näherte, legte er die Jacke ab, unter der er ein schlichtes weißes T-Shirt trug.

Ich strich mit den Händen über seine Unterarme und studierte die eigenartigen Tattoos. Sie waren mit blassroter Tinte gestochen und miteinander verschlungen. »Hast du die alle aus Afrika?«

Er nickte.

Ich führte seine Hände zu meinem Mund und küsste sie. Sanft zog er mich hoch, und wir küssten uns. Seine Hand glitt zu meinem Nacken, berührte ihn kurz unter der Wunde. Ich zuckte zusammen, und er zog sie hastig wieder weg.

»Siehst du, wir können das nicht tun«, sagte er.

»Es geht mir gut.«

»Das war zu viel. Ich könnte dir wehtun.«

»Es ist alles in Ordnung.« Ich schnappte mir das Essen und trug es zu dem kleinen, viereckigen Tisch am Ende der Küche gleich beim Übergang zum Wohnzimmer. »Was möchtest du trinken?«

»Ich hole uns was«, sagte er. »Setz du dich hin und iss.«

»Ich nehme ein Bier«, erklärte ich.

»Das glaube ich nicht. Du solltest zu deinen Medikamenten

keinen Alkohol trinken.« Ich musste verschiedene Arzneien für die Schwellung und die Schmerzen nehmen. »Ich glaube sogar, es ist Zeit für eine deiner Tabletten.«

Wir aßen weitgehend schweigend. Ich hatte großen Hunger, und Jamie saß einfach da und beobachtete mich mit Argusaugen, suchte nach irgendeinem Hinweis darauf, dass ich mich womöglich doch nicht ganz wohlfühlte.

Ich nahm meine Medizin, und kaum eine halbe Stunde später fühlte ich mich fürchterlich müde und bereit für ein Nickerchen. Er brachte mich in mein Schlafzimmer und bedeutete mir, ich solle mich auf die Bettkante setzen. Dann zog er mir die Schuhe aus und drückte einen weichen Kuss auf beide Fußrücken. Schließlich ergriff er meine Hände, zog mich hoch und knöpfte meine Jeans auf.

»Ich kann mich schon allein ausziehen. Solltest du nicht deinen Blutzuckerspiegel kontrollieren?«

»Mir geht es gut.« Er kniff mir zart mit Daumen und Zeigefinger ins Kinn und hob mein Gesicht an, bis wir einander in die Augen schauten. »Ich ziehe dich gern aus.« Er ließ mir meinen Slip und mein T-Shirt, hob mich aufs Bett und breitete die Decke über mir aus.

»Bleibst du nicht bei mir?«

»Das würde ich sehr gern, aber ich glaube, du brauchst deine Ruhe. Und ich habe noch ein paar Dinge zu erledigen. Ich muss Susan anrufen und meine Sachen aus dem Hotel holen. Dylan hat gesagt, er käme her, um auf dich achtzugeben, damit ich kurz wegkann.«

»Ich brauche keinen Babysitter.«

»Aber ich würde mich besser fühlen, wenn jemand hier bei dir ist.«

16. Überprüfe deine Quellen

Im Lauf der nächsten Woche mussten wir herausfinden, wie wir gemeinsam auf so kleinem Raum existieren konnten. Jamie gestattete mir nicht, irgendetwas zu tun, außer herumzuliegen, zu lesen oder fernzusehen. Unseren ersten Streit fochten wir über die Frage aus, ob ich mich bücken und meine eigenen Beine rasieren durfte.

»Ich kann das für dich tun. Ich kann wirklich gut rasieren.«

»Du spinnst. Du wirst mir nicht die Beine rasieren.«

»Ich denke, du solltest den Kopf nicht nach unten halten, sonst wird dir in der Dusche womöglich noch schwindelig.«

»Du musst dich mal ein bisschen zurückhalten.«

Nase an Nase standen wir uns neben der Badezimmertür gegenüber. Er überragte mich, wodurch ich mich umso mehr wie ein Kind fühlte.

»Nein, das werde ich nicht«, konstatierte er in entschiedenem Ton. »Das habe ich schon mal gemacht, und es hat nur dazu geführt, dass du am Ende beinahe in einer verdammten U-Bahn verblutet wärest.«

»Das ist nicht das Gleiche. Mir wird nichts passieren, aber du erdrückst mich.«

»Ich gehe eine Runde laufen. Bitte warte noch mit dem Duschen.« Er lüftete den Saum seines weißen T-Shirts, um das Kabel seiner Ohrhörer durch den Halsausschnitt zu ziehen. Zu dem Shirt trug er eine graue Jogginghose und Sportschuhe. Jogginghosen standen ihm – er hatte ein Sixpack mit einem ausgeprägten V-Muskel, und der Bund der Jogginghose hing direkt unter den seitlichen Einkerbungen seiner Muskeln.

Mir klappte der Mund auf. Ich dachte daran, den Finger hineinzustecken und ihm die Hose runterzuziehen. Mich verlangte es regelrecht nach ihm, obwohl ich wütend auf ihn war. Als ich wieder aufblickte, stellte ich fest, dass er mich finster anstarrte und sein Gesicht in der Nähe der Koteletten feucht glänzte.

»Du schwitzt jetzt schon, Jamie. Hast du deinen Blutzuckerspiegel kontrolliert?«

»Daran musst du mich nicht ständig erinnern«, bellte er.

»Du gehst doch mit mir genauso um! Was meinst du, wie ich mich dabei fühle?«

Er ging zu dem Tisch neben der Wohnungstür, auf dem sein Insulinpen lag. Er packte ihn und rammte sich die Nadel hastig in die Seite, ohne erst eine Hautfalte zu bilden. »Da! Jetzt zufrieden?«

»Du solltest das nicht tun, ohne vorher zu messen.«

»Ich komme schon klar! Ich habe den größten Teil meines Lebens damit gelebt. Was dir passiert ist, ist etwas völlig anderes. Du hast ein Trauma davongetragen; du wurdest überfallen.«

»Das weiß ich selbst.«

»Und warum verstehst du dann nicht, dass ich mir Sorgen um dich mache?«

»Ist das gerade unser erster Streit?«

Vor der Tür hielt er inne und holte tief Luft. »Bitte, Kate«, sagte er dann mit tiefer, leiser Stimme. »Bitte warte, bis ich wieder da bin, ehe du duschen gehst.«

»Nur wenn du mit reinkommst.«

Ein schwaches Lächeln zupfte an seinen Mundwinkeln. »Nur wenn ich dir die Beine rasieren darf.«

»Also gut.« Ich verdrehte die Augen.

An diesem Abend ließ ich mir von Jamie in der Dusche die Beine rasieren. Das war ein intensives, erotisches Erlebnis, zumindest machte er es dazu. Er war immer noch nicht zu mehr bereit als dazu, mich küssend ins Bett zu befördern. Er demonstrierte wirklich eine beachtliche Zurückhaltung, aber die Pflegerrolle fand ich langsam ziemlich langweilig.

Bei meinem nächsten Termin gab Dr. Coco mir die Erlaubnis,

mein normales Leben wieder aufzunehmen. Ich nötigte ihn, mir das schriftlich zu bestätigen, damit ich es Jamie jedes Mal, wenn er versuchte, mir etwas abzunehmen oder mich von etwas völlig Normalem abzuhalten, vor die Nase halten konnte. Jamie hatte mich auch, seit ich wieder zu Hause war, jeden Tag gefragt, ob ich versuchen wolle, mit der U-Bahn zu fahren. Meine Antwort hatte stets Nein gelautet.

Den Samstag verbrachten wir größtenteils zusammengekuschelt und heiße Schokolade nippend auf einer Bank im Millennium Park.

»In vier Tagen ist schon Weihnachten, ist das zu fassen?«

»Ach, nein, das fühlt sich zu früh an. Fliegst du für die Feiertage zurück nach Napa?«

Er knirschte mit den Zähnen. »Warum sollte ich?«

»Na ja, ich weiß ja nicht, aber Susan und Guillermo sind doch dort.«

»Die haben ihre eigenen Familien.«

»Und auf dem Weingut gibt es nichts, worum du dich kümmern musst? Und was ist mit deiner Organisation in Afrika?«

»Das Weingut und die Organisation laufen auch ohne mich. Ich tue eine Menge, wenn ich dort bin, aber es geht auch genauso gut, wenn ich nicht dort bin. Meine erste Priorität bist du. Also, was machen wir Weihnachten? Sollen wir uns einen Baum besorgen und schmücken?«

»Das wäre schön. Als ich das das letzte Mal gemacht habe, da habe ich noch bei Rose gelebt.«

Er drückte meine Hand. »Was wünschst du dir zu Weihnachten?«

»Ich will dich. Ich will mit dir schlafen. Ich will nicht, dass du an meine Kopfverletzung denkst, wenn wir uns küssen. Meinst du, das kriegst du hin?«

Lächelnd verwuschelte er das Haar an meinem Hinterkopf. »Ich werde sehen, was ich tun kann, auch wenn du immer noch dieses blöde Haar hast, was mich daran erinnert.«

Ich schlug ihm auf den Arm. »Idiot!«

Am nächsten Tag ließ Jamie mich mit Beth shoppen gehen. Allerdings musste ich, ehe ich die Wohnung verließ, eine Checkliste mit ihm durchgehen, die ungefähr hundert Fragen umfasste, um sicherzustellen, dass ich fit für einen langen Tag außer Haus war.

»Du wirst mir nicht hinterherspionieren, oder?«

»Vielleicht. Wenn dir auch nur ein kleines bisschen schwindelig oder schlecht wird, dann ruf mich an.« Jamie hatte wieder angefangen, ein Mobiltelefon zu benutzen, schrieb aber keine Textnachrichten darauf. Ich wusste, warum. »Was hast du heute Abend vor, wenn du wieder zu Hause bist?«

»Ich möchte ein bisschen schreiben, aber mein Computer spinnt. Er stürzt ständig ab, und ich hab Angst, dass meine Arbeit plötzlich weg ist. Ich habe noch einen älteren Laptop im Schrank. Vielleicht versuche ich, den in Gang zu bringen.«

»Okay, und was ist mit Abendessen? Willst du zu Hause bleiben oder ausgehen?«

»Lass uns zu Hause bleiben.« Ich ging zu ihm und schob die Hand in seine Jogginghose, packte ihn und drückte zu. Er keuchte auf. »Vielleicht kommen wir ja heute ein bisschen über das Knutschen hinaus?«

»Ich glaube, das kann ich arrangieren«, sagte er.

Es klingelte an der Tür, und Jamie verschwand wie der Blitz in meinem Schlafzimmer. Ich öffnete und sah eine strahlende Beth vor mir.

»Lass uns einkaufen bis zum Umfallen.«

»Höre ich da Sarkasmus?«

»Ja, ich hasse Shoppen, aber Jamie hat mich mehr oder weniger auf Knien angebettelt, mit dir loszuziehen.«

»Er hat *dich* gebeten?«

Theatralisch bewegte sie den Kopf auf und nieder.

»Jamie«, brüllte ich, »du steckst in Schwierigkeiten.«

»Viel Spaß, die Damen!«, rief er.

Ich nahm meine neue Handtasche vom Tisch.

»Ich muss erst zur Bank; ich habe meine Kreditkarten noch nicht zurück. Macht es dir etwas aus?«

Ehe Beth antworten konnte, meldete sich Jamie erneut aus dem anderen Raum zu Wort. »Ich habe dir eine Kreditkarte in die Handtasche gesteckt.«

»Warte eine Sekunde«, bat ich Beth.

Ich stolzierte ins Badezimmer, wo ich Jamie splitterfasernackt vor dem Waschbecken beim Zähneputzen vorfand.

Ich marschierte zu ihm. »Du!«

Er spuckte Zahnpasta in das Becken und drehte sich zu mir um, sodass ich ihn in ganzer Pracht bewundern konnte. Dabei grinste er aufgeblasen.

»Ja, Liebes, was ist? Habe ich dich irgendwie verärgert?«

»Ich habe mein eigenes Geld … und du hast Zahnpasta auf der Lippe.«

Er umfasste meine beiden Handgelenke, hielt meine Arme unten und beugte sich vor, sodass wir einander Nase an Nase gegenüberstanden. »Kannst du sie für mich entfernen?«

Ich wand mich, versuchte, meine Arme zu befreien, aber er hielt mich eisern fest.

Schließlich beugte ich mich noch etwas näher zu ihm und leckte die Zahnpasta von seiner Lippe. Und dann biss ich ihn.

Er wich zurück und ließ meine Hände los. »Autsch, du bist ein freches kleines Ding.«

»Das hast du verdient. Aber im Ernst, ich will dir kein Geschenk von deinem Geld kaufen.«

»Es ist unser Geld. Du wirst mich doch heiraten, nicht wahr?« Er grinste.

»Jamie, ich habe gesagt, dass ich der Ansicht bin, wir sollten uns etwas Zeit nehmen, um einander kennenzulernen.«

»Okay. Dann lass uns das heute Nacht tun.« Er presste seinen Körper an meinen, und ich spürte ihn hart an meinem Bauch. Gerade als ich mich in seinem Kuss verlor, hörte ich Beth nebenan »(Sittin' on) The Dock of the Bay« pfeifen.

»Ich muss los.«

»Du wirst mir fehlen, Schönheit«, sagte er nahe an meinem Ohr, und seine Stimme klang so weich und so maskulin zugleich, dass mir ein Schauer über den Rücken lief.

Beth und ich verbrachten den ganzen Tag zusammen auf unserem Einkaufsbummel. Nach einer stundenlangen Debatte beschloss ich, Dessous für mich zu kaufen, die ich für Jamie tragen konnte. Ich dachte mir, etwas Besseres könnte ich einem Milliardär, der schon alles hatte, was er sich wünschen konnte, nicht bieten. Am Nachmittag kehrte ich in meine Wohnung zurück und ging direkt ins Schlafzimmer, um ein Nickerchen zu machen. Jamie ließ es sich nicht nehmen, mich auszuziehen und ins Bett zu bringen.

Eine Stunde später erwachte ich wieder, zog mir eines seiner T-Shirts an und ging in die Küche, um mir ein Glas Wasser zu holen. Er saß mit nacktem Oberkörper und einer verkehrt herum getragenen Baseballkappe an dem quadratischen Tisch. Auf Tisch und Boden lagen diverse Computerteile herum, und er tippte wie wild auf meinem Laptop. Der Art, wie er da saß und eifrig tippte, haftete etwas Kindliches an. Jamie war so konzentriert, er merkte nicht einmal, dass ich den Raum betreten hatte.

Einige Sekunden lang blieb ich einfach stehen und ließ einen Anblick auf mich wirken, von dem ich geglaubt hatte, er würde sich mir nie bieten: Jamie an einem Computer. Er mied alles Technische, so gut er nur konnte, und obwohl ich wusste, dass das in ihm steckte, hatte ich nicht gewusst, ob ich je Zeugin davon werden würde, und um die Wahrheit zu sagen, ich hatte es mir auch nicht vorstellen können. Er hatte heute kaum mehr Ähnlichkeit mit dem blassen, hageren Computerfreak, der er einmal gewesen war.

Und nun saß er ganz vorn auf der Stuhlkante, die Beine weit

ausgebreitet, und wippte mit der rechten Ferse auf dem Boden. Die umgedrehte Baseballkappe wirkte auf mich wie die eines Teenagers. Als ich mich umblickte, fiel mir ein kleiner Weihnachtsbaum mit einer bunten Lichterkette in einer Ecke des Wohnzimmers auf. Mir ging durch den Kopf, dass Jamie den Baum ganz allein aufgestellt hatte. Er war mir ziemlich ähnlich und daran gewöhnt, Dinge selbst in die Hand zu nehmen.

Als ich mich räusperte, schrak er regelrecht zusammen.

»Tut mir leid, ich wollte dich nicht erschrecken.«

»Schon gut«, sagte er, stand auf und kam zu mir.

»Was machst du mit all dem Zeug?«

»Mach dir keine Sorgen, ich habe deine Arbeit gesichert.«

»Ich mache mir keine Sorgen, ich frage mich nur, was du da tust.«

Er klatschte einmal in die Hände und grinste von Ohr zu Ohr. »Na ja, ich habe deine beiden Laptops in Ordnung gebracht, damit du dein Schreibprogramm darauf laufen lassen kannst, aber ich habe auch noch einen Code für ein neues Programm geschrieben, das automatisch alles, was du geschrieben hast, auf einem Online-Server speichert. Auf die Art bist du nicht so sehr von deiner Hardware abhängig. Und keine Sorge, der Server ist total sicher; mit so was kenne ich mich aus.«

»Du hast Code geschrieben?« Ich hörte mich an wie eine Kindergärtnerin, die einen ihrer Schützlinge aushorcht.

Er tippte sich mit dem Zeigefinger an die Schläfe. »Das ist wie Fahrradfahren.«

»Das glaube ich kaum, und ich dachte, du hättest so was schon lange nicht mehr getan.«

»Ich wollte das für dich tun.« Er zog mich an sich. »Und ich will nicht lügen, es hat irgendwie Spaß gemacht.«

»Tja, dann danke.« Ich stellte mich auf die Zehenspitzen, um ihn zu küssen. »Ich hätte nie gedacht, dass Programmieren so sexy sein kann.«

»Ehe ich mich zu sehr von dir ablenken lasse, du hattest einen

Anruf, während du unterwegs warst. Ein Mann namens Paul Sullivan. Er hat gefragt, ob du den Aufenthaltsort von Ann Corbin kennst.«

Als ich den Namen hörte, keuchte ich auf, und meine Hand flog förmlich zu meinem Herzen, aber ich brachte keinen Ton heraus.

»Das ist deine Mutter, nehme ich an.«

»Ja«, hauchte ich um Atem ringend.

»Komm her.« Er drückte mich fester an sich. »Was ist denn?«

»Ich habe den Namen nur schon seit so langer Zeit nicht mehr gehört. Hat er eine Nummer hinterlassen?«

»Ja, hat er. Soll ich ihn für dich anrufen?«

»Nein, ich will mit ihm sprechen. Die meisten Leute, die meine Mutter kannten, waren bei ihrer Beerdigung.« Ich warf einen Blick zur Uhr, sieben Uhr abends. »Ich rufe ihn morgen an.«

Als ich mich wieder gefasst hatte, teilte ich Jamie mit, dass ich das Abendessen zubereiten würde. Er erklärte sich bereit, meinen Souschef zu geben, während ich hausgemachte Lasagne fabrizierte. Er rieb den Käse und ging mir penetrant auf die Nerven, bis ich ihn schließlich rauswarf.

Daraufhin kehrte er zu dem Tisch zurück und beendete seine Arbeit an meinem Computer. Dann und wann erwischte ich ihn dabei, mir verstohlene Blicke zuzuwerfen. Dabei lächelte er so heiter, als würde er sich gerade den Rest seines Lebens ausmalen. Jamie war absolut glücklich und zufrieden in meiner gemütlichen Fünfundsiebzig-Quadratmeter-Wohnung. Beklagt hatte er nur, dass mein Stromverbrauch unnötig hoch war. In der kurzen Zeit, die er hier war, hatte er sämtliche Glühbirnen und Mischdüsen ausgetauscht, und er suchte nach einer Möglichkeit, Solarkollektoren auf dem Dach zu installieren.

Unser Abendessen verspeisten wir auf dem Wohnzimmerboden sitzend am Sofatisch. Später verlagerten wir uns auf die Couch, auf der wir einschliefen, während wir versuchten, die komplette zweite Staffel von *Breaking Bad* zu gucken.

Als ich mehrere Stunden später erwachte, saß Jamie immer noch aufrecht da, aber sein Kopf ruhte auf der Rücklehne des Sofas, und er schlief tief und fest. Mein Kopf lag in seinem Schoß, und seine Finger waren in meinem Haar vergraben. Ich wollte mich nicht bewegen, wusste aber auch, wie unbequem das für ihn sein musste, die ganze Nacht so zu verweilen. Ganz langsam setzte ich mich auf, beugte mich zu ihm hinüber und legte eine Spur aus sachten Küssen auf seinen Hals. Er rührte sich.

»Hi«, flüsterte ich. »Lass uns ins Bett gehen.«

»Mmm. Lass uns noch ein bisschen hierbleiben«, widersprach er und zog mich rittlings auf seinen Schoß.

Er zog mir das Shirt über den Kopf, öffnete ganz lässig meinen BH und warf ihn zur Seite. Im nächsten Moment lag sein Mund an meiner Brust. Er küsste mich zart, achtete darauf, mich nah bei sich zu behalten, während eine Hand meinen Nacken stützte. Ich stöhnte, ließ den Kopf zurückfallen und gab mich ihm hin, während seine Lippen quälend langsam über meinen Körper wanderten. Er küsste und saugte, zupfte an meinem Ohrläppchen, lehnte sich dann zurück und atmete tief durch.

Ich öffnete seine Jeans und löste mich gerade weit genug von ihm, dass er sie hinunterschieben konnte. Mir entging nicht, wie vorsichtig er war. Als ich nach dem Bund meines schwarzen Spitzenhöschens griff, hielt er meine Hände fest.

»Ach, komm schon.«

Lachend schüttelte er den Kopf. »Nein, es ist hübsch, ich finde nur, wir sollten es lassen, wo es ist«, sagte er, während er mich durch den Stoff streichelte. »Mmm, warm.«

»Ich bin feucht! Jetzt küss mich verdammt noch mal.«

Ich bebte förmlich auf ihm, als seine Lippen wieder mit meinen kollidierten. Unsere Münder waren wie zusammengeklebt, unsere Zungen verschlungen und liebkosend. Seine Hände streiften weiter herum, während ich spürte, wie er bei jeder meiner Bewegungen härter wurde. Endlich schob er den Stoff zur Seite und drang mit den Fingern in mich ein, und ich presste mich seiner Hand entgegen.

»Nicht aufhören, Jamie. Ich will dich, bitte.«

»Du bist so sexy.« Er zog die Hand weg und drang ohne jegliche Zurückhaltung in mich ein, zog meine Hüften herab, bis er mich gänzlich ausfüllte.

Ich schrie auf, bog den Rücken durch und ließ mich völlig von dem Gefühl von ihm in mir fortreißen. Es war eine ganze Weile her, und der Spitzenstoff zwischen unseren Körpern sorgte, obwohl er zur Seite geschoben war, für das perfekte Maß an Reibung. Wir bewegten uns geschmeidig miteinander, er begegnete jeder meiner Regungen mit dem perfekten Widerstand. Ich bewegte mich auf ihm immer schneller und heftiger, und die ganze Zeit küssten wir einander, sahen uns an, bis wir uns dem Ende näherten. Er riss den Kopf hoch und schloss die Augen, und ich tat es ihm gleich, gerade als ich dieses Pulsieren fühlte, diesen Schauer, der meinen Rücken hinunterjagte.

»Katy ... Gott, Katy, ich liebe dich.«

Verdammt, wenn mich das nicht total umgehauen hatte, gab es spätestens dann kein Zurück mehr, als er sich vorbeugte und meine Brüste mit vollkommener Beherrschung und Entschlossenheit küsste. Die Nachbeben erschütterten meinen Körper immer noch, als er mich fester packte und die Nase an meiner Brust rieb. Ich schlang die Arme um seinen Kopf und Hals und presste ihn, so fest ich konnte, an meinen Körper.

So blieben wir eine Weile, und es kam mir vor, als würden Tage vergehen. Ich stellte mir eine Zeitrafferversion dieser Augenblicke vor, in denen wir dort saßen und einander auf dem Sofa im Arm hielten, nachdem wir uns geliebt hatten, noch immer miteinander verbunden und erhitzt. Die Sonne würde aufgehen und uns durch die Jalousien anstrahlen, und dann würde sie wieder sinken und seltsame Schatten auf die Wände zaubern, aber wir würden immer noch ineinander verschlungen dort sitzen. In der Dunkelheit würden unsere vereinten Körper hell genug brennen, um den Raum mit einem warmen Lichtschein zu erfüllen.

Er küsste mich noch einmal, ehe er sich mit mir erhob und mich ins Schlafzimmer trug. Dort lagen wir eine Stunde lang im Bett und redeten.

»Also, glaubst du an Gott?«, fragte ich.

»Ich glaube, etwas ist da draußen.«

»So was wie Aliens?«

»Ja, Aliens. Genau das habe ich gemeint«, konterte er sarkastisch.

Ich lag auf der Seite, den Kopf in seiner Armbeuge geborgen. Seine Hand glitt auf der Haut meines Rückens auf und ab. »Was glaubst du denn?«

»Ich hoffe um all der Menschen willen, die ich geliebt und verloren habe, dass da noch mehr ist.«

»So geht es mir auch. Was denkst du über Familie?«

»Ich wünschte, ich hätte eine.«

»Ich auch. Lass uns eine gründen.«

Plötzlich ging mir auf, was Jamie da sagte. »Ich habe Angst.«

»Wovor?«

»Dass meine Kinder massive Probleme bekommen werden. Dass ich es nicht hinbekomme. Ich weiß nicht mal, wie mein Vater war.«

»Tja, ich weiß ganz genau, wie meine biologischen Eltern sind, und ich mache mir keine Sorgen, dass ich so wie sie sein könnte.«

Ich umfasste sein Gesicht und küsste ihn. »Ich auch nicht, Jamie.«

»Ich glaube, dass wir, obwohl wir so viele geliebte Menschen verloren haben, immer noch Familie haben. Es mögen keine Blutsverwandten sein, aber die Leute, die ich als meine wahren Eltern betrachtet habe, waren auch nicht blutsverwandt, und trotzdem sind sie für mich nicht weniger Familie. Ich habe Susan und Guillermo und Chelsea, und du hast Jerry und Beth und Dylan, und wir haben einander, Kate.« Ich nickte zögerlich. »Hast du Angst davor, das mit mir zu wagen?«

Ich zuckte mit den Schultern.

Er legte mir die Hände an die Wangen und sah mir tief in die Augen. »Wie kurz stehe ich davor, dich zu verlieren?«

»Was wäre nötig, damit du mich verlieren willst, damit du mich verlassen willst?«

»Es wäre verdammt viel nötig, um mich von dir wegzuholen. Ist dir das nicht klar?«

»Manchmal komme ich mir vor, als wäre ich nicht in Ordnung, als wäre ich beschädigte Ware.«

»Wenn ich dich betrachte, dann sehe ich immer diesen besonderen Glanz, dieses kindliche Staunen. Du bist immer neugierig auf die Welt, fürchtest dich aber, ein Teil von ihr zu sein. Du bist keine beschädigte Ware, und ich bin nicht verflucht. Das weiß ich jetzt.«

»Ich liebe dich. Genügt das nicht?«

Er runzelte die Stirn, als würde es ihn schmerzen, diese Worte zu hören. »Vorerst«, murmelte er, und dann schloss er die Augen und drehte sich weg von mir.

Am nächsten Tag war Heiligabend. Nach drei Tassen Kaffee am Morgen war ich ziemlich nervös, weshalb es vielleicht keine gute Idee war, Paul Sullivan zurückzurufen, aber ich tat es trotzdem.

»Hallo?«

»Hi-hi-hier ist Kate Corbin. Sie hatten mich angerufen.« Ich kam nicht gegen meine Aufregung an. Dieser Mann hatte meine Mutter gekannt, aber ich kannte ihn nicht.

»Hallo, Kate, ich hatte versucht, Ann Corbin zu finden, also bin ich eine Liste der Corbins in der Stadt durchgegangen und habe jede einzelne Nummer angerufen, und so bin ich auch bei Ihnen gelandet.«

»Ann war meine Mutter«, sagte ich rasch. »Sie ist 1994 gestorben.«

»Oh.« Er klang bestürzt. »Das tut mir sehr leid.«

»Haben Sie meine Mutter gekannt?«

»Kurz. In den Achtzigern.«

»Wie kurz?«

»Wir waren zusammen, bis sie Samuel kennengelernt hat.« *Wer ist Samuel? War er mein Dad? O Gott.* »Kate? Sind Sie noch da?«

»Können wir uns sehen? Ich meine, können wir vielleicht einen Kaffee zusammen trinken oder so? Ich weiß nicht, wer Samuel ist. Meine Mutter hat ihn nie erwähnt.«

Jamie beobachtete mich besorgt von der Küche aus. Er stand da, die Augen weit aufgerissen, und die Kaffeekanne hielt er vergessen in seiner Hand.

Ich legte eine Hand auf mein Herz in dem vergeblichen Versuch, meinen rasenden Herzschlag zu beruhigen.

»Ja, wir können uns treffen. Haben Sie heute Nachmittag Zeit?«

»Ja.«

»Okay, wie wäre es um drei in dem *Starbucks* an der State?«

»Perfekt. Wir sehen uns dann.« Als ich auflegte, war Jamie in der gleichen Sekunde schon neben mir.

»Was hat er gesagt?«

»Er hat gesagt, er hätte meine Mom gekannt und sie wären zusammen gewesen, bis sie Samuel getroffen hätte. Ich habe diesen Namen weder von Rose noch von meiner Mom je gehört.«

Er schlang die Arme um mich und drückte mich an seine Brust. »Vielleicht ist das etwas Gutes. Vielleicht kannst du jetzt mehr über deine Mutter erfahren.«

»Ich habe meine Mom einmal nach meinem Vater gefragt. Sie hat sich so aufgeregt, dass sie kaum einen Ton herausbekam. Also dachte ich mir, dass er wohl irgendein Versager gewesen sein muss oder so was in der Art, aber vielleicht kann dieser Paul ein paar Lücken füllen. Rose hat immer gesagt, wenn meine Mom gewollt hätte, dass ich es weiß, dann hätte sie es mir erzählt. Deswegen war ich seither überzeugt, mein Vater, wer immer er ist, ist ein sehr schlimmer Mensch.«

»Das weißt du nicht, und du kennst auch die Gründe deiner Mutter nicht.«

»Du hast recht, aber ich frage mich, ob ich mich gegen sie wende, wenn ich da nachforsche. Das ist wohl nicht mehr wichtig, weil sie ja tot ist, aber trotzdem …« Ich stellte mich auf die Zehenspitzen und küsste ihn flüchtig auf die Lippen. »Ich werde jetzt Wäsche waschen. Sollen wir zu Mittag essen, ehe wir uns mit Paul treffen?«

»Ich darf dabei sein?«

»Natürlich.« Ich schob die Hand in seine Pyjamahose und kniff ihm in den Hintern. »Willst du es in der Dusche machen, um mich ein bisschen abzulenken?«

Er hob mich hoch und trug mich ins Bad, nur um mir gleich darauf in Rekordzeit die Kleider auszuziehen. Dann drehte er die Dusche auf, trat einen Schritt zurück und musterte mich vom Scheitel bis zur Sohle. Ich kniete mich vor ihn und zog seine Hose herunter. Er erschauerte, und dann umfasste er meinen Hinterkopf.

»Das musst du nicht tun«, sagte er und stöhnte im nächsten Augenblick. Als er so richtig scharf war, hob er mich hoch, küsste mich und schob mich in die Dusche. »Dreh dich um«, sagte er. Als ich ihm den Rücken zukehrte, packte er sofort meine Hände und presste sie an die Fliesen über meinem Kopf, beugte sich vor und flüsterte mir »Ich liebe dich« ins Ohr. Ich spreizte die Beine und keuchte auf, als er kraftvoll in mich eindrang.

»Alles gut?«

»Gott, ja, mach einfach weiter.«

Seine Hände glitten an meinen Armen herab. Mit einer Hand griff er um mich herum und umkreiste mit dem Finger die empfindliche Haut, dort, wo wir verbunden waren, und dabei stieß er weiter machtvoll in mich hinein, bis wir beide laut atmeten und stöhnten. Ich warf den Kopf zurück, und sofort lagen seine Lippen an meinem Hals, saugten, küssten und zupften an der Haut. Schließlich biss er mich zart ins Ohrläppchen, und ich löste mich völlig auf und rief: »Ich liebe dich auch!«

Nach einem enorm langen Stelldichein in der Dusche tadelte ich Jamie scherzhaft wegen des vielen Wassers, das er seiner umweltbewussten Haltung zum Trotz vergeudet hatte.

Er lachte, und dann versuchte er, die Wassertropfen von meinem Körper zu lecken.

»Siehst du, das Wasser ist nicht vergeudet.«

Ich zog mich rasch an, während Jamie sich, lediglich in ein Handtuch gewickelt, auf meinem Bett ausstreckte.

»Ich muss mich noch daran gewöhnen, dass du ständig in meinem Bett bist.«

»Ja?«

Ich sah ihn nur an und schüttelte den Kopf. Dann sammelte ich meine Wäsche und etwas von Jamies Klamotten ein und ging zur Tür.

»Das kann ich doch machen«, sagte er. Er hatte das Handtuch fallen lassen und stand nackt neben meiner Kommode, im Begriff, sich eine Spritze zu setzen. Er zog eine Hautfalte heraus und stach die Nadel hinein.

»Ich mach das schon. Du hast dich wochenlang um meine Wäsche gekümmert, aber jetzt kann ich das auch selbst machen.«

»Es ist Heiligabend. Du solltest an Heiligabend keine Wäsche waschen.«

»Es ist nur eine Maschine voll. Ich werfe sie hinein und bin in einer Sekunde zurück.«

Die Waschmaschinen in der Waschküche waren voll. Verärgert machte ich auf dem Absatz kehrt und rannte geradewegs in Dylan hinein.

»Hey, Chica.«

»Hi.« Ich stellte meinen Korb ab und nahm ihn in die Arme.

Er legte mir die Hände auf die Schultern, drückte mich von sich und musterte mich von Kopf bis Fuß. »Du glühst ja so. Hattest du einen schönen Morgen?«

Mein Ärger löste sich in Luft auf. »Klingt beinahe, als wäre dir dieses Aussehen allmählich ziemlich vertraut.«

»Na ja, schon. Ich will nicht lügen, aber Ashley glüht inzwischen schon ein paar Wochen lang ohne Unterbrechung.«

»Bist du auch vorsichtig mit ihr?«

»Ja, wir sind vorsichtig.«

Ich lächelte. »Guter Junge. Habt ihr gemeinsame Zukunftspläne?«

»Sie will nächstes Jahr wirklich nach Berkeley, also werde ich versuchen, einen Platz im Musikprogramm der University of San Francisco zu ergattern.«

»Das hört sich großartig an, Dylan.«

»Und ich werde ganz in eurer Nähe sein.«

»Wie meinst du das?«

»Ich dachte, ihr würdet nach Napa ziehen.«

»Wie kommst du darauf?«

»Das hast du mir selbst gesagt, Kate.«

»Habe ich? Wann denn?«

Er verschränkte die Arme vor der Brust und starrte zur Decke hinauf. »Erinnerst du dich überhaupt an irgendetwas, das vor dem Überfall passiert ist?«

»Ich erinnere mich an vieles, nur an diesen Tag erinnere ich mich nicht besonders gut.«

»Jamie hat dir einen Brief geschickt, in dem er dich gebeten hat, ihn zu heiraten.«

»Das wusste ich.«

»Tja, aber du weißt anscheinend nicht, was du zu mir gesagt hast.«

Ich dachte nach, schüttelte aber schließlich langsam den Kopf. »Nein, ich erinnere mich nicht. Woran erinnerst du dich?«

»Ich erinnere mich an deine genauen Worte.«

»Was? Sag's mir!« Ich bohrte ihm den Zeigefinger in den Brustkorb.

»Du hast gesagt, du wirst beim *Crier* kündigen, nach Napa gehen, dein Buch zu Ende schreiben und hundertprozentig Ja zu Jamie sagen. Ich werde nie vergessen, wie du an dem Tag ausgesehen hast. Du hast geglüht, deine Augen haben gestrahlt, ganz ähnlich wie jetzt.«

»Das habe ich wirklich gesagt?«

»Jepp.«

Aber wollte ich das immer noch?

Jamie hielt direkt vor dem Haus ein Taxi an, das uns zu einem vietnamesischen Restaurant an der State Street brachte. Es war ein perfekter Tag für *Pho*. Die Temperatur lag um den Gefrierpunkt, aber es schneite nicht – es war nur windig und sehr kalt –, also war eine warme Suppe in einer besonders gemütlichen Atmosphäre umso angenehmer. Ich wollte nicht darüber reden, was ich Paul zu fragen gedachte. Ich wollte einfach nur ein nettes Mittagessen zu mir nehmen und die Zeit mit Jamie genießen.

Über den Tisch hinweg starrte ich ihn an. Er trug ein schwarzes T-Shirt, ein schwarzes Jackett und eine dunkle Jeans zu Springerstiefeln. Sein Haar war zwar viel kürzer, aber immer noch von blonden Strähnen durchzogen und auf eine anziehende Art zerzaust. Aus irgendeinem Grund sahen seine Augen, wenn er frisch rasiert war, grüner aus und das Grübchen auf der linken Wange tiefer. Seine Lippen waren immer rosa und wirkten gesund. Ich sah ihm zu, während er die Nudeln in seiner Suppe schlürfte wie ein kleiner Junge. Jamie war der bei Weitem unprätentiöseste Milliardär auf Erden. Er lebte für den Augenblick, liebte sein Leben … und er wollte es mit mir teilen.

»Jamie?«, sagte ich und fixierte meine Suppe.

Ich spürte, dass er aufblickte. »Ja?«

»Danke für alles, was du für mich getan hast.«

»Du musst mir nicht danken.«

»Ich habe dir das nicht gesagt, aber es tut mir wirklich leid wegen des Artikels und meiner vorschnellen Schlüsse. Ich bin immer wieder vor engeren Beziehungen mit anderen Menschen davongelaufen, aber das ist jetzt vorbei. Ich möchte mit dir nach Napa gehen. Ich will es versuchen.«

Über den Tisch hinweg griff er nach meinen Händen. »Das würde mich glücklich machen.«

In der eisigen Kälte legten wir mehrere Blocks zu Fuß zurück. Ich kuschelte mich an Jamies Seite, bis wir das *Starbucks* erreicht hatten. Kaum dass ich eingetreten war, ging mir auf, dass ich gar nicht wusste, wie Paul aussah oder wie ich ihn finden sollte, aber das war auch gar nicht nötig. Er entdeckte mich beinahe auf Anhieb.

»Kate?«

Ich drehte mich um und sah einen attraktiven Mann vor mir, vermutlich Ende vierzig, aber viel jünger, als ich erwartet hatte. Er hatte grau meliertes Haar, braune Augen und eine schmale, sportliche Statur. Etwas an ihm kam mir vertraut vor. In Pullover und Hose war er ein Musterbild eines distinguierten Herrn.

»Paul.« Ich streckte die Hand aus, doch er umarmte mich gleich.

»Sie hätte ich aus einer Million Meilen Entfernung erkannt. Sie sind so umwerfend schön wie Ihre Mutter.«

»Danke«, sagte ich verlegen.

»Ich bin Jamie, Kates Verlobter.« Jamie reichte Paul die Hand, und der schüttelte sie.

»Nett, Sie kennenzulernen. Wollen wir uns setzen?« Paul deutete auf einen Tisch in der Ecke.

»Ich besorge uns Kaffee«, erbot sich Jamie.

Ich setzte mich Paul gegenüber und musterte seine Züge. »Sie waren also mit meiner Mutter zusammen.«

»Ja, und ich weiß, was Sie denken.«

»So?«

»Ich war viel jünger als sie. In den Zwanzigern, da war sie schon beinahe vierzig.«

»Eigentlich dachte ich, dass sie mir sehr bekannt vorkommen.«

»Na ja, ich bin Autor. Vielleicht haben Sie einen meiner Romane gelesen.«

»Ja, das ist es!« Prompt erinnerte ich mich wieder. Der Mann, der mir gegenübersaß, war der preisgekrönte Bestsellerautor Paul Sullivan. »Was für eine Ehre, Sie kennenzulernen. Ich schreibe auch. Ich arbeite als Redakteurin für den *Crier*.«

»Oh, ja, die Zeitung ist mir bekannt. Das ist wunderbar, aber, um ehrlich zu sein, es überrascht mich nicht. Ihre Mutter war eine begeisterte Anhängerin des geschriebenen Wortes.«

»Was war zwischen Ihnen und meiner Mutter?«

Er lehnte sich auf dem Stuhl zurück und lächelte, während er sich erinnerte. »Sie war Kassiererin in meiner Bank, und sie war so unvergleichlich schön. Ich habe immer wieder Gründe gesucht, um in die Bank zu gehen und sie zu sehen. Eines Tages hat sie zugestimmt, mit mir zu Mittag zu essen, und von da an haben wir uns öfter getroffen.« Er brach ab und presste die Lippen zusammen. Mit verschleiertem Blick starrte er den Tisch an. »Ich habe sie geliebt«, sagte er dann.

Der Altersunterschied schockierte mich nicht, denn meine Mutter schien im Herzen immer jung gewesen zu sein. Was mich viel mehr überraschte, war, dass ich nie von diesem Mann gehört hatte, der offenbar so wahnsinnig verliebt in sie gewesen war.

»Und was ist passiert?«

»Sie konnte sich nicht dazu durchringen, eine ernste Beziehung zu jemandem aufzubauen, der so viel jünger war. Sie sagte, sie könne keine Kinder bekommen, aber das konnte sie offenbar doch, denn sie hat ja schließlich Sie. Mit Samuel, nehme ich an?«

»Ich habe keine Ahnung, wer Samuel ist.«

Er blinzelte und schüttelte den Kopf. »Tja, seinetwegen hat sie die Beziehung beendet. Er war in ihrem Alter, und sie hat gesagt, er würde besser zu ihr passen. Wenige Wochen nachdem sie einander kennengelernt hatten, waren sie schon verlobt, und sie sagte mir, sie könne mich nicht mehr treffen. An dem Tag, an dem ich ihr das letzte Mal begegnet bin, hat sie mir ihren Ring gezeigt.«

In diesem Moment setzte Jamie sich zu uns und ergriff meine Hand.

Paul schien um Fassung zu ringen. »Sie hat geweint und sich immer und immer wieder entschuldigt. Ich bin fortgegangen und habe sie weinend an einem Weg am Seeufer zurückgelassen. Das war das letzte Mal, dass ich sie gesehen habe, aber ich konnte nie aufhören, an sie zu denken. Ich glaube, das werde ich niemals können.«

»Wow«, machte ich, und mir liefen die Tränen über die Wangen.

»Es tut mir leid, meine Liebe. Es muss schwer für Sie sein, sich das anzuhören.«

»Ich möchte es wissen. Ich muss so viel wissen wie nur möglich. Ich weiß ja nicht mal, wer mein Vater ist. Sie hat es mir nie erzählt.« Meine Stimme zitterte.

Jamie saß schweigend neben mir.

»Samuel Morrison, bei dem Namen würde ich anfangen.«

»Was ist mit Ihnen? Haben Sie Familie?«

Das schien seine Stimmung aufzulockern. Paul gluckste. »Ja, ich habe meine Frau kurz nach der Trennung von Ihrer Mutter kennengelernt. Wir haben fünf Kinder und zwei Enkel, und der nächste ist schon unterwegs. Ich habe eine sehr große Familie, die ich sehr liebe, aber wie ich schon sagte, ich habe nie aufgehört, an Ann zu denken, und ich wollte wissen, wie es ihr ergangen ist. Darum habe ich angerufen.«

Ich konnte nicht glauben, dass meine Mutter eine Herzensbrecherin war. Warum um alles in der Welt hatte sie nur diesen Mann abserviert?

Wir standen alle gleichzeitig auf.

»Danke, dass Sie sich mit mir getroffen haben, Paul. Mir ist, als hätte ich einen Platz gefunden, an dem ich anfangen kann zu suchen.«

»Gern geschehen. Es tut mir leid, dass Sie Ihre Mutter so früh verloren haben.«

Ich umarmte ihn, und dann schüttelte er Jamie die Hand, ehe wir alle in die kalte Luft hinausgingen.

Wir kamen drei Blocks weit, ehe es anfing zu regnen. Ich ergriff Jamies Hand und zog ihn die Stufen zur nächsten L-Station hinauf.

»Bist du sicher, Kate? Ich kann uns auch ein Taxi rufen.«

»Nein. Ich mache das. Ich korrigiere meine Erinnerungen.« Irgendwie hatte mir das Treffen mit Paul neuen Auftrieb gegeben.

Zitternd standen wir am Bahnsteig, als der Zug vor uns hielt. Wir waren durchnässt und froren entsetzlich. Ich packte Jamies Jacke und zog ihn durch die Tür in den Wagen, schob ihn gegen eine Haltestange und presste meinen Mund auf seinen, küsste ihn inniglich. Er legte mir die Hände ans Gesicht und erwiderte den Kuss mit solch einer Intensität, dass ich glaubte, wir müssten in Flammen aufgehen.

Als wir uns voneinander lösten, hielt er mein Gesicht immer noch umfasst und sagte: »Genau deswegen liebe ich dich. Du bist einfach unglaublich.«

»So will ich mich an die L erinnern. Wenn wir wegziehen und ich nie wieder hierher zurückkomme, dann will ich mich daran erinnern, wie wir beide klatschnass in der L gestanden und uns geküsst haben.« Ich lachte.

Er küsste mich noch einmal, und dann hielten wir einander umfasst, bis wir aussteigen mussten.

Zurück in meinem Apartment, brauchte Jamie exakt drei Minuten, um Samuel Morrison zu googeln. Er lebte in der Stadt, keine zwei Meilen entfernt von mir. Der Gedanke, dass der Mann, der vielleicht mein Vater war, nur zwei Meilen von mir entfernt lebte und sich nie um mich gekümmert hatte, quälte mich und sorgte dafür, dass ich ihn gar nicht mehr ausfindig machen wollte, aber Jamie bestand darauf, dass ich ihn anrief. Ich wusste, er hatte recht. Es würde mich ewig quälen, wenn ich nicht wenigstens versuchte, meinen Vater zu finden.

Es klingelte ein paarmal, dann ging er dran, und mein Herz pochte wie verrückt. Ich hatte keine Ahnung, was mich erwartete.

»Hallo?«

»Kann ich bitte mit Samuel Morrison sprechen?«

»Am Apparat.«

Ich schwieg. Ich hatte einen dicken Kloß in meiner Kehle.

»Hallo?«, sagte er erneut.

»Mein Name ist Kate Corbin. Ich bin Ann Corbins Tochter.« Jamie nickte mir aufmunternd zu. »Meine Mutter ist gestorben, als ich acht war. Ich habe nie erfahren, wer mein Vater war, aber jetzt habe ich Grund zu der Annahme, dass Sie es sein könnten.«

Sehr leise und ernst antwortete er: »Ihr Verlust tut mir sehr leid. Ich habe Ihre Mutter gekannt. Ich war sogar mit ihr verlobt, aber ich kann Ihnen versichern, dass ich nicht Ihr Vater bin.«

»Wie können Sie das wissen?«

»Weil ich nie mit Ihrer Mutter intim war. Sie war schon schwanger, als ich sie kennengelernt habe. Ich wusste es nicht, bis wir kurz davorstanden, die Ehe zu schließen. Sie wollte Sie behalten, aber ich konnte nicht mit dem Gedanken leben, das Kind eines anderen Mannes großzuziehen, darum haben wir uns getrennt.« Sprachlos presste ich den Hörer an mein Ohr. »Kate?«

»Was bedeutet das?«

»Ich bin kein schlechter Mensch. Sie war mir wirklich wichtig, und ich bin während ihrer ganzen Schwangerschaft mit ihr in Kontakt geblieben. Kurz vor der Geburt hat sie nach Ihrem Vater gesucht, aber da gab es schon eine andere Frau in seinem Leben. Ich glaube nicht, dass sie ihm je von Ihnen erzählt hat. Sie sagte, sie würde das auch allein schaffen. Ich habe ihr das unbesehen geglaubt. Sie war eine starke Frau.«

Plötzlich fügte sich alles, und die Wahrheit lag direkt in meiner Reichweite.

»Ist mein Vater Paul Sullivan?«

»Ja, ich glaube, er ist es.«

Mein biologischer Vater war der attraktive Mann, den ich vor gerade einer Stunde bei *Starbucks* kennengelernt hatte. Der umschwärmte, preisgekrönte Bestsellerautor. Ich blickte auf und sah, dass Jamie ebenso schockiert war wie ich. Seine Augen waren riesig, und er sah mich forschend an, ehe er plötzlich von einem Ohr zum anderen lächelte.

»Danke, Mr Morrison. Ich muss jetzt auflegen. Auf Wiederhören.«

Kaum hatte ich das Gespräch beendet, zog Jamie mich in seine Arme. »Oh mein Gott, Kate, dein Dad ist *der* Paul Sullivan!«

»Aber er weiß es nicht. Was, wenn er mich nicht will?«

»Wir rufen ihn einfach an, erzählen ihm die Geschichte und sehen, wie er reagiert. Wenn ich es recht bedenke, da gab es auch eine gewisse Ähnlichkeit. Seine Ohren stehen genauso ab wie deine«, stichelte er.

»Meine Ohren stehen nicht ab.«

»Doch, ein kleines bisschen. Das ist eigentlich ziemlich süß.« Er griff zum Telefon und reichte es mir. »Also … Zeit, Paul anzurufen.«

»Ich kann nicht, Jamie – ich habe Angst.«

»Du hast viel durchgemacht, Kate. Komm her.« Er nahm mich in die Arme und hielt mich fest, während er mir leise ins Ohr flüsterte: »Du bist einer der tapfersten Menschen, die ich kenne. Du kannst das. Ich bin sicher, dass er dich in seinem Leben haben will. Wie könnte er auch nicht?« Nun drückte er mich sanft weg, sah mich an und umfasste meine Schultern. »Du bist großartig.«

»Okay, ich mache es.«

Jamie gab mir das Telefon. Ich wählte die Nummer. Mein Magen verkrampfte sich, während ich darauf wartete, dass abgenommen wurde.

»Hallo?«

»Hi, Paul, Kate hier. Ich muss Ihnen etwas sagen …«

17. Der Sachverhalt

Es gibt diese Momente, in denen sich endlich klare Bilder in dem abstrakten Gemälde des Lebens herausbilden. Für mich geschah das in dem Moment, in dem ich das Telefon nahm und Paul anrief. Ich sah mich in Chicago und Napa, umgeben von Jamie, Beth, Jerry und Dylan – den Leuten, die mir in meinen dunkelsten Stunden beigestanden hatten –, und da erkannte ich, dass alles, was ich je gewollt, je erträumt hatte, schon in Reichweite war.

Ich wollte einen Beruf, dem ich mit Leidenschaft nachgehen konnte. Ich hatte meinen Roman. Ich wollte Liebe und Lust und alles, was dazugehörte. Ich hatte Jamie. Ich wollte mit aller Kraft kämpfen, lieben und leben. Aber mehr als alles andere wollte ich eine Familie, mit der ich mein Leben teilen konnte. Und die hatte ich auch, selbst wenn dabei keine Blutsverwandten waren.

Der Tod von meiner Mutter und Rose, meine ständige Neuinterpretation des Traums über Rose, meine Beziehung zu Bob hatten mich geradezu gelähmt und an einem Ort der Furcht und Isolation festgehalten. Ich hatte geglaubt, ich wäre alles, was ich hatte, und alles, was ich brauchte. So war es einfacher. Aber Jamie hatte recht. Ich hatte Angst, zu leben, Angst, glücklich zu sein, Angst, mir zu nehmen, was ich verdiente.

Mein ganzes Leben breitete sich in diesem Moment der Klarheit vor mir aus, und sogleich empfand ich eine tiefe Dankbarkeit für all die traumatischen und schmerzhaften Erfahrungen. Hätte ich nicht in dieser verdammten Dunkelheit gelebt, dann wäre ich nie imstande gewesen, das Licht zu sehen. Nun aber sah ich es endlich, furchtlos, bereit, hineinzumarschieren und mein Glück zu beanspruchen.

»Paul … ich glaube, Sie könnten mein Vater sein. Eigentlich

weiß ich, dass Sie es sind, und ich möchte Ihnen sagen, dass ich Sie, wenn Sie dafür offen sind und sich damit nicht unwohl fühlen, gern kennenlernen würde.«

Ich konnte Pauls Gefühle durch das Telefon spüren. »Ich wollte dich gerade anrufen, Kate.« Seine Stimme brach.

Ich zitterte, und Jamie beobachtete mich mit Argusaugen.

»Auf dem Heimweg nach unserem Treffen habe ich mich gewundert, dass du noch nie von Samuel gehört hast. Aber es hätte für deine Mutter keinen Grund gegeben, ihn von dir fernzuhalten. Plötzlich bekam ich so ein Gefühl … ich dachte über das Timing nach und über dein Alter. Du siehst genauso aus wie deine Mutter, weißt du, aber da ist etwas an deinem Lächeln, was ich von meiner jüngsten Tochter kenne. Und was noch auffälliger ist, mein Liebes, du bist mit den Sullivan-Ohren gesegnet.«

»Das hat mein Freund auch gesagt«, entgegnete ich. Ich lachte und weinte zugleich.

Jamie formte vor mir mit den Lippen das Wort *Verlobter*. Ich ging zu ihm und setzte mich auf seinen Schoß. Er küsste mich und rieb mir die Schultern, während ich weiter mit Paul sprach – meinem Vater.

»Als ich heimgekommen bin, habe ich meiner Frau Elaine von meinem Gefühl erzählt. Ich habe ihr die ganze Geschichte erzählt. Sie freut sich sehr darauf, dich kennenzulernen.« Eine lange Pause trat ein. Er räusperte sich und fuhr dann fort: »Es tut mir so leid, dass ich nicht viel früher ein Teil deines Lebens war, Kate, aber ich verspreche dir, ich werde tun, was ich kann, um die verlorene Zeit wiedergutzumachen.«

Ich muss zugeben, dass ich zu diesem Zeitpunkt schon regelrecht hysterisch war. Alles, was ich noch herausbrachte, war: »Ich schreibe auch.«

»Ich weiß. Ich habe mich über dich erkundigt …« Seine Stimme zitterte, und er weinte zusammen mit mir. »Ich … ich bin sehr stolz auf dich. Keines meiner anderen Kinder … ich bin einfach so glücklich. Bitte, komm doch morgen Abend zu uns zum Weihnachtsessen, ja? Dann kannst du auch deine Brüder und Schwestern kennenlernen.«

»Erzähl mir von ihnen.«

Er holte tief Luft. »Also, du hast eine Schwester namens Olivia, die ist fünfundzwanzig. Sie hat Zwillinge, Jungs – sie sind fünf Jahre alt. Du bist Tante.«

Ich lachte vor Freude, und die Tränen liefen mir immer noch über das Gesicht. »Weiter.«

»Dein Bruder Aiden ist dreiundzwanzig. Er ist mit Lauralie verlobt, die schwanger ist. Ein bisschen jung für so etwas, das wissen wir, aber sie lieben sich sehr. Und dann ist da Gavin. Er ist einundzwanzig und geht zum College, zur USC in Los Angeles, aber während der Feiertage ist er bei uns. Blake ist zwanzig und noch auf der Suche nach sich selbst.« Er klang beinahe amüsiert. »Und dann ist da noch Skylar, unsere Jüngste. Sie ist siebzehn und noch in der Highschool. Sie ist ein Freigeist – und eine sehr begabte Pianistin.«

»Wow. Ich bin sprachlos. Ich habe mein ganzes Leben lang gedacht, ich hätte keine Familie.«

»Tja, du hast eine große Familie, und ich weiß, dass jeder von uns das neue Mitglied willkommen heißen wird. Was sagst du, kommst du und lernst alle kennen?«

»Ja, das werde ich auf jeden Fall.«

»Dann sehen wir uns morgen, Liebes. Ich kann es gar nicht erwarten, mehr von dir zu erfahren.«

»Gleichfalls«, sagte ich leise und legte auf. Dann drehte ich mich um, setzte mich rittlings auf Jamies Schoß, barg mein Gesicht an seinem Hals und schluchzte.

»Freudentränen?«, fragte er.

»Die freudigsten. Gehst du mit?«

»Natürlich.«

Danach schlüpften wir nackt und frierend ins Bett, doch schon Augenblicke später war uns wieder warm. Eng umschlungen schliefen wir ein, und am Weihnachtsmorgen erwachte ich von dem Duft eines Frühstücks. Jamie machte Pfannkuchen und sang zu den Black Keys, die er über das iPod-Dock abspielte.

Als ich in sein Blickfeld geriet, brüllte er: »Frohe Weihnachten, Geliebte«, um die laute Musik zu übertönen. Er trug lediglich die karierte Flanellpyjamahose.

Ich hatte mir die verführerische schwarze Neuanschaffung von Victoria's Secret angezogen, die ich mit Beth erstanden hatte. Nun umrundete ich den Frühstückstresen, damit er mich ganz sehen konnte.

Prompt klappte ihm der Mund auf. »Oh mein Gott, vergiss das Frühstück.« Als er meine Taille umfasste und mich hochhob, schlang ich die Beine um ihn. Er drückte mich gegen die Esszimmerwand und küsste mich leidenschaftlich, als der Sänger der Black Keys gerade »I got mine!« röhrte. *Bester Sexsong aller Zeiten!*, dachte ich.

Nachdem Jamie mich an der Wand genommen hatte, aßen wir unser stellenweise verbranntes Frühstück, duschten und zogen uns an.

»Jamie?«

»Ja?«

»Ich fühle mich furchtbar. Ich habe gar kein Geschenk.«

»Soll das heißen, das Ding, das du vorhin anhattest, war nicht für mich?«

Ich lachte. »Na ja, doch, irgendwie.«

»Ich habe ein eidetisches Gedächtnis, weißt du noch? Diese kleine Nummer wird für mich ein Geschenk von Dauer sein, das kannst du mir glauben.«

Er stand an meiner Kommode und verabreichte sich seine Insulindosis. Als er sich dann umdrehte, hielt er ein kleines Kästchen in Händen. »Das ist für dich, aber du darfst es noch nicht aufmachen.«

Ich setzte eine verstimmte Miene auf.

»Oh, ist Katy etwa neugierig?«

»Nein, ein bisschen Spannung halte ich schon aus.«

Wir beschlossen, durch die Stadt zu gehen und nach dem Holiday Train Ausschau zu halten, ehe wir zum Haus meines Vaters fahren würden, das sich in einem kleinen Vorort gleich außerhalb von Chicago befand.

Als wir das Haus verließen, fiel mir ein fehlerhaft beschriftetes Schild über der Tür auf: MARRY CHRISTMAS.

Ich lachte in mich hinein. Zwei Blocks weiter stand ein anderes Schild im Schaufenster eines Cafés, ebenfalls mit dem Schriftzug MARRY CHRISTMAS.

»Hast du das gesehen?« Ich zeigte Jamie das Schild.

»Was denn?«

»Es ist falsch geschrieben.«

»Oh, hmm, Idioten.« Er gluckste und zog mich an der Hand weiter.

Auf dem Weg zu der L-Station, die meiner Wohnung am nächsten war, entdeckte ich Darlene. Sie hatte sich in eine Decke gewickelt und saß auf einem Stück Pappe. Als wir näher kamen, sagte sie: »Hey, du, Mädchen. Sag ja!«

Ich sah mich zu Jamie um. Der zuckte nur mit den Schultern und blickte dann ganz unschuldig zum Himmel hinauf.

»Frohe Weihnachten, Darlene.« Ich gab ihr einen Zehn-Dollar-Schein. »Halt dich warm.«

»Danke«, sagte sie.

Wir gingen weiter. Nach ungefähr einem halben Block blieb ich abrupt stehen und drehte mich zu Jamie um. »Was führst du im Schilde?«

»Wer, ich?«, fragte er mit vorgetäuschter Verwunderung. »Lass uns gehen. Wir müssen uns beeilen.« Er zerrte mich einfach mit.

»Warum müssen wir uns beeilen?«

»Wir müssen einfach.«

Kaum waren wir am Bahnsteig, fing es an zu schneien. »Das habe ich eingefädelt«, behauptete Jamie.

Und dann, siehe da, fuhr der Holiday Train ein. »Bist du dafür verantwortlich?«

Er zog mich direkt zu Santas Wagen. »Nein, es gibt einen Fahrplan.«

»Machst du Witze? All die Jahre gab es einen Fahrplan?«

Als wir bei Santa angelangt waren, blieb Jamie stehen, sah mir in die Augen und sagte: »Frohe Weihnachten, Engel.«

Und dann stimmte Santa mit ein: »Ho, ho, ho, ein frohes Fest, Merry Christmas, und nun musst du ihn nur noch heiraten.«

Jamie deutete mit dem Daumen auf Santa, der hinter ihm stand. »Dafür bin ich verantwortlich«, sagte er. Dann sank er auf ein Knie, zog das Kästchen hervor und öffnete es. Zum Vorschein kam ein schlichter rosaroter Stein in einem Platinring. »Tut mir leid, Liebling, keine Blutdiamanten für dich.«

Ich schüttelte den Kopf und lachte.

»Marry me. Sag ja!«

»Jamie Lawson … ist das deine Art, höflich zu fragen?«

»Katherine Corbin, würdest du mich bitte heiraten und meine Frau werden und dieses schwarze Seidending mindestens zweimal pro Woche anziehen, und zwar für den Rest unseres Lebens?«

Ich sank vor ihm auf die Knie, umfasste sein Gesicht und küsste ihn. »Absolut, hundertprozentig ja. Und das war ein viel besserer Antrag als so eine kurze Notiz.«

Überall um uns herum fingen die Leute auf dem Bahnsteig an zu klatschen und zu jubeln. Sogar Santa war fröhlicher als sonst. Jamie steckte mir den Ring an den Finger, und als wir gemeinsam wieder aufgestanden waren, scheuchte er mich in den Zug. Mit Schnee bestäubt küssten wir uns in dem Moment, in dem die Türen sich schlossen, und gaben uns das stumme Versprechen, dass wir es immer so halten würden, wenn wir in die L stiegen. Das war unsere neue, wundervolle Erinnerung.

Wir mieteten einen Wagen und fuhren nach Norden. Paul Sullivan, mein Vater, wohnte in einem prächtigen, zweistöckigen Kolonialhaus in der Gemeinde Wilmette, einem ruhigen Vorort nördlich von Chicago. Die von Bäumen gesäumte Straße und die großen schneebedeckten Häuser boten einen malerischen Anblick, ein idealer Ort, um heranzuwachsen.

Für einen Moment verspürte ich einen schmerzhaften Stich, als wir in die lange Auffahrt einbogen. Ich fragte mich, ob das einem verborgenen Groll gegen meine Mutter geschuldet war oder schlichtem Neid auf die anderen Kinder meines Vaters, die hier hatten aufwachsen dürfen, während ich mir eine winzige Wohnung mit nur einem Schlafzimmer mit einer depressiven Rose hatte teilen müssen. Ich dachte an die vielen Nächte, in denen ich auf dem Schlafsofa übernachtet und mir sehnlichst ein eigenes Zimmer gewünscht hatte. Trotzdem vergaß ich nie, dass Rose mich geliebt hatte, als wäre ich ihre eigene Tochter.

Ehe wir ausstiegen, musterte Jamie mich etwas besorgt. »Ist alles in Ordnung? Du kommst mir so abwesend vor.«

»Ich bin hier, das verspreche ich dir. Ich bin ganz hier. Es tut nur ein bisschen weh. Ich kann nicht begreifen, warum meine Mutter nicht wollte, dass ich von ihm erfahre.«

Er nahm meine Hand und küsste den Handrücken. »Den Grund dafür wirst du vielleicht nie erfahren, und ich kann dir aus Erfahrung sagen, dass du loslassen musst. Als meine biologischen Eltern versucht haben, Geld aus mir rauszuholen, haben sie mir eine Lüge nach der anderen erzählt. Die wollten mich fertigmachen – ihr eigen Fleisch und Blut –, dabei wollte ich den Menschen nur etwas Gutes tun. Monatelang habe ich ständig gegrübelt, warum. Schließlich hat meine Adoptivmutter mir gesagt, ich solle aufhören, nach einer Antwort zu suchen, und nach vorn blicken. Als der Prozess vorbei war, habe ich mir geschworen, ich würde nie wieder fragen, warum. Sieh dir das an, Kate. Siehst du all diese Autos?« Auffahrt und Straße waren voller Wagen, die jeden freien

Platz rund um das große weiße Haus belegten. »Das ist das, was du jetzt bekommst. Das ist wunderbar. Vergiss die Vergangenheit.«

Zwar gab sich Jamie alle Mühe, es zu verbergen, aber ich erkannte seinen Kummer. Das, was ich hatte, konnte ich niemals als selbstverständlich ansehen, solange ich wusste, dass er den größten Teil seiner Familie verloren hatte. »Tut es immer noch weh?«, fragte ich.

»Da war dieses Loch, diese Leere, von der ich dachte, sie könnte nie ausgefüllt werden, aber sie heilt, sie füllt sich … das tut sie, seit wir uns begegnet sind.«

»Und nun hast du auch noch all das.« Ich deutete auf die Wagen und lächelte.

Meine neue Familie kennenzulernen wuchs sich zu einem Wirrwarr aus Gesichtern und Namen aus. Meine neuen Geschwister und meine Stiefmutter nahmen mich mit offenen Armen auf. Ich durfte meinen kleinen Neffen halten und dem wundervollen Klavierspiel meiner jüngsten Schwester Skylar lauschen. Jamie passte hervorragend hinein in diese warme Atmosphäre. Während wir bei meinem Vater waren, warf ich ihm immer wieder einen verstohlenen Blick zu, und jedes Mal schenkte er mir ein Lächeln.

Auf dem Weg zurück in die Stadt besprachen wir, wie es weitergehen sollte. »Ich möchte jetzt eigentlich nicht hier weg, aber ich weiß, du musst nach Napa.«

»Wir müssen nicht wählen, Kate. Wir können an beiden Orten leben. Das ist das Schöne am Schreiben.«

»Und was ist mit dir?«

»Ich war nie an einen Ort gebunden, und genau so gefällt es mir.«

»Wirklich?«

»Ja, natürlich. Willst du deine Wohnung behalten?«

»Meine Wohnung ist mir egal, ich möchte nur die Möglichkeit haben, von Zeit zu Zeit herzukommen.«

»Ich glaube, das lässt sich einrichten.«

18. Überleitung

In der Woche nach Weihnachten war ich größtenteils damit beschäftigt, zu packen und zu schreiben, während Jamie Reisepläne für unsere Rückkehr nach Napa im neuen Jahr schmiedete. Wir beschlossen, dass unsere Hochzeit im Frühjahr auf dem Weingut stattfinden sollte, vorausgesetzt, es stellten sich keine unvorhergesehenen Umstände ein. Jamie beharrte darauf, dass nichts passieren würde und ich aufhören solle, mir einzubilden, die Dinge seien zu gut, um wahr zu sein. Er wandte eine Menge Zeit dafür auf, mir zu versichern, dass alles gut werden würde.

Eines Morgens, die Woche war schon beinahe vorbei, hörte ich ihn in der Küche herumwerken.

»Was machst du?«

Er war bereits angezogen und hatte offensichtlich darauf gewartet, dass ich aufstand.

Er platzierte ein Schokoladencroissant und einen Latte von *Starbucks* vor mir auf dem Tisch. »Morgen. Ich war so aufgeregt, ich konnte nicht schlafen.«

Ich setzte mich an den von Kisten umgebenen Tisch. »Aufgeregt? Worüber?«

»Kann ich dir nicht sagen.« Er war total aufgedreht. »Das muss ich dir zeigen, aber wir können erst um neun hin.«

Ich nahm einen Bissen von dem Gebäckstück.

»Sind das nicht die besten?«, fragte er.

»Isst du auch eins?«

»Ja.« Inzwischen war er am Küchentresen und kontrollierte seinen Blutzuckerspiegel. »Scheiße«, sagte er und griff nach seinem Insulinpen. Er verpasste sich eine Spritze und setzte sich dann zu mir an den Tisch. Er wirkte immer noch ein bisschen aufgekratzt, aber dann machte ich den Mund auf und holte ihn augenblicklich wieder auf die Erde.

»Machst du dir Sorgen, unsere Kinder könnten das auch bekommen?«

»Unsere Kinder?«

»Ja.«

»Machst du dir Sorgen, Kate?«

»Du bist derjenige, der damit lebt. Sollte ich mir Sorgen machen?«

»Falls eines unserer Kinder Diabetes hat, dann wäre ich in der Lage, ihm zu helfen und ihm beizubringen, wie es ein weitgehend normales Leben führen kann. Und obwohl weder meine Mutter noch mein Vater diese Krankheit hatten, haben sie mir zu dem denkbar gesündesten Lebensstil verholfen. Aber falls dir das zu viele Sorgen macht, können wir auch adoptieren. Ich glaube, das sollten wir sowieso tun. Ich möchte eine große Familie haben.«

»Ich glaube, ich auch, und ich habe keine Angst, wenn du keine hast. Ich vertraue dir.«

»Okay.« Er beugte sich zu mir und küsste mich auf die Nase. »Also, wie sieht der Plan für heute Abend aus?«

»Ich habe Ashley und Dylan gesagt, wir könnten uns, falls du auch Lust dazu hast, um Mitternacht auf dem Dach treffen, Champagner trinken und mit Töpfen und Pfannen klappern oder was auch immer.«

»Hört sich toll an.«

Ich duschte und zog mich an, und dann nahmen wir uns ein Taxi und fuhren in ein vornehmes Gold-Coast-Viertel. Wir hielten vor einem Gebäude, das, da war ich ziemlich sicher, Oprah gehörte. Jamie führte mich durch die Lobby zu einem Fahrstuhl, steckte einen Schlüssel ins Schloss und drückte auf den Knopf für das Penthouse.

Dort betraten wir ein verlassenes Foyer, gingen einen langen Korridor hinunter und standen schließlich in einem großen, loftartigen Raum mit deckenhohen Fenstern, von denen der Blick auf den Lake Michigan hinausführte. Die Böden waren mit warmem, einladend wirkendem Parkett ausgelegt. Und obwohl der Raum völlig leer war, fühlte er sich irgendwie nach einem Zuhause an. Vielleicht lag es daran, dass ich von hier so viel von meiner geliebten Stadt sehen konnte, vielleicht aber auch daran, dass ich mit Jamie hier war.

»Willst du die Wohnung kaufen?«, fragte ich.

»Die Wohnung kaufen?«

»Ja.«

»Nein.«

»Was dann?«

Er starrte mich nur an, die Hände tief in den Taschen vergraben. Dann zuckte er mit den Schultern und wippte einige Male auf den Absätzen.

Ich kniff die Augen zusammen und maß ihn mit einem bösen Blick. »Du! Du hast sie schon gekauft, oder?«

»Bingo.« Er lächelte, und, ach, dieses Grübchen.

»Für mich?«, kreischte ich.

»Oh, nein. Für uns.«

»Oh mein Gott, was hat das gekostet?«

Er presste kurz die Lippen zusammen. »Nicht so viel, und außerdem brauchte ich ein Abschreibungsobjekt.«

»Nicht so viel gemessen an was?«

»Katy, hör auf, ernsthaft. Das ist ein tolles Loft, der perfekte Ort für dich. Hier kannst du lesen und schreiben. Komm, sieh dich um.«

Ich folgte ihm durch die wahnsinnig saubere und ultramoderne Gourmetküche zu einem offenen Treppenhaus und hinauf zu einem weiteren ausgedehnten Raum voller Bücherregale. Ein großes Fenster in dem Loft bot den gleichen prachtvollen Ausblick auf den See. Ich war wie gebannt; ich konnte den Blick nicht vom Wasser abwenden. Die weißen Ränder am Ufer aus Schnee und Eis reflektierten das Licht so strahlend hell, dass ich die Augen zusammenkneifen musste. Für diese Jahreszeit war es ungewöhnlich sonnig. Ich stellte mir vor, der Schnee würde schmelzen und sich in den schimmernden, stillen See mischen.

»Das ist wunderschön.« Ich drehte mich um und sah, dass er mich unverwandt beobachtete.

»Jetzt ist es das«, sagte er.

Ich strahlte über das ganze Gesicht. »Sollen wir es einweihen?«

Er kam zu mir, legte mir die Hand in den Nacken, küsste mich innig und murmelte direkt an meinem Ohr: »Katy, du sündiges kleines Ding.«

Ich packte sein Hinterteil. »Also?«

Er wich zurück und holte hörbar tief Luft. »Tut mir leid, aber ich muss etwas essen. Ich fühle mich ein bisschen schwach.«

Jami beklagte sich nie über seinen Diabetes, daher war mir bisher nie so ganz klar gewesen, wie er sich auf unser Leben auswirken könnte. Er war entschlossen, keine Insulinpumpe zu benutzen, und mir war klar, dass er deshalb besonders vorsichtig war. Würde er sich jetzt verausgaben, dann würde sein Blutzuckerspiegel noch weiter absacken.

Ich strich mit den Fingern durch das Haar in seinem Nacken und sah ihm in die Augen. Er hielt meine Taille umfasst. Ich neigte den Kopf zur Seite und sah ihn verträumt an.

»Was?«, fragte er.

»Ich habe einen Proteinriegel in der Handtasche. Willst du ihn haben?«

Er lächelte sanft und nickte.

»Ich liebe dich, Jamie. Danke für das hier. Das ist das Netteste, was je jemand für mich getan hat.«

»Ich liebe dich auch.«

Wir fingen an, uns langsam im Kreis zu bewegen, tanzten, ohne einander loszulassen, im Takt unseres Herzschlags.

Erinnerst du dich an die Versteckspiele der Kindheit? Da rannte man, so schnell man konnte, vor dem davon, der »es« war. Jedes Mal, wenn man spielte, bildete man sich ein, man hätte das beste Versteck gefunden. Dann saß man dort, zitterte vor Anspannung, denn auch wenn das Ziel des Spiels das genaue Gegenteil verlangte, wollte man eigentlich doch gefunden werden. Man wollte von dem gefunden werden, der »es« war.

Ich hatte mich monatelang versteckt, ich war so weit gerannt, hatte mich so gut versteckt, ich hatte geglaubt, niemand würde mich finden, und dann hatte er es doch getan.

Bis Jamie in mein Leben getreten war, war ich nur halb wach gewesen. Ich weiß jetzt, dass es stimmt, wenn es heißt, Liebe kann nicht von einem genommen werden, weil sie einen verändert. Ich bin erwacht, als ich Jamie traf. Die Welt wurde zu einem lauteren, verrückteren, aufregenderen Ort, einem Ort, der so viel schöner war, dass es beinahe wehtat.

»Meinst du, es wird immer so sein?«

»Ich glaube, es wird Zeiten geben, in denen wir daran arbeiten müssen.« Er legte eine kurze Pause ein. »Ich bin bereit, das bis zum Ende meines Lebens zu tun, wenn ich dich dafür so halten darf«, sagte er dann.

Auf dem Weg zurück zu meiner Wohnung brachte ich Jamie mächtig zum Lachen, als er mich fragte, ob ich ihm den Neujahrskuss geben würde, den er sich immer gewünscht hätte.

»Tja, ich werde bestimmt nicht Dylan küssen, nicht dass er ein schlechter Küsser wäre.«

»Woher willst du das denn wissen?« Er tat schockiert, lächelte aber dabei.

»Eines Tages sind Dylan und ich in die Waschküche gegangen und haben Stephen dort mit einem Mädchen knutschen sehen. Das war in meiner Selbstmitleids-Phase, musst du wissen. Wie auch immer, Dylan hatte Mitleid mit mir, also hat er mich an die

Wand gedrückt und mich vor Stephen und seiner Tussi geküsst. Er hat eine ziemlich gute Show abgezogen.«

Hysterisch lachend legte sich Jamie eine Hand auf die Brust. »Du machst Witze.«

»Nein, ich schwöre bei Gott.«

Er schüttelte den Kopf. »Was für ein guter Junge.«

»Total.«

»Aber er lässt besser die Finger von dir.«

»Ich glaube nicht, dass du dir darüber Sorgen machen musst.«

Später in der Nacht küsste ich Jamie auf dem Dach, und wir stießen mit Dylan und Ashley auf das neue Jahr an, und um Punkt zehn nach zwölf lagen wir im Bett. Einige Stunden später erwachte ich und stellte fest, dass ich allein war. Ich stand auf und traf Jamie schwankend und desorientiert im Wohnzimmer an.

»Jamie, suchst du dein Messgerät?«

Er blickte auf, und für eine Sekunde schien es, als würde er mich nicht erkennen, und als er dann endlich etwas sagte, hörte er sich an wie ein verängstigtes Kind: »Katy?«

Ich ging zu ihm und zog ihn aufs Sofa. »Ja, Jamie. Ich bin hier.«

»Mir ist übel.«

»Lass mich dein Messgerät suchen.« Ich stand wieder auf und fand es im Handumdrehen auf dem Frühstückstresen. Hastig kehrte ich zu ihm zurück und fummelte ein paar Sekunden lang nervös mit den Teststreifen herum, ehe ich endlich seine Fingerspitze anpikste und Blut auf den Streifen tupfte. Das Display zeigte zwanzig an. »Du hast einen sehr niedrigen Blutzuckerspiegel. Warte kurz.«

Ich rannte in die Küche, schenkte ein Glas Orangensaft ein und brachte es zu ihm. Er wirkte extrem schwach, als er danach griff.

»Mir geht es gut, Katy.«

»Du musst etwas essen.« Ich kehrte in die Küche zurück, warf Vollkornkekse, einen Müsliriegel, eine Banane und etwas Käse auf einen Teller. Keine dreißig Sekunden später lief ich zurück zu ihm und sah, dass er schon wieder etwas klarer war.

Er lachte sogar. »Was ist das alles?«

»Ich wusste nicht, was du gern essen würdest.«

»Du bist so lieb.«

»Ist dir das je passiert, wenn du allein warst?«

»Wenn der Spiegel nachts abgesunken ist, bin ich aufgewacht. Ich habe das Messgerät dann immer am Bett behalten. Ich glaube, dieses Mal lag es an der Kombination aus einem langen Tag und dem Champagner. Ich bin froh, dass ich hier bei dir war.«

»Ich auch.«

Als er gegessen hatte, kontrollierten wir den Blutzuckerspiegel erneut, und dann schlief er auf der Couch ein, den Kopf in meinen Schoß gebettet. Unfähig zu schlafen, saß ich einen guten Teil der Nacht dort, dachte über Jamie und mich nach, darüber, nach Napa zu gehen, zu heiraten, eine Familie zu gründen und dann und wann nach Chicago zurückzukommen. Allmählich konnte ich mir ein Leben ohne ihn gar nicht mehr vorstellen.

Das Ende meines Buches war der Beginn meines Lebens. Es war die Geschichte von uns und davon, wie wir dahin gekommen waren. Was als Reise eines Mädchens begonnen hatte, das sich beständig in der Dunkelheit versteckte, wurde zur Geschichte zweier Seelen, die miteinander verbunden waren und im Licht zusammenwuchsen. Ich konnte mir nicht so genau ausmalen, wie unsere Zukunft aussehen mochte oder wo in der Welt wir landen würden, aber ich wusste, dass all das nicht wichtig war, weil wir jeder ein Teil des anderen wurden. Es gab für uns keinen Ort außer dem, an dem wir waren, solange wir nur zusammen waren.

Am Morgen fragte Jamie mich nach Verhütungsmitteln. Wir hatten nie darüber gesprochen, daher hatte ich angenommen, er würde das mir überlassen. Aber ich hatte keine Ahnung, wie Jamie dazu stand.

»Ich habe mich nicht darum gekümmert. Sollte ich?«

»Nein« war alles, was er sagte. Dann kniff er neugierig die Augen zusammen und ließ ein knappes, angespanntes Lächeln aufblitzen, ehe er sich wieder auf seine Zeitschrift konzentrierte.

Jamie war der Meinung, dass wir mit dem Auto nach Napa zurückkehren sollten, denn dann konnten wir einen Teil meiner Habe mitnehmen, also mietete er einen Wagen. Alles, was ich nicht mitnehmen wollte, brachten wir in die neue wundervolle Wohnung, die Jamie gekauft hatte, und dann verließen wir Chicago. Wir hofften, wir würden alle im Frühjahr bei unserer Hochzeit wiedersehen.

Auf der Fahrt nach Südkalifornien lernten wir einander auf jede denkbare Art kennen, noch bevor wir die Staatsgrenze hinter uns gelassen hatten und den Weg nach Napa einschlugen. Wir stiegen in einem süßen Boutique-Hotel in der Innenstadt von San Diego ab, von dem aus wir einen wunderbaren Ausblick auf die Bucht in der Nähe des East Village genossen.

Wir kehrten in einem Restaurant mit dem Namen *Cowboy Star* ein. Jamie verschwand im Waschraum, während ich mich an den Tresen setzte. Ich bestellte einen Martini namens Mae West aus der Cocktailkarte, und ein paar Minuten später hörte ich Jamie hinter mir nach einem Glas Lawson-Pinot fragen.

Ich drehte mich um und lächelte. »Gute Wahl, Seemann.«

Er setzte sich auf den Hocker neben mir und streckte die Hand aus. »Ich bin Jamie.«

»Kate«, sagte ich und schüttelte sie.

»Nett, dich kennenzulernen.« Er senkte leicht den Kopf.

»Der Wein, den du bestellt hast, ist sexy.«

»Stimmt. Ich weiß ein bisschen was darüber. Ich bin R. J. Lawson.«

»Das gibt's doch gar nicht.« Ich schlug ihm auf den Arm.

Er lachte. »Das ist keine Lüge.«

»Aber du hast gesagt, dein Name wäre …«

»Jamie, richtig. So nennen mich meine Freunde.«

»Jamie, ja? Also sind wir Freunde?«

»Das würde mir gefallen.« Sein Blick fiel auf meinen Mund.

Ich nippte an meinem Martini und arbeitete hart daran, nicht in ein breites Grinsen auszubrechen. »Tja, ich bin Kate Corbin. Ich war mal Reporterin bei einer Zeitung, und ich hätte getötet für eine Exklusivstory über dich.«

»Das klingt aber ziemlich gewalttätig, Kate, aber was soll's, ich gehöre exklusiv dir … fang an zu fragen.«

»Ich sagte, ich *war* Reporterin.«

»Oh … ich verstehe. Und was machst du jetzt?«

»Jetzt schreibe ich ein Buch, und ich könnte tatsächlich ein bisschen Inspiration gebrauchen.«

»Wie kann ich dir helfen?«

»Wie wäre es, wenn du mir etwas über dich erzählst, was nicht in Wikipedia steht? Beispielsweise, was du als Nächstes vorhast.«

»Was ich als Nächstes vorhabe? Hmm … Nur eine Sache?«

»Ja, warum nicht.«

»Okay, ich hoffe, dass ich durch irgendeine glückliche Fügung heute Nacht mit einem Engel im Bett lande.«

Ich sah ihn scharf an und schüttelte den Kopf. »Das halte ich für unmöglich. Außerdem, wo bleibt da der Spaß? Engel sind so rein.«

»Okay, dann vielleicht mit einem etwas verdorbenen Engel.«

»Und was hast du mit diesem Engel vor?«

Er zog die Brauen hoch, beugte sich zu mir und flüsterte: »Hättest du gern eine Vorschau auf das, was ich vorhabe?«

»Ja!«, brüllte ich mehr oder weniger. Mein Herz raste, und ich spürte, wie es zwischen meinen Beinen allmählich zu pulsieren begann.

Sehr langsam schüttelte er den Kopf. »Nein, wir haben uns gerade erst kennengelernt. Ich glaube, wir sollten es langsam angehen lassen.«

»Was?« Meine Stimme wurde schrill.

»Ja, ich meine, dir, einer Fremden, noch dazu einer Reporterin, von meinen verborgensten Gedanken und Gefühlen zu erzählen …

ich weiß auch nicht, aber das kommt mir ein bisschen unbesonnen vor.«

»So willst du das spielen?«, fragte ich, ehe ich meinen Martini in zwei Schlucken leerte.

Er antwortete nicht. Er sah nur zu, wie ich auf mein Telefon schaute, in meine Handtasche griff und eine Zehn-Dollar-Note hervorzog. Ich warf den Schein auf den Tresen, winkte dem Barkeeper und rutschte von meinem Hocker.

»Was machst du?«

»Ich mache Feierabend für heute. Ich hoffe, du findest deinen Engel.« Ich zwinkerte ihm zu.

Er folgte mir den ganzen Weg zurück zum Hotel und trat dann vor mich, um die große Glastür für mich zu öffnen.

»Ma'am.«

»Sir, verfolgen Sie mich etwa?«

Neben mir ging er zum Fahrstuhl. »Ich stalke dich«, sagte er in nüchternem Ton. »Ich werde dich den Rest meines Lebens stalken.«

Wir betraten die Kabine, und die Tür schloss sich. »Hört sich beängstigend an.«

Er drückte mich an die Wand und versuchte, mich zu küssen, aber ich wich ihm immer wieder aus. Schließlich brachen wir beide in lautes Gelächter aus.

»Um Himmels willen, lass dich endlich von mir küssen.«

»Ich küsse nicht beim ersten Date.«

»Du hattest auf achtzehn verschiedene Arten Sex mit mir bei unserem ersten Date.«

Die Fahrstuhltür glitt auf, und ich hastete hinaus. »Das war eigentlich gar nicht unser erstes Date.«

»Okay, wie wäre es damit, du hast dich ausgezogen und mit mir zusammen nackt gebadet, gerade fünf Stunden nachdem wir uns das erste Mal begegnet sind.«

»Was versuchst du mir zu sagen?«

»Ich bin charmant.«

»Du hast ein gewaltiges Ego«, konstatierte ich, als ich die Schlüsselkarte einführte und die Tür aufstieß.

»Ich mag es, wenn du dich über mich lustig machst.«

Ich schaltete das Licht ein, als die Tür hinter Jamie ins Schloss fiel, warf Handtasche und Mantel auf einen Stuhl und stützte eine Hand auf die Hüfte. »Gut, dann werde ich mich eben öfter über dich lustig machen.«

»Ich habe gelogen. Ich mag es eigentlich gar nicht, wenn du dich über mich lustig machst. Jetzt zieh dich aus«, sagte er und riss sich die Kleider vom Leibe.

Ich tat ihm den Gefallen.

Am Morgen waren wir immer noch nackt und hatten die Decken bis zum Hals hochgezogen. Wir lagen auf der Seite, sodass wir einander ansehen konnten, und lächelten wie verliebte Teenager.

»Weißt du, was ich sehr unterhaltsam finde?«

»Sag es mir.«

Er runzelte die Stirn und sprach mit tiefer Stimme: »Dir zuzusehen, wie du dich windest.« Dann fing er wie ein Irrer an zu lachen und verschwand unter der Decke.

»Du kitzelst mich nicht!«, protestierte ich.

Energisch packte er zu und drehte mich auf den Bauch, nur um mir gleich darauf einen Klaps auf den Hintern zu versetzen.

»Au!«

Unter der Decke hörte ich ihn murmeln. »Oh, tut mir leid.«

Dann riss er die Decken fort, packte meine Arme und zog sie über meinen Kopf. Helles Tageslicht fiel durch das Fenster direkt auf das Bett. Einige Sekunden lang rührte er sich nicht, kauerte nur über mir und hielt meine Hände fest. Mein Gesicht lag zur Seite gewandt auf dem Kissen, sodass ich ihn gerade noch aus dem Augenwinkel wahrnehmen konnte.

»Tue ich dir weh?«

»Nein, aber was tust du überhaupt?«

»Ich betrachte dich.«

»Du betrachtest meinen Po?«

»Deinen ganzen Körper. Deine Schultern und dein Haar, das auf deinem Rücken liegt, deine Brust auf der Matratze.« Er war für einen Moment still. Dann: »An der werde ich bald lecken, nur dass du es weißt.«

Ich kicherte ins Kissen. »Allmählich fühle ich mich ein bisschen unsicher.«

»Warum? Du bist wunderschön, Kate. Du hast einen prachtvollen Körper«, sagte er in ernstem Ton, nur um im nächsten Moment loszulachen. »Und einen echt süßen Po.« Er biss mir erneut in den Hintern.

»Hör auf! Du machst mich völlig verrückt.«

»Tatsächlich? Ich sehe dich doch nur an. Ich sehe mir an, was mir gehört.«

»Hör mal, Seemann, du besitzt mich nicht. Ich gehöre dir nicht.«

»Du hast recht, ich besitze dich nicht.« Er beugte sich vor und brachte seinen Mund nah an mein Ohr. »Ich will dich auch nicht besitzen, aber du bist trotzdem mein. Du bist mein, damit ich dich lieben kann, solange du es willst.« Nun ließ er meine Arme los und drehte mich auf den Rücken. Lächelnd sagte er: »Darf ich dich jetzt küssen?«

Er wartete nicht erst auf eine Antwort.

Die Sonne schien an dem Tag, an dem wir auf dem Weingut eintrafen. Susan, Guillermo und eine sehr aufgeregte Chelsea nahmen uns in Empfang. Ich erfuhr, dass Susan bereits mit der Hochzeitsplanung begonnen und Reisevorbereitungen für meine Familie und meine Freunde in Chicago getroffen hatte. Sie war wirklich wie eine Mutter für Jamie, jemand, von dem ich spürte, er würde immer eine große Rolle in unserem Leben spielen. Ihre Kinder waren erwachsen, und wenn sie sich auch oft hinter einer rauen Fassade versteckte, wusste ich doch, dass sie im Grunde eine liebevolle, warmherzige Person war, die viel Wert auf Familie legte.

Wir richteten uns in unserem Leben in der Scheune ein. Jamie sagte, wir sollten aufhören, sie Scheune zu nennen, und sie als unser Zuhause bezeichnen. Für diese Einstellung liebte ich ihn. In dieses Zuhause baute er mir ein Schreibloft mit einem Fenster, von dem aus ich die Weinberge sehen konnte.

Den größten Teil meiner Tage verbrachte ich dort oben und schrieb, und manchmal blickte ich hinaus und hatte das Gefühl, mein Leben müsse ein Traum sein. Dann saß ich da und sah zu, wie Jamie mit den Arbeitern redete oder eine riesige Maschine bediente oder einfach nur in dem Meer aus Weinreben stand, zum Himmel hinaufblickte und sein eigenes Leben ebenso bestaunte wie ich das meine.

Bob hatte mich in diesem Jahr auf eine umständliche Reise geschickt, und ich warf ihm nicht vor, dass er mich glauben gemacht hatte, dass ich mich vor der Liebe verschließen sollte. Stattdessen war ich ihm dankbar, dass er mir die Gegenseite gezeigt hatte. Es ist schwer zu wissen, wie grün das Gras ist, wenn man nie auf der anderen Seite des Zauns war.

Manchmal denke ich, würde ich in der L der Person predigen, die ich vor einem Jahr war, dann würde ich einfach sagen: »Leb dein verdammtes Leben, Kate, und bleib einfach offen für die Liebe.« Aber dann geht mir auf, dass das kein Rat ist, den Menschen verstehen und annehmen. Schließlich denkt doch jeder, er würde sein Leben leben.

Folgendes würde ich wirklich sagen: »Vergiss dein Leben. Vergiss alle, die du liebst, alle Sorgen, allen Kummer, alle Bindungen. Leb allein. Begreife, wie es sich anfühlt, wenn man weiß, man bekommt einen Herzinfarkt, erstickt an einem Stück Hotdog oder erleidet einen Stromschlag, und niemand wird einen finden. Und niemand wird um einen trauern. Stell dir vor, wie dieses Gefühl dich für den Rest deines Lebens heimsuchen wird. Du wirst alt werden und sterben. Irgendein Fremder wird sich deiner Habe annehmen und für deine Bestattung sorgen, und vielleicht bekommst du nicht mal eine Plakette. Stell dir das vor, leb es, lass zu, dass du glaubst, du musst allein bleiben, und dann geh zurück zu den Menschen, die dich lieben.« Das würde ich predigen. Das ist der Rat, den ich geben würde. Zur Dankbarkeit gehört nicht nur Dank, sondern auch die Bereitschaft zur Würdigung. Auf meiner Reise habe ich gelernt, wie es sich anfühlt zu leben. Zu leben heißt, dankbar zu sein.

Der Himmel war wolkenlos und noch schöner als sonst am Tag unserer Hochzeit. Jamie sah mit der schwarzen Weste über dem weißen Smokinghemd einfach umwerfend aus. Ich beobachtete ihn, während er unter dem eisernen Bogen stand und darauf wartete, dass die Zeremonie begann. Ich versteckte mich hinter dem großen Zelt, das für unseren Empfang aufgebaut worden war, konnte aber durch die Öffnung sehen, dass sich die Sitze zu beiden Seiten des Gangs füllten.

Wir hatten keine Hochzeitsgesellschaft im klassischen Sinne, aber wir hatten die wunderbarsten Menschen, die wir kannten, eingeladen. Susan, Guillermo, Maître Mark und ihre Familien waren gekommen. Auf meiner Seite hatten sich all meine neuen Geschwister mit ihren Partnern eingefunden, außerdem meine neuen Großeltern und meine Stiefmutter. Ich sah Jerry und Beth, und mein Lächeln wurde noch breiter, als ich Dylan und Ashley Platz nehmen sah.

Einige Augenblicke beobachtete ich Jamie. Manchmal kann man mehr über einen Menschen erfahren, wenn man ihn von ferne betrachtet. Seine Ärmel waren hochgekrempelt, sein Haar zerzaust. Er war absolut zauberhaft und bedachte jeden Gast mit einem Lächeln. Ich nahm seine Aufregung deutlich wahr, und ich wusste, er war gerührt, dass so viele Leute nur unseretwegen den ganzen Weg bis nach Kalifornien auf sich genommen hatten.

Wir hatten eine lockere Zeremonie in der Abenddämmerung geplant, jener magischen Stunde, in der sich die Sonne hinter den Hügeln versteckt, der Himmel aber immer noch leuchtet.

Ich trug das Haar offen, sodass es mir in sanften Wellen über den Rücken fiel. Mein Schleier war an einem Kranz aus Wildblumen befestigt, und mein Brautstrauß bestand aus Margeriten und Mohnblumen. Ich trug ein klassisches weißes Kleid aus Spitze und Satin und ein sehr natürlich wirkendes Make-up. Ich wollte Jamie so unverfälscht heiraten, wie wir nun einmal waren, so wie wir einander sahen.

»Es gibt ein paar Dinge, die ich dir sagen muss, ehe ich dich zum Altar führe.«

Ich drehte mich um und sah Paul vor mir. Mein Vater sah blendend aus in seinem schwarzen Anzug. »Hi, Dad.«

»Hi, Schatz. Zunächst einmal, Jamie ist ein Glückspilz. Du bist wunderschön und klug, und du hast es verdient, für den Rest deines Lebens auf Händen getragen zu werden. Wenn du nicht hundertprozentig sicher bist, dass Jamie das kann, dann hole ich dich in zehn Sekunden hier raus. Du musst es nur sagen. Noch ist Zeit«, sagte er in absolut pragmatischem Ton.

Wir lachten beide. »Ich bin sicher, Dad.«

»Okay, schön. Und solltest du nicht hundertprozentig sicher sein, dass du für alle Zeiten verliebt in Jamie bist, tue ich das Gleiche – ich hole dich hier raus. Das ist meine Aufgabe, sollte es notwendig sein.«

»Es wird nicht notwendig sein. Ich weiß, was Jamie und ich aneinander haben.«

Er nickte. »Okay, gut. Was dich und mich betrifft, möchte ich dir versprechen, dass ich immer für dich da sein werde, ganz gleich, was los ist, und zwar solange ich lebe. Dass du deinen Mann vor deinem Vater kennengelernt hast, bedeutet nicht, dass du nicht mehr mein Baby bist, und ich würde alles tun, um dich zu beschützen.«

»Ich weiß«, sagte ich und küsste ihn auf die Wange.

»Du musst mir etwas versprechen.«

»Ja?«

»Wenn du dein Manuskript fertig überarbeitet hast, dann schick es zuerst an mich.«

»Versprochen.«

»Gut. Und jetzt müssen wir zu einer Hochzeit.«

Er reckte den Ellbogen zur Seite, und ich ergriff seinen Arm, ohne zu zögern. Von dem Moment an, in dem wir um die Ecke bogen, betrachtete ich Jamie. Seine Augen leuchteten, als ich den Gang hinaufging. Er sah mir voller Erstaunen entgegen, bis ich bei ihm war, und dann strahlte er mich so an, dass ich weiche Knie bekam. Niemand sagte etwas, mein Vater und Jamie wechselten lediglich ein herzliches Lächeln und einen Handschlag.

Als wir uns zu dem Offizianten umdrehten, ergriff Jamie meine Hand und raunte: »Du bist sogar noch schöner, als ich es mir erträumt habe. Wie ist das nur möglich?«

Es kostete mich all meine Beherrschung, mich nicht auf die Zehenspitzen zu stellen und ihn zu küssen. Stattdessen drückte ich nur kurz seinen Arm und sagte leise: »Danke.«

Die Zeremonie verlief wie in einer Blase. Ich wusste natürlich, dass unsere Lieben bei uns waren und uns zusahen, aber es gelang uns, die ganze Welt auszuschließen und uns nur aufeinander zu konzentrieren. Ich sah Jamie an, dass es ihm genauso erging, als wir einander unsere Gelöbnisse vorlasen. Es war, als wären wir die einzigen Menschen auf der Welt.

»Katy, mein Engel, seit dem Tag, an dem ich dir das erste Mal begegnet bin, bin ich in dich verliebt, und ich schwöre, ich werde nie aufhören, dich zu lieben. Es gibt keinen Ort auf dieser Welt, an dem ich lieber wäre als an deiner Seite. An keinem anderen Ort fühlte ich mich so ganz und so wahrhaftig wie ich selbst. Ich verspreche, ich werde für dich und für unsere Kinder tun, was immer ich kann.« Er schluckte, und seine Augen wurden feucht. »Ich verspreche, diese Hände werden dich immer mit Leidenschaft und Aufmerksamkeit und Wärme und Respekt halten, solange ich am Leben bin.«

Nie hatte ich einen Mann so gleichermaßen stark und empfindsam erlebt. Meine Lippe fing an zu zittern, und mir traten die Tränen in die Augen.

Er drückte meine Hand, ermutigte mich, mein Gelöbnis abzulegen.

»Jamie, du bist das Licht meines Lebens. Erst als ich dich getroffen habe, konnte ich die Blätter an den Bäumen mit all ihren komplexen Mustern wahrhaft sehen und die Vögel einander rufen hören. Erst von da an habe ich mich lebendig gefühlt. Ich bin erwacht, als ich dir begegnet bin, und du hast mir mehr gegeben, als du dir vorstellen kannst. Ich verspreche dir, ich werde diese Liebe in uns nie als selbstverständlich ansehen. Ich werde immer an deiner Seite sein, gleich was auch geschieht, und ich werde ewig dankbar sein. Ich werde dir an allen Tagen meines Lebens alles geben, was ich in mir habe.«

Ohne eine Erlaubnis abzuwarten, küssten wir einander, und für einige Momente verlor ich während dieses Kusses aus den Augen, wo wir waren. Seine Lippen waren so sanft und doch so fest. Als wir uns endlich voneinander lösten, sagte er: »Ich liebe dich«, als hätte er das gerade zum ersten Mal gesagt.

Ich lächelte. »Ich liebe dich auch.«

In diesem Augenblick wurden mir erst all die Gäste wieder bewusst, die nun durch Applaus auf sich aufmerksam machten. Meine Schwester Skylar schlug den ersten Ton auf dem Piano an, eine Aufforderung an uns, den Gang wieder hinauf und zum Zelt zu gehen. Hand in Hand gingen wir an den Leuten vorbei und grüßten strahlend. Eine erregende Energie umhüllte Jamie und mich.

Unser Empfang war innig und romantisch. Das Zelt war mit weißen Lichtern gesäumt. Auf jedem der langen Bauerntische standen Sonnenblumen und Wildblumen in Vasen, die über die Mitte der Tischplatte verteilt waren. Das Essen war grandios, dank Maître Mark, der nur die besten Leute angeheuert hatte. Ich hatte es Jamie überlassen, sich um das Unterhaltungsprogramm zu kümmern, daher war ich etwas überrascht, als ich keinen DJ seine Anlage aufbauen sah. Skylar spielte während des Essens für uns. Später, kurz bevor es Zeit war, den Kuchen anzuschneiden, wandte ich mich an Jamie. »Was ist mit dem Unterhaltungsprogramm?«

Ohne mit der Wimper zu zucken, sagte er: »Karaoke, natürlich.«

»Machst du Witze?«, fragte ich und war tatsächlich ein bisschen verärgert.

»Ich mache Witze. Das würde ich dir nicht antun. Die Unterhaltung ist mein Hochzeitsgeschenk und eine Überraschung.« Er lächelte.

»Mein Geschenk bekommst du erst später«, entgegnete ich mit einem Augenzwinkern.

»Das hoffe ich doch. Wir müssen schließlich die Ehe vollziehen, weißt du?«

»Oh, ich schätze, das haben wir schon im Vorfeld erledigt.«

Er runzelte die Stirn. »Soll das heißen, wir werden … nicht … in unserer Hochzeitsnacht?«

»Wir können, aber das ist nicht mein Geschenk.«

»Du willst mich nur verrückt machen, damit ich an nichts anderes mehr denken kann.«

Als der Kuchen angeschnitten war, fiel mir auf, dass jemand Instrumente auf einer kleinen Bühne am Ende des Zelts bereitstellte.

Zwei Leute traten auf die Bühne, und als ich näher heranging, sah ich, dass es Mia und Will Ryan waren, ein Musikerpaar, dessen Auftritte ich ein paar Jahre verfolgt hatte. Ihre beiden jungen Söhne saßen am vorderen Bühnenrand und ließen die Beine baumeln. Einer hielt ein Tambourin, der andere irgendeine Art von Rassel.

Will sprach ins Mikrofon: »Guten Abend. Meine Familie und ich fühlen uns geehrt, an diesem Tag teilhaben zu dürfen.« Er sprach mit klarer, souveräner Stimme und stellte Augenkontakt zu Jamie und mir her. Mia sah sich mit einem heiteren, liebenden Lächeln zu ihm um. »In der Seele des jeweils anderen zu sein, so sehr ein Teil von ihm zu sein, dass man auch ohne physische Fesseln fest verbunden ist, ist das größte Zeichen der Liebe, und Jamie und Kate haben das Glück, damit gesegnet zu sein.« Er hielt sein Champagnerglas hoch, und die anderen Gäste folgten seinem Beispiel. »Möge euer Himmel hier auf Erden sein und eure Liebe ewig währen. Auf Kate und Jamie.«

Nun erhoben alle auf einmal die Stimme: »Auf Kate und Jamie!« Und dann stießen unsere Gäste klirrend mit uns an.

Wir küssten uns, kurz bevor Mia das Piano übernahm, Will seine Gitarre ergriff und beide sofort mit einem schwungvollen Stück loslegten. Jemand anderes spielte die Bongos, und ein weiterer Musiker zupfte einen Kontrabass. Die beiden Jungs spielten ihre Instrumente am Bühnenrand, als hätten sie das schon eine Million Mal getan. Das war eine echte Familienangelegenheit.

Jamie zog mich in seine Arme, wirbelte mich herum, wiegte mich auf seinem Arm nach hinten und küsste mich leidenschaftlich.

»Also, was meinst du?«, fragte er, als er wieder bei Atem war.

»Ich bin wirklich begeistert. Was musstest du bezahlen, um sie herzuholen?«

»Sie waren an der Westküste und haben sich nicht lange bitten lassen. Das sind wirklich nette Leute.«

»Auf jeden Fall ist das toll.«

Fasziniert sah er mich an. »Das gefällt mir«, sagte er und zeigte auf den Kranz, der meinen Schleier hielt. »Du bist wahrhaftig mein Engel, findest du nicht?«

»Ich bin, was immer du willst, Jamie Lawson. Ich liebe dich so sehr.«

Als Mia und Will ihre Instrumente wieder eingepackt hatten, verabschiedeten wir uns von ihnen und dann auch vom Rest unserer Gäste. Jamie schien es ziemlich eilig zu haben, in unser kleines Heim in der Scheune zurückzukehren.

Hand in Hand gingen wir durch den dunklen Weinberg, bis wir die einsame Lampe vor der Tür unseres Zuhauses erreicht hatten.

»Und los geht's«, sagte er und hob mich schwungvoll auf seine Arme. Als wir drin waren, küsste er mich nahe dem Bett; es war ein besonders zärtlicher, liebevoller Kuss. Er nahm mir den Schleier ab und legte ihn weg, während er sich die Schuhe von den Füßen trat. Dann öffnete er langsam und vorsichtig den Reißverschluss meines Kleids. Darunter trug ich ein Unterkleid aus weißer Seide und Spitze. »Wow, das ist sogar noch besser als das schwarze.«

Ich half ihm, seine Klamotten abzulegen, und dann bewunderte ich Jamie in all seiner nackten Pracht. Ein warmes Licht umspielte ihn und fiel direkt auf mich. Ich zeichnete seine breiten Schultern und die wohldefinierten Arme nach. Er küsste mich erst auf die Lippen und wanderte dann an mir herab, küsste mich durch die Seide und dann seitlich die Hüfte hinab.

»Jamie?«, sagte ich leise.

Er war auf den Knien, und ich stand vor ihm. Seine Hände glitten über die Rückseite meiner Beine und zogen mir langsam das Höschen aus. Zwischen seinen Küssen auf der Seide sagte er: »Ja, was ist?«

»Ich möchte dir von meinem Geschenk erzählen.«

Er hatte immer noch nicht aufgeblickt. Nun schob er mich zum Bett, setzte mich auf die Kante und fing an, sich mit den Lippen an der Innenseite meines Oberschenkels hinaufzutasten. »Okay, erzähl's mir«, flüsterte er.

»Du wirst Vater.«

Er hörte auf, mich zu küssen, und sah mich an. Da war so viel Liebe in seiner Miene, ich wünschte mir, ich könnte sie für immer so in meinen Gedanken behalten.

»Wirklich?« Seine Augen füllten sich mit Tränen.

Ich lächelte und fing ebenfalls an zu weinen. »Ja. Wir bekommen ein Baby.«

Er stand auf, griff nach dem Saum des Unterkleids und zog es mir über den Kopf. Dann schob er mich auf das Bett. Er küsste mich überall, ehe er an meinem Bauch innehielt und ganz leise sagte: »Ich habe dich schon geliebt, ehe es dich gab, und ich werde dich noch lieben, wenn ich nicht mehr bin.«

Ich spürte, wie eine Träne auf meinen Bauch fiel. Er sog sie auf und sah mich an. »Danke. Ich bin so glücklich wie nie zuvor.«

»Ich auch«, flüsterte ich.

Epilog

Jamie
Flüstern, so nennt sie das. Es sind Zeichen, kleine Laute oder Ermahnungen, die uns wissen lassen, dass da draußen noch etwas Größeres ist als wir. Dass es da eine Macht gibt, die hart daran arbeitet, alles im Universum in Ordnung zu bringen. Das ist jedenfalls das, was sie sagt. Das Flüstern ist in einem Traum zu ihr gekommen. Sie hat geglaubt, ihr Schicksal sei vorherbestimmt und sie müsse dem Flüstern folgen oder zuhören, was irgendeine große Macht ihr zu sagen hatte.

Ich habe ihr das nie gesagt, aber ich weiß, der Traum war eine Manifestation von etwas, das immer schon in Katy gelebt hat. Er stammte von ihr. Das ist die Sehnsucht, die wir alle in uns haben, die Sehnsucht, zu lieben und geliebt zu werden. Vielleicht ist die Macht, von der sie spricht, eine Art kollektiver Energie, hervorgebracht von der ganzen Menschheit, die einfach besagt: Liebt einander, kämpft füreinander, achtet aufeinander.

Ich weiß, ich habe aus Angst dagegen angekämpft, genau wie sie. Ich musste erst eine Macht spüren, so enorm, dass ich mich ihrer nicht erwehren konnte. Es war, als würde um uns herum eine eigene Welt existieren, die uns so heftig herumwirbelte, dass die Schwerkraft uns in die Mitte zwang, zueinander, in die Arme des jeweils anderen und in seine Seele.

Katy ist nun in meiner Seele, und da kann sie nicht mehr heraus. Wenn es da ein Flüstern in meinem Leben gab, dann war es laut und klar. Es war eher ein Schrei, der in einem Toyota-Leihwagen auf mich zugerast ist und mich mit der Kraft von tausend Sonnen umgehauen hat, und es hört nie auf, mich wieder und wieder umzuwerfen.

Ich weiß das jetzt, während ich sie über den Weinberg hinweg beobachte. Sie raubt mir den Atem. Sie hält unser kleines Mädchen Charlotte auf den Armen, blickt zum Himmel hinauf und nimmt den Sonnenschein in sich auf. Jeden Tag sind sie schöner als am Tag zuvor. Mehrere Augenblicke stehe ich hier und beobachte sie in ihrem weißen Sommerkleid. Charlotte ist ebenfalls ganz in Weiß, und plötzlich wird mir klar, es gibt einen Himmel auf Erden. Der Wind weht mir in den Nacken, schiebt mich langsam in ihre Richtung. Sie sieht mich und lächelt heiter, während sie unser Baby wiegt. Als ich zu ihnen stoße, nehme ich Charlotte auf meine Arme. Sie gurrt und lacht lauthals.

»Eines Tages wirst du mir das Herz brechen, kleines Mädchen, weißt du das?« Beim Anblick ihres zarten Lächelns setzt mein Herz buchstäblich einen Schlag aus. »Aber das ist es mir wert.«

Kate und ich wissen, dass es kein Licht ohne Dunkelheit gibt – keine Freude ohne Schmerz –, aber wir haben einander versprochen, wir würden uns bei alldem immer dafür entscheiden, hier zu sein, im Augenblick zu leben, Seite an Seite. Und ich glaube, das ist das, was man wahre Liebe nennt.

Susan nimmt mir Charlotte freudig ab und macht einen Spaziergang mit ihr. Ich folge Kate in unser Zuhause und nehme ihre Hand. Sie dreht sich um, und ich lächele frech. »Ich habe ein Flüstern gehört, Kate. Es sagte, ich muss dich auf der Stelle ins Bett bringen.«

Sie schlägt mir auf den Arm. »Würdest du damit aufhören?«

»Ich muss auf das Flüstern hören.« Ich bücke mich, werfe sie mir über die Schulter und stolziere zum Bett, und sie hört auf dem ganzen Weg nicht auf zu kichern.

Danksagung

Endlosen Dank an meine Freunde und Angehörigen, die mich die ganze Zeit unterstützt und ermutigt haben, ganz besonders mein Bruder Rich, der mir immer den Rücken freigehalten hat, auch wenn er hinter selbigem alberne Grimassen gezogen hat. Danke, ich liebe dich, Bro.

Mom und Dad, danke, dass ihr die Grassroots in Bewegung gesetzt habt, indem ihr mein Buch in die Bank getragen und die Neuigkeit mit den Kassierern geteilt habt, und auch dafür, dass ihr die portugiesische Gemeinde mit an Bord geholt habt. Donna, danke für deine lieben Worte und deine uneingeschränkte Bereitschaft zu lesen.

Meiner Cousine Debbie: danke für all deine Liebe, deine Unterstützung und Aufmunterung.

Kristina Radi danke ich für all das fantastische Material über Chicago. Ich verdanke es dir, ein Gefühl für die Stadt bekommen zu haben. Danke.

Vielen Dank auch an meine Agentin Christina Hogrebe, die vom ersten Tag an an meine Arbeit geglaubt hat.

Angie, hab Dank dafür, dass du dir trotz deines irre vollen Tagesplans die Zeit genommen hast, ein Teil von alldem zu sein.

Daralyn Christensen, ich bin dir aus tiefstem Herzen dankbar, dass du deine Geschichte mit mir geteilt hast. Du hast mir die Augen für Diabetes geöffnet und dafür, was es bedeutet, mit einem Diabetiker zu leben. Die Einzelheiten, die du mir erzählt hast, haben mir geholfen, die Krankheit in einer Weise zu begreifen, durch die sie für mich spürbar und real wurde, sodass ich sie aus Kates Blickwinkel darstellen konnte.

Roberta Bohn, danke für die Zeit, die du dir genommen hast,

um meine Fragen zu beantworten, und dafür, dass du mich an deinen herausragenden Insiderkenntnissen über Chicago hast teilhaben lassen.

Danke auch an meine Herausgeberin Jhanteigh Kupihea, von der ich ziemlich sicher bin, dass sie sich mindestens viermal geklont haben muss. Dein Tempo, deine Energie und dein Enthusiasmus dürften nirgends ihresgleichen finden. Danke für deine harte Arbeit und deine Ansprechbarkeit.

Den Autoren, die mir so viel Rat und Unterstützung geboten haben, darunter die Angehörigen der Gruppe Authors Off the Shelf, Joanna, Kylie, Kim J., Katy, Kim, Carey und den Göttinen – ich danke euch.

Und der D2-Crew und den Ramies, ihr habt mich inspiriert.

Außerdem danke ich den Lesern und Bloggern, die *Sweet Thing* gelesen und geliebt und auf mein nächstes Buch gewartet haben. Ich bin euch so dankbar. Eure Begeisterung hat mich über all diese Monate getragen.

Heather, ich habe keine Worte, um meinen Dank auszudrücken. »Danke« kratzt kaum an der Oberfläche dessen, was ich dir zu sagen hätte, aber damit fange ich an. Danke, dass du dich mit solcher Leidenschaft dieser Welt gewidmet hast, und danke, dass es keinen besseren Signing Assistant gibt als dich! Und dafür, dass du eine tolle Freundin und eine in jeder Hinsicht großartige Person bist. Ich liebe dich.

Meinen Jungs, die mich jeden Tag daran erinnern, wie viel Spaß es macht, vor sich hin zu träumen und so zu tun, als ob. Danke, dass ihr mich nicht allzu schnell alt werden lasst. Danke, dass ihr meine besten Lehrer seid.

Und schließlich Anthony, einem wahren Universalgenie, der alles bauen, alles verschweißen, alles anbauen und alles tun kann und dabei immer noch gut aussieht in seinen Chucks. Ich danke dir, dass du den besten Kaffee kochst, und für die achtzehn Milliarden anderen Dinge, die du tust.

Die erste große Liebe vergisst man nie

Renée Carlino
NUR EINEN
HERZSCHLAG ENTFERNT
Roman
Aus dem amerikanischen
Englisch von
Frauke Meier
320 Seiten
ISBN 978-3-7857-2673-0

Als der Debutroman des mysteriösen Autors J. Colby zur literarischen Sensation des Jahres wird, ist die junge Unidozentin Emiline neugierig, was hinter dem Hype steckt. Doch dann entdeckt sie, dass das Buch ihre eigene unglückliche Kindheit erzählt. Was bedeutet, Jackson muss Jase sein, ihr einst bester Freund und erste große Liebe, den sie seit über zehn Jahren nicht mehr gesehen hat. Zutiefst verletzt von dem Verrat macht sie sich auf die Suche, um ihn zur Rede zur stellen. Bald muss sie sich fragen, ob sie tatsächlich erfahren will, was damals geschah ...

Lübbe